TEMPO DO DESPREZO

TEMPO DO DESPREZO

Andrzej Sapkowski

Tradução do polonês
TOMASZ BARCINSKI

wmf martinsfontes

SÃO PAULO 2019

Esta obra foi publicada originalmente em polonês com o título
CZAS POGARDY

1ª edição *2014*
5ª tiragem *2019*

Tradução
TOMASZ BARCINSKI

Acompanhamento editorial
Márcia Leme
Edição de texto
Márcia Menin
Revisões
Ana Paula Luccisano
Letícia Castello Branco Braun
Edição de arte
Katia Harumi Terasaka
Produção gráfica
Geraldo Alves
Paginação
Studio 3 Desenvolvimento Editorial

Dados Internacionais de Catalogação na Publicação (CIP)
(Câmara Brasileira do Livro, SP, Brasil)

Sapkowski, Andrzej
Tempo do desprezo / Andrzej Sapkowski ; tradução do polonês Tomasz Barcinsky. – São Paulo : Editora WMF Martins Fontes, 2014.

Título original: Czas pogardy.
ISBN 978-85-7827-842-7

1. Literatura juvenil I. Título.

14-03246 CDD-028.5

Índices para catálogo sistemático:
1. Literatura juvenil 028.5

Rua Prof. Laerte Ramos de Carvalho, 133 01325-030 São Paulo SP Brasil
Tel. (11) 3293.8150 e-mail: info@wmfmartinsfontes.com.br
http://www.wmfmartinsfontes.com.br

ÍNDICE

Sangue em suas mãos, Falka,
e sangue em suas vestes.
Arda, arda por seus erros, Falka,
e padeça horrível morte!

Canção entoada pelas crianças durante a queima
das bonecas de Falka na véspera de Saovine

CAPÍTULO PRIMEIRO

Bruxeiros – *Denominação dada a bruxos entre os nortelungos (v.), casta de sacerdotes-guerreiros elitista e secreta, provavelmente uma facção de druidas (v.). Dotados, segundo a crendice popular, de forças mágicas e capacidades sobre-humanas, os bruxeiros enfrentavam maus espíritos, monstros e toda espécie de forças do mal. De fato, em virtude de sua maestria no manejo de armas, eram usados pelos governantes do Norte nas lutas intertribais. Uma vez em combate, os bruxeiros entravam num transe provocado, acredita-se, por auto-hipnose ou ervas alucinatórias, lutando com cega energia e totalmente insensíveis à dor ou até a graves ferimentos, o que reforçava a crença em seus poderes sobrenaturais. A teoria segundo a qual os bruxeiros seriam fruto de mutações ou de engenharia genética nunca foi comprovada. Os bruxeiros figuram como heróis em diversas lendas dos nortelungos (v. F. Delannoy,* Mitos e lendas dos povos do Norte).

Effenberg e Talbot,
Encyclopaedia Maxima Mundi, volume XV

Para poder ganhar a vida como mensageiro montado, dizia Aplegatt aos novatos, são necessárias duas coisas: uma cabeça de ouro e um traseiro de ferro.

A cabeça de ouro é indispensável, ensinava Aplegatt, porque na bolsa de couro achatada, cruzada no peito desnudo debaixo da camisa, o estafeta leva apenas notícias de importância secundária, que, sem temor algum, podem ser confiadas ao traiçoeiro papel ou pergaminho. Já quando se trata de notícias verdadeiramente importantes, de informações secretas das quais dependem muitas questões, o estafeta deve guardá-las na memória e repeti-las ao destinatário, palavra por palavra – em geral, palavras complicadas, difíceis de pronunciar, ainda mais de lembrar. Para decorá-las e não cometer engano algum ao repeti-las, ele realmente precisa de uma cabeça de ouro.

E quanto à utilidade de um traseiro de ferro... bem, isso qualquer estafeta descobrirá por si mesmo em pouco tempo, ao ter de passar na sela três dias e três noites, cavalgando cem ou até duzentas milhas por estradas e às vezes, se necessário, por trilhas silvestres... É verdade que ele não fica na sela o tempo todo; volta e meia desmonta e descansa. Afinal, um homem consegue aguentar muito; o cavalo, nem tanto. Depois do descanso, porém, quando o estafeta tenta montar de novo, o traseiro pode gritar: "Socorro, estão me matando!"

– Mas quem necessita de um estafeta nos dias de hoje, senhor Aplegatt? – perguntavam alguns jovens. – De Vengerberg a Wyzim, por exemplo, ninguém conseguirá chegar em menos de quatro ou cinco dias, mesmo montado no mais veloz dos ginetes. E de quanto tempo precisa o feiticeiro de Vengerberg para enviar uma mensagem mágica ao feiticeiro de Wyzim? Uma hora e meia, talvez nem isso. É possível que o cavalo do estafeta comece a mancar. Ele próprio pode ser morto por assaltantes ou Esquilos ou ainda ser devorado por lobos ou grifos. Há um estafeta e... puf!... não há mais. Já uma mensagem encantada nunca se atrasará nem se perderá; sempre chegará a seu destino. Para que servem os estafetas, se há feiticeiros por toda parte, em todas as cortes reais? Os estafetas não têm mais utilidade, senhor Aplegatt.

Por certo tempo, Aplegatt também achou que não era mais necessário a ninguém. Estava com trinta e seis anos, era baixo, mas forte e de constituição bem desenvolvida, não temia trabalho algum e, como era de esperar, tinha uma cabeça de ouro. Poderia ter abraçado outra ocupação para sustentar a si e sua esposa, fazer algumas economias para o dote das duas filhas solteiras e ajudar a outra, que, embora casada, tinha um marido palerma que não conseguia sair-se bem nos negócios. No entanto, Aplegatt não queria – nem podia imaginar – outro trabalho. Era um mensageiro montado real.

E eis que, após um longo período de esquecimento e de humilhante ociosidade, Aplegatt viu-se repentinamente útil de novo. As estradas e os caminhos abertos nas florestas tornaram a ecoar o som de ferraduras batendo no solo. Os estafetas voltaram a atravessar o país, como outrora, levando notícias de uma cidade a outra.

Aplegatt sabia a razão daquilo. Vira muito e ouvira ainda mais. Esperava-se que ele apagasse da memória uma mensagem assim que a transmitisse para que não pudesse revelá-la sob as mais severas torturas. Mas Aplegatt se recordava. E sabia por que os reis pararam de repente de se comunicar por meio de feiticeiros e magia. As informações levadas pelos estafetas não deviam ser do conhecimento dos feiticeiros. De uma hora para outra, os reis deixaram de confiar neles e de lhes confidenciar seus segredos.

A causa do repentino esfriamento da amizade entre os reis e os feiticeiros era algo que Aplegatt não sabia, tampouco lhe interessava. Para ele, tanto os reis como os feiticeiros eram seres incompreensíveis, e seus atos, indecifráveis, principalmente nos tempos difíceis. E, passando de cidade em cidade, de castelo em castelo, de reino em reino, era inevitável não notar o fato de que tempos difíceis haviam chegado.

Tropas marchavam pelas estradas. A cada passo era possível defrontar-se com colunas de infantaria ou cavalaria, e cada comandante encontrado aparentava estar nervoso, tenso, presunçoso, sentindo-se tão importante como se o destino do mundo todo dependesse apenas dele. Da mesma forma, as cidades e os castelos viviam cheios de gente armada, dia e noite, em incessante e febril correria. Os normalmente invisíveis burgraves e castelões corriam agora sobre os muros e pátios, furiosos como marimbondos antes de uma tempestade, vociferando, xingando, dando ordens e distribuindo pontapés. As fortalezas e praças fortes recebiam, dia e noite, carroças carregadas, as quais cruzavam com outras que, vazias, retornavam com rapidez. Por toda parte, nuvens de poeira cercavam cavalhadas de potros recém-saídos dos estábulos. Não acostumados a arreios nem a pesados cavaleiros de armadura, os cavalinhos aproveitavam os últimos momentos de liberdade, dando muito trabalho a seus condutores e criando problemas aos demais usuários das estradas.

Em poucas palavras: na abrasante e imóvel atmosfera sentia-se o opressivo clima de guerra.

Aplegatt ergueu-se nos estribos e olhou em volta. Mais abaixo, aos pés da colina, brilhava a superfície de um rio em tortuosos meandros por entre prados e grupos de árvores. Do outro lado do curso d'água, mais ao sul, estendiam-se florestas. O estafeta esporeou o cavalo. O tempo urgia.

Estava viajando havia quase dois dias. O despacho real e as cartas alcançaram-no em Hagge, onde descansava após o retorno de Tretogor. Saíra da fortaleza durante a noite, galopando ao longo da margem do Pontar, atravessara a fronteira com Temeria antes do raiar do sol e agora, na metade do dia seguinte, já estava às margens do rio Ismena. Se o rei Foltest tivesse estado em Wyzim, Aplegatt lhe teria entregado a mensagem naquela noite. Infelizmente, o rei não pernoitara na capital; estava no sul, em Maribor, a quase duzentas milhas de distância de Wyzim. Ciente disso, Aplegatt abandonou a estrada que conduzia para o oeste na altura da Ponte Branca e seguiu pelas florestas, na direção de Ellander. Não deixava de ser arriscado, já que nas florestas grassavam os Esquilos, e ai daquele que caísse em suas mãos ou se pusesse ao alcance de suas flechas. No entanto, um estafeta real tinha de correr riscos. Era nisso que consistia seu trabalho.

Aplegatt atravessou o rio sem dificuldades; não chovia desde junho e o nível de água do Ismena baixara consideravelmente. Mantendo-se à beira da floresta, chegou à estrada que ia de Wyzim para o sudeste, rumo às choupanas, ferrarias e assentamentos dos anões no Maciço de Mahakam. Pela estrada seguiam carroças escoltadas, em geral, por pequenos destacamentos de cavalaria. Aplegatt suspirou aliviado. Onde havia gente, não havia Scoia'tael. Em Temeria, a campanha militar de homens contra elfos durava mais de um ano, e os comandos de Esquilos, perseguidos nas florestas, dividiram-se em grupos menores, os quais mantinham uma prudente distância das movimentadas estradas e não preparavam emboscadas.

Antes do anoitecer, Aplegatt já se encontrava na fronteira ocidental do reino de Ellander, numa encruzilhada perto do vilarejo de Zavada, de onde partia um caminho reto e seguro até Maribor, quarenta e duas milhas de uma estrada de terra batida bastante frequentada. Na encruzilhada havia uma estalagem, e Aplegatt decidiu dar um descanso ao cavalo e a si mesmo. Sabia que, caso partisse bem cedo no dia seguinte, poderia ver antes do anoitecer as flâmulas negro-prateadas tremulando nas torres do castelo de Maribor.

Desencilhou pessoalmente sua égua, não deixando o cavalariço ocupar-se da tarefa. Era um estafeta real, e um estafeta real jamais permite que alguém toque em sua montaria. Comeu uma porção de ovos mexidos com salsicha e uma grande fatia de pão de centeio, acompanhando a refeição com um quartilho de cerveja.

Na estalagem paravam viajantes trazendo notícias de todas as partes do mundo. Dessa maneira, Aplegatt soube que haviam ocorrido novos incidentes em Dol Angra; mais uma vez um destacamento de cavalaria de Lyria entrara em choque com uma patrulha nilfgaardiana, e Meve, rainha de Lyria, voltara a acusar formalmente Nilfgaard de provocação e pedira ajuda ao rei Demawend de Aedirn. Tretogor tinha sido palco da execução pública de um barão redânio que costumava encontrar-se secretamente com emissários de Emhyr, imperador de Nilfgaard. Em Kaedwen, vários comandos dos Scoia'tael se juntaram numa força considerável e fizeram um massacre no forte de Leyd. Em resposta ao massacre, a população de Ard Carraigh promovera um *pogrom* que resultara no assassinato de quase quatrocentos inumanos que viviam na capital.

Em Temeria, segundo comerciantes vindos do sul, tristeza e luto se espalharam entre os emigrantes cintrenses reunidos sob as bandeiras do marechal Vissegerd. Fora confirmada a terrível notícia da morte da Leoazinha de Cintra, a princesa Cirilla, última descendente do sangue da rainha Calanthe, chamada de Leoa de Cintra.

Foram relatados ainda vários outros boatos de mau agouro. Dizia-se que, nas redondezas de Aldesberg, as vacas começaram repentinamente a esguichar sangue das tetas e, no meio da neblina matinal, surgira a Virgem da Dispersão, num claro prenúncio de terríveis desgraças. Em Brugge, nas cercanias da floresta de Brokilon, o proibido reino das dríades florestais, pessoas viram a Perseguição Selvagem, o cortejo de espectros galopando pelos céus, e uma Perseguição Selvagem, como todos sabiam, sempre prenunciava uma guerra. Já na península de Bremervoord, fora avistado um navio-fantasma com um espírito maligno num elmo adornado com asas de ave de rapina no convés...

O estafeta deixou de prestar atenção. Estava cansado e foi para o dormitório comunitário, onde desabou numa tarimba e adormeceu imediatamente.

Levantou-se ao raiar do sol. Espantou-se ao sair para o pátio: não havia sido o primeiro a se preparar para partir, algo que ocorria muito raramente. Perto do poço havia um negro garanhão selado e, a seu lado, debruçada sobre uma gamela, uma mulher em trajes masculinos lavava as mãos. Ao ouvir os passos de Aplegatt, ela se virou, atirando para trás os bastos cabelos negros. O estafeta fez uma reverência, e a mulher inclinou levemente a cabeça.

Ao entrar na cocheira, Aplegatt quase esbarrou em outro pássaro madrugador, uma adolescente com gorro de veludo, que naquele exato momento conduzia para fora uma égua malhada. A garota esfregava o rosto e bocejava, apoiando-se no flanco da montaria.

– Ai, ai – murmurou, passando pelo estafeta. – Acho que vou adormecer sobre este cavalo... Estou morta de sono... Uaaa, uaaa...

– O frio vai despertá-la assim que você encilhar a égua – disse Aplegatt polidamente, tirando sua sela pendurada numa viga. – Faça boa viagem, senhorita.

A jovem virou-se e olhou para ele como se estivesse vendo-o pela primeira vez. Seus olhos eram enormes e verdes como esmeraldas. Aplegatt atirou o xairel sobre o lombo do cavalo.

– Desejo-lhe boa viagem – repetiu.

Em geral, ele não era dado a muita conversa, mas agora sentia necessidade de manter uma conversa com alguém próximo, mesmo que o próximo fosse uma simples fedelha semiadormecida. Era possível que aquele desejo tivesse sido motivado pelos longos dias de solidão nas estradas ou talvez a garota lhe lembrasse sua filha do meio.

– Que os deuses as protejam – acrescentou – de qualquer acidente ou dano. Vocês estão sozinhas e, ainda por cima, são mulheres... Os tempos andam ruins. As estradas e trilhas estão cheias de perigos.

A jovem abriu ainda mais os olhos verdes. O estafeta sentiu um arrepio lhe percorrer a espinha.

– O perigo... – falou ela repentinamente, com voz estranha. – O perigo é silencioso. Você não conseguirá ouvi-lo quando ele vier voando com penas cinzentas. Tive um sonho. Areia... A areia estava quente sob o sol...

– O que disse? – Aplegatt parou petrificado, com a sela encostada na barriga. – O que disse, senhorita? Que areia?

A garota foi sacudida por um tremor e esfregou o rosto. A égua malhada agitou a cabeça.

– Ciri! – chamou asperamente a mulher de cabelos negros, ajeitando os arreios e estribos do negro garanhão. – Apresse-se!

A jovem bocejou, olhou para Aplegatt e piscou, dando a impressão de estar espantada com sua presença na cocheira. O estafeta permaneceu calado.

– Ciri – repetiu a mulher. – Você voltou a dormir?

– Já vou, dona Yennefer!

Quando Aplegatt por fim encilhou o cavalo e levou-o para o pátio, não havia sinal algum da mulher e da garota. Um galo cocoricou rouca e prolongadamente, um cachorro latiu e, no meio das árvores, um cuco cantou. O estafeta pulou sobre a sela. Lembrou-se repentinamente dos olhos verdes da garota semiadormecida e de suas estranhas palavras. "Perigo silencioso? Penas cinzentas? Areia quente? A menina não devia estar em seu pleno juízo", pensou. "É fácil encontrar muitas jovens perturbadas, maltratadas por marginais nos dias da guerra... Só pode ser isso, ou talvez ela estivesse apenas grogue de sono e não totalmente acordada. É de espantar as bobagens que as pessoas são capazes de falar de madrugada, quando estão ainda naquela área cinzenta entre sonho e realidade..."

Aplegatt sentiu outro arrepio, dessa vez acompanhado por uma dor nas costas. Esfregou as omoplatas com os punhos.

Assim que se encontrou na estrada, esporeou o cavalo e partiu a pleno galope. O tempo urgia.

O estafeta não passou muito tempo em Maribor; em menos de um dia, o vento voltou a soprar em seus ouvidos. O novo cavalo, um garanhão lobuno das cocheiras de Maribor, corria, estendendo o pescoço e agitando a cauda. Os salgueiros à beira da estrada foram ficando para trás. O peito de Aplegatt sentia o peso da bolsa com o correio diplomático. O traseiro ardia.

– Tomara que você caia e quebre o pescoço, seu maluco! – gritou atrás dele um cocheiro, puxando as rédeas de seus cavalos, assustados com a passagem do garanhão a todo galope. – Olhem só como ele está com pressa! Parece até que a morte está lambendo seus calcanhares! Pode correr à vontade, seu desatinado, mas não conseguirá escapar da caveira com foice!

Aplegatt esfregou os olhos lacrimejantes de tanto vento. No dia anterior entregara a correspondência ao rei Foltest e, depois, recitara a mensagem secreta do rei Demawend:

– Demawend para Foltest. Tudo pronto em Dol Angra. Os disfarçados aguardam ordens. Data prevista: a segunda noite de julho após a lua nova. Os barcos devem atracar naquela margem dois dias mais tarde.

Sobre a estrada voavam bandos de gralhas grasnando com força. Iam para o leste, na direção de Mahakam, Dol Angra e Vengerberg. Aplegatt repetia mentalmente as palavras da mensagem secreta enviada por seu intermédio do rei de Temeria ao monarca de Aedirn: "Foltest para Demawend. Primeiro: suspendamos a ação. Os espertalhões convocaram um congresso. Vão se reunir e discutir na ilha de Thanedd. Esse encontro poderá alterar muita coisa. Segundo: podem suspender a busca da Leoazinha. Está confirmado que ela está morta."

Aplegatt cutucou o garanhão com os calcanhares. O tempo urgia.

O estreito caminho pela floresta estava atravancado por carroças. Aplegatt diminuiu o ritmo e trotou até o último dos veículos da comprida fila. Percebeu de imediato que não conseguiria atravessar aquele engarrafamento. Dar meia-volta, nem pensar. Seria uma perda de tempo irrecuperável. Além disso, não lhe agradava a ideia de mergulhar numa floresta pantanosa, principalmente por estar começando a escurecer.

– O que aconteceu? – indagou aos condutores da última carroça da fila, dois velhinhos, um deles dormindo e o outro parecendo estar morto. – Um assalto? Esquilos? Falem logo, porque estou com pressa...

Antes que um dos velhinhos tivesse tempo para responder, ouviram-se gritos vindos da ponta do engarrafamento. Rapidamente, dezenas de cocheiros saltaram em suas carroças e açoitaram os cavalos, as mulas e os bois ao som dos mais rebuscados palavrões. A pesada coluna começou a avançar devagar. O velhinho adormecido acordou, sacudiu a barba, estalou a língua para as mulas e bateu as rédeas em suas ancas. O velhinho com aparência de morto ressuscitou, afastou dos olhos o chapéu de palha e virou-se para Aplegatt.

– Olhem só para ele – disse. – Está com pressa. Oh, filhinho, você teve muita sorte. Chegou aqui na hora exata.

– Sem dúvida. – O segundo velhinho sacudiu a barba e apressou as mulas. – Bem na hora. Caso tivesse chegado ao meio-dia, teria ficado parado aqui conosco até agora. Nós todos estamos com pressa, mas tivemos de esperar. Como seguir em frente se a vereda estava bloqueada?

– A vereda estava bloqueada? Como?

– Um monstro terrível apareceu ali, filhinho. Ele atacou um cavaleiro que viajava com um pajem pela vereda. Parece que arrancou a cabeça do cavaleiro com o elmo e tudo, além de extirpar os intestinos de seu cavalo. O pajem conseguiu escapar e contou que aquilo foi horrível, com o caminho todo vermelho de tanto sangue.

– E que monstro era? – indagou Aplegatt, freando o cavalo para poder continuar a conversa com os cocheiros da lenta carroça. – Um dragão?

– Não, não era um dragão – respondeu o velhinho de chapéu de palha –, e sim uma manticora ou algo parecido, segundo dizem. O pajem falou que era uma enorme besta voadora. E obstinada! Nós achamos que ela comeria o cavaleiro e sairia voando, mas que nada! A filha da puta sentou-se no meio do caminho e ficou rosnando e arreganhando os dentes... E assim bloqueou a passagem, como uma rolha numa garrafa, porque qualquer um que se aproximava e dava de cara com o monstro abandonava a carroça e saía correndo. Com isso, formou-se uma fila de carroças de quase uma milha de comprimento, tendo em volta, como você pode ver, filhinho, só mato selvagem e pântanos. E então ficamos parados...

– Tantos homens! – bufou o estafeta. – E ninguém tomou uma atitude! Bastava pegar uns machados e lanças e afugentar ou mesmo matar a besta.

– Pois alguns até tentaram – retrucou o velhinho de barba, batendo novamente nas mulas, porque a caravana começou a avançar mais rápido. – Três anões da escolta dos comerciantes e, com eles, quatro recrutas a caminho da fortaleza de Carreras, onde se juntariam a um regimento. A besta feriu severamente os anões, enquanto os recrutas...

– ... deram no pé – concluiu o outro velhinho, dando uma cusparada certeira no exíguo espaço entre as ancas das duas mulas. – Deram no pé assim que viram o tal monstro. Dizem que um deles chegou a se cagar nas calças. Olhe, filhinho, é ele! Logo ali!

– E eu lá tenho tempo para olhar para alguém cagado? – enervou-se Aplegatt. – Não estou nem um pouco interessado...

– Não é isso! É o monstro! O monstro morto! Os soldados estão colocando-o numa carroça. Está vendo?

Aplegatt ergueu-se nos estribos. Apesar da escuridão que se aproximava e da multidão de curiosos diante dele, conseguiu ver um corpanzil cinza-amarelado sendo erguido pelos soldados. As asas de morcego e a cauda de escorpião do monstro arrastavam-se inertes sobre o terreno. Soltando um grito uníssono, os soldados ergueram o cadáver ainda mais e desabaram-no sobre uma carroça, cujos cavalos, claramente agitados pelo odor de sangue, relincharam e começaram a se deslocar.

– Não fiquem parados! – urrou para os velhinhos o decurião no comando dos soldados. – Em frente! Não bloqueiem a passagem!

O condutor barbado apressou as mulas, e a carroça saltitou sobre as pedras da vereda. Aplegatt cutucou o cavalo com os calcanhares e colocou-se ao lado do veículo.

– Pelo jeito, os soldados conseguiram dar cabo do monstro.

– Nada disso – retrucou o velhinho. – Assim que chegaram, os soldados se puseram a fazer cara de maus e a gritar com as pessoas. Ora "Parem", ora "Saiam da frente", ora isso, ora aquilo. Não pareciam muito dispostos a enfrentar o monstro e decidiram convocar um bruxo.

– Um bruxo?

– Isso mesmo – confirmou o outro velhinho. – Um dos soldados lembrou ter visto um bruxo no último vilarejo pelo qual passaram, de modo que foi chamá-lo. Ele passou por nós. Tinha os cabelos brancos, um rosto horroroso e uma enorme espada presa às costas. Em menos de uma hora, alguém gritou lá na frente que poderíamos avançar porque o bruxo matara o monstro. Foi quando finalmente pudemos recomeçar a viagem e você apareceu, filhinho.

– Que coisa... – murmurou Aplegatt, pensativo. – Há anos galopo pelas estradas afora e até hoje nunca encontrei um bruxo. Alguém viu como ele deu cabo do tal monstro?

– Eu vi! – gritou um garoto de cabeleira rebelde trotando do outro lado da carroça. Cavalgava em pelo, conduzindo seu lobuno malhado apenas pelo cabresto. – Vi tudo! Porque estive junto dos soldados, na frente de todos!

– Olhem só para esse fedelho – disse o velhinho que guiava as mulas. – Mal se livrou do leite materno e já banca o sabichão. Quer levar uma surra?

– Deixe-o falar, homem – intrometeu-se Aplegatt. – Antes de partir para Carreras, gostaria de saber o que se passou com aquele bruxo. Fale, pequeno.

– Foi assim – começou rapidamente o garoto, cavalgando junto da carroça. – O bruxo procurou o comandante dos soldados. Disse que se chamava Geralt. O comandante respondeu que não estava interessado no nome dele e mandou que se ocupasse daquilo, apontando para o lugar onde o monstro estava sentado. O bruxo aproximou-se e observou. O bicho se encontrava a meia légua de distância ou até mais, mas o bruxo apenas lhe lançou um olhar de longe e disse logo que se tratava de uma manticora extremamente grande e que poderia matá-la se lhe pagassem duzentas coroas.

– Duzentas coroas? – espantou-se o outro velhinho. – Ele endoidou de vez?

– Foi isso que lhe falou o comandante, embora de maneira mais grosseira. O bruxo respondeu que o preço era aquele e que para ele tanto fazia o monstro ficar lá sentado até o dia do Juízo Final. O comandante retrucou que não ia pagar tal soma e que preferia esperar o monstro ir embora por conta própria. Então o bruxo disse que o monstro não ia embora por conta própria, porque estava furioso e com fome. E, mesmo que fosse embora, voltaria logo em seguida, porque aquilo era seu tero... tere... teritor...

– Seu fedelho, pare de enrolar! – enfureceu-se o velhinho que conduzia as mulas, tentando, sem resultado visível, assoar o nariz ao mesmo tempo que segurava as rédeas. – Conte logo o que aconteceu!

– Pois estou contando! O bruxo falou assim: "O monstro não partirá daqui tão cedo e passará a noite toda comendo o cavaleiro morto, devagar e com calma, porque o corpo está numa armadura e não vai ser fácil desencavá-lo de dentro dela." Aí vieram os comerciantes, que se puseram a barganhar com o bruxo, dizendo que iam se juntar e fazer uma coleta, oferecendo-lhe cem coroas. O bruxo lhes disse que a besta era uma manticora muito perigosa, de modo que eles podiam enfiar as cem coroas no cu, porque ele não ia arriscar seu pescoço por tão pouco. O comandante ficou furioso e falou que a função dos bruxos era exatamente arriscar o pescoço, assim como a do cu era cagar. Pelo jeito, os comerciantes ficaram com medo de que o bruxo se ofendesse e fosse embora, porque logo acertaram com ele o preço de cento e cinquenta coroas. Então o bruxo pegou sua espada e seguiu pela vereda, na direção do lugar onde o monstro estava sentado. O comandante fez um gesto contra mau-olhado, cuspiu e disse que não conseguia entender por que existiam tais mutantes diabólicos na face da Terra. E um dos comerciantes falou que, se os soldados espantassem os monstros das estradas em vez de ficarem correndo pelas florestas atrás de elfos, não haveria necessidade de bruxos e...

– Pare de dizer bobagens – interrompeu-o um dos velhinhos – e conte apenas o que você viu.

– Eu fiquei tomando conta do cavalo do bruxo – afirmou o garoto, orgulhoso. – Uma égua castanha com uma mancha branca na testa.

– Estou pouco ligando para a égua! Quero saber se você viu como o bruxo matou o monstro!

– Be.. bem... – gaguejou o garoto. – Isso eu não vi... Fui empurrado para trás. Todos começaram a gritar, os cavalos se assustaram e...

– Não falei? – disse o velhinho com desdém. – Esse fedelho não viu merda nenhuma.

– Mas vi o bruxo quando ele voltou! – exclamou o garoto. – E o comandante, que a tudo assistiu, estava com o rosto lívido e comentou com os soldados que aquilo devia ter sido feitiço mágico ou encanto élfico, porque nenhum ser humano seria capaz de manejar uma espada com tamanha rapidez e destreza... O bruxo pegou o dinheiro dos comerciantes, montou em sua égua e foi embora.

– Hummm... – murmurou Aplegatt. – Por onde ele seguiu? Pela estrada que leva a Carreras? Se foi, então talvez eu consiga alcançá-lo e dar uma espiada nele...

– Não – respondeu o garoto. – Ele partiu na direção de Dorian. Disse que estava com pressa.

O bruxo poucas vezes sonhava, e ao despertar jamais se lembrava dos raros sonhos que tinha, mesmo quando eram pesadelos – e eles costumavam ser pesadelos.

Dessa vez também fora um pesadelo, mas o bruxo conseguiu lembrar-se pelo menos de um fragmento dele. Do meio de um turbilhão de difusas e inquietantes figuras, de estranhas e agoureiras cenas, de incompreensíveis e assustadoras palavras e sons, surgiu de repente uma imagem limpa e clara. Ciri. Diferente daquela que ele recordava de Kaer Morhen. Seus cabelos cinzentos, agitados pelo galope, estavam mais compridos, tal como ela os usava quando a vira pela primeira vez, em Brokilon. Quando ela passou a seu lado, ele quis gritar, mas não conseguiu emitir um som sequer. Tentou correr atrás dela, porém teve a sensação de estar afundado até a cintura em piche derretido em fase de solidificação. E Ciri, parecendo não tê-lo visto, continuou galopando por entre disformes amieiros e chorões que agitavam seus ramos como se fossem vivos. Foi quando ele notou que ela estava sendo perseguida, que logo atrás dela galopava um cavalo preto montado por um cavaleiro metido numa armadura negra, com o elmo adornado com asas de ave de rapina.

Não podia se mover nem gritar – só ficar olhando o cavaleiro alado alcançar Ciri, agarrá-la pelos cabelos, arrancá-la da sela e continuar a galopar, arrastando-a consigo. Viu o rosto de Ciri se contorcer de dor e de seus lábios emanar um grito inaudível.

"Acorde", ordenou a si mesmo, não podendo mais suportar o pesadelo. "Acorde! Acorde imediatamente!"

Acordou.

Ficou deitado imóvel por bastante tempo, repassando o sonho na memória. Em seguida, levantou-se. Tirou debaixo do travesseiro o saquinho de couro com moedas e contou-as: cento e cinquenta pela manticora do dia anterior, cinquenta pelo núbilo que matara a pedido do prefeito de um vilarejo próximo de Carreras e cinquenta pelo lobisomem que os camponeses de Burdorff lhe mostraram.

A quantia recebida pelo lobisomem fora até excessiva, porque o trabalho havia sido muito fácil. O lobisomem nem tentara se defender. Perseguido até uma caverna sem saída, apenas se ajoelhara e aguardara o golpe da espada. O bruxo chegara a sentir pena dele. No entanto, precisava de dinheiro.

Em menos de uma hora já estava caminhando pelas ruas de Dorian, à procura de um beco e um letreiro conhecidos.

O letreiro anunciava: "Codringher e Fenn, assessoria e serviços jurídicos." Apesar dos dizeres, Geralt sabia até bem demais que o que faziam Codringher e Fenn pouco tinha a ver com leis; os dois sócios possuíam motivos de sobra para evitar qualquer contato com a lei e com seus representantes. Também nutria profundas dúvidas de que os clientes da empresa soubessem o significado da palavra "assessoria".

No andar térreo do pequeno imóvel não havia entrada alguma, apenas um portão solidamente trancado, que decerto levava a uma cocheira ou estrebaria. Para chegar à porta de entrada, era preciso ir até os fundos da construção, atravessar um lamacento pátio cheio de patos e galinhas, subir um lance de escadas e passar por uma estreita galeria e por um escuro corredor. Somente, então, parava-se diante de uma sólida porta de mogno guarnecida com ferro e provida de uma enorme aldrava de bronze com o formato de uma cabeça de leão.

Geralt bateu com a aldrava, recuando imediatamente. Sabia que um mecanismo adaptado à porta podia disparar dardos metálicos de vinte polegadas de comprimento através de aberturas na guarnição de ferro. Teoricamente, os dardos só poderiam ser disparados se alguém forçasse a fechadura ou se Codringher ou Fenn acionassem um dispositivo especial, mas Geralt comprovara, mais de uma vez, que não existiam mecanismos infalíveis e que qualquer um deles podia funcionar mesmo quando não deveria. E vice-versa.

A porta provavelmente tinha um dispositivo mágico de identificação dos visitantes. Ninguém indagava do outro lado. Ela se abria e aparecia Codringher. Sempre Codringher, jamais Fenn.

– Salve, Geralt – cumprimentou Codringher. – Entre. Não precisa esgueirar-se tão junto da parede, porque desmontei o dispositivo de segurança. Alguns dias atrás ele disparou sem mais nem menos e encheu de furos um desses vendedores de porta em porta. Pode entrar sem medo. Você tem algum assunto para tratar comigo?

– Não – respondeu o bruxo, entrando numa larga e escura antessala que recendia um leve odor de gato. – Não com você, e sim com Fenn.

Codringher soltou uma gostosa gargalhada, confirmando assim a suspeita de que Fenn era um personagem cem por cento fictício, para confundir meirinhos, beleguins, cobradores de impostos e outros tipos que Codringher execrava.

Entraram num escritório, onde estava mais claro, uma vez que o aposento ficava no último andar e as janelas, protegidas por grades de ferro, permitiam a entrada da luz do sol durante grande parte do dia. Geralt ocupou a cadeira destinada aos clientes. A sua frente, por trás de uma escrivaninha de carvalho, Codringher esparramou-se numa poltrona forrada. Para aquele homem, que exigia ser tratado por "advogado", não havia coisas impossíveis. Se alguém estava em apuros ou tinha dificuldades ou problemas, dirigia-se a Codringher. Num piscar de olhos recebia provas de desonestidade ou de malversação de fundos de seu sócio nos negócios. Obtinha crédito bancário sem avalistas ou garantias. Era o único dos inúmeros credores de uma empresa falida que conseguia ser ressarcido. Herdava uma fortuna apesar de o rico tio ter afirmado repetidamente que não lhe deixaria um tostão. Ganhava processos de herança diante de uma repentina e inesperada desistência de herdeiros muito mais próximos. Conseguia que o filho saísse da cadeia com as denúncias anuladas com base em provas irrefutáveis ou por falta de evidências, pois, se tivessem existido, elas desapareciam de modo misterioso, enquanto as testemunhas atropelavam-se em desdizer tudo o que tinham dito antes. O caçador de dotes que cortejava a filha repentinamente transferia a atenção para outra jovem. O amante da esposa ou o sedutor da filha sofria um infeliz acidente e acabava com complicadas fraturas em três membros, dos quais pelo menos um era superior. Já um perigoso inimigo ou outro personagem igualmente ameaçador deixava de apresentar qualquer risco, pois, na maior parte dos casos, sumia sem deixar rastro. Sim, quando alguém tinha um problema, viajava para Dorian, corria para a firma Codringher e Fenn e batia na porta de mogno. Esta se abria e surgia o "advogado" Codringher, um senhor baixo, magro e grisalho com pele de aspecto doentio, típica de quem não costuma se expor ao ar livre. Codringher conduzia o visitante a seu escritório, sentava-se na poltrona, punha sobre os joelhos um gato malhado e começava a acariciá-lo. Tanto Codringher como o gato observavam o cliente com seus olhos amarelo-esverdeados de maneira desagradável e ansiosa.

– Recebi sua carta. – Codringher e o gato mediram o bruxo com aquele olhar amarelo-esverdeado. – Também fui visitado por Jaskier, que passou por Darian algumas semanas atrás. Ele me falou isso e aquilo sobre seus problemas, mas me contou pouco. Muito pouco.

– É mesmo? Estou surpreso. Seria o primeiro caso que chega a meu conhecimento de Jaskier não ter falado demais.

– Jaskier – respondeu Codringher sem sorrir – falou pouco porque pouco sabia. E contou ainda menos do que sabia simplesmente por ter recebido instruções suas para não abordar certos assuntos. Desde quando você ficou tão desconfiado? E sobretudo em relação a um colega de profissão?

Geralt estremeceu ligeiramente. Codringher tentou fingir não ter notado, mas não pôde, porque o gato percebeu. O animal arregalou os olhos, mostrou os dentes brancos e fungou quase em silêncio.

– Não provoque meu gato – falou o advogado, acalmando o felino com breves carícias. – Ficou magoado por eu tê-lo chamado de colega? Mas é a mais pura verdade. Eu também sou bruxo. Também livro as pessoas de monstros e de problemas. E, assim como você, cobro por meus serviços.

– Há certas diferenças – murmurou Geralt, ainda sob o hostil olhar do gato.

– É verdade – concordou Codringher. – Você é um bruxo anacrônico; eu sou um bruxo moderno, que se adaptou ao espírito do tempo. E é por isso que você brevemente ficará desempregado, enquanto eu continuarei prosperando. Daqui a pouco não haverá mais no mundo estriges, serpes, endríagos e lobisomens. No entanto, filhos da puta sempre existirão.

– E são precisamente os filhos da puta que você livra de problemas, Codringher. Pessoas pobres e decentes não têm condições financeiras de desfrutar seus serviços.

– Assim como os pobretões não têm condições de desfrutar os seus. Os pobretões não têm condições de nada, e é exatamente por isso que são pobretões.

– Uma lógica inegável, cuja revelação chega a me deixar sem respiração.

– A verdade tem essa característica de deixar as pessoas sem respiração. E a verdade pura e simples consiste no fato de nossas profissões terem como base e suporte a existência de filhos da puta. A diferença é que a sua já é quase uma relíquia, enquanto a minha é real e cada vez mais forte.

– Muito bem, que seja. Vamos ao que interessa.

– Está mais do que na hora. – Codringher balançou a cabeça afirmativamente, acariciando o gato, que se eriçou e rosnou, cravando-lhe as unhas no joelho. – E vamos nos ocupar dos assuntos por ordem de importância. Em primeiro lugar, caro colega, meus honorários montam a duzentos e cinquenta coroas novigradenses. Você dispõe de tal quantia? Ou será que se inclui no rol de pobretões com problemas?

– Antes, vamos nos convencer de que você faz jus a tal montante.

– Esse convencimento – falou o advogado friamente – deve ser limitado apenas a sua pessoa, e rápido. Quando estiver convencido, coloque o dinheiro na escrivaninha. Aí passaremos a outros assuntos, de menor importância.

Geralt desamarrou do cinto o saquinho de couro e atirou-o com estrondo sobre a escrivaninha. O gato pulou dos joelhos de Codringher e sumiu. O advogado pegou o saquinho e colocou-o na gaveta, sem verificar o conteúdo.

– Você assustou meu gato – disse, em indisfarçável reprimenda.

– Peço desculpas. Achei que o som de dinheiro seria a última coisa que pudesse assustar seu gato. E agora, fale o que você descobriu.

– O tal Rience – começou Codringher –, que tanto lhe interessa, é uma figura bastante misteriosa. Consegui apurar apenas que ele estudou por dois anos na escola de feiticeiros de Ban Ard. Foi expulso de lá ao ser flagrado cometendo pequenos furtos. Como de costume, perto da escola havia recrutadores do serviço secreto de Kaedwen, e Rience se alistou. Não consegui apurar o que ele andou fazendo para os espiões de Kaedwen, mas os expulsos das escolas de feiticeiros em geral são treinados para ser assassinos. Confere?

– Perfeitamente. Continue.

– A informação seguinte provém de Cintra. O senhor Rience passou um tempo em suas masmorras, por ordem da rainha Calanthe.

– Sob qual acusação?

– Imagine, por dívidas. Não ficou muito tempo preso, porque alguém o liberou pagando as dívidas com juros e tudo. A transação foi realizada por meio de um banco, sob a condição de anonimato do benfeitor. Tentei descobrir de onde veio o dinheiro, mas entreguei os pontos depois de investigar quatro bancos seguidos. Quem liberou Rience era um profissional que quis permanecer anônimo a todo custo.

Codringher calou-se e tossiu forte, levando um lenço à boca.

– E eis que repentinamente, logo após o término da guerra, o senhor Rience apareceu em Sodden, Angren e Brugge – retomou a narrativa, limpando os lábios e olhando para o lenço. – Irreconhecível, pelo menos no que se referia a seu comportamento e à quantidade de dinheiro de que dispunha e esbanjava, porque, quanto ao nome, o descarado filho de uma cadela não fez esforço algum para ocultá-lo, continuando a chamar-se Rience. E foi com esse nome, Rience, que ele iniciou intensivas buscas de uma pessoa, mais precisamente uma pessoazinha. Visitou os druidas do Círculo de Angren, aqueles que se ocuparam dos órfãos da guerra. Tempos depois foi encontrado o corpo de um desses druidas numa floresta, todo massacrado e com evidentes sinais de tortura. Depois, Rience apareceu em Trásrios...

– Sei disso – interrompeu-o Geralt. – Sei o que ele fez com uma família de camponeses de Trásrios. Por duzentas e cinquenta coroas, eu esperava muito mais. Até agora, as únicas novidades para mim foram a informação de que ele esteve na escola de feiticeiros e o fato de ter trabalhado no serviço secreto de Kaedwen. O resto eu conheço. Sei que Rience é um assassino implacável. Sei que é um patife arrogante que nem sequer adota codinomes para ocultar-se. Sei que está a serviço de alguém. De quem, Codringher?

– A serviço de algum feiticeiro. Foi um feiticeiro que o livrou das masmorras de Cintra. Você mesmo disse, e Jaskier me confirmou, que Rience costuma lançar mão de magia. De magia de verdade, e não de alguns truques aprendidos por um colegial expulso da academia. Portanto, alguém o apoia, fornece-lhe amuletos e é quase certo que lhe ministra aulas secretas. Alguns feiticeiros legalmente estabelecidos têm esse tipo de alunos secretos para realizar trabalhos sujos ou ilegais. No linguajar dos feiticeiros, isso se chama "agir atrelado".

– Caso estivesse agindo atrelado a um feiticeiro, Rience teria utilizado o poder da camuflagem mágica. E ele não muda nem o nome nem a aparência. Tampouco disfarçou a descoloração da pele depois de ser queimado por Yennefer.

– O que comprova que ele agia atrelado – retrucou Codringher, tossindo e limpando os lábios com o lenço. – Porque uma camuflagem mágica não é uma camuflagem; somente diletantes usam algo assim. Caso Rience se escondesse detrás de uma cortina mágica ou de uma máscara ilusória, ele de imediato acionaria todos os alarmes mágicos que hoje estão instalados em quase todos os portões de qualquer cidade. Além do mais, os feiticeiros infalivelmente percebem qualquer tipo de máscara ilusória. No meio da maior concentração de pessoas, da mais densa multidão, Rience chamaria a atenção de qualquer feiticeiro, como se lhe saíssem labaredas das orelhas ou colunas de fumaça do cu. Repito: Rience age a serviço de um feiticeiro, e age da melhor maneira possível para evitar chamar a atenção de outros feiticeiros.

– Há quem acredite que ele seja um espião nilfgaardiano.

– Sim, Dijkstra, chefe do serviço secreto da Redânia, é um deles. Ele raramente se engana, portanto, pode-se concluir que esteja certo mais uma vez. Mas uma coisa não exclui a outra. O factótum do feiticeiro poderia ser ao mesmo tempo um espião nilfgaardiano.

– O que significaria que um feiticeiro reconhecido oficialmente como tal estaria espionando para Nilfgaard por meio de um factótum secreto.

– Bobagem. – Codringher tossiu e examinou o lenço com atenção. – Um feiticeiro espionando para Nilfgaard? Com que propósito? Por dinheiro? Ridículo. Contando com a possibilidade de vir a exercer grande poder após a vitória do imperador Emhyr? Ainda mais ridículo. Não é segredo para ninguém que Emhyr var Emreis mantém seus feiticeiros sob rédeas curtas. Em Nilfgaard, os feiticeiros têm o mesmo *status* de, digamos, cavalariços. E não desfrutam mais poder do que cavalariços. Você acredita que qualquer um de nossos desenfreados magos se disporia a lutar para a vitória de um imperador em cuja corte teria o *status* de um cavalariço? Filippa Eilhart, que dita as leis e os éditos ao rei Vizimir da Redânia? Sabrina Glevissig, que interrompe os discursos de Henselt de Kaedwen batendo com o punho na mesa e ordenando ao rei que cale a boca e fique escutando? Vilgeforz de Roggeveen, que recentemente respondeu a Demawend de Aedirn que estava ocupado demais para recebê-lo?

– Abrevie o discurso, Codringher. O que se passa com Rience?

– O de costume. Os serviços secretos de Nilfgaard tentam chegar ao feiticeiro, atraindo seu factótum para trabalhar para eles.

Pelo que sei, Rience não desprezaria os florins nilfgaardianos e trairia seu mestre sem um segundo de hesitação.

– Agora é você que fala bobagens. Por mais desenfreados que sejam nossos magos, eles logo descobririam que estavam sendo traídos, e Rience, desmascarado, acabaria pendurado numa forca. Se tivesse sorte.

– Você não passa de uma criança, Geralt. Não se enforcam espiões desmascarados, mas se faz uso deles para passar informações falsas ou tenta-se cooptá-los para que se transformem em agentes duplos...

– Não enfade a criança, Codringher. Não estou interessado nos bastidores dos serviços secretos ou da política. Rience está em meus calcanhares, e eu quero saber por que e a mando de quem. Tudo indica que a mando de um feiticeiro. Quem é esse feiticeiro?

– Ainda não sei, mas saberei em breve.

– "Em breve" – resmungou o bruxo – é tarde demais para mim.

– É bem possível que seja – falou Codringher, sério. – Você se meteu numa enrascada e tanto, Geralt. Ainda bem que me procurou, pois sei desenrascar as pessoas. Na verdade, já o desenrasquei.

– É mesmo? Realmente?

– Realmente – respondeu o advogado, levando o lenço à boca e tossindo. – Pois saiba, caro colega, que, além do feiticeiro e, provavelmente, de Nilfgaard, há uma terceira parte envolvida nesse jogo. Imagine que fui visitado por agentes secretos do rei Foltest. Tinham um problema. O rei lhes ordenara que procurassem certa princesa desaparecida. Quando ficou patente que a missão não era tão simples assim, os agentes decidiram procurar um especialista em missões complicadas. Ao lhe apresentarem o caso, sugeriram que certo bruxo poderia falar muito sobre a princesa desaparecida, que ele até saberia onde ela se encontra.

– E o que fez o especialista?

– Primeiro, demonstrou espanto. Espantou-se com o fato de o tal bruxo não ter sido enfiado numa masmorra, onde, com métodos tradicionais, poderiam averiguar não só tudo o que ele sabia, como também o que não sabia, mas que inventara para satisfazer seus inquisidores. Os agentes responderam que seu chefe os proibira de fazê-lo, porque os bruxos possuem um sistema nervoso tão delicado que morrem de imediato quando são torturados; segundo sua expressão particularmente pictórica, "estoura uma veia em seu cérebro". Diante disso, receberam ordens de apenas seguir o bruxo, mas também essa tarefa não se revelou fácil. O especialista elogiou os agentes por seu bom-senso e disse-lhes que voltassem duas semanas depois.

– E eles voltaram?

– Lógico que sim. Aí, o especialista apresentou aos agentes provas inequívocas de que o bruxo Geralt não teve, não tem nem poderia ter qualquer relacionamento com a princesa desaparecida. O especialista encontrara testemunhas oculares da morte da princesa Cirilla, neta da rainha Calanthe e filha da princesa Pavetta. Cirilla morrera três anos antes, no campo de refugiados de Angren. De difteria. Antes de morrer, a criança sofrera terrivelmente. Você não vai acreditar, mas os agentes temerianos ficaram com lágrimas nos olhos quando ouviram o relato das testemunhas.

– Eu também estou com os olhos marejados. Os agentes temerianos, pelo que deduzo, não puderam ou não quiseram oferecer-lhe mais do que duzentas e cinquenta coroas?

– Seu sarcasmo fere meu coração, bruxo. Tirei você de uma encrenca, e você, em vez de me agradecer, ainda fere meu coração.

– Agradeço e peço desculpas. Por que o rei Foltest ordenou aos agentes que procurassem Ciri, Codringher? O que mandou que fizessem com ela, caso a encontrassem?

– Como você é pouco sagaz! Matá-la, obviamente. Ela foi considerada pretendente ao trono de Cintra, só que há outros planos para aquele trono.

– Isso não faz sentido, Codringher. O trono de Cintra foi consumido pelo fogo com o palácio real, com a cidade e com todo o país, que agora é uma província de Nilfgaard. Como Ciri pode ser pretendente a um trono que não existe?

– Venha comigo – disse Codringher, erguendo-se. – Vamos tentar encontrar a resposta a essa pergunta. Ao mesmo tempo, vou lhe dar uma prova de confiança... Posso saber o que tanto lhe interessa naquele quadro?

– O fato de estar perfurado como se um pica-pau o tivesse bicado por várias estações – respondeu Geralt, olhando para um retrato com moldura dourada pendurado na parede diante da escrivaninha do advogado – e o de representar um completo idiota.

– É meu falecido pai. – Codringher fez uma careta. – Um completo idiota. Pendurei seu retrato aí para poder sempre olhar para ele. A título de advertência. Venha, bruxo.

Os dois entraram na antessala. Assim que viu o bruxo, o gato, que estava deitado no centro do tapete lambendo, despreocupado, sua estranhamente contorcida pata traseira, sumiu na penumbra do corredor.

– Por que os gatos não gostam de você, Geralt? Isso tem algo a ver com...

– Sim – cortou-o Geralt. – Tem.

O revestimento de mogno das paredes deslizou silenciosamente, revelando uma passagem secreta. Codringher atravessou-a primeiro. O painel, sem dúvida movido por magia, fechou-se atrás deles, mas não os deixou imersos em escuridão, pois do fundo do corredor secreto emanava luz.

O ar no aposento no final do corredor era frio, seco e apresentava um sufocante odor de poeira e velas.

– Você vai conhecer meu colaborador, Geralt.

– Fenn? – sorriu o bruxo. – Não pode ser.

– Pode. Admita, você suspeitava que Fenn não existisse.

– De modo algum.

Do meio de armários e estantes repletas de livros que chegavam até o teto ouviu-se um rangido, seguido da aparição de um estranho veículo. Era uma poltrona de espaldar alto equipada com rodas. Sentado nela estava um anão com uma cabeçorra apoiada, sem pescoço, sobre ombros extraordinariamente estreitos. O anão não tinha pernas.

– Permitam-me que os apresente – falou Codringher. – Jakub Fenn, erudito legista, meu sócio e colaborador de incalculável valor. E aqui, nosso visitante e cliente...

– ... bruxo Geralt de Rívia – concluiu o aleijado, com um sorriso. – Não precisei de muito esforço para adivinhar. Há meses estou trabalhando sobre o problema. Sigam-me, por favor.

Entraram, atrás da rangente poltrona, no labirinto formado por estantes vergadas sob o peso de volumes cuja quantidade não faria feio na biblioteca universitária de Oxenfurt. Os incunábulos, deduziu Geralt, deviam ter sido colecionados por várias gerações de Codringhers e Fenns. O bruxo sentiu-se honrado pela demonstração de confiança e alegre com a oportunidade de enfim conhecer Fenn. No entanto, não tinha dúvida alguma de que o personagem, embora totalmente real, em parte era também um mito. O mítico Fenn, o infalível *alter ego* de Codringher, fora visto mais de uma vez ao ar livre, enquanto o erudito legista preso à poltrona decerto jamais saía do prédio.

O centro do aposento estava muito bem iluminado. Ali havia um atril suficientemente baixo para ser alcançado da poltrona com rodas, o qual sustentava pilhas de livros, rolos de pergaminhos e palimpsestos, folhas de papel, potes de tinta e nanquim, molhos de penas e milhares de outros utensílios misteriosos. Nem todos eram tão misteriosos, porém. Geralt reconheceu moldes para falsificar selos e uma grosa de diamante para apagar palavras de documentos oficiais. No meio do atril jazia uma pequena arbaleta, e junto dela emergiam de sacos de veludo enormes lentes de aumento feitas de polido cristal montanhês. Tais lentes eram raridades e custavam verdadeiras fortunas.

– E então, Fenn, descobriu algo novo?

– Muito pouco – sorriu o aleijado. Seu sorriso era agradável e muito sedutor. – Reduzi a lista dos possíveis patrões de Rience para vinte e oito feiticeiros...

– Vamos deixar essa parte para mais tarde – interrompeu-o Codringher rapidamente. – No momento, estamos interessados em algo diferente. Esclareça a Geralt o motivo pelo qual a princesa de Cintra desaparecida é objeto de uma abrangente e secreta procura pelos agentes dos Quatro Reinos.

– Nas veias da menina corre o sangue da rainha Calanthe – disse Fenn, parecendo espantado por ter de esclarecer algo tão óbvio. – Ela é a última na linha sucessória. Cintra tem grande importância política e estratégica. Uma pretendente ao trono fora da esfera de influências é um estorvo que pode se tornar uma ameaça se cair sob dominação inadequada, como a de Nilfgaard.

– Se me lembro bem – falou Geralt –, as leis de Cintra excluem as mulheres da linha sucessória.

– É verdade – confirmou Fenn, voltando a sorrir. – No entanto, uma mulher pode sempre se tornar esposa de alguém e mãe de um descendente do sexo masculino. Os serviços secretos dos Quatro Reinos tomaram conhecimento das buscas da princesa promovidas por Rience e se convenceram de que era precisamente disso que se tratava. Assim, resolveram impossibilitar à princesa tornar-se esposa e mãe. De maneira simples e eficiente.

– Mas a princesa está morta – apressou-se a dizer Codringher, notando as mudanças no rosto de Geralt provocadas pelas palavras do sorridente anão. – Os agentes souberam disso e interromperam as buscas.

– Interromperam por ora. – O bruxo esforçava-se para manter a calma e a voz fria. – Uma mentira tem a desvantagem de ser revelada. Além disso, os agentes dos reis são apenas alguns dos peões desse jogo. Vocês mesmos acabaram de dizer que os agentes procuravam Ciri para atrapalhar os planos de outros que queriam encontrá-la. Os outros em questão podem ser menos suscetíveis à desinformação. Eu os contratei para encontrarem uma forma de garantir a segurança daquela menina. O que propõem?

– Temos uma concepção... – Fenn lançou um olhar indagador para o sócio, mas não encontrou no rosto dele algo que indicasse que devia ficar calado. – Pretendemos disseminar discreta mas amplamente a informação de que tanto a princesa Cirilla como seus eventuais descendentes do sexo masculino não têm direito algum ao trono de Cintra.

– Em Cintra, a roca não herda o trono – esclareceu Codringher, lutando com um novo ataque de tosse. – Somente a espada o herda.

– Precisamente – confirmou o erudito legista. – O próprio Geralt falou isso minutos atrás. É uma lei antiquíssima, que nem a diabólica Calanthe conseguiu transgredir, embora tivesse se esforçado para isso.

– Ela tentou derrubar aquela lei por meio de intriga – disse Codringher com convicção, enxugando os lábios com o lenço. – Uma intriga ilegal. Explique a ele, Fenn.

– Calanthe era a filha única do rei Dagorad e da rainha Adália. Após a morte dos pais, ela se indispôs com a aristocracia, que a via como mera esposa de um novo rei. Queria reinar independentemente; foi apenas pró-forma e para manter a dinastia que concordou com a instituição de um príncipe consorte, que se sentava a seu lado, mas que valia menos do que um boneco de palha. As famílias mais antigas se opuseram a isso, e Calanthe teve de escolher entre provocar uma guerra civil, abdicar em prol de uma nova dinastia e casar-se com Roegner, rei de Ebbing. Escolheu a terceira alternativa. Reinava o país, porém ao lado de Roegner. Obviamente não permitiu ser domada nem enviada à cozinha. Era a Leoa de Cintra. Mas quem reinava de fato era Roegner, embora ninguém o chamasse de Leão.

– E Calanthe – acrescentou Codringher – queria a todo custo engravidar e dar à luz um filho, mas fracassou. Teve uma filha, Pavetta, abortou duas vezes e ficou claro que não teria mais filhos. Todos os seus planos caíram por terra. Como o destino pode ser cruel com as mulheres! Grandes ambições destruídas por um útero arruinado.

Geralt fez uma careta de desagrado.

– Como você é cruel, Codringher!

– Sei disso. A verdade também foi cruel, porque Roegner começou a olhar em volta à procura de uma jovem princesa com quadris largos o bastante e, se possível, de uma família com comprovado histórico de fertilidade nas últimas três gerações. Quanto a Calanthe, começou a sentir o chão lhe fugir sob os pés. Cada refeição, cada cálice de vinho poderia conter a morte, cada caçada poderia terminar num acidente fatal. Há muitos indícios de que a Leoa de Cintra resolveu tomar a iniciativa. O rei Roegner morreu. Naquela época havia uma epidemia de varíola no país, de modo que a morte do rei não despertou suspeitas.

– Começo a adivinhar – falou o bruxo, aparentemente impassível – quais serão as bases para as notícias que vocês pretendem disseminar discreta mas amplamente: Ciri se tornará neta de uma envenenadora e mariticida.

– Não se antecipe aos fatos, Geralt. Fenn, por favor, continue.

– Calanthe – sorriu o anão – salvou a própria vida, mas a coroa foi ficando cada vez mais distante. Quando, após a morte de Roegner, a Leoa quis o poder absoluto, os aristocratas voltaram a se rebelar contra a quebra das leis e tradições. O trono de Cintra tinha de ser ocupado por um rei, não por uma rainha. Deixaram as coisas bastante claras: assim que a pequena Pavetta começasse a mostrar os mais tênues sinais de ter se tornado mulher, ela deveria se casar com alguém que se tornaria o rei. Um novo casamento da estéril rainha estava fora de cogitação. A Leoa de Cintra compreendeu que o máximo com que poderia contar seria com o papel de rainha-mãe. Para piorar ainda mais a situação, o marido de Pavetta poderia se revelar uma pessoa que quisesse afastar a sogra de qualquer forma de poder.

– Vou ser cruel mais uma vez – advertiu Codringher. – Calanthe fez de tudo para adiar o casamento de Pavetta. Destruiu o primeiro projeto matrimonial, quando a menina tinha dez anos, e o segundo, quando tinha treze. A aristocracia percebeu as intenções da rainha e exigiu que o décimo quinto aniversário de Pavetta fosse o último que ela passaria solteira. Calanthe teve de aceitar o ultimato. Antes, porém, conseguiu aquilo com que contava. Pavetta permaneceu virgem por tempo demais. Começou a sentir tamanho tesão que se entregou ao primeiro vagabundo que apareceu, a alguém que, ainda por cima, fora amaldiçoado e transformado num monstro. Houve naquilo circunstâncias sobrenaturais, algumas profecias, encantos, promessas... Certa Lei da Surpresa... Não é verdade, Geralt? O que se passou depois, você deve estar bem lembrado. Calanthe convocou a Cintra um bruxo, e o tal bruxo fez um estrago e tanto. Sem saber que estava sendo manipulado, tirou a maldição do monstruoso Ouriço, possibilitando seu casamento com Pavetta. Com isso, o bruxo facilitou que Calanthe mantivesse o trono. O casamento de Pavetta com um monstro desenfeitiçado foi um choque tão tremendo para os aristocratas que eles aceitaram o repentino casamento da Leoa com Eist Tuirseach. O duque das ilhas de Skellige pareceu-lhes uma opção melhor do que um Ouriço vagabundo. Desse modo, Calanthe continuou reinando sobre o país. Eist, como todos os ilhéus, tinha respeito demais pela Leoa de Cintra para se opor ao que quer que fosse. Além disso, a atividade de reinar simplesmente o entediava, e assim entregou todo o poder a Calanthe, que, abarrotando-se de medicamentos e elixires, arrastava o marido dia e noite para a cama. Queria reinar até o fim de seus dias. E, se tivesse de reinar como rainha-mãe, que o fizesse na qualidade de mãe do próprio filho. Mas, como eu já disse, grandes ambições e um útero arruinado...

– Sim, você já disse. Não precisa repetir.

– De outro lado, a princesa Pavetta, esposa do esquisito Ouriço, já na cerimônia do casamento usava um vestido suspeitosamente folgado. A resignada Calanthe mudou de planos. Uma vez que não poderia ser rainha-mãe do próprio filho, que fosse pelo menos rainha-avó do filho de Pavetta. Mas Pavetta deu à luz uma menina. Que droga! Seria uma maldição? No entanto, a princesa poderia ter mais filhos, ou melhor, teria podido, porque ocorreu um acidente suspeito. Ela e o esquisito Ouriço morreram num obscuro naufrágio.

– Será que você não está supondo demais, Codringher?

– Estou apenas me esforçando para esclarecer a situação; nada mais do que isso. Após a morte de Pavetta, Calanthe ficou desesperada, mas por pouco tempo. Sua última esperança era a neta, Cirilla, filha de Pavetta. Mais conhecida por Ciri, a garota vivia correndo pelo castelo como um diabinho encarnado. Para alguns, principalmente os mais velhos, era a menina dos olhos, porque lhes lembrava muito Calanthe quando criança. Já para outros... uma mutante, filha do monstruoso Ouriço e sobre quem certo bruxo alegava ter direitos. E, agora, chegamos ao âmago da questão: a pupila de Calanthe, que claramente estava sendo preparada para ser a sucessora e era tratada como reencarnação de Calanthe, a Leoazinha com o sangue da Leoa nas veias, já àquela época era considerada excluída da linha de sucessão por uma parte da aristocracia. Cirilla era malnascida. O casamento de Pavetta fora morganático. Pavetta misturara seu sangue com sangue inferior de um vagabundo de procedência desconhecida.

– Genial, Codringher; só que não foi assim. O pai de Ciri não era um vagabundo, mas um príncipe.

– Não diga! Não sabia disso. De qual reino?

– De um reino do Sul... De Maecht... Sim, exatamente, de Maecht.

– Interessante – murmurou Codringher. – Há tempos Maecht está em poder de Nilfgaard; faz parte da província de Metinna.

– Mas é um reino – intrometeu-se Fenn. – E é governado por um rei...

– Quem o governa é Emhyr var Emreis – cortou-o Codringher. – Quem quer que esteja sentado em seu trono o faz por graça e decisão de Emhyr. E, falando nisso, veja quem Emhyr nomeou para ser rei daquele lugar. Eu não me lembro.

– Já vou ver. – O aleijado empurrou as rodas da poltrona na direção de uma estante, tirou dela um grosso rolo de palimpsestos e se pôs a examiná-los um a um, atirando no chão os já vistos. – Hummm... Aqui está. Reino de Maecht. Seu brasão tem peixes prateados e coroas intercalados sobre fundo azul e vermelho...

– Estou pouco me lixando para a heráldica, Fenn. O rei, quem é o rei de lá?

– Hoët, o Justo. Escolhido por meio de uma eleição...

– ... por Emhyr de Nilfgaard – adivinhou Codringher com frieza.

– ... há nove anos.

– Então não pode ser esse – calculou o advogado rapidamente. – Ele não nos interessa. Quem reinou antes dele?

– Um momento. Aqui está. Akerspaark. Morreu...

– ... de inflamação dos pulmões atravessados por um estilete de algum esbirro de Emhyr ou daquele Justo. – Codringher mais uma vez demonstrou toda a sua perspicácia. – Geralt, o mencionado Akerspaark lhe desperta alguma lembrança? Não poderia ter sido ele o pai daquele Ouriço?

– Sim – respondeu o bruxo, após uma breve reflexão. – Akerspaark. Lembro-me de Duny ter chamado o pai assim.

– Duny?

– Era esse o nome dele. Foi um príncipe, filho daquele Akerspaark...

– Não – interrompeu-o Fenn, analisando os palimpsestos. – Todos os filhos legítimos de Akerspaark estão listados aqui: Orm,

Gorm, Torm, Horm e Gonzalez. E também as filhas: Alia, Valia, Nina, Paulina, Malvina e Argentina...

– Retiro todas as calúnias que lancei sobre Nilfgaard e Hoët, o Justo – afirmou Codringher solenemente. – Akerspaark não foi assassinado; ele morreu de tanto trepar. Porque na certa ele deve ter tido uma porção de filhos bastardos, não é verdade, Fenn?

– Teve. E muitos. Mas não encontro aqui nenhum registro de Duny.

– Eu não imaginava que encontrasse. Geralt, esse seu Ouriço não foi um príncipe. Mesmo que ele fosse filho ilegítimo daquele fauno Akerspaark, entre ele e o direito ao trono havia, além de Nilfgaard, uma extensa fila de Orms, Gorms e outros Gonzalez, todos eles, evidentemente, com sua extensa prole. De ponto de vista formal, Pavetta fez um casamento morganático.

– E Ciri, fruto de um casamento morganático, não tem direito ao trono?

– Bravo.

Fenn aproximou-se do atril, fazendo ranger as rodas da poltrona.

– Trata-se apenas de um argumento – disse, meneando a cabeçorra. – Somente um argumento. Não se esqueça, Geralt, de que não estamos lutando nem pela coroa da princesa de Cintra nem para privá-la dela. A finalidade do boato que foi solto é a de chamar a atenção para o fato de que a menina não pode ser usada como meio de chegar ao trono de Cintra. E, caso alguém decida usá-la, será fácil questionar sua validade. A menina deixa de ser importante no jogo político, passando a ser um mero peão, sem o menor valor, e, diante disso...

– ... vão deixá-la viver – concluiu Codringher, impassível.

– Quão sólido é o argumento de vocês do ponto de vista formal? – indagou Geralt.

Fenn lançou um olhar para Codringher e depois para o bruxo.

– Não muito – confessou. – Cirilla continua tendo o sangue de Calanthe, embora um tanto diluído. Em condições normais, é bem possível que lhe barrariam o acesso ao trono, mas as condições não são normais. O sangue da Leoa tem um significado político...

– Sangue... – murmurou Geralt, esfregando a testa. – Codringher, o que significa "Criança de Sangue Antigo"?

– Não entendi. Alguém usou essa expressão referindo-se a Cirilla?

– Sim.

– Quem?

– Não vem ao caso. O que quer dizer?

– Luned aep Hen Ichaer – interveio Fenn, afastando-se do atril. – Literalmente, não seria Criança, mas Filha de Sangue Antigo. Hummm... Sangue Antigo. Já me defrontei com essa denominação, mas não consigo lembrar quando. Acho que se trata de uma profecia élfica. Em algumas versões do texto da sibila Ithlinne, aquelas mais antigas, tenho a impressão de que há menções ao Sangue Antigo dos Elfos, ou seja, Aen Hen Ichaer. Mas nós não temos aqui o texto completo daquela profecia. Vai ser preciso consultar os elfos...

– Vamos deixar isso de lado – disse Codringher friamente. – Não é bom tratar de tantos enigmas ao mesmo tempo, Fenn. Afinal, não queremos abraçar o mundo com as pernas. Há profecias e mistérios demais. Por enquanto, agradecemos à sua grande ajuda. Venha, Geralt; vamos voltar a meu escritório.

– Baixos demais, não é verdade? – assegurou-se o bruxo assim que retornaram e sentaram-se, o advogado atrás da escrivaninha e o bruxo a sua frente. – Os honorários não estão à altura da tarefa, não é isso?

– Baixos demais, Geralt. Remexer profecias élficas é diabolicamente complicado, além de ser perda de tempo e de meios. Será necessário entrar em contato com os elfos, porque ninguém além deles é capaz de decifrar sua escrita. Os manuscritos élficos, na maior parte das vezes, não passam de uma complicada simbologia, de acrósticos, de códigos cifrados. A Língua Antiga é ambígua, e sua escrita pode ter mais de dez significados. Os elfos nunca estiveram inclinados a ajudar quem quisesse decifrar suas profecias. E nos dias de hoje, quando nas florestas trava-se uma guerra com os Esquilos e até existem *pogroms*, não é recomendável aproximar-se deles. Duplamente não recomendável: os elfos podem tomá-lo por provocador, e os humanos, denunciá-lo como traidor...

– Quanto, Codringher?

O advogado permaneceu calado por um bom tempo, brincando com uma estrela metálica.

– Dez por cento – disse, por fim.

– Dez por cento de quê?

– Não me faça de bobo, bruxo. O assunto está se tornando muito sério. Está ficando cada vez mais difícil saber de que se trata, e, quando não se sabe de que se trata, então certamente se trata de dinheiro. Nesse caso, agrada-me mais um percentual do que simples honorários. Você me dará dez por cento do que ganhará, descontando o valor que já me pagou. E então, podemos selar um acordo?

– Não. Não quero que você perca dinheiro. Dez por cento de zero é zero, Codringher. Eu, meu caro colega, não vou ganhar nada com essa história.

– Peço novamente que não me faça de bobo. Não acredito que você não esteja sendo movido por lucro. Não creio que por trás dessa história toda não haja...

– Não estou interessado em que você acredita. Não haverá acordo algum nem porcentagem alguma. Estabeleça o valor dos honorários para obter as informações necessárias.

– A qualquer outro – Codringher tossiu – eu teria expulsado daqui, convicto de que estaria tentando me enrolar. Mas em seu caso, seu bruxo anacrônico, por mais estranho que possa parecer, uma atitude tão nobre, inocente e desinteressada se encaixa perfeitamente. Deixar-se matar de graça é típico de seu estilo grandioso e pateticamente ultrapassado...

– Não vamos perder tempo. Quanto, Codringher?

– Outro tanto. Quinhentas coroas no total.

– Sinto muito – falou Geralt, meneando a cabeça –, mas não tenho condições de pagar tal quantia. Pelo menos, não neste momento.

– Renovo a proposta que lhe fiz antes, quando nos conhecemos – falou o advogado lentamente, continuando a brincar com a estrela. – Venha trabalhar para mim, e você terá condições de pagar pelas informações e ainda sobrará um troco.

– Não, Codringher.

– Por quê?

– Você não entenderia.

– Dessa vez, você não parte meu coração, mas meu orgulho profissional. E isso porque sempre estive convencido de que sou capaz de entender absolutamente tudo. A base de nossas profissões reside na existência de filhos da puta, porém você continua preferindo o anacronismo à modernidade.

O bruxo sorriu.

– Bravo.

Codringher teve mais um acesso de tosse, limpou os lábios e examinou o lenço. Depois, ergueu para o bruxo os olhos amarelo-esverdeados.

– Você deu uma espiada na lista dos magos e das magas que estava no atril? A relação dos potenciais patrões de Rience?

– Dei.

– Não lhe entregarei a lista antes de me certificar detalhadamente de seu conteúdo. Não se guie por aquilo que você viu de relance. Jaskier me disse que Filippa Eilhart provavelmente sabe quem está por trás de Rience, mas que se negou a compartilhar essa informação com você. Filippa não protegeria um borra-botas qualquer. Por trás daquele patife está alguém muito importante.

O bruxo permaneceu calado.

– Tome cuidado, Geralt. Você corre sério perigo. Alguém está conduzindo um jogo com você. Alguém que claramente antecipa seus movimentos, alguém que chega a dirigi-los. Não se deixe levar por arrogância e vaidade. Quem está brincando com você não é uma simples estrige ou um lobisomem. Nem são os irmãos Michelet. Tampouco é Rience. Que droga! Criança de Sangue Antigo! Não bastassem o trono de Cintra, magos, monarcas e Nilfgaard, temos ainda os elfos! Interrompa esse jogo, bruxo; desligue-se dele. Atrapalhe os planos fazendo aquilo que ninguém espera. Rompa esse vínculo maldito; não permita que o liguem de modo algum a Cirilla. Deixe-a com Yennefer, volte para Kaer Morhen e não saia de lá. Suma nas montanhas e estudarei os manuscritos élficos sem pressa, calma e profundamente. Quando eu tiver obtido a informação sobre a Criança de Sangue Antigo, quando já tiver descoberto o nome do feiticeiro envolvido nesse imbróglio, você terá tido tempo suficiente para juntar o dinheiro e faremos a troca.

– Não posso esperar. A menina está correndo perigo.

– É verdade. Mas sei que você é considerado um obstáculo no caminho até ela. Um obstáculo que precisa ser eliminado a qualquer custo. E é por isso que você está correndo risco de vida. Eles partirão em busca da garota assim que derem cabo de você.

– Ou quando eu interromper o jogo, sumir de vista e me esconder em Kaer Morhen. Acho que lhe paguei demais para receber tal tipo de conselhos.

O advogado girou a estrela metálica por entre os dedos.

– Pela quantia que você me pagou hoje, eu dediquei muito trabalho, bruxo – falou, retendo um novo acesso de tosse. – O conselho que lhe dei foi de caso pensado. Esconda-se em Kaer Morhen, suma da face da Terra. Aí, aqueles que estão à procura de Cirilla a encontrarão.

Geralt semicerrou os olhos e sorriu. Codringher não empalideceu.

– Sei o que estou dizendo – continuou, sustentando o olhar e o sorriso. – Os algozes de sua querida Ciri vão apanhá-la e fazer com ela o que quiserem. Ao mesmo tempo, tanto você quanto ela estarão em segurança.

– Esclareça, por favor. E o mais rápido possível.

– Encontrei uma menina. Filha de uns nobres de Cintra, órfã de guerra. Passou pelos campos de refugiados e agora mede e corta tecidos para um alfaiate que a acolheu em Brugge. Ela não tem nada de especial, exceto uma coisa: é muito parecida com uma miniatura na qual aparece a Leoazinha de Cintra... Quer ver o retratinho?

– Não, Codringher, não quero. Não concordo com tal solução.

– Geralt – o advogado estreitou os olhos –, o que o move? Se você deseja salvar sua Ciri... Tenho a impressão de que não dispõe de fundos suficientes para se dar ao luxo de adotar essa postura de desprezo. O tempo do desprezo está se aproximando, colega bruxo, o tempo de um desprezo total e ilimitado. Você tem de se adaptar a ele. O que estou lhe propondo é muito simples. Alguém morrerá para que sobreviva alguém que você tanto ama. Morrerá uma menina que você não conhece e nunca viu na vida...

– E quem eu devo desprezar? – interrompeu-o o bruxo. – Em troca daquilo que amo, devo pagar o preço de ter desprezo por mim mesmo? Não, Codringher. Deixe aquela criança em paz, medindo e cortando os tecidos. Destrua seu retrato. Queime-o. E, pelas duramente conseguidas duzentas e cinquenta coroas que você colocou na gaveta, dê-me outra coisa: uma informação. Yennefer e Ciri partiram de Ellander. Tenho certeza de que você sabe disso. Tenho certeza de que você sabe para onde estão se dirigindo. Tenho certeza de que você sabe que há alguém em seu encalço.

Codringher tamborilou os dedos no tampo da escrivaninha e tossiu.

– O lobo, insensível às advertências, deseja continuar caçando – constatou. – Não se dá conta de que na verdade a caça é ele, de que está seguindo inapelavelmente na direção das ciladas preparadas por seu caçador.

– Não seja banal. Seja concreto.

– Já que você insiste... Não é difícil adivinhar que Yennefer está se dirigindo ao congresso dos feiticeiros convocado para os primeiros dias de julho, em Garstang, na ilha de Thanedd. Ela viaja inteligentemente usando subterfúgios em vez de magia, de modo que é muito difícil segui-la. Na semana passada, ainda estava em Ellander; portanto, dentro de três ou quatro dias, deverá chegar a Gors Valen, a apenas um passo de Thanedd. Antes, ela terá de passar pelo vilarejo de Anchor. Se você partir imediatamente, poderá ultrapassar aqueles que a perseguem. Pois sei que ela está sendo perseguida.

– Espero – Geralt sorriu de maneira horrenda – que não se trate de alguns agentes reais.

– Não – falou o advogado, olhando para a estrela, com a qual continuava a brincar –, não são agentes. Também não é Rience, que é mais esperto do que você e, depois do que houve com os irmãos Michelet, enfiou-se num buraco sem ousar pôr o nariz para fora. Yennefer está sendo perseguida por três assassinos de aluguel.

– Imagino que você os conheça.

– Conheço todos eles. E é por isso que lhe sugiro que os deixe em paz. Não vá para Anchor. Enquanto isso, eu, lançando mão de meus contatos e relações, tentarei subornar os biltres e inverter o contrato, ou seja, fazer com que eles matem Rience. Se isso der certo... – interrompeu-se repentinamente, fazendo um movimento brusco com o braço. A estrela metálica zuniu em seu voo e, com grande estrondo, cravou-se no quadro, bem na testa de Codringher Sênior, furando a tela e penetrando quase até a metade na parede do aposento. – Legal, não? – O advogado deu um amplo sorriso. – Essa estrela é chamada de órion, uma invenção de além-mar. Tenho treinado com ela há mais de um mês e nunca mais erro. Poderá vir a ser útil um dia desses. A trinta passos, essa estrelinha é infalível e mortal, além de poder ser escondida numa luva ou na banda de um chapéu. Há um ano ela faz parte do armamento das forças especiais nilfgaardianas. Você não acha que seria muito engraçado se encontrassem Rience, que espiona para Nilfgaard, com um órion desses enfiado na têmpora?

– Não tenho nada a ver com isso. É assunto seu. Há duzentas e cinquenta coroas em sua gaveta.

– É verdade – assentiu Codringher. – Interpreto suas palavras como recebimento de carta branca para agir. Vamos fazer um minuto de silêncio em respeito à morte do senhor Rience. Com todos os diabos, por que está fazendo essa careta? Você não tem respeito pela majestade da morte?

– Tenho, e é grande demais para ficar ouvindo calmamente piadas idiotas sobre ela. Será que você já pensou na própria morte, Codringher?

O advogado teve mais um acesso de tosse e ficou olhando por muito tempo para o lenço com o qual cobrira a boca. Depois, ergueu os olhos.

– Sim – respondeu baixinho –, já pensei, e muito. Mas você não tem de se meter em meus pensamentos, bruxo. Você vai para Anchor?

– Vou.

– Ralf Blunden, mais conhecido como Professor. Heimo Kantor. Yaxa, o Curto. Esses nomes lhe dizem alguma coisa?

– Não.

– Os três são muito bons com espadas. Melhores que os irmãos Michelet. Diante disso, sugiro-lhe usar uma arma de longa distância, como essas estrelinhas nilfgaardianas. Se quiser, poderei lhe vender algumas. Tenho uma porção delas.

– Não estou interessado. Elas não são práticas; fazem muito barulho ao voar.

– Seu silvo age psicologicamente. Ele é capaz de paralisar de medo o adversário.

– É possível, mas também pode alertá-lo. Eu seria capaz de me esquivar de um desses projéteis.

– Só se estivesse vendo quando o atirassem. Sei que você tem a capacidade de se esquivar de setas e dardos... No entanto, se estiver de costas...

– Mesmo que esteja de costas.

– Duvido.

– Pois vamos fazer uma aposta – falou Geralt friamente. – Eu vou virar com o rosto de frente para o retrato de seu pai idiota e você vai atirar em mim um desses órions. Se me acertar, você ganhará. Se errar, perderá e, nesse caso, terá de decifrar os manuscritos élficos e conseguir informações sobre a Criança de Sangue Antigo. Rápido... e a crédito.

– E se eu ganhar?

– Você pegará essas informações e as cederá a Yennefer. Ela lhe pagará, e você não será prejudicado.

Codringher abriu a gaveta, da qual tirou outro órion.

– Você conta com o fato de que eu não aceitarei a aposta – afirmou, mais do que perguntou.

– Não – sorriu o bruxo. – Estou convencido de que vai aceitar.

– Você está se arriscando muito. Já se esqueceu de que não tenho escrúpulos?

– Não me esqueci. Mas está chegando o tempo do desprezo, e você segue o progresso e o espírito dos tempos. De outro lado, eu levei a sério sua acusação de anacrônica ingenuidade e, dessa vez, decidi arriscar, contando com a possibilidade de obter lucro. E então? A aposta está de pé?

– Está – respondeu Codringher, erguendo-se e pegando a estrela por uma das pontas. – A curiosidade sempre se sobrepõe a minha razão; isso sem falar de inútil misericórdia. Vire-se.

O bruxo virou-se. Olhou para o espessamente perfurado rosto estampado no quadro e para o órion nele cravado. Em seguida, fechou os olhos.

A estrela zuniu e penetrou na parede, a quatro polegadas da moldura do retrato.

– Com todos os diabos! – urrou Codringher. – Você nem tentou se esquivar, seu grande filho da puta!

Geralt virou-se e sorriu de maneira especialmente horrenda.

– E por que eu me esquivaria? Ouvi você atirar de um jeito que não ia me acertar.

A estalagem estava vazia. Num dos cantos, sentada num banco e virada timidamente para o lado, uma mulher com olhos encavados amamentava uma criança. Um camponês de ombros largos, provavelmente seu marido, dormitava do lado, com as costas apoiadas na parede. Na sombra, atrás do fogareiro, estava sentado mais alguém, que Aplegatt não conseguia enxergar direito por causa da penumbra reinante no aposento.

O dono do estabelecimento ergueu a cabeça e adotou um ar soturno assim que reconheceu a placa metálica com o brasão de Aedirn pendurada no pescoço do visitante. Aplegatt já estava acostumado a tal atitude. Como estafeta real, ele tinha o incondicional direito de requisitar meios de transporte à população. Os decretos reais eram bastante claros: o estafeta podia, em qualquer cidade, em qualquer vilarejo e em qualquer pousada, exigir um cavalo novo, e ai daquele que se negasse a entregá-lo. Evidentemente, o estafeta deixava seu cavalo em troca e pegava o outro assinando um recibo. O proprietário do animal podia procurar o estaroste e receber uma indenização. No entanto, isso não costumava ser tão fácil assim, de modo que o estafeta era sempre visto com reserva e desconfiança: exigirá ou não? Levará consigo para sempre nosso querido Dourado? Nossa Belezoca, que criamos desde que nasceu? Nosso mimado Corvo? Aplegatt já vira muitas crianças em lágrimas agarradas a seu adorado animal e companheiro de brincadeiras enquanto era selado e levado para fora da cocheira; mais de uma vez olhara para o rosto empalidecido de adultos diante da impotência e do sentimento de injustiça à qual foram submetidos.

– Não vou precisar de um cavalo novo – disse rudemente, com a impressão de o estalajadeiro ter soltado um suspiro de alívio. – Vou apenas comer algo, porque fiquei com fome durante a viagem. Sobrou alguma coisa na panela?

– Sobrou um pouco de sopa. Sente-se, por favor. Já vou servi-lo. O senhor pretende pernoitar? Está ficando escuro.

Aplegatt pensou por um momento. Dois dias antes se encontrara com Hansom, um estafeta conhecido, com quem, seguindo ordens, trocara mensagens. Hansom recebera as cartas e os recados dirigidos ao rei Demawend e partira a pleno galope para Vengerberg por Temeria e Mahakam. Já Aplegatt, com a correspondência destinada ao rei Vizimir da Redânia, seguira na direção de Oxenfurt e Tretogor. Tinha ainda mais de trezentas milhas a percorrer.

– Vou comer e partirei logo em seguida – decidiu. – A lua está cheia e a estrada é plana.

– Como o senhor desejar.

A sopa que lhe foi servida era rala e sem gosto, mas o estafeta não prestava atenção a tal tipo de detalhes. Deixava para deliciar-se em casa, com a comida preparada pela esposa; na estrada, comia o que lhe era servido. Sorvia a sopa lentamente, segurando a colher de maneira desajeitada, com dedos intumescidos de tanto segurar as rédeas.

O gato que dormitava junto do fogareiro ergueu repentinamente a cabeça e bufou.

– Um estafeta real?

Aplegatt olhou em volta. A pergunta fora feita por aquele que estivera oculto na sombra da qual agora saía, parando ao lado do estafeta. Tinha os cabelos brancos como leite, presos por uma tira de couro. Vestia um gibão cravejado com tachões de prata e calçava botas de cano alto. Por trás de seu ombro direito brilhava o esférico pomo de uma espada presa às costas.

– Para onde o senhor está se dirigindo?

– Para onde manda a vontade real – respondeu Aplegatt friamente. Nunca respondia de outro modo a tal tipo de pergunta.

O homem de cabelos brancos ficou em silêncio por algum tempo, olhando inquisitivamente para o estafeta. Seu rosto era de uma palidez sobrenatural, e seus olhos, estranhamente escuros.

– A vontade real – falou por fim, com voz desagradável e um tanto rouca – sem dúvida deve ter lhe ordenado que se apressasse. Não está pronto para partir imediatamente?

– E o que isso lhe interessa? Quem é o senhor para me apressar assim?

– Não sou ninguém – respondeu o desconhecido, sorrindo de maneira particularmente horrível. – E não o estou apressando. Mas, se estivesse em seu lugar, partiria daqui o mais rápido possível. Não gostaria que lhe acontecesse algo de mau.

Aplegatt também tinha uma resposta pronta para tal tipo de afirmações. Curta e grossa. Embora não fosse provocativa, ela deixava bem claro a quem servia um estafeta real e que perigo corria todo aquele que ousasse tocar num deles. No entanto, na voz do homem de cabelos brancos havia algo que fez com que Aplegatt não usasse a resposta costumeira.

– Preciso dar um descanso ao cavalo, senhor. Uma hora, talvez duas.

– Entendo – assentiu o estranho personagem, erguendo a cabeça e parecendo ouvir sons vindos de fora.

Aplegatt também fez um esforço para escutar, mas ouviu apenas o murmúrio do vento.

– Descanse, então – disse o desconhecido, ajeitando o largo cinturão de couro que lhe atravessava diagonalmente o peito. – Mas não saia para o pátio. Não importa o que esteja se passando lá, não saia de modo algum.

Aplegatt não perguntou nada. Seu instinto lhe dizia que era o melhor a fazer. Inclinou-se sobre o prato e retomou a pescaria dos raros torresmos boiando na sopa. Quando voltou a erguer a cabeça, o homem de cabelos brancos já havia saído do aposento.

No momento seguinte, ouviu o relincho de um cavalo e o som de cascos batendo no solo. A porta da estalagem se abriu e adentraram três homens. Ao vê-los, o estalajadeiro se pôs a limpar ainda mais energicamente um caneco. A mulher com o bebê escorregou sobre o banco para mais perto do marido adormecido e despertou-o com uma cotovelada. Aplegatt puxou disfarçadamente para perto de si o tamborete sobre o qual repousava seu cinturão com a espada.

Os três homens aproximaram-se do balcão, lançando olhares avaliadores sobre os presentes. Moviam-se devagar, fazendo tilintar suas esporas e armas.

– Sejam bem-vindos, senhores. – O estalajadeiro pigarreou e tossiu. – O que posso lhes servir?

– Vodca – respondeu um dos homens, baixo, troncudo, de longos braços simiescos, com duas espadas zerricanas cruzadas às costas. – O senhor vai tomar um trago, Professor?

– Positivamente, e com agrado – concordou o segundo homem, ajeitando sobre o nariz adunco óculos feitos de lentes de polido cristal azulado numa armação de ouro. – Desde que a bebida não seja falsificada com o uso de ingredientes inadequados.

O estalajadeiro os serviu. Aplegatt notou que suas mãos tremiam. Os três homens apoiaram as costas no balcão e, sem pressa alguma, ficaram bebericando dos canecos de barro.

– Senhor estalajadeiro – falou o de óculos repentinamente –, não teriam passado por aqui há pouco tempo duas damas viajando apressadas na direção de Gors Velen?

– Muitas pessoas passam por aqui – resmungou o estalajadeiro.

– As damas em questão – continuou o homem, devagar – não passariam despercebidas. Uma delas é morena e extraordinariamente bela; monta um garanhão negro. A outra, mais jovem, de cabelos claros e olhos verdes, cavalga numa égua lobuna. Estiveram aqui?

– Não – antecipou-se Aplegatt ao estalajadeiro, sentindo um repentino frio nas costas. – Não estiveram.

Perigo com penas cinzentas. Areia quente...

– Estafeta?

Aplegatt assentiu com a cabeça.

– De onde e para onde?

– De onde e para onde a vontade real me mandar.

– As mulheres sobre as quais indaguei, você não as teria encontrado pelo caminho?

– Não.

– Tenho a impressão de que você nega rápido demais – rosnou o terceiro homem, magro e comprido como uma vara. Seus cabelos eram negros e brilhantes, como se tivessem sido alisados com gordura. – E não me parece que você tenha se esforçado muito para puxar pela memória.

– Deixe-o em paz, Heimo – disse o de óculos, fazendo um gesto depreciativo com a mão. – Ele não passa de um estafeta. Não crie caso. Como se chama este vilarejo, estalajadeiro?

– Anchor.

– Qual a distância daqui até Gors Velen?

– Como?

– Quantas milhas?

– Nunca contei as milhas, mas são três dias de viagem...

– A cavalo?

– Numa carroça.

– Ei! – exclamou o troncudo repentinamente, endireitando-se e olhando para o pátio através da porta aberta. – Dê uma espiada, Professor. Quem será aquele tipo? Será que é...

O de óculos também olhou para o pátio e seu rosto se contraiu.

– Sim – rosnou. – Decididamente é ele. Acabamos tendo sorte.

– Vamos esperar que ele entre?

– Ele não vai entrar. Viu nossos cavalos.

– Será que ele sabe que nós...

– Cale a boca, Yaxa. Ele está falando alguma coisa.

– Vocês podem escolher – emanou do pátio uma voz rouca, porém possante, a qual Aplegatt reconheceu de imediato. – Um de vocês vai sair daí e me dizer quem os contratou. Se fizerem isso, poderão partir sem ser incomodados. Ou então saiam os três juntos. Aguardo.

– Filho de uma cadela – praguejou o de cabelos negros. – Ele sabe. O que vamos fazer?

O de óculos colocou lentamente o caneco sobre o balcão.

– Aquilo pelo que fomos pagos – respondeu, cuspindo na mão, mexendo os dedos e sacando a espada.

Diante disso, os outros dois também desembainharam as suas. O estalajadeiro abriu a boca para soltar um grito, mas fechou-a imediatamente sob o gélido olhar que surgiu detrás das lentes azuis.

– Fiquem todos sentadinhos – sussurrou o de óculos –, nem um pio. Heimo, logo que começarmos, tente alcançá-lo por trás. Boa sorte, rapazes. Vamos sair.

Teve início assim que saíram. Gemidos, pés batendo no piso de tábuas, sons metálicos de lâminas se chocando. Depois, um grito, daqueles de deixar os cabelos de pé.

O estalajadeiro empalideceu. A mulher de olhos encavados soltou um grito abafado, apertando a criança contra o peito. O gato saltou detrás do fogareiro, recurvou o dorso e sua cauda eriçou-se toda, como uma escova. Aplegatt levantou-se da cadeira e escondeu-se num canto. Mantinha a espada sobre os joelhos, ainda na bainha.

Do pátio vinham mais sons de pés batendo no piso, silvos e golpes de lâminas.

– Ah, seu... – gritou alguém selvagemente, e naquele grito, apesar de ser concluído com um palavrão, havia mais desespero do que raiva. – Seu...

O silvo de uma lâmina. E logo depois um urro agudo e penetrante parecendo cortar o ar, seguido por um barulho como se um saco de grãos tivesse caído sobre o piso de tábuas. Mais ao longe, sons nervosos de cascos e relinchos apavorados de cavalos.

Sobre o piso de tábuas, passos pesados e rápidos de alguém correndo. A mulher com o bebê colou-se ao marido. O estalajadeiro apoiou as costas na parede. Aplegatt desembainhou a espada, mas deixou-a escondida sob o tampo da mesa. O homem corria na direção da estalagem, e estava claro que logo apareceria à porta. Antes de alcançá-la, porém, ouviu-se o silvo de uma lâmina.

O homem soltou um grito. Parecia que ia cair antes mesmo de adentrar, mas não caiu. Deu alguns passos lentos e desajeitados e só então desabou, bem no centro do aposento, erguendo uma nuvem de poeira que havia se acumulado nas fendas entre as tábuas do piso. Caiu de bruços, impotente, esmagando os braços e encolhendo as pernas. Os óculos com lentes de cristal espatifaram-se com estrondo sobre as tábuas, espalhando-se como grãos de cevada azulada. Debaixo do já imóvel corpo começou a se alastrar uma brilhante mancha escura.

Ninguém se mexeu nem gritou.

O homem de cabelos brancos entrou. Enfiou habilmente a espada na bainha presa às costas e aproximou-se do balcão, sem sequer lançar um olhar para o cadáver.

– Os homens malvados – disse – estão mortos. Quando chegar o aguazil, é bem possível que se revele haver um prêmio por suas cabeças. Que ele faça com o prêmio o que achar adequado.

– Sim, senhor – falou o estalajadeiro respeitosamente.

– Pode ser – acrescentou o homem de cabelos brancos – que apareçam aqui alguns camaradas ou amigos desses homens malvados, perguntando o que aconteceu com eles. Se isso ocorrer, diga-lhes que foram mordidos pelo Lobo. Pelo Lobo Branco. E recomende-lhes que olhem frequentemente para trás, pois algum dia poderão se virar e dar de cara com o Lobo.

Quando, após três dias de viagem, Aplegatt chegou aos portões de Tretogor, já passava da meia-noite. Estava furioso, porque perdera bastante tempo junto da fossa e gritara até arranhar a garganta. Os guardas dormiam o sono dos justos e demoraram muito para atendê-lo. Ficou aliviado ao dirigir insultos a eles e a seus ancestrais até três gerações. Em seguida, ficou ouvindo com grande satisfação o oficial do dia, que fora despertado, completar com outros detalhes as acusações que ele fizera às mães, avós e bisavós dos recrutas. Obviamente, não havia a menor chance de encontrar-se com o rei Vizimir. Na verdade, tal fato até lhe agradava, pois contava com a possibilidade de dormir até soarem os sinos matinais. Estava enganado. Em vez de ser conduzido a um lugar onde pudesse se deitar, foi levado imediatamente ao aposento do comandante da guarda, onde o esperava um homenzarrão. Aplegatt o conhecia; era Dijkstra, o homem de confiança do rei da Redânia. Dijkstra, e o estafeta sabia disso, estava autorizado a ouvir notícias destinadas exclusivamente aos ouvidos do rei. Aplegatt entregou-lhe as cartas.

– Você tem alguma mensagem verbal?

– Tenho, nobre senhor.

– Fale.

– Demawend para Vizimir – começou a recitar Aplegatt, semicerrando os olhos. – Primeiro: os disfarçados estão prontos para a segunda noite de julho após a lua nova. Fique atento para que Foltest não nos decepcione. Segundo: o congresso dos Espertalhões em Thanedd não será honrado com minha presença, e recomendo-lhe o mesmo. Terceiro: a Leoazinha está morta.

Dijkstra fez uma careta e tamborilou os dedos no tampo da mesa.

– Aqui você tem cartas para o rei Demawend. Já a mensagem verbal... Aguce bem os ouvidos e reforce a memória. Repita a seu rei, palavra por palavra. Somente a ele, a ninguém mais, entendeu?

– Entendi, nobre senhor.

– O teor da mensagem verbal é o seguinte: Vizimir para Demawend. Os disfarçados têm de ser detidos a qualquer custo. Alguém traiu. A Chama juntou um exército em Dol Angra e somente aguarda um pretexto. Repita.

Aplegatt repetiu.

– Muito bem – assentiu Dijkstra. – Você partirá antes do amanhecer.

– Estou cavalgando há cinco dias, nobre senhor – falou o estafeta, esfregando o traseiro. – O senhor concordaria que eu dormisse até o meio-dia?

– E por acaso seu rei, Demawend, dorme agora à noite? Ou durmo eu? Só pela pergunta você mereceria uma surra. Vão lhe dar algo para comer, você esticará os ossos por um tempo num monte de palha e partirá antes de o sol raiar. Mandei que lhe dessem um garanhão de raça; você verá que ele voa como o vento. E não faça essa careta. Tome este saquinho com um prêmio extra para que você não fique falando por aí que o rei Vizimir é pão-duro.

– Obrigado, nobre senhor.

– Quando estiver atravessando as florestas de Pontar, fique muito atento. Comandos de Esquilos foram vistos por lá, além de não faltarem simples bandidos por aquelas bandas.

– Bem sei disso, senhor. Só o que vi três dias atrás...

– O que você viu?

Aplegatt relatou rapidamente o que se passara em Anchor. Dijkstra ficou ouvindo, com os possantes antebraços cruzados sobre o peito.

– O Professor... – falou pensativamente. – Heimo Kantor e Yaxa, o Curto. Mortos pelo bruxo. Em Anchor, na estrada que leva a Gors Velen, ou seja, a Thanedd, a Garstang... E a Leoazinha não está viva?

– O que disse, nobre senhor?

– Nada de importante – respondeu Dijkstra, erguendo a cabeça. – Pelo menos, para você. Vá descansar e, assim que o dia raiar, a caminho!

Aplegatt comeu o que lhe trouxeram e deitou-se. No entanto, estava tão cansado que não conseguiu dormir o suficiente e, antes de amanhecer, já estava fora do castelo. O cavalo era realmente rápido, mas teimoso e desobediente. Aplegatt não gostava de cavalos assim.

A suas costas, entre a escápula esquerda e a coluna vertebral, sentia uma comichão insuportável; provavelmente fora mordido por uma pulga enquanto dormitava... E não havia como se coçar.

O cavalo relinchou e deu uns passos vacilantes. O estafeta esporeou-o e partiu a galope. O tempo urgia.

– Gar'ean – sibilou Cairbre, inclinando-se entre os galhos de uma árvore para observar a estrada. – En Dh'oine aen evall a stráede!

Toruviel ergueu-se de um pulo, ajeitou a espada presa ao cinturão e deu uma cutucada com a ponta da bota na coxa de Yaevinn, que cochilava a seu lado, encostado numa árvore derrubada pelo vento. O elfo levantou-se rapidamente, fazendo uma careta de dor por ter queimado a palma da mão ao se apoiar na areia quente.

– Que suecc's?

– Um homem cavalgando pela estrada.

– Só um? – perguntou Yaevinn, erguendo o arco e a aljava. – Cairbre? Somente um?

– Sim, e está se aproximando.

– Então vamos acabar com ele. Haverá um Dh'oine a menos.

– Deixe-o em paz – falou Toruviel, segurando-o pelo braço. – Não precisamos disso. Nossa tarefa é fazer o reconhecimento do terreno e retornar ao comando. Devemos matar civis pelas estradas? É esse o espírito de nossa luta pela liberdade?

– Precisamente. Afaste-se.

– Se deixarmos um cadáver na estrada, a primeira patrulha que passar vai soar o alarme e o exército sairá em nossa perseguição. Vão cercar os bosques e poderemos ter problemas ao tentar atravessar o rio!

– São raras as pessoas que passam por esta estrada. Até encontrarem o corpo, estaremos longe.

– Aquele cavaleiro já está longe demais – disse Cairbre, de cima da árvore. – Em vez de discutir, vocês deviam ter disparado. Agora, não há como acertá-lo. Está a mais de duzentos passos.

– Com meu arco de sessenta libras? – indagou Yaevinn, alisando seu arco huno. – E com uma flecha de trinta polegadas? Além disso, não são duzentos passos; no máximo, cento e cinquenta. Mire, que spar aen'le.

– Yaevinn, deixe isso para lá...

– Thaess aep, Toruviel.

O elfo virou o gorro para que a cauda de esquilo presa a ele não lhe atrapalhasse a visão, esticou a corda do arco com força até o punho tocar no ouvido, mirou com cuidado e disparou.

Aplegatt não ouviu o disparo; tratava-se de uma "seta silenciosa", especialmente munida de longas e finas penas cinzentas e com a parte de trás estriada para aumentar a rigidez e diminuir o peso. Afiada como uma navalha, a ponta tripartite acertou o estafeta nas costas, fincando-se com ímpeto num ponto entre a escápula esquerda e a coluna vertebral. As três lâminas da ponta estavam fixas em ângulo, de modo que, ao se cravarem no corpo, fizeram com que a seta girasse e penetrasse como um parafuso, rasgando tecidos, massacrando vasos sanguíneos e destroçando ossos. Aplegatt caiu com o peito sobre o pescoço do cavalo e escorregou para o chão, inerte como um saco de algodão.

A areia que cobria a estrada era muito quente, tão aquecida pelo sol que chegava a queimar. No entanto, o estafeta não sentiu mais nada. Morreu instantaneamente.

CAPÍTULO SEGUNDO

Dizer que a conheci seria exagero. Acho que, além do bruxo e da feiticeira, ninguém a conheceu de verdade. Quando a vi pela primeira vez, ela nem me causou grande impressão, apesar das inesperadas circunstâncias em que aquilo ocorreu. Conheci pessoas que afirmaram que desde o primeiro encontro sentiram um sopro da morte caminhando atrás daquela menina. Para mim, porém, ela me pareceu completamente normal, embora soubesse que não era bem assim. Por isso fiz um esforço para vislumbrar, descobrir ou sentir nela algo extraordinário. No entanto, nada vislumbrei e nada senti. Nenhuma coisa que pudesse ser um sinal, pressentimento ou prenúncio dos trágicos acontecimentos posteriores. Dos que ela foi a causa e dos que ela mesma provocou.

Jaskier, *Meio século de poesia*

Junto da estrada, no lugar onde terminava a floresta, havia nove estacas cravadas na terra. No topo de cada uma delas estava cravada horizontalmente uma roda de carroça. Sobre as rodas circulavam bandos de corvos e gralhas, bicando e arrancando pedaços de cadáveres amarrados aos aros e aos cubos. A bem da verdade, a altura das estacas e a quantidade de aves permitiam apenas adivinhar o que eram aqueles restos irreconhecíveis presos às rodas. Mas deviam ser cadáveres. Não podiam ser outra coisa.

Ciri virou a cabeça e, com asco, tampou o nariz. O vento soprava da direção das estacas e o nauseabundo cheiro dos corpos apodrecidos empestava o ar sobre a estrada.

– Que bela decoração – disse Yennefer, inclinando-se na sela e cuspindo com desprezo, esquecendo-se de que havia pouco passara uma reprimenda em Ciri por ter cuspido daquele jeito. – Pitoresca e fedorenta. Mas por que aqui, à beira da floresta? Normalmente, tal tipo de espetáculo é montado do lado de fora das muralhas de uma cidade. Não estou certa, minha boa gente?

– Trata-se de Esquilos, distinta dama – apressou-se em esclarecer um comerciante, freando o cavalo malhado atrelado a uma carroça repleta de mercadorias. – Elfos. Lá, em cima daquelas estacas. E é por isso que as estacas foram fincadas junto da floresta; para servir de advertência para outros Esquilos.

– Isso significa – a feiticeira olhou para o comerciante – que os Scoia'tael aprisionados são trazidos vivos para cá...

– Os elfos, senhora, raramente se deixam pegar vivos – interrompeu-a o homem. – E, se, por acaso, os soldados conseguem agarrar um ou outro, eles os levam para a cidade, pois nelas vivem muitos inumanos. Quando veem esses desgraçados amarrados em praça pública, logo lhes some a vontade de juntar-se aos Esquilos. Mas, quando alguns elfos são mortos num campo de batalha, seus corpos são pendurados em estacas junto de estradas. Com frequência eles são trazidos de bem longe, fedendo horrivelmente...

– E pensar – rosnou Yennefer – que nos proibiram práticas ligadas à necromancia por respeito à majestade da morte e à transitoriedade dos corpos, que merecem honrarias, tranquilidade e um enterro ritual e cerimonioso...

– O que a senhora disse?

– Nada. Vamos partir quanto antes, Ciri, para o mais longe possível daqui. Tenho a sensação de que todo o meu corpo está impregnado com esse fedor.

– Eu também – falou Ciri, trotando em torno da caravana de comerciantes. – Podemos ir a galope?

– Podemos, Ciri... A galope, mas não desvairado!

Em pouco tempo viram a cidade: enorme, cercada de muralhas e cheia de torres com pontudos telhados brilhantes. E logo além da cidade via-se o mar: verde-azulado, reluzindo sob os raios do sol matinal e salpicado aqui e ali por brancas manchas de velas. Ciri parou o cavalo à borda de um arenoso penhasco, ergueu-se nos estribos e aspirou avidamente o ar e o perfume.

– Gors Velen – falou Yennefer, aproximando seu cavalo ao lado do de Ciri. – Chegamos finalmente a nosso destino. Vamos voltar para a estrada.

Uma vez na estrada, puseram-se novamente a galopar, deixando para trás carros puxados por bois e pedestres sobrecarregados com feixes de lenha. Quando ultrapassaram todos e ficaram sozinhas, a feiticeira diminuiu a marcha e fez um gesto detendo Ciri.

– Chegue mais perto – disse. – Mais perto ainda. Pegue as rédeas e conduza meu cavalo. Preciso de ambas as mãos.

– Para quê?

– Eu lhe pedi para pegar as rédeas.

Yennefer tirou do alforje um pequeno espelho de prata, limpou-o e murmurou algumas palavras mágicas. O espelhinho soltou-se de sua mão e ficou flutuando no ar sobre o pescoço do cavalo, bem defronte do rosto da feiticeira.

Ciri deu um suspiro de admiração e lambeu os lábios.

A feiticeira pegou um pente no alforje, tirou o gorro e passou a pentear energicamente seus cabelos. Ciri manteve-se calada. Sabia que, quando Yennefer penteava os cabelos, não era permitido perturbá-la ou distraí-la. A formosa e aparentemente descuidada desordem de seus fartos e brilhantes cachos era resultado de demoradas tentativas e exigia muita concentração.

A feiticeira voltou a enfiar a mão no alforje. Pendurou um par de brincos de diamantes nas orelhas e pôs pulseiras em ambos os punhos. Tirou o xale e desabotoou parcialmente a blusa, revelando o colo e a fita de veludo negro adornada com a estrela de obsidiana.

– Ah! – exclamou Ciri, não conseguindo mais se conter. – Sei a razão pela qual você está fazendo tudo isso. Você quer estar bonita porque vamos adentrar uma cidade! Adivinhei?

– Adivinhou.

– E quanto a mim?

– O que tem?

– Também quero ficar bonita. Vou me pentear...

– Coloque o gorro de volta – falou Yennefer, severa, ainda mirando-se no espelhinho flutuando sobre as orelhas do cavalo, exatamente na mesma posição de antes. – E esconda os cabelos debaixo dele.

Ciri fez uma careta de desagrado, mas obedeceu imediatamente. Havia muito tempo aprendera a reconhecer as nuanças de tonalidade na voz da feiticeira. Sabia quando era possível tentar discutir com ela e quando não era.

Yennefer, depois de finalmente concluir a arrumação dos cachos sobre a testa, tirou do alforje um diminuto frasco de vidro verde.

– Ciri – disse, de maneira mais suave. – Estamos viajando secretamente. Nossa viagem ainda não terminou. É por isso que você tem de esconder os cabelos debaixo do gorro. Na cidade, em cada vão de porta, há pessoas que são pagas para prestar atenção nas pessoas que chegam. Entendeu?

– Não – respondeu Ciri descaradamente, puxando as rédeas do garanhão da feiticeira. – Você ficou tão linda que os olhos dos tais que são pagos para olhar saltarão das órbitas. Que maneira mais absurda de querer não ser notada!

– A cidade para a qual estamos cavalgando – sorriu Yennefer – é Gors Velen. Eu não preciso me disfarçar em Gors Velen; na verdade, devo dizer que é o contrário. Já com você a situação é diferente. Ninguém deverá notá-la.

– Aqueles que ficarão admirando-a acabarão me notando também!

A feiticeira destampou o frasquinho, do qual emanou um perfume de lilás e groselha. Mergulhou nele o dedo indicador e esfregou um pouco do conteúdo sob os olhos.

– Duvido – falou, sorrindo enigmaticamente – que alguém preste atenção em você.

Diante da ponte havia uma longa fila de cavaleiros e carroças, enquanto junto dos portões uma multidão de viajantes aguardava sua vez de passar pelo posto de controle. Ciri mostrou-se claramente contrariada com a perspectiva de ter de ficar esperando por muito tempo. Yennefer, por seu lado, aprumou-se na sela e partiu num trote acelerado, olhando bem alto sobre as cabeças dos viajantes, que se afastavam para deixá-la passar e se inclinavam respeitosamente a sua passagem. Os guardas, vestidos com longas cotas de malha, também logo notaram a feiticeira e abriram-lhe caminho, não poupando a haste das lanças, com a qual batiam nas costas daqueles que não se afastavam com rapidez suficiente.

– Por aqui, por aqui, distinta dama – gritou um dos guardas, olhando com admiração para Yennefer, ora enrubescendo, ora empalidecendo. – Por aqui, por favor. Abram passagem! Saiam da frente, seus vagabundos!

O comandante da guarda, chamado às pressas, saiu de seu alojamento visivelmente aborrecido, mas, ao ver a feiticeira, ficou vermelho como um tomate, arregalou os olhos, abriu a boca e fez uma profunda reverência.

– Humildemente lhe dou as boas-vindas a Gors Velen, ilustríssima dama. Haverá algo em que poderei ser útil a Vossa Senhoria? Talvez providenciar uma escolta? Um guia? Convocar alguém?

– Não será necessário – respondeu Yennefer, sentada ereta na sela e olhando para ele de cima. – Ficarei pouco tempo na cidade. Estou a caminho de Thanedd.

– Perfeitamente... – O soldado se apoiava ora em uma perna, ora na outra, sem desgrudar os olhos do rosto da feiticeira. Os demais guardas comportavam-se da mesma forma.

Ciri empertigou-se orgulhosamente e ergueu a cabeça, mas constatou que ninguém sequer lhe lançava um olhar. Era como se ela simplesmente não existisse.

– Perfeitamente – repetiu o oficial. – Para Thanedd, sim... Para o congresso. É claro. Diante disso, desejo...

– Obrigada. – Yennefer cutucou o cavalo com os calcanhares, deixando evidente que não tinha o mínimo interesse em saber o que lhe desejava o guarda.

Ciri seguiu-a. Os guardas inclinavam-se diante da passagem da feiticeira, sem lançar um mísero olhar para sua companheira.

– Eles nem perguntaram seu nome – murmurou a garota, alcançando Yennefer e cuidadosamente evitando os sulcos de rodas gravados na lama. – Nem de onde estamos vindo. Você lançou um encanto sobre eles?

– Não. Sobre mim.

A feiticeira virou-se. Ciri suspirou. Os olhos de Yennefer brilhavam com raios cor de violeta e seu rosto tinha uma beleza extraordinária. Resplandecente. Desafiadora. Ameaçadora. E inatural.

– O frasquinho verde! – adivinhou a garota imediatamente. – O que era aquilo?

– Glamarye. Um elixir, ou melhor, um unguento para ocasiões especiais. Ciri, você precisa passar por toda poça do caminho?

– Quero lavar os cascos do cavalo!

– Faz mais de um mês que não chove. Isso aí é lavadura e urina de cavalos, não água.

– Ah... Mas diga-me, por que usou aquele elixir? Você fazia tanta questão de...

– Estamos em Gors Velen – interrompeu-a Yennefer. – Uma cidade que em grande parte deve seu bem-estar aos feiticeiros. Mais exatamente, às feiticeiras. E eu não estava com vontade de me apresentar nem provar quem sou. Preferi que isso fosse evidente assim que alguém olhasse para mim. Logo que passarmos por aquela casa vermelha, vamos virar à esquerda. Cavalgue mais devagar, Ciri, senão poderá atropelar alguma criança.

– E com que finalidade nós viemos para cá?

– Já lhe disse isso.

Ciri fez um muxoxo, cerrou os lábios e cutucou o flanco de sua montaria com os calcanhares. A égua rodopiou, quase se chocando com uma carroça que passava perto. O cocheiro levantou-se da boleia e se preparou para cobri-la com uma série dos palavrões mais grosseiros possíveis, mas, ao ver Yennefer, sentou-se rapidamente e concentrou sua atenção num exame minucioso de seus tamancos.

– Mais uma má-criação dessas – escandiu Yennefer – e ficarei muito zangada. Você está se comportando como uma cabrita destemperada. E isso me envergonha.

– Você quer me pôr numa escola, não é isso? Pois eu não quero!

– Fale mais baixo. As pessoas estão olhando.

– Estão olhando para você, não para mim! Eu não quero ir para escola alguma! Você me prometeu que sempre estará comigo e agora quer me deixar sozinha! Sozinha! Eu não quero ficar sozinha!

– Você não estará sozinha. Na escola há muitas jovens de sua idade. Você terá uma porção de colegas.

– Não quero colegas. Quero ficar com você e com... Pensei que...

Yennefer virou-se violentamente.

– Você pensou o quê?

– Pensei que estávamos indo ao encontro de Geralt – respondeu Ciri, erguendo provocativamente a cabeça. – Sei muito bem o que você andou pensando durante toda a nossa viagem. Assim como sei a razão pela qual você ficou suspirando à noite...

– Basta – sibilou a feiticeira, e a visão de seus olhos em brasa fez com que a garota escondesse o rosto na crina do cavalo. – Você está ficando insolente demais. Quero lhe lembrar que o tempo de se opor a mim já passou irreversivelmente. E isso ocorreu por sua inteira e livre vontade. Agora, você tem de me obedecer e fazer tudo o que eu lhe mandar. Entendeu?

Ciri assentiu com a cabeça.

– Tudo o que eu lhe mandar será para seu próprio bem. Sempre. E é por isso que você vai me ouvir e obedecer às minhas ordens. Está claro? Pare o cavalo. Chegamos.

– Essa é a tal escola? – murmurou Ciri, erguendo os olhos para a possante fachada do prédio. – Quer dizer...

– Nem mais uma palavra. Desça do cavalo e comporte-se como se deve. Isso não é uma escola. A escola fica em Aretusa, e não em Gors Velen. Isso aí é um banco.

– E para que precisamos de um banco?

– Pense. Já lhe disse para desmontar. Não numa poça! Largue o cavalo; para isso existem os cavalariços. Tire as luvas. Não se entra num banco com luvas de montaria. Olhe para mim. Ajeite o gorro. Arrume a gola. Mantenha as costas retas. Não sabe o que fazer com as mãos? Não faça nada.

Ciri soltou um suspiro de resignação.

Os funcionários que surgiram do portão do prédio, inclinando-se em profundas referências, vieram ao encontro das duas damas; eram anões. Ciri olhou para eles com curiosidade. Embora fossem também baixos, corpulentos e barbudos, em nada lembravam seu amigo Yarpen Zigrin, nem seus rapazes. Os funcionários eram cinzentos, vestiam uniformes iguais e não tinham sinal particular algum. E todos eram subservientes, algo que jamais poderia ser dito a respeito de Yarpen e seus rapazes.

Entraram. O elixir mágico continuava funcionando, de modo que a aparição de Yennefer causou imediatamente um enorme alvoroço, um corre-corre sem fim, inúmeras reverências, submissas saudações e declarações de prontidão para atender a suas ordens, que só terminaram com a chegada de um anão inacreditavelmente gordo, ricamente vestido e de longa barba branca.

– Distinta Yennefer! – trovejou ele, fazendo tilintar a corrente de ouro que pendia de seu possante pescoço até bem abaixo de sua barba. – Que surpresa! E que honra! Por favor, vamos a meu escritório. Quanto a vocês, não fiquem aí, embasbacados! Ao trabalho, aos ábacos! Wilfli! Leve agora mesmo ao escritório uma garrafa de Castel de Neuf da safra... Você já sabe qual. E rápido! Permita-me, permita-me, Yennefer. Que alegria vê-la! Você está tão linda que nem dá para respirar.

– Você também parece estar em plena forma, Giancardi – sorriu a feiticeira.

– Sem dúvida. Por favor, venham comigo. Mas, não, não... primeiro as damas. Você conhece o caminho, Yennefer.

No interior do escritório o ambiente estava escuro e agradavelmente fresco. No ar pairava um cheiro que lembrava a Ciri o da torre do escriba Jarre, um odor de tinta, de pergaminhos e de poeira que cobria os móveis de carvalho, gobelinos e enormes livros velhos.

– Sentem-se, por favor – falou o banqueiro, puxando uma pesada poltrona para Yennefer e lançando um olhar embaraçado para Ciri.

– Dê-lhe um livro qualquer, Molnar – disse displicentemente a feiticeira, tendo percebido o olhar. – Ela adora livros velhos. Vai se sentar à ponta da mesa e não vai nos incomodar. Não é verdade, Ciri?

A garota achou desnecessário responder.

– Um livro velho... hummm... deixe-me ver... – murmurou o anão com voz preocupada, aproximando-se de uma estante. – O que temos aqui? Livro de créditos e débitos... Não, este não serve. Impostos de importação e custos portuários... Também não. Créditos e reembolsos? Não. Opa, como este veio parar aqui? Só os diabos sabem... Mas acho que veio a calhar. Tome, garotinha.

O livro tinha o título *Physiologus* e era muito velho e rasgado. Ciri virou cuidadosamente a capa e algumas páginas. A obra logo atraiu sua atenção, porque tratava de seres estranhos e monstros, além de conter inúmeras litografias. Por algum tempo esforçou-se para dividir a atenção entre o livro e a conversa da feiticeira com o banqueiro.

– Você tem cartas para mim, Molnar?

– Não – respondeu o banqueiro, servindo vinho a Yennefer e a si mesmo. – As últimas, de um mês atrás, eu lhe enviei pelo método combinado.

– Eu as recebi, obrigada. Por acaso alguém demonstrou interesse por elas?

– Não aqui – sorriu Molnar Giancardi. – Mas você está mirando o alvo certo, minha cara. O banco dos Vivaldi avisou-me confidencialmente que alguém procurou seguir a pista das cartas. Sua filial em Vengerberg descobriu também uma tentativa de observar a movimentação de sua conta bancária. Um de seus funcionários revelou-se desleal.

O anão interrompeu-se, lançando à feiticeira um olhar inquisitivo sob as espessas sobrancelhas. Ciri aguçou os ouvidos. Yennefer permanecia calada, brincando com sua estrela de obsidiana.

– Os Vivaldi – continuou o banqueiro, baixando a voz – não quiseram ou não puderam investigar o caso. O funcionário desleal e subornável caiu embriagado no fosso e morreu afogado. Um infeliz acidente. Uma pena. Tudo aconteceu demasiadamente rápido...

– A perda não foi tão grande assim – comentou a feiticeira, estufando os lábios. – Eu sei quem estava interessado em minhas cartas e em minhas movimentações bancárias, de modo que a investigação dos Vivaldi não teria trazido nada de novo.

– Se você acha assim... – Giancardi coçou a barba. – Você está indo para Thanedd, Yennefer? Para aquele congresso geral de feiticeiros?

– Sim.

– Para decidir os destinos do mundo?

– Não exagere.

– Circulam rumores e estão ocorrendo coisas estranhas – falou o anão secamente.

– Que coisas, se não for segredo?

– Desde o ano passado – disse Giancardi, alisando a barba – tenho notado consideráveis mudanças na política tributária... Sei que você não se interessa por tal tipo de assuntos...

– Continue.

– Dobraram o valor do encabeçamento e da invernação, impostos coletados diretamente pelas autoridades militares. Todos os comerciantes e empresários devem pagar ao tesouro real um novo imposto, denominado "décimo centavo", no valor de um centavo por noble de faturamento. Além disso, anões, gnomos, elfos e ananicos pagam um taxa adicional por pessoa e por residência, e, caso estejam envolvidos em atividades comerciais ou produtivas, são ainda onerados por uma contribuição "inumana" obrigatória, equivalente a dez por cento de seu lucro. Por conta dessa carga tributária, entrego ao Tesouro mais de sessenta por cento de minhas receitas. Meu banco, incluindo todas as filiais, supre os Quatro Reinos com seiscentos marcos por ano. Para sua informação, isso é quase três vezes mais do que paga de impostos um magnata ou um conde proprietário de grandes extensões de terra.

– Os humanos não são onerados com aquela contribuição obrigatória para custear os exércitos?

– Não. Eles pagam apenas o encabeçamento e a invernação.

– O que significa – a feiticeira meneou a cabeça – que são os anões e outros inumanos que financiam a campanha militar contra os Esquilos. Eu já esperava por algo assim. Mas o que os impostos têm a ver com o congresso em Thanedd?

– Depois dos congressos de vocês – observou o banqueiro – sempre acontece alguma coisa. Pois saiba que dessa vez nutro a esperança de que seja o contrário. Espero que seu congresso faça com que certas coisas deixem de acontecer. Ficaria muito contente, por exemplo, se parassem com essas repentinas mudanças de preços.

– Seja mais claro.

O anão esparramou-se na poltrona e trançou os dedos sobre a barriga coberta pela barba.

– Trabalho em meu ramo um bocado de tempo – falou –, o suficiente para poder ligar determinados movimentos de preços a alguns fatos. E ultimamente notei um grande aumento do preço das pedras preciosas, porque há demanda por elas.

– As pessoas trocam dinheiro em espécie por joias com o intuito de evitar perdas nas taxas de câmbio e na paridade das moedas?

– Também por isso. Mas as pedras possuem outra grande qualidade: a de um saquinho com diamantes ter o valor equivalente a uns cinquenta marcos. Essa quantia, transformada em dinheiro vivo, pesaria em torno de vinte e cinco libras e ocuparia um saco de dimensões consideráveis. É muito mais fácil fugir com um leve saquinho no bolso do que com um pesado saco nas costas. Além disso, as duas mãos ficam livres, o que não deixa de ser importante. Com uma delas dá para segurar a esposa, enquanto com a outra é possível dar uma bordoada em alguém em caso de necessidade.

Ciri riu baixinho, mas Yennefer lançou-lhe um olhar que a fez calar-se imediatamente.

– Portanto – disse a feiticeira – já há pessoas que estão se preparando para fugir. Estou curiosa: para onde?

– Na maior parte das vezes para o norte distante. Hengfors, Kovir, Poviss. Primeiro, porque é realmente muito longe. Segundo, porque aqueles países são neutros e mantêm boas relações com Nilfgaard.

– Entendo – sorriu ironicamente a feiticeira. – Botar brilhantes no bolso, pegar a esposa pelo braço e partir para o norte... Você não acha que é cedo demais para isso? Mas o que mais aumentou de preço, Molnar?

– Barcos.

– O quê?!

– Barcos – repetiu o anão, mostrando os dentes num sorriso. – Todos os fabricantes de embarcações estão trabalhando na construção de barcos, canoas e escaleres encomendados pelos intendentes do exército do rei Foltest. Os intendentes pagam bem e fazem cada vez mais encomendas. Se você dispusesse de algum capital, Yennefer, eu lhe aconselharia a investir em barcos. É um excelente negócio. Você constrói uma canoa de vime e casca de árvore, emite uma fatura para um escaler de madeira de primeiríssima qualidade, racha a diferença meio a meio com o fabricante...

– Não faça piadas, Giancardi. Diga de que se trata.

– Esses barcos – falou o banqueiro displicentemente, olhando para o chão – são transportados para o sul. Para Sodden e Brugge, à beira do Jaruga. Mas, pelo que me consta, eles não estão sendo usados para pescar peixes no rio. São escondidos nas florestas à margem direita, e dizem que os soldados ficam por horas treinando o embarque e o desembarque. Por enquanto, em terra firme.

– Ah – disse Yennefer, mordendo os lábios. – Mas por que há pessoas com tanta pressa em fugir para o norte, quando o Jaruga fica no sul?

– Há um fundamentado temor – respondeu o anão, lançando um olhar para Ciri – de o imperador Emhyr var Emreis não ficar muito feliz com a notícia de que os tais barcos foram lançados na água. Alguns acreditam que tal fato poderia despertar tanta ira em Emhyr que, caso isso ocorresse, o melhor que se poderia fazer seria estar o mais longe possível da fronteira nilfgaardiana... Pelo menos, até a colheita. Quando a colheita terminar, todos respirarão aliviados, porque, se algo for acontecer, terá de ser antes da colheita.

– Os grãos já estarão nos celeiros – murmurou Yennefer lentamente.

– É isso. Não é fácil alimentar cavalos com restolhos, e fortalezas com celeiros cheios podem resistir a um cerco por meses... O tempo está muito propício aos agricultores e a colheita promete ser ótima. Sim, sim. O tempo está mais do que lindo. O sol brilha e aquece a terra, não há sinal algum de chuva próxima... E o Jaruga em Dol Angra está ficando cada vez mais raso... Será fácil atravessá-lo. Em ambos os sentidos.

– Por que Dol Angra?

– Posso confiar em você? – indagou o banqueiro, alisando a barba e lançando um olhar penetrante à feiticeira.

– Você sempre pôde, Giancardi. E nada mudou.

– Dol Angra – falou o anão devagar – são Lyria e Aedirn, que têm uma aliança militar com Temeria. Você acha que Foltest, que andou comprando aqueles barcos, pretenderá usá-los por conta própria?

– Não – respondeu a feiticeira vagarosamente –, não acho. Agradeço-lhe a informação, Molnar. Quem sabe você não tem razão e nós, lá no congresso, poderemos realmente influir nos destinos do mundo e dos homens que o habitam?

– Não se esqueça dos anões – sorriu Giancardi. – E dos bancos.

– Vamos nos esforçar. E já que estamos falando de bancos...

– Sou todo ouvidos.

– Estou tendo muitas despesas, Molnar. Se eu sacar alguns recursos de minha conta no banco dos Vivaldi, poderá haver alguém pronto para se afogar. Diante disso...

– Yennefer – interrompeu-a o anão –, aqui, em meu banco, você tem crédito ilimitado. O *pogrom* em Vengerberg ocorreu há muito tempo. Talvez você tenha se esquecido, mas eu jamais esquecerei. Ninguém da família Giancardi esquecerá. De quanto você precisa?

– Mil e quinhentos dourados temerianos, transferidos para a filial dos Cianfanelli em Ellander, em favor do templo de Melitele.

– Considere feito. Eis uma transferência que me dá prazer: as remessas para templos são livres de impostos. O que mais?

– Qual é a atual anualidade da escola em Aretusa?

Ciri aguçou os ouvidos.

– Mil e duzentas coroas novigradas – respondeu Giancardi. – No caso de alunas novas, é preciso levar em conta cerca de duzentas coroas adicionais a título de taxa de matrícula.

– Que droga! Como ficou mais cara!

– Tudo ficou mais caro. Nada falta às alunas de Aretusa, que levam na escola uma vida de princesas. E é delas que vive metade da cidade: alfaiates, sapateiros, doceiros, fornecedores...

– Entendo. Deposite anonimamente na conta da escola de Aretusa duas mil coroas e informe-a de que se trata da matrícula e da anualidade... para uma aluna.

O anão largou a pena, lançou um olhar para Ciri e sorriu. A garota, fingindo estar concentrada no livro, ficou escutando atentamente.

– Algo mais, Yennefer?

– Mais trezentas coroas novigradas em espécie para mim. Vou precisar de pelo menos três vestidos para o congresso em Thanedd.

– Para que vai precisar de dinheiro vivo? Vou lhe dar um cheque bancário de quinhentas coroas. O preço dos tecidos importados também subiu drasticamente, e você não costuma vestir-se com lã ou algodão. E, se precisar de alguma coisa para você ou para a futura aluna da escola de Aretusa, minhas lojas e depósitos estão sempre a sua disposição.

– Obrigada. Que taxa de juros você vai me cobrar?

– Os juros – o anão ergueu a cabeça – você já pagou adiantado à família Giancardi, Yennefer. Não vamos mais falar disso.

– Não gosto desse tipo de dívidas, Molnar.

– Nem eu. Mas sou um anão de negócios; sei o que é uma obrigação e reconheço seu valor. Repito: não vamos mais falar disso. Considere resolvidos os negócios que você abordou, assim como o negócio que você não abordou.

Yennefer ergueu as sobrancelhas.

– Um bruxo que é lhe bastante próximo – falou Giancardi, com um sorriso maroto – esteve recentemente em Dorian. Fui informado de que ele teve de pegar cem coroas com o agiota local. O agiota trabalha para mim. Considere tal empréstimo inexistente.

A feiticeira lançou um olhar na direção de Ciri e contorceu os lábios.

– Molnar – disse, com voz gélida –, não meta os dedos numa porta cujas dobradiças estão quebradas. Duvido muito que ele continue me achando próxima dele, e, caso descubra a liquidação da dívida, passará a me odiar de verdade. Afinal, você o conhece e sabe de sua obsessão por sua honorabilidade. Há quanto tempo ele esteve em Dorian?

– Há uns dez dias. Depois, ele foi visto em Mangue Pequeno, de onde, segundo me disseram, partiu para Hirundum a convite dos fazendeiros de lá. Como de costume, deve haver um monstro para ser morto...

– E para matá-lo, como de costume, vão lhe pagar uma ninharia – a voz de Yennefer tornou-se mais amena –, que, como de costume, mal bastará para pagar o tratamento médico caso o monstro o fira. Como de costume. Se você realmente quer fazer algo por mim, Molnar, então entre em contato com os fazendeiros de Hirundum e aumente o prêmio... para que ele possa pelo menos se manter por algum tempo.

– Como de costume – murmurou Giancardi. – E se ele inteirar-se disso?

Yennefer fixou os olhos em Ciri, que agora escutava a conversa sem fingir interesse algum pelo *Physiologus*.

– E quem poderia – escandiu a feiticeira lentamente – inteirá-lo de tal fato?

Ciri abaixou os olhos. O anão sorriu e alisou a barba.

– Antes de partir para Thanedd, você, por acaso, não passará por Hirundum? – indagou.

– Não. – Yennefer virou a cabeça. – Não passarei. Vamos mudar de assunto, Molnar.

Giancardi voltou a alisar a barba e lançou um olhar para Ciri, que abaixou a cabeça, pigarreou e ficou se remexendo na cadeira.

– Você está certa – confirmou. – Está mais do que na hora de mudarmos de assunto. Mas sua pupila está claramente entediada com o livro... e com nossa conversa. Além disso, desconfio que os assuntos que vamos abordar a entediariam ainda mais... O destino do mundo, o destino dos anões deste mundo, o destino de seus bancos... Essas questões devem ser maçantes para uma jovem, futura aluna de Aretusa... Solte-a um pouco debaixo de suas asas, Yennefer. Deixe que ela dê uma volta pela cidade.

– Eu adoraria! – exclamou a garota.

A feiticeira adotou um ar zangado e estava abrindo a boca para protestar quando repentinamente mudou de ideia. Ciri não tinha certeza, mas teve a impressão de que a inesperada mudança de atitude tinha algo a ver com a discreta piscadela que acompanhara a proposta do banqueiro.

– Que a menina possa admirar a grandeza desta antiquíssima cidade que é Gors Velen – acrescentou Giancardi, sorrindo abertamente. – Ela merece desfrutar um pouco de liberdade antes de... Aretusa. Enquanto isso, nós dois ficaremos aqui conversando sobre assuntos... humm... pessoais. Não, não estou propondo que a garota fique andando por aí sozinha, embora a cidade seja muito segura. Vou providenciar para ela um companheiro e protetor, um de meus funcionários mais jovens...

– Perdoe-me, Molnar – falou Yennefer, sem corresponder ao sorriso do banqueiro –, mas não me parece que nos dias de hoje, mesmo numa cidade segura, a companhia de um anão...

– Nem me passou pela cabeça – respondeu Giancardi, ofendido – a ideia de um anão. O funcionário ao qual me refiro é filho de um distinto comerciante, um homem com H maiúsculo, se posso me expressar assim. Você achou que meus funcionários são todos anões? Ei, Wilfli! Chame Fábio e diga-lhe que venha correndo!

A feiticeira aproximou-se de Ciri e se inclinou levemente.

– Ciri – disse. – Só não faça besteira alguma da qual eu acabe me envergonhando. E, diante daquele funcionário, bico calado. Entendeu? Jure-me que vai tomar cuidado com o que fará ou dirá. Não basta assentir com a cabeça. Juramentos são feitos em voz alta.

– Juro, dona Yennefer.

– Olhe de vez em quando para o sol. Quero você de volta ao meio-dia em ponto. E no caso de... Não, duvido que alguém possa reconhecê-la. No entanto, se notar que alguém está olhando com atenção para você... – A feiticeira enfiou a mão no bolso e retirou dele um pequeno crisópraso no formato de uma clepsidra e coberto de runas. – Guarde-o na bolsinha. E não o perca. Caso seja necessário... Você se lembra do conjuro? Ele tem de ser invocado discretamente. Sua ativação produz um eco e o amuleto, quando ativado, emite ondas. Se houver por perto alguém sensível à magia, você poderá ser descoberta, em vez de permanecer oculta. Ah, sim, leve também isto... caso queira comprar alguma coisinha.

– Muito obrigada, dona Yennefer – agradeceu Ciri, colocando o amuleto e as moedas na bolsinha e olhando com curiosidade para um garoto que entrou correndo no escritório.

O rapaz era sardento, com uma ondulante cabeleira castanha caindo-lhe sobre a alta gola do uniforme de funcionário de banco.

– Fábio Sachs – apresentou-o Giancardi.

O rapaz curvou-se respeitosamente.

– Fábio, essa é dona Yennefer, nossa digníssima visitante e distinta cliente. E essa senhorita, sua pupila, expressou o desejo de visitar a cidade. Você vai acompanhá-la e servir-lhe de guia e protetor.

O rapaz inclinou-se mais uma vez, dessa vez ostensivamente na direção de Ciri.

– Ciri – falou Yennefer, em tom gélido. – Faça o favor de se levantar.

A garota levantou-se, um tanto espantada, uma vez que conhecia bem as normas de etiqueta para saber que aquilo não era necessário. Entretanto, logo compreendeu a razão do pedido de Yennefer. O funcionário, embora parecesse ter a mesma idade de Ciri, era uma cabeça mais baixo do que ela.

– Molnar – disse a feiticeira. – Quem vai proteger a quem? Você não poderia delegar essa função a alguém de dimensões mais adequadas?

O rapaz enrubesceu e lançou um olhar interrogativo ao presidente do banco. Giancardi assentiu com a cabeça. O funcionário inclinou-se mais uma vez.

– Digníssima dama – falou em alto e bom som, sem embaraço algum. – Talvez eu não seja grande, mas pode-se confiar em mim. Conheço esta cidade, seus subúrbios e as redondezas como a palma de minha mão. Vou tomar conta dessa senhorita da melhor maneira que sei. E, quando eu, Fábio Sachs Júnior, filho de Fábio Sachs, faço algo da melhor maneira que sei, então... então muitos outros, mais altos do que eu, não serão capazes de chegar a meus pés.

Yennefer ficou olhando para ele por um momento, até se virar para o banqueiro.

– Parabéns, Molnar – afirmou. – Você sabe muito bem escolher seus auxiliares. Você terá muito orgulho desse funcionário. Sua postura demonstra firmeza de caráter. Ciri, coloco você, em plena confiança, sob a proteção de Fábio, filho de Fábio, pois se trata de um homem sério em quem se pode confiar.

O rapaz enrubesceu até a raiz dos cabelos castanhos. Ciri sentiu que também estava corando.

– Fábio – disse o anão, abrindo uma pequena caixinha decorada e mexendo em seu interior. – Tome meio noble e três... dois décimos, caso a senhorita deseje algo. Se ela não desejar, traga-os de volta. Pode ir.

– Ao meio-dia, Ciri – lembrou Yennefer. – Nem um minuto depois.

– Sei, sei.

– Eu me chamo Fábio – falou o rapaz assim que desceram as escadas e saíram para a rua movimentada. – E você se chama Ciri, não é verdade?

– Sim.

– O que quer visitar em Gors Velen, Ciri? A rua principal? O beco dos ourives? O porto marítimo? Ou talvez a praça central com o mercado?

– Tudo.

– Hummm... – O jovem parecia preocupado. – Temos de estar de volta a meio-dia... Portanto, o melhor será irmos até o mercado. Hoje é dia de feira e poderemos ver muitas coisas interessantes! Mas, antes, vamos subir na muralha, da qual é possível ver toda a baía e a famosa ilha de Thanedd. O que você acha?

– Vamos à muralha.

Na rua, carroças moviam-se com estrépito, cavalos e bois deslocavam-se em todas as direções, tanoeiros rolavam barris... Por toda parte havia pressa e barulho. Ciri, ligeiramente atordoada com tanta movimentação e gritaria, deu um passo em falso e saiu da calçada de madeira, afundando até os tornozelos numa mistura de lama com esterco espalhada junto do meio-fio. Fábio quis ajudá-la segurando-lhe o braço, mas ela livrou-se rapidamente.

– Sei andar sozinha!

– Hummm... Estou vendo... Então vamos. Este lugar onde estamos é a rua principal da cidade. Chama-se Kardo e liga os dois portões: o Principal e o Marítimo. Este caminho leva até o prédio da prefeitura. Está vendo aquela torre com um galo dourado no topo? É a prefeitura. E lá, debaixo daquela placa colorida, fica a pousada Sob o Espartilho Desatado. Mas... hummm... não iremos para lá. Em vez disso, vamos tomar um atalho passando pela feira de peixes que fica na rua do Rodeio.

Dobraram num beco e saíram diretamente numa pracinha espremida entre as paredes das casas. Ali havia muitas barracas, barris e cubas, dos quais recendia um forte cheiro de peixe. Renhidas barganhas estavam sendo travadas, com compradores e vendedores tentando fazer sobressair a voz aos gritos das gaivotas circulando no céu. Junto da muralha, alguns gatos fingiam não estar nem um pouco interessados nos peixes.

– Sua tutora – falou Fábio repentinamente, esgueirando-se por entre as barracas – é muito rigorosa.

– Sei disso.

– Dá para perceber ao primeiro olhar que ela não é sua parenta.

– É mesmo? Por quê?

– Porque ela é muito linda – respondeu Fábio, com a cruel e inocente sinceridade tão própria da juventude.

Ciri virou-se como movida por uma mola, mas, antes de conseguir fazer qualquer comentário desabonador a Fábio referente a suas sardas ou a sua altura, o garoto já a puxava por entre carroças, tonéis e barracas. Ao mesmo tempo, falava sem parar da torre Ladrona, erguida na pracinha, do fato de as pedras usadas em sua construção provirem do fundo do mar e de as árvores que cresciam a seu redor serem chamadas de plátanos.

– Estou achando você muito calada, Ciri – afirmou repentinamente.

– Eu? – A garota fingiu espanto. – Nada disso! Estou simplesmente ouvindo com atenção o que você conta. Você é um guia excelente, sabia? Eu queria lhe perguntar...

– Pergunte à vontade.

– Onde fica a cidade de Aretusa? Muito longe daqui?

– De jeito nenhum! Porque Aretusa não chega a ser uma cidade. Vamos subir na muralha e vou lhe mostrar. Por aqui, subindo estas escadas.

A muralha era alta, e as escadas, íngremes. Fábio ficou suado e arfante, o que não era de espantar, já que não cessara de falar por um só instante. Ciri foi informada de que a muralha em torno de Gors Velen era uma construção muito mais recente do que a cidade em si, erguida ainda por elfos, que tinha trinta e cinco pés de altura e fora erguida com a técnica *opus quadratum*, usando uma mistura de pedras aparelhadas e tijolos crus, pois tal material era mais resistente aos golpes de aríetes.

Uma vez no topo, os dois jovens foram saudados por uma refrescante brisa marinha. Após o espesso e imóvel ar da cidade, Ciri aspirou com prazer. Apoiou os cotovelos na borda da muralha e ficou olhando para o porto, colorido por velas de barcos.

– O que é aquilo, Fábio? Aquela montanha?

– A ilha de Thanedd.

A ilha parecia estar muito próxima e não tinha a aparência de uma ilha. Parecia um gigantesco bloco de pedra emergindo do fundo do mar, um enorme zigurate rodeado de caminhos espirais com zigue-zagues de escadas e terraços. Os terraços esverdeavam com bosques e jardins e, do meio daquele verde todo, coladas às rochas como ninhos de andorinhas, emergiam brancas torrinhas pontudas e lindas cúpulas, formando uma guirlanda de construções cercadas de colunatas. As edificações não davam a impressão de terem sido construídas; parecia que haviam sido lavradas nas escarpas da montanha marítima.

– Isso tudo foi construído por elfos – esclareceu Fábio –, dizem que com a ajuda da magia élfica. No entanto, Thanedd pertence aos feiticeiros desde tempos imemoriais. Junto do topo, lá onde brilham aquelas cúpulas, fica o palácio de Garstang. É lá que em poucos dias terá início o grande congresso dos magos. E ainda mais acima, bem no cume, aquela solitária torre com ameias é Tor Lara, a Torre da Gaivota.

– Dá para chegar lá por terra? Parece ficar tão pertinho...

– Dá. Uma ponte liga a margem da baía à ilha. Não podemos enxergá-la porque está encoberta por árvores. Está vendo aqueles telhados vermelhos na base da montanha? Aquilo é o palácio de Loxia. Somente através de Loxia é possível acessar os caminhos que levam aos terraços superiores...

– E lá, onde estão aquelas lindas colunatas, pontezinhas e jardins? Como aquilo consegue ficar preso à parede da rocha sem desabar... Que palacete é aquele?

– É precisamente Aretusa, sobre a qual você perguntou. É ali que fica a famosa escola para jovens feiticeiras.

– Ah – murmurou Ciri, passando a língua pelos lábios. – Quer dizer que é lá... Fábio, você costuma ver de vez em quando as jovens feiticeiras que estudam naquela escola? Na tal Aretusa?

O rapaz olhou para ela, com visível espanto.

– Nunca! Ninguém as vê jamais! Elas estão proibidas de sair da ilha e entrar na cidade. E, quanto ao terreno da escola, ninguém tem acesso a ele. Quando o prefeito ou o aguazil têm alguma questão a resolver com as feiticeiras, só podem chegar até Loxia. Ao nível mais baixo.

– Foi o que pensei – falou Ciri, meneando a cabeça, com os olhos fixos nos brilhantes telhados de Aretusa. – Aquilo lá não é uma escola, mas uma cadeia. Numa ilha, num rochedo, à beira de um precipício. Uma prisão e tanto.

– Você não deixa de ter um pouco de razão – admitiu Fábio, após um momento de reflexão. – É muito difícil sair de lá... Mas aquilo não é uma prisão. As alunas são jovens donzelas e é preciso protegê-las.

– De quem?

– Be... bem... – gaguejou o rapaz. – Você sabe...

– Não, não sei.

– Hummm... Eu acho... Ora, Ciri, afinal de contas ninguém as mantém na escola à força. São elas que querem...

– Obviamente. – Ciri sorriu com coqueteria. – Se querem, então cumprem pena naquela prisão. Caso não quisessem, não permitiriam ser trancadas lá dentro. Basta dar no pé antes de ser trancada, porque depois poderá ser difícil...

– Difícil o quê? Fugir? E para onde elas poderiam...

– Elas – interrompeu-o Ciri – certamente não teriam para onde fugir, pobrezinhas. Fábio, onde fica a cidade de Hirundum?

O rapaz olhou para ela, surpreso.

– Hirundum não é uma cidade – falou. – É uma enorme fazenda com pomares e hortas que fornecem frutas e verduras para todas as cidades da região. Há ali também diversos lagos, nos quais são criadas carpas e outras espécies de peixes...

– Quão longe fica Hirundum? Em que direção? Mostre-me.

– E por que você quer saber isso?

– Mostre-me, já lhe pedi.

– Está vendo esse caminho que leva para o oeste? Lá, onde há muitas carroças? É por ele que se vai até Hirundum. Deve distar umas quinze milhas, todo o tempo através de florestas.

– Quinze milhas – repetiu Ciri. – Não é tão longe assim quando se tem um bom cavalo... Muito obrigada, Fábio.

– Você me agradece por quê?

– Não importa. Agora, leve-me ao mercado. Você prometeu.

– Vamos.

Ciri jamais presenciara um aperto e um bulício semelhantes aos que reinavam no mercado de Gors Velen. Em comparação a ele, a barulhenta feira de peixes pela qual passaram havia pouco dava a impressão de um templo silencioso. Apesar de a praça ser realmente gigantesca, pareceu-lhe que poderiam olhar para ela de longe, porque a ideia de conseguir chegar à área do mercado era inimaginável. No entanto, Fábio mergulhou corajosamente no turbilhão de pessoas, puxando-a pela mão. Ciri chegou a ficar tonta.

Vendedores gritavam a plenos pulmões, compradores gritavam ainda mais alto e crianças perdidas no meio da multidão berravam e uivavam. Vacas mugiam, ovelhas baliam, aves cacarejavam e grasnavam. Artífices anões batiam violentamente com seus martelos em chapas de metal e, quando interrompiam a tarefa para tomar um trago, ficavam praguejando em alto e bom som. De alguns pontos da praça emanavam agudos sons de pífaros e saltérios; eram os locais nos quais toda sorte de vagabundos e músicos viajantes fazia suas apresentações. Para piorar ainda mais a algazarra, alguém invisível no meio da turba soprava incessantemente uma trombeta de latão. Era evidente que não se tratava de um músico.

Ciri esquivou-se de um porco que passou correndo por ela guinchando horrivelmente e caiu sobre uma pilha de gaiolas com galinhas. Ao se erguer, pisou em algo que era mole e que miou. Deu um pulo para trás e quase foi atropelada pelos cascos de uma enorme, fedorenta e asquerosa besta que abria caminho empurrando as pessoas com seus flancos peludos.

– O que era aquilo? – gemeu, recuperando o equilíbrio.

– Um camelo. Não precisa ter medo.

– Imagine! Não estou com medo!

Ciri olhou em volta com curiosidade. Ficou admirando o trabalho dos ananicos que fabricavam belos odres com pele de bode. Encantou-se com as lindas bonecas oferecidas numa barraca por um casal de meios-elfos. Avaliou diversos artefatos de malaquita e jaspe expostos à venda por um soturno e monossilábico gnomo. Com grande interesse e conhecimento de causa, examinou as espadas na barraca do armeiro. Observou jovens artesãs tecendo cestos de vime, chegando à conclusão de que não havia nada pior do que o trabalho.

O homem que soprava a trombeta parara de soprar. Provavelmente alguém o havia matado.

– O que é isso que cheira tão gostoso?

– Sonhos – disse Fábio, tateando a bolsa com as moedas. – Você gostaria de comer um?

– Gostaria de comer dois.

O vendedor entregou três sonhos, pegou um dos décimos e deu de troco quatro patacas, quebrando ao meio uma delas. Ciri, que a essa altura já havia recuperado a autoconfiança, observava a operação de quebramento, devorando avidamente o primeiro sonho.

– É daí – perguntou, começando a comer o segundo – que vem a expressão "de meia-pataca"?

– Sim – respondeu Fábio, engolindo o resto de seu sonho. – Afinal, não existe moeda menor do que uma pataca. De onde você veio não se usa meia-pataca?

– Não – falou Ciri, lambendo os dedos. – De onde eu vim usam-se ducados de ouro. Além disso, esse quebra-quebra foi totalmente desnecessário.

– Por quê?

– Porque tenho vontade de comer mais um sonho.

Os sonhos recheados com geleia de ameixa funcionaram como um elixir mágico. Ciri recuperou o bom humor, e a multidão a sua volta deixou de assustá-la; ao contrário, até começou a lhe agradar. Não permitiu mais que Fábio a conduzisse pelo braço, puxando-o ela mesma para onde o aperto era ainda maior, um lugar no qual alguém discursava sobre um improvisado tablado de barris. O orador era um gordão avançado em anos. Pelo crânio raspado e pelo gibão cinzento, Ciri reconheceu logo que se tratava de um sacerdote viajante. Já os vira visitando o templo de Melitele, em Ellander. Mãe Nenneke nunca os chamava diferentemente de "aqueles idiotas fanáticos".

– Só há uma lei no mundo! – berrava o gordo sacerdote. – A lei divina! Toda a natureza é subordinada a ela, toda a terra e tudo o que na terra vive! Já os encantos e magias são contrários a essa lei! Portanto, os feiticeiros são seres malditos, e aproxima-se o dia da fúria no qual o fogo do céu destruirá sua maldita ilha! Então, desabarão as muralhas de Loxia, Aretusa e Garstang, detrás das quais aqueles pagãos estão se juntando neste momento para planejar seus feitos nefastos. Desabarão essa muralhas...

– E vai ser preciso, puta merda, erguê-las de novo – rosnou perto de Ciri um pedreiro vestido com um casaco chapiscado de argamassa.

– Lembro-lhes, gente boa e pia – berrava o sacerdote –, não acreditem nos feiticeiros, não os procurem em busca de conselhos ou ajuda! Não se iludam com sua bela postura nem com fala fluida, pois na verdade lhes digo que os feiticeiros são como túmulos polidos: lindos por fora, mas cheios de podridão e de ossos transformados em pó por dentro!

– Olhem só para ele – falou uma jovem segurando um cesto cheio de cenouras –, como enche a boca para falar. Late contra os magos porque tem inveja deles. Nada mais do que isso.

– É isso mesmo – confirmou o pedreiro. – Olhe para ele: sua cabeça é tão lisa como um ovo e sua barriga cai sobre seus joelhos. Enquanto isso, os feiticeiros são bem-apessoados, não engordam e não ficam calvos. E as feiticeiras... formosuras em pessoa.

– Porque venderam a alma ao diabo para ter essa formosura – gritou um homem baixinho com um martelo de sapateiro enfiado no cinto.

– Como você é tolo, seu cola-solas. Se não fossem as gentis damas de Aretusa, você não iria longe com suas bolsas de couro! É graças a elas que você tem o que comer.

Fábio puxou Ciri pela manga e ambos mergulharam de volta no meio da multidão, que os levou na direção do centro da praça. Ouviram o rufo de um tambor e ameaçadores gritos ordenando silêncio. A turba não demonstrava disposição alguma de se calar, mas tal fato não parecia incomodar o arauto parado sobre um estrado de madeira. Possuía uma voz possante e bem treinada e sabia fazer bom uso dela.

– Que seja de conhecimento de todos – urrou, enquanto desenrolava um pergaminho – que Hugo Ansbach, de origem ananica, é considerado um fora da lei por ter abrigado em sua casa por uma noite um grupo de malfeitores elfos que se denominam Esquilos. Da mesma forma é considerado o ferreiro Justin Ingvar, de origem anã, que fabricou pontas de flecha para os citados facínoras. O prefeito lança uma busca a ambos e ordena que todos se envolvam em sua perseguição. Quem os apanhar receberá um prêmio de cinquenta coroas em dinheiro vivo. De outro lado, todo aquele que alimentá-los ou lhes der guarita será considerado cúmplice e sofrerá a mesma pena imposta a eles. E, se forem encontrados num distrito ou num vilarejo, todo o distrito ou vilarejo deverá pagar...

– E quem daria – gritou alguém do meio da multidão – guarita a um ananico ou a um anão? Procurem nas fazendas deles mesmos e, quando os encontrarem, levem todos os inumanos para as masmorras.

– Para o cadafalso, não as masmorras!

O arauto continuou anunciando mais declarações do prefeito do Conselho Municipal, mas Ciri perdeu o interesse. Estava a ponto de sair do meio da multidão quando sentiu repentinamente seu traseiro ser apalpado por uma mão nada casual, ousada e bastante desembaraçada.

Parecia que o grande número de pessoas espremidas a sua volta impedia Ciri de se virar, mas ela aprendera em Kaer Morhen como se mexer em lugares nos quais se mover era difícil. Virou-se, causando algum tumulto. Um jovem sacerdote de cabeça raspada dirigiu-lhe um sorriso arrogante e claramente já praticado em outras ocasiões. "E então", dizia aquele sorriso, "o que você vai fazer agora? Vai enrubescer lindamente e nada mais, não é isso?"

– Mantenha as patas junto do corpo, seu careca! – gritou Ciri, pálida de raiva. – Apalpe o próprio traseiro, seu... seu túmulo polido!!!

Aproveitando-se do fato de o sacerdote não poder se mexer, Ciri decidiu dar-lhe um pontapé, porém Fábio se meteu entre eles e puxou-a para longe. Vendo que Ciri tremia de raiva, acalmou-a comprando-lhe uma porção de pastéis doces polvilhados com açúcar de confeiteiro, cuja visão a fez esquecer por completo o incidente. Pararam perto de uma barraca, de onde tinham uma visão do cadafalso e do pelourinho. Não havia ninguém atado ao pelourinho e todo o cadafalso estava decorado com guirlandas de flores, servindo de palco para artistas itinerantes que, vestidos como papagaios, faziam ranger rabecas e sopravam pífanos e gaitas de foles. Uma jovem morena com uma samarra adornada com lantejoulas cantava e dançava, agitando um pandeiro e sapateando alegremente com suas pequenas botinas.

Uma maga caiu num buraco e por víboras foi mordida.
Todos os répteis morreram, mas a maga não perdeu a vida!

A multidão em volta do cadafalso contorcia-se de tanto rir, batendo palmas ao ritmo da música. O vendedor de pastéis atirou uma nova leva deles no óleo fervente. Fábio lambeu os dedos e puxou Ciri pela manga.

As barracas eram muitas e em quase todas eram vendidas guloseimas. Fábio e Ciri comeram um mil-folhas com creme cada um e dividiram uma enguia defumada acompanhada por algo estranho, frito e enfiado num espeto. Por fim, pararam numa barraca repleta de barris com diversos tipos de repolho fermentado e ficaram provando-os, fingindo escolher um para depois comprar maior quantidade dele. Quando comeram o suficiente e não compraram nada, a vendedora chamou-os de fedelhos.

Seguiram adiante. Com o resto do dinheiro Fábio comprou uma cestinha de peras. Ciri olhou para o céu, mas achou que ainda faltava muito para o meio-dia.

– Fábio? O que são aquelas tendas e casinhas junto do muro?

– Diversos entretenimentos. Quer ver?

– Quero.

Diante da primeira tenda havia apenas homens, todos claramente excitados. De dentro, emanava o som de uma flauta.

– "A negra Leira" – Ciri leu com dificuldade os mal traçados rabiscos na lona da tenda – "revela, dançando, todos os segredos de seu corpo." Quanta bobagem! Que tipo de segredos...

– Vamos adiante, vamos adiante – apressou-a Fábio, enrubescendo levemente. – Olhe para isso. Eis uma coisa interessante. Uma adivinha que prevê o futuro das pessoas. Tenho ainda duas patacas, poderíamos...

– Não vale a pena gastar dinheiro à toa – interrompeu-o Ciri. – Grande previsão por duas patacas! Para prever o futuro, é preciso ser profetisa, e mesmo entre as feiticeiras apenas uma em cem tem tal dom...

– Pois saiba que uma adivinha previu a minha irmã mais velha que ela se casaria – insistiu o rapaz – e a previsão se cumpriu. Não faça careta, Ciri. Vamos deixar que adivinhem o que nos espera...

– Não quero casar. Não quero adivinhações. Faz calor e a tenda fede a incenso, de modo que me recuso a entrar nela. Se quiser, pode ir sozinho e eu ficarei esperando aqui fora. Só não consigo entender por que você quer que prevejam seu futuro. O que gostaria de saber?

– Be... bem... – gaguejou Fábio. – Mais do que tudo, gostaria de saber se vou viajar. Gostaria muitíssimo de viajar, de conhecer o mundo todo...

"E ele vai", pensou Ciri repentinamente, sentindo a cabeça girar. "Ele vai navegar em grandes veleiros brancos... Chegará a países que ninguém viu antes dele... Fábio Sachs, o Descobridor... Seu nome será dado a um cabo, a ponta de um continente que hoje não possui denominação. Quando tiver cinquenta e quatro anos, com uma esposa, um filho e três filhas, morrerá longe de casa e dos que lhe serão próximos... de uma doença que ainda não foi descoberta..."

– Ciri, o que está se passando com você?

A garota esfregou o rosto. Teve a sensação de estar emergindo, nadando na direção da superfície de um lago profundo e gelado.

– Não foi nada – murmurou, olhando em volta e recuperando o autocontrole. – Fiquei meio tonta. Deve ser por causa do calor... e dos incensos dessa tenda.

– Pois eu acho que é o efeito de tanto repolho – falou Fábio, sério. – Não devíamos ter comido tanto. Também sinto meu estômago borbulhar.

– Estou ótima! – afirmou Ciri, erguendo orgulhosamente a cabeça. Sentia-se melhor de verdade. Os pensamentos que passaram qual um tufão por sua cabeça se dissiparam, perdendo-se na memória. – Vamos, Fábio. Vamos em frente.

– Quer uma pera?

– Lógico que quero.

Junto da muralha, um grupo de adolescentes jogava piões a dinheiro. O pião, devidamente enrolado num barbante, tinha de ser atirado com um gesto que parecia uma chicotada e de tal maneira que começasse a girar sobre áreas específicas desenhadas no chão. Quando estava em Skellige, Ciri ganhava na maior parte das vezes dos meninos locais, além de vencer sempre as noviças do templo de Melitele. Já estava se preparando para juntar-se aos garotos e tirar deles não só suas moedas, como também suas calças remendadas, quando sua atenção foi despertada por uma grande gritaria.

Enfiada entre o muro e as escadas de pedra, bem no fim da fileira de tendas e barracos, havia uma área semicircular formada por lonas estendidas sobre estacas fincadas no chão. Entre duas dessas estacas, um espaço livre que servia de entrada era bloqueado por um homem alto, forte, com o rosto com marcas de varíola, vestido com um casaco bordado e calças listradas enfiadas em botas de marinheiro. Diante dele agitava-se um pequeno grupo de pessoas. Elas enfiavam moedas em sua mão e sumiam debaixo da lona. O bexigoso guardava o dinheiro numa bolsa de consideráveis dimensões, que fazia tilintar, e gritava com voz rouca:

– Venha, minha boa gente! Aqui, junto de mim! Vocês poderão ver com os próprios olhos o mais terrível monstro que os deuses criaram! Um horror! Um autêntico basilisco vivo, o venenoso terror dos desertos da Zerricânia, o diabo encarnado, o insaciável devorador de homens! Vocês jamais viram um monstro como esse! Recém-capturado no além-mar, acabou de ser trazido num navio. Venham admirar um horrendo basilisco vivo, porque nunca mais terão uma oportunidade dessas! É sua última chance! Aqui, em minha tenda, por apenas três patacas. Mulheres com crianças por duas patacas!

– Ah! – exclamou Ciri, afastando com a mão as abelhas que teimavam em voar em torno das peras. – Um basilisco? E vivo ainda por cima? Tenho de vê-lo. Até hoje só o vi em ilustrações. Venha, Fábio.

– Não tenho mais dinheiro...

– Mas eu tenho, e vou pagar para você. Venha; não tenha medo.

– São seis patacas – falou o bexigoso, olhando para as moedas postas em sua mão. – Três patacas por pessoa. Mais barato, somente mulheres com crianças.

– Ele – disse Ciri, apontando com a pera para Fábio – é uma criança. E eu sou uma mulher.

– Mais barato somente mulheres com crianças de colo – rosnou o homem. – Mas vá lá, ponha mais duas patacas, esperta senhorita, ou saia da frente para que outros possam entrar. Apresse-se, minha gente. Só há mais três lugares livres!

Do outro lado da lona, acotovelava-se uma porção de pessoas, formando um compacto anel em torno de um estrado de tábuas, sobre o qual havia uma jaula de madeira coberta por um pano. Depois de deixar entrar os últimos espectadores, o bexigoso pulou sobre o estrado, bateu na jaula com um pedaço de pau e usou-o para retirar o pano que a cobria. A tenda foi envolta por um odor de carniça e um desagradável fedor reptiliano. Os espectadores soltaram um murmúrio e afastaram-se um pouco.

– É preciso se precaver, minha boa gente – avisou o bexigoso. – Ficar perto demais é perigoso!

No interior da jaula, que era evidentemente pequena demais para ele, encontrava-se encolhido um lagarto de pele coberta por escamas escuras. Quando o bexigoso bateu com o pau na jaula, o réptil se agitou, roçou com as escamas nas barras da jaula, esticou o comprido pescoço e sibilou prolongadamente, mostrando duas fileiras de dentes cônicos tão brancos que contrastavam com a negritude das escamas em volta do focinho. Os espectadores pigarrearam. Um peludo cãozinho sentado no colo de uma mulher com a aparência de vendedora ambulante ganiu lamentosamente.

– Olhem bem! – gritou o bexigoso. – E sintam-se felizes por não termos tal tipo de monstros por nossas bandas! Eis o horrendo basilisco da distante Zerricânia! Não se aproximem, não se aproximem, pois mesmo trancado numa jaula ele poderá envenená-los com seu bafo!

Ciri e Fábio finalmente conseguiram se esgueirar por entre os espectadores e se aproximar do estrado.

– O basilisco – continuou o bexigoso, apoiando-se no pedaço de pau como um sentinela na haste de uma alabarda – é o animal mais peçonhento da face da Terra! Pois o basilisco é o rei de todas as serpentes! Caso houvesse mais basiliscos, o mundo estaria perdido! Por sorte, trata-se de um monstro muito raro, porque nasce de um ovo botado por um galo. E vocês todos sabem que não é qualquer galo que bota ovos, exceto os despudorados que, como galinhas poedeiras, oferecem sua cloaca a outro galo.

Os espectadores reagiram à piada com uma gargalhada. A única que não riu foi Ciri, concentrada em olhar atentamente para aquele ser, que, excitado pelo barulho, agitava-se na jaula, mordendo suas barras e tentando, em vão, abrir as asas de morcego.

– Os ovos botados por um galo desses – continuava o bexigoso – devem ser chocados por cento e uma serpentes! E, quando do ovo emerge um basilisco...

– Isso aí não é um basilisco – afirmou Ciri, dando uma dentada na pera.

O bexigoso lançou-lhe um olhar raivoso.

– ... quando o basilisco finalmente sai do ovo – prosseguiu –, ele come todas as serpentes que estavam no ninho, absorvendo seu veneno, mas sem ser afetado por ele. Por outro lado, fica tão repleto de peçonha que pode matar sem morder nem mesmo tocar a presa, bastando seu bafo para isso! E, quando um guerreiro montado atravessa um basilisco com uma lança, o veneno sobe pelo cabo da lança, matando o cavaleiro e seu cavalo!

– Isso é uma mentira mentirosa – falou Ciri em voz alta, cuspindo uma semente de pera.

– Verdade verdadeira! – protestou o bexigoso. – Matará tanto o cavaleiro como o cavalo

– Duvido!

– Cale-se, mocinha! – gritou a vendedora ambulante com o cachorrinho. – Não atrapalhe! Queremos admirar o monstro e escutar sobre ele!

– Ciri, pare com isso – sussurrou Fábio, cutucando-a nas costelas.

A garota, no entanto, olhou para ele indignada e pegou outra pera.

– Diante de um basilisco – o bexigoso elevou a voz para se sobrepor ao crescente murmúrio no meio da multidão – fogem todos os animais assim que ouvem seu silvo. Qualquer animal, mesmo um dragão... que digo eu, até um crocodilo. E um crocodilo é inacreditavelmente assustador. Quem teve a oportunidade de ver um sabe o que estou dizendo. Só há um animal que não tem medo do basilisco. E esse animal é a fuinha. A fuinha, quando vê um basilisco no deserto, foge imediatamente para a floresta e, uma vez lá, encontra e devora certas ervas conhecidas apenas por ela. Aí o veneno do basilisco não tem mais efeito sobre ela, que é capaz de mordê-lo até a morte...

Ciri deu uma sonora gargalhada, comprimiu os lábios e soltou um som prolongado e bastante grosseiro.

– Ei, sua espertalhona! – O bexigoso não se aguentou. – Se o espetáculo não lhe agrada, vá embora. Ninguém a obriga a ouvir o que estou dizendo nem a olhar para o basilisco.

– O fato é que isso aí não é um basilisco.

– Ah, é? E o que é então, doutora sabe-tudo?

– Uma serpe – afirmou Ciri, jogando fora o cabo da pera e lambendo os dedos. – Uma simples serpe. Jovem, pequena, faminta e suja. Mas não deixa de ser uma serpe. Wyvern, em Língua Antiga.

– Olhem só para ela! – berrou o bexigoso. – Apareceu uma sábia entre nós. Feche a matraca, senão eu vou...

– Alto lá! – falou um jovem louro com gorro de veludo e gibão de escudeiro sem brasão algum, abraçado a uma delicada e pálida jovem metida num vestido adamascado. – Vamos com calma, senhor domador de feras! Não ameace uma fidalga, para que eu não tenha de lhe dar uma lição com minha espada. Além disso, sinto no ar uma trapaça.

– Que tipo de trapaça, jovem guerreiro? – ofendeu-se o bexigoso. – A fede... ou melhor, a bem-nascida jovem está enganada. Esse monstro é um basilisco.

– É uma serpe – repetiu Ciri.

– Que serpe, que nada! Um basilisco. Vejam como ele é ameaçador, como sibila, como morde a jaula. Olhem para seus dentes. São dentes de...

– ... uma serpe – completou Ciri.

– Já que você é tão sabichona – disse o bexigoso, lançando-lhe um olhar que não envergonharia um autêntico basilisco –, então chegue mais perto. Aproxime-se e deixe que ele solte uma baforada sobre você. Logo todos verão como você desabará arroxeada pelo veneno. Vamos, aproxime-se!

– Com todo prazer – respondeu Ciri, livrando-se do braço de Fábio e dando um passo à frente.

– Não posso permitir uma coisa dessas! – gritou o escudeiro louro, soltando sua adamascada companheira e bloqueando a passagem de Ciri. – A nobre dama não pode se arriscar tanto.

Ciri, a quem até então ninguém chamara de "nobre dama", enrubesceu levemente, olhou para o jovem e borboleteou suas pestanas da mesma forma que já havia testado várias vezes com o escriba Jarre.

– Não há risco algum, distinto guerreiro – sorriu sedutoramente, apesar de todas as admoestações de Yennefer para evitar fazê-lo. – Não vai acontecer nada. O tal bafo peçonhento não passa de uma balela.

– Assim mesmo – falou o jovem, colocando a mão sobre o punho de sua espada –, gostaria de ficar a seu lado. Para protegê-la e defendê-la... Você permite?

– Permito – respondeu Ciri, sem saber direito o motivo pelo qual a expressão de raiva estampada no rosto da jovem de vestido adamascado lhe trouxe tanta satisfação.

– Sou eu quem a protejo e defendo! – Fábio ergueu orgulhosamente a cabeça e olhou de maneira desafiadora para o escudeiro. – E também vou acompanhá-la!

– Senhores – disse Ciri, estufando o peito e erguendo o nariz. – Mais dignidade, por favor. Não precisam se empurrar. Podem vir ambos.

O anel de espectadores ondulou e um murmúrio percorreu o ambiente quando ela se aproximou da jaula, quase sentindo o hálito dos dois jovens a suas costas. A serpe sibilou furiosa, agitando-se e emitindo um odor reptiliano pelas narinas. Fábio respirou ansiosamente, mas Ciri não recuou. Chegou ainda mais perto, estendendo o braço e quase tocando na jaula. O monstro atirou-se nas grades, mordendo-as com os dentes afiados. A multidão voltou a ondular. Alguém gritou.

– E então? – perguntou Ciri, virando-se de costas para a jaula e apoiando os braços nos quadris. – Morri? Fui envenenada por aquela pretensa peçonha? Ele é tão basilisco quanto eu sou...

Interrompeu-se ao notar a palidez no rosto de Fábio e no do escudeiro. Virou-se com a rapidez de um raio e viu duas barras cederem sob o peso do enfurecido lagarto e se soltarem dos suportes fixados com pregos enferrujados.

– Fujam! – gritou a plenos pulmões. – A jaula está se partindo!

A multidão soltou um grito de pavor e correu para a saída da tenda. Algumas pessoas conseguiram rasgar a lona, porém enrolaram-se nela, caindo umas sobre as outras. O escudeiro agarrou o braço de Ciri no exato momento em que ela havia conseguido saltar para o lado, o que fez com que ambos tropeçassem e caíssem, derrubando Fábio com eles. O cãozinho da vendedora começou a ganir, o bexigoso, a praguejar, e a desorientada jovem de vestido adamascado, a gritar desesperadamente.

As demais barras da jaula partiram-se com estrondo e a serpe saiu da jaula. O bexigoso conseguiu mantê-la afastada por um momento com o pedaço de pau, mas o monstro arrancou-o de suas mãos com um golpe da pata, encolheu-se e acertou-o com a cauda ouriçada, transformando sua bochecha cheia de cicatrizes da varíola numa disforme massa sangrenta. Sibilando e estendendo as asas feridas, a serpe voou do estrado, atirando-se sobre Ciri, Fábio e o escudeiro, que, naquele exato momento, estavam tentando erguer-se do chão. A jovem adamascada desmaiou, caindo de costas. Ciri encolheu-se, pronta para pular sobre o monstro, mas se deu conta de que não daria tempo.

Quem os salvou foi o peludo cãozinho, que pulou do colo da vendedora ambulante, caída e enrolada em suas seis saias. Latindo fininho, o cãozinho atirou-se sobre o monstro. A serpe sibilou, ergueu-se, pisou com as patas providas de garras no pobre animalzinho, girou num movimento rápido e sinuoso e cravou os dentes em sua nuca. O cachorrinho ganiu dolorosamente.

O escudeiro conseguiu ficar de joelhos e levou a mão ao flanco, mas não encontrou o punho de sua espada, porque Ciri foi mais rápida. Com um destro movimento, ela sacou a espada do jovem da bainha e, fazendo meia pirueta, aproximou-se do monstro. A serpe virou-se para ela, com a cabeça arrancada do cachorrinho pendendo da bocarra.

Ciri teve a impressão de que todos os movimentos aprendidos em Kaer Morhen executaram-se de maneira autônoma, quase sem sua vontade ou participação. Acertou a surpresa serpe na barriga e imediatamente fez uma finta, enquanto o lagarto, que pulara em sua direção, espatifava-se na areia, sangrando copiosamente. Ciri saltou por cima dele, evitando com agilidade sua cauda agitada, e, mirando cuidadosamente, desferiu-lhe um violento golpe no pescoço. Afastou-se com rapidez, fez uma finta já totalmente desnecessária e desfechou mais um golpe, dessa vez cortando a espinha dorsal do monstro. A serpe se encolheu e ficou imóvel; apenas sua cauda agitou-se ainda no ar e bateu no solo, espalhando areia para todos os lados.

Ciri enfiou rapidamente o punho da ensanguentada espada na mão do escudeiro.

– Já não precisam ter medo! – gritou para a multidão que se aproximava e para os que ainda tentavam se desenrascar da lona. – O monstro está morto. Esse valente guerreiro acabou com ele de vez...

De repente, sentiu um nó na garganta e uma contorção no estômago, enquanto tudo escurecia a sua volta. Algo bateu com impressionante força em suas costas, a ponto de seus dentes rangerem. Olhou ao redor, ainda desorientada e sem saber o que a atingira, até se dar conta de que o que a atingira fora o chão.

– Ciri... – sussurrou Fábio, ajoelhado junto dela. – O que você tem? Pelos deuses, você está pálida como um cadáver...

– É uma pena que você não possa ver o próprio rosto – murmurou ela.

As pessoas cercaram o cadáver do monstro. Algumas o cutucavam com paus e atiçadores de fogo, outras faziam curativos no rosto do bexigoso, enquanto as demais soltavam vivas em homenagem ao heroico escudeiro, audaz matador de monstros, o único que mantivera o sangue-frio e evitara um massacre. O escudeiro reanimava a jovem de vestido adamascado, olhando com ar abobalhado para a lâmina de sua espada coberta com manchas de sangue coagulado.

– Meu herói... – murmurou a adamascada senhorita, atirando os braços em seu pescoço. – Meu salvador! Meu amor!

– Fábio – sussurrou Ciri, vendo um grupo de guardas municipais tentando atravessar a turba e aproximar-se deles. – Ajude-me a levantar e leve-me daqui o mais rápido possível.

– Pobres crianças... – falou uma mulher gorda, olhando para eles enquanto se esgueiravam no meio da multidão. – Vocês tiveram muita sorte. Não fosse esse valente guerreirinho, suas mães estariam agora vertendo rios de lágrimas!

– Descubram a quem serve esse jovem escudeiro! – gritou um artesão com avental de couro. – Por esse feito, ele faz jus a um cinturão e um par de esporas!

– Já esse falso domador de feras merece uma surra! Imaginem, trazer um monstro desses para dentro da cidade...

– Água, rápido! Aquela jovem voltou a desmaiar!

– Minha pobre Mosquinha! – gritou a vendedora ambulante, inclinada sobre o que restara de seu cãozinho peludo. – Minha cachorrinha querida! Genteeee! Peguem aquela garota, a desgraçada que açulou o dragão! Onde está ela? Peguem-na! Não é o domador de feras o culpado por tudo, mas ela!

Os guardas, ajudados por inúmeros voluntários, começaram a forçar passagem no meio da turba, olhando para todos os lados. Ciri controlou a tontura.

– Fábio – sussurrou. – Vamos nos separar. Vamos nos encontrar daqui a pouco naquela ruela pela qual viemos. Vá. Se alguém o parar e perguntar sobre mim, diga que não me conhece e não tem a mais vaga ideia de quem eu seja.

– Mas... Ciri...

– Vá!

Ciri pegou o amuleto recebido de Yennefer e murmurou o encanto acionador. O efeito do feitiço foi imediato, e bem na hora. Os guardas, que já haviam se desvencilhado da multidão e caminhavam em sua direção, pararam indecisos e desorientados.

– Que merda é essa? – espantou-se um deles, olhando diretamente para Ciri. – Aonde ela se meteu? Estava ali um momento atrás...

– Lá, lá! – gritou outro, apontando na direção oposta.

Ciri virou-se e foi se afastando, ainda levemente aturdida e enfraquecida pela força da adrenalina e pela ativação do amuleto. Este funcionava precisamente como deveria funcionar: ninguém a via nem lhe dava a mínima atenção. Absolutamente ninguém. Por conta disso, até finalmente conseguir sair do meio da confusão, ela sofreu vários esbarrões, foi pisada e levou chutes. Por milagre, escapou de ser esmagada por um caixote atirado de cima de uma carroça e faltou pouco para ter um olho vazado pela ponta de um forcado. Como ficou patente, os feitiços tinham seus prós e contras, assim como virtudes e defeitos.

O efeito do amuleto não durou por muito tempo. Ciri não tinha força suficiente para controlá-lo e prolongar sua ação. Por sorte, o feitiço parou de atuar no momento mais apropriado, exatamente quando se desvencilhou da multidão e viu Fábio aguardando-a na ruela.

– Ciri – disse o rapaz. – Que bom que você apareceu! Estava começando a me preocupar.

– Desnecessariamente. Vamos embora depressa. Já passa de meio-dia e eu preciso retornar.

– Você saiu-se muito bem com aquele monstro – falou o jovem, olhando para ela com admiração. – Como foi ágil com aquela espada! Onde aprendeu isso?

– Aprendeu o quê? Quem matou a serpe foi o escudeiro.

– Não é verdade. Vi com meus próprios olhos...

– Você não viu nada! Peço-lhe, Fábio, que não comente esse incidente com ninguém. Com ninguém mesmo, especialmente com dona Yennefer. Nem posso imaginar o que ela faria comigo caso descobrisse...

Calou-se.

– Aquela gente – apontou para as pessoas na praça – está certa. Fui eu que aticei a serpe... Foi por minha culpa...

– Não foi culpa sua – afirmou Fábio categoricamente. – A jaula estava apodrecida e montada de qualquer jeito. Ela poderia se romper a qualquer momento, daqui a uma hora, amanhã, depois de amanhã... Foi melhor ter acontecido agora, porque você salvou...

– Foi o escudeiro quem salvou! – gritou Ciri. – O escudeiro! Meta isso na cabeça de uma vez por todas! Estou avisando: se me trair, transformarei você... em algo horrível! Tenho o poder de encantar pessoas! Enfeitiçarei você...

– Basta! – ecoou uma voz a suas costas. – Chega dessa conversa fiada!

Uma das mulheres que caminhavam atrás de Ciri e Fábio tinha cabelos negros penteados cuidadosamente, olhos brilhantes e lábios finos. Seus ombros estavam cobertos por uma curta capa de veludo violeta forrada com pele de rato-silvestre.

– Por que você não está na escola, caloura? – indagou com voz fria e melodiosa, examinando Ciri com olhar penetrante.

– Espere um momento, Tissaia – falou outra mulher, mais jovem, loura e alta, trajando um vestido verde com decote ousado. – Eu não a conheço. Acho que ela não é...

– É – interrompeu-a a morena. – Ela é uma de suas meninas, Rita. Afinal, você não pode conhecer todas. Ela deve ser uma das que escaparam de Loxia durante a confusão quando estávamos de mudança. E logo, logo ela mesma vai nos confirmar isso. E então, caloura, estou aguardando.

– Aguardando o quê? – perguntou Ciri.

A mulher comprimiu os lábios finos e ajeitou as dobras das luvas.

– De quem você roubou o amuleto de camuflagem? Ou será que alguém o deu a você?

– Como?

– Não teste minha paciência, caloura. Seu nome, sua classe e nome de sua preceptora. Rápido!

– Está se fingindo de tola, caloura? Seu nome! Como você se chama?

Ciri cerrou os dentes e seus olhos brilharam com uma chama verde.

– Anna Ingeborga Klopstock – escandiu, desaforada.

A mulher ergueu o braço, e Ciri imediatamente se deu conta da gravidade do erro que cometera. Certa feita, ela criara caso sobre algo sem importância e Yennefer lhe demonstrara, uma única vez, o efeito do feitiço paralisante. A sensação fora horrível, a mesma que sentia agora.

Fábio soltou um grito rouco e correu em sua direção, mas a outra mulher, a loura, agarrou-o pelo colarinho e manteve-o preso no lugar. O rapaz agitava-se como podia, mas o braço da mulher era como se fosse feito de ferro. Ciri não podia sequer piscar um olho. Tinha a nítida impressão de estar se fundindo aos poucos com a terra, enquanto a morena inclinava-se junto de seu rosto e fixava nele os olhos brilhantes.

– Não sou partidária de castigos corporais – declarou em tom gélido, voltando a ajeitar as abas das luvas –, mas farei de tudo para que você seja açoitada, caloura. Não por desobediência, nem pelo roubo do amuleto, tampouco por estar vagando por aí. Não por estar vestida inadequadamente, andando com um rapaz e falando com ele sobre coisas que lhe foram proibidas de comentar. Você será chicoteada por não ter a capacidade de reconhecer uma arquimaga.

– Não! – gritou Fábio. – Não lhe faça mal, distinta dama! Sou funcionário do banco do senhor Molnar Giancardi e esta senhorita é...

– Cale a boca! – urrou Ciri. – Cal...

O feitiço de amordaçamento foi lançado de maneira rápida e brutal. Ciri sentiu gosto de sangue na boca.

– E então? – A loura soltou Fábio e, com um gesto carinhoso, ajeitou seu colarinho amassado. – Fale. Quem é essa desaforada senhorita?

Margarita Laux-Antille emergiu da piscina espargindo água por todos os lados. Ciri não conseguia desgrudar os olhos dela. Vira Yennefer nua mais de uma vez e sempre achara que não pudesse haver alguém que se comparasse a ela na perfeição do corpo. Estava redondamente enganada. Diante da visão da desnuda Margarita Laux-Antille, ruborizariam de inveja até as estátuas de mármore de deusas e ninfas.

A feiticeira pegou um cântaro com água fria e derramou o conteúdo sobre seus seios, praguejando de maneira grosseira e sacudindo-se toda.

– Ei, menina. – Fez um sinal para Ciri. – Tenha a gentileza de me trazer uma toalha... E pare de me olhar desse jeito.

Ciri murmurou um impropério, ainda zangada. Quando Fábio revelara quem ela era, as feiticeiras arrastaram-na à força através da cidade, expondo-a ao ridículo diante de praticamente metade de seus habitantes. Como era de esperar, assim que chegaram ao banco de Giancardi, tudo ficara esclarecido. As feiticeiras pediram desculpas a Yennefer e explicaram seu comportamento. Acontecia que as alunas de Aretusa haviam sido transferidas temporariamente para Loxia, uma vez que as instalações da escola foram transformadas em habitação dos partícipes e visitantes do congresso de feiticeiros. Aproveitando a confusão reinante durante a tal transferência, algumas alunas escaparam de Thanedd e ficaram zanzando pela cidade. Margarita Laux-Antille e Tissaia de Vries, alarmadas pela ativação do amuleto de Ciri, acharam que ela fosse uma das fugitivas.

As feiticeiras pediram desculpas a Yennefer, porém nenhuma delas pensou em pedir desculpas a Ciri. Ao ouvi-las, Yennefer não desgrudou os olhos da garota, que sentiu suas orelhas ficarem vermelhas. No entanto, quem mais sofreu foi Fábio: Molnar Giancardi esculachou-o de tal modo que o rapaz tinha lágrimas nos olhos. Ciri teve pena dele, mas também orgulho por seu comportamento; Fábio manteve a palavra e não deu um pio sobre a serpe.

Como se revelou, Yennefer conhecia muitíssimo bem tanto Tissaia como Margarita. As feiticeiras convidaram-na para A Garça de Prata, o melhor e o mais caro albergue de Gors Velen, onde

Tissaia de Vries se hospedara assim que chegara à cidade, retardando, por motivos conhecidos somente por ela, sua ida à ilha. Margarita Laux-Antille, que era a reitora de Aretusa, aceitara o convite da feiticeira mais velha e dividia temporariamente o apartamento com ela. O albergue era realmente muito luxuoso e tinha no subsolo a própria sala de banhos, que Margarita e Tissaia alugaram para seu uso exclusivo, pagando por isso uma soma inimaginável. Obviamente, Yennefer e Ciri foram incitadas a fazer uso daquelas instalações. Assim, todas ficaram se banhando na piscina e suando no vapor por horas a fio, sem parar de comentar fofocas.

Ciri entregou a toalha à feiticeira. Margarita beliscou-lhe a bochecha com delicadeza, fazendo com que a garota ficasse ainda mais aborrecida e mergulhasse na água da piscina, perfumada de rosmarinho.

– Ela nada como uma jovem foca – riu Margarita, estendendo-se numa espreguiçadeira de madeira ao lado de Yennefer. – E tem o corpo de uma ninfa. Você vai dá-la a mim, Yenna?

– Foi com esse intuito que a trouxe para cá.

– Em que ano devo matriculá-la? Ela tem conhecimentos básicos?

– Tem. Mas eu preferiria que ela começasse como todas as demais, desde o primário. Isso não lhe fará mal.

– Bem pensado – falou Tissaia de Vries, ocupada com a colocação de taças sobre o tampo de mármore da mesinha, enevoado de vapor. – Muito bem pensado, Yennefer. A menina terá mais facilidade se começar com as outras calouras.

Ciri saiu da piscina e sentou-se em sua borda, retorcendo os cabelos e chapinhando a água com os pés. Yennefer e Margarita papeavam preguiçosamente, toda hora enxugando o rosto com panos umedecidos com água gelada. Tissaia, pudicamente enrolada num lençol, não participava da conversa, parecendo estar totalmente imersa na tarefa de arrumar o tampo da mesinha.

– Peço humildemente perdão por atrapalhar as distintas damas – ecoou de repente a voz do proprietário do estabelecimento. – Queiram me perdoar se as atrapalho, mas... é que está aqui um oficial que insiste em falar urgentemente com a senhora De Vries! Ele diz que o assunto não pode ser adiado!

Margarita Laux-Antille soltou uma risadinha marota e piscou para Yennefer. Ambas arrancaram simultaneamente suas toalhas, adotando rebuscadas e provocativas posições sobre as espreguiçadeiras.

– Que adentre o oficial! – gritou Margarita, mal conseguindo conter o riso. – Seja bem-vindo! Estamos prontas!

– Parecem duas crianças – suspirou Tissaia de Vries, meneando a cabeça. – Cubra-se, Ciri.

O oficial adentrou, mas a brincadeira das feiticeiras não deu em nada. O oficial não ficou encabulado ao vê-las, não enrubesceu, não abriu a boca nem esbugalhou os olhos. Porque o oficial era uma mulher. Uma alta e esguia mulher, com uma grossa trança negra e uma espada na cintura.

– Informo – falou secamente, fazendo tilintar sua cota de malha ao se inclinar, respeitosa, na direção de Tissaia de Vries – que suas ordens foram cumpridas. Peço permissão para retornar a minha unidade.

– Permissão concedida – respondeu Tissaia. – Agradeço-lhe a escolta e a ajuda. Boa viagem.

Yennefer sentou-se na espreguiçadeira e olhou para o laço negro, dourado e vermelho amarrado no ombro da guerreira.

– Nós não nos vimos antes?

A guerreira inclinou-se rigidamente e enxugou o rosto suado. A sala de banhos era muito quente e ela vestia, sobre a cota de malha, um casaco de couro.

– Estive mais de uma vez em Vengerberg, dona Yennefer – disse. – Meu nome é Rayla.

– A julgar pelo laço, você serve nas forças especiais do rei Demawend, não é verdade?

– Sim, senhora.

– Com que patente?

– A de capitã.

– Que maravilha – riu Margarita Laux-Antille. – Constato com prazer que no exército de Demawend começaram finalmente a dar patentes de oficiais a soldados que têm colhões.

– Posso retirar-me? – empertigou-se a guerreira, apoiando a mão no pomo do cabo de sua espada.

– Pode.

– Senti uma ponta de animosidade em sua voz, Yenna – comentou Margarita após uma breve pausa. – O que você tem contra a senhora capitã?

Yennefer levantou-se e tirou duas taças de cima da mesinha.

– Você viu as estacas fincadas nos entroncamentos das estradas? – perguntou. – Deve ter visto e sentido o fedor dos corpos em decomposição. Aquelas estacas podem lhe dar uma ideia da obra dela e de seus subordinados nas forças especiais. Um bando de sádicos.

– Estamos numa guerra, Yennefer. Rayla deve ter visto mais de uma vez seus companheiros de armas caírem vivos nas mãos dos Esquilos, pendurados pelos braços nos galhos de árvores para servirem de alvo a suas flechas, cegados, castrados, com as pernas queimadas em fogueiras. As crueldades que fazem os Scoia'tael não envergonhariam a própria Falka.

– Os métodos usados pelas forças especiais também lembram vivamente os de Falka. Mas não é disso que se trata, Rita. Não me compadeço da sorte dos elfos, pois sei o que é e como se ganha uma guerra. As guerras são ganhas por soldados que, com convicção e sacrifício, defendem seu país e seu lar. Não com os do tipo dessa Rayla, que comanda mercenários que lutam por dinheiro e que não querem sacrificar-se. Eles nem sabem o que é sacrifício. E, se sabem, desprezam-no.

– Estou me lixando para ela, seu sacrifício e seu desprezo. O que nós temos a ver com isso? Ciri, vista-se, dê um pulo lá em cima e traga uma nova garrafa. Estou com vontade de tomar um porre hoje.

Tissaia de Vries soltou um suspiro, meneando a cabeça, o que não deixou de ser notado por Margarita.

– Por sorte – falou, rindo –, não estamos mais na escola, querida mestra. Já podemos fazer o que nos der na veneta.

– Mesmo na presença de uma futura caloura? – indagou Tissaia, sarcástica. – Eu, quando fui reitora de Aretusa...

– Estamos lembradas, estamos lembradas – interrompeu-a Yennefer, dando um sorriso. – Mesmo que quiséssemos, jamais esqueceríamos. Vá buscar a garrafa, Ciri.

Aguardando pela garrafa no pavimento superior, Ciri pôde testemunhar a partida da guerreira e de seu destacamento, composto por quatro soldados. Com curiosidade e admiração, ficou observando suas posturas, expressões faciais, trajes e armamento. Rayla, a capitã com trança negra, estava discutindo com o proprietário do albergue.

– Não vou ficar esperando até o raiar do sol! E estou cagando para o fato de os portões da cidade estarem fechados. Quero sair daqui imediatamente! Sei que o albergue tem uma poterna nas cocheiras. Ordeno-lhe que a abra imediatamente!

– Os regulamentos...

– Estou cagando para os regulamentos! Cumpro ordens da arquimaga De Vries!

– Tudo bem, capitã. Não precisa gritar. Vou abri-la...

A poterna revelou-se uma estreita galeria subterrânea que levava diretamente para fora dos muros da cidade. Antes de receber a garrafa das mãos de um pajem, Ciri viu a passagem ser aberta e Rayla partir para a escuridão, com seu destacamento.

A garota pôs-se a pensar.

– Até que enfim! – alegrou-se Margarita, não se sabia se com a visão de Ciri ou da garrafa que ela trazia nas mãos.

Ciri colocou a garrafa na mesinha, sem dúvida de maneira inadequada, já que Tissaia de Vries corrigiu-a imediatamente. Ao se servir, Yennefer tirou da ordem toda a arrumação das taças, e Tissaia se viu forçada a intervir mais uma vez. Ciri ficou imaginando com horror como Tissaia era como professora.

Yennefer e Margarita retomaram o assunto que estavam discutindo anteriormente. Para Ciri, estava claro que muito em breve teria de ir buscar mais uma garrafa. Imersa em seus pensamentos, ficou escutando a conversa das feiticeiras.

– Não, Yenna – disse Margarita, meneando a cabeça. – Pelo jeito, você não está a par das últimas novidades. Rompi com Lars. Tudo acabado. Elaine deireádh, como dizem os elfos.

– E é por isso que você quer ficar de porre?

– Entre outros motivos – confirmou Margarita Laux-Antille. – Não posso negar que estou triste. Afinal, estivemos juntos por quatro anos. Mas tive de romper com ele. Daquele saco não ia sair farinha...

– Principalmente – bufou Tissaia de Vries, com os olhos fixos no vinho dourado que se balançava na taça – por Lars ser casado.

– Pois saiba – respondeu Margarita, dando de ombros – que isso era algo que não tinha a mínima importância. Todos os homens bem-apessoados na faixa de idade que me interessa são casados, e não posso fazer nada para remediar tal situação. Lars me amava, assim como eu achei que o amava durante certo tempo... Ah, não há o que dizer. Ele queria demais. Ameaçou minha liberdade, e passo mal só de pensar em monogamia. Além disso, tomei você como exemplo, Yenna. Está lembrada daquela conversa que tivemos em Vengerberg? Quando você decidiu romper com seu bruxo? Naquela ocasião, eu a aconselhei a pensar duas vezes, dizia que amor é algo que não se acha na rua. No entanto, você estava certa. Amor é amor, e vida é vida. O amor passa...

– Não dê ouvidos a ela, Yennefer – falou Tissaia friamente. – Ela está amargurada e cheia de tristeza. Sabe por que ela não vai ao banquete em Aretusa? Porque está com vergonha de aparecer sozinha, sem o homem com o qual a associavam nos últimos quatro anos e que ela perdeu por não ter sabido valorizar suficientemente seu amor por ela.

– Que tal mudarmos de assunto? – sugeriu Yennefer, aparentemente despreocupada, mas com a voz um tanto alterada. – Ciri, sirva-nos mais vinho. Que merda! Essas garrafas são muito pequenas. Seja gentil e traga mais uma.

– Traga duas – riu Margarita. – Como recompensa, você poderá tomar um gole e sentar-se conosco, evitando assim todo esse esforço para escutar nossa conversa de longe. Sua educação vai iniciar-se aqui, neste momento, antes mesmo de você vir a ter comigo em Aretusa.

– Educação! – Tissaia ergueu os olhos para o céu. – Oh, deuses!

– Fique quieta, querida mestra – disse Margarita, batendo com a mão na coxa úmida e fingindo estar zangada. – Agora sou eu a reitora da escola! Você não conseguiu me reprovar no exame final!

– Sinto muito.

– Pois saiba que eu também. Teria agora clientes particulares, como Yenna, e não precisaria sofrer com as calouras, não teria de assoar o nariz das choronas nem brigar com as duronas. Ciri, ouça-me e aprenda. Uma feiticeira sempre deve agir. Se bem ou mal, isso pode ser avaliado mais tarde, mas é preciso agir, agarrando ousadamente a vida pelos cornos. Acredite-me, pequena: lamentam-se exclusivamente o ócio, a dúvida e a indecisão. A ação e a decisão podem às vezes trazer tristeza e pena, porém nunca o arrependimento. Olhe para essa dama tão séria sentada ali, fazendo caretas e corrigindo pedantemente tudo o que pode. É Tissaia de Vries, uma arquimaga que educou dezenas de feiticeiras, ensinando-lhes que é preciso agir sempre. Que a indecisão...

– Pare, Rita.

– Tissaia tem razão – falou Yennefer, com os olhos fixos num canto da sala de banhos. – Pare. Sei que você está triste por causa de Lars, mas não transforme isso em lições de vida. A menina tem ainda muito tempo pela frente para tal tipo de lições. E não será na escola que ela vai aprendê-las. Ciri, vá buscar mais uma garrafa.

Ciri ergueu-se. Estava já completamente vestida.

E totalmente decidida.

– O quê?! – gritou Yennefer. – O que você quer dizer com "ela partiu"?

– Ela... ordenou... – gaguejou o albergueiro, empalidecendo e recuando até encostar na parede. – Ela ordenou que fosse selado um cavalo...

– E você obedeceu? Não lhe passou pela cabeça nos consultar?

– Digníssima dama! Como eu poderia saber? Estava certo de que ela partia obedecendo a uma ordem de uma das senhoras... Nem me passou pela cabeça a ideia de...

– Seu idiota maldito!

– Calma, Yennefer – falou Tissaia, pondo a mão na testa. – Não ceda a emoções. É noite. Ninguém permitirá que ela passe pelos portões da cidade.

– Ela mandou – sussurrou o albergueiro – que lhe fosse aberta a poterna...

– E você a abriu?

– Por causa desse congresso – o albergueiro abaixou os olhos – a cidade está repleta de feiticeiros... As pessoas os temem; ninguém tem coragem de se indispor com eles... Como eu poderia lhe negar? Ela se expressava exatamente como as senhoras, igualzinho... com o mesmo tom de voz... e com o mesmo olhar. Ninguém ousou sequer olhar para seus olhos... Ela era exatamente como as senhoras... Ordenou que lhe trouxessem pena e tinta... e escreveu uma carta.

– Passe-a para cá!

Tissaia de Vries foi mais rápida.

– "Dona Yennefer!" – leu em voz alta. – "Perdoe-me. Parti para Hirundum, porque quero me encontrar com Geralt. Quero vê-lo antes de entrar na escola. Perdoe-me a desobediência, mas eu preciso. Sei que a senhora vai me punir, porém não quero me lamentar por ter sido indecisa e hesitante. Se tiver de me lamentar de algo, que seja pela ação e pela decisão. Sou uma feiticeira. Agarro a vida pelos cornos. Voltarei assim que puder. Ciri."

– Isso é tudo?

– Há ainda um P.S.: "Diga à dona Rita que, quando eu estiver na escola, ela não terá de assoar meu nariz."

Margarita Laux-Antille meneou a cabeça com estupefação, enquanto Yennefer soltava um palavrão. O albergueiro enrubesceu e abriu a boca. Ouvira muitos palavrões na vida, mas igual àquele jamais.

O vento soprava da terra para o mar. Ondas de nuvens avançaram até a lua, pendendo sobre a floresta. A estrada para Hirundum mergulhou na escuridão. O galope tornou-se excessivamente perigoso. Ciri reduziu a velocidade do cavalo, passando a trote. A ideia de cavalgar a passo nem lhe passou pela cabeça. Estava com pressa.

Podia ouvir, ao longe, o retumbar de uma tempestade aproximando-se; de tempos em tempos, o horizonte era iluminado por raios, fazendo emergir da escuridão os dentes da serra formada pelas copas das árvores.

Ciri deteve o cavalo. Chegara a uma bifurcação na qual ambos os trechos pareciam idênticos.

"Por que Fábio não me disse nada a respeito da bifurcação?", pensou. "Mas não faz mal. Afinal, eu nunca me perco; sempre sei aonde ir ou em que lugar cavalgar... Portanto, por que agora não saberia para que lado virar?"

Uma enorme forma passou voando silenciosamente sobre sua cabeça. Ciri sentiu o coração subir até a boca. O cavalo relinchou, empinou-se e partiu a galope, escolhendo o trecho direito da bifurcação. A garota conseguiu detê-lo com dificuldade.

– Aquilo foi uma simples coruja – sussurrou, tentando acalmar tanto a si como ao cavalo. – Apenas uma ave... Não há motivo para ter medo...

O vento foi ficando cada vez mais forte, e as escuras nuvens tamparam a lua por completo. No entanto, mais à frente, na perspectiva da estrada, numa fresta da floresta, havia claridade. Ciri acelerou a marcha, com a areia saltando debaixo dos cascos do cavalo.

Teve de parar em pouco tempo. Diante dela, encontravam-se uma ravina e a imensidão do mar, do qual emergia o familiar cone da ilha. Do lugar onde estava, não era possível ver as luzes de Garstang, Loxia nem Aretusa. Via-se somente a solitária, esbelta e ornada torre de Thanedd.

Tor Lara.

Retumbou um trovão. No momento seguinte, um cegante feixe de luz ligou o céu enevoado com o topo da torre. Tor Lara olhou para ela com os olhos vermelhos de suas janelas, dando a impressão de que por uma fração de segundo brilhara um fogo no interior da torre.

"Tor Lara... A Torre da Gaivota... Por que ela desperta tanto pavor em mim?"

O vento sacudiu as árvores, fazendo estalar seus ramos. Ciri semicerrou os olhos; poeira e pequenas folhas ressecadas bateram em seu rosto. Virando o enfurecido e saltitante cavalo, a garota recuperou o sentido de orientação. A ilha de Thanedd ficava ao norte, e ela precisava cavalgar na direção do poente. A arenosa estrada era claramente visível na penumbra. Ciri retornou ao galope.

Trovejou novamente e, à luz do relâmpago, a garota viu diversas silhuetas escuras, mal distintas e agitadas em ambos os lados da estrada. Ouviu um grito.

– Gar'ean!

Sem perder um segundo, Ciri empinou o cavalo, puxou as rédeas, girou o corcel na direção oposta e partiu a pleno galope. Atrás de si, gritos, assovios, relinchos e tropel de cavalos.

– Gar'ean! Dh'oine!

Galope, barulho de cascos, vento no rosto. Escuridão, no meio da qual ficam para trás brancos troncos de bétulas. Mais um estrondo, seguido por um relâmpago, à luz do qual Ciri vê dois cavaleiros tentando bloquear o caminho. Um deles estende o braço para agarrar a brida. Seu gorro é adornado com uma cauda de esquilo. A garota cutuca os flancos do cavalo com os calcanhares e gruda no pescoço do animal. Atrás dela ecoam gritos, assovios, estrondos de trovão. Um relâmpago.

– Spar'le Yaevinn!

A galope, a galope! Mais rápido, cavalinho! Um trovão. Um relâmpago. Uma bifurcação. Para a esquerda! Eu nunca me perco! Mais uma bifurcação. À direita! A galope, cavalinho! Mais rápido, mais rápido!

O caminho começa a subir. Nuvens de areia saltam sob os cascos. O cavalo, apesar de cada vez mais instigado, diminui a velocidade. Chegando ao topo da elevação, Ciri se vira. O relâmpago seguinte ilumina a estrada recém-percorrida; está deserta. A garota aguça os ouvidos, mas escuta apenas o sussurro do vento entre as folhas. Troveja.

Aqui não há ninguém. Os Esquilos são apenas lembranças de Kaedwen. A Rosa de Shaerrawedd... Aquilo tudo foi apenas uma miragem. Aqui não há vivalma, ninguém me persegue...

Acabei me perdendo.

Um relâmpago. À luz dele brilha a superfície do mar, tendo por fundo o escuro cone da ilha de Thanedd. E Tor Lara. A Torre da Gaivota. Uma torre que atrai como um magneto... Mas eu não quero ir até aquela ilha. Estou a caminho de Hirundum. Porque preciso ver Geralt.

Um novo relâmpago.

Entre ela e a ravina há um cavalo negro como a noite e, montado nele, um cavaleiro com o elmo adornado com asas de ave de rapina. As asas se agitam repentinamente, e a ave prepara-se para alçar voo.

Cintra!

Um medo paralisante. Mãos doloridas de tanto apertar as rédeas. Um relâmpago. O cavaleiro negro empina sua montaria. No lugar do rosto, uma máscara espectral. As asas se agitam...

O cavalo parte a galope sem ser incentivado. Escuridão rompida vez por outra por relâmpagos. A floresta está acabando. Sob os cascos, marulho e chapes de lama. A suas costas, o rufar de asas da ave de rapina. Cada vez mais próximo... Mais próximo...

Galope estabanado, olhos marejados de lágrimas por causa do vento. Relâmpagos rasgam o céu, e a sua luz Ciri vê amieiros e chorões em ambos os lados do caminho. No entanto, não se trata de árvores. São servos do Rei dos Amieiros. Servos do cavaleiro negro que galopa a suas costas, com as asas de ave de rapina farfalhando em seu elmo. Monstros disformes dos dois lados da estrada estendem na direção de Ciri seus braços tuberculoides, soltando risadas selvagens e abrindo as negras bocarras de seu oco. Ela se deita no pescoço do cavalo. Os ramos zumbem, batem em seu corpo, agarram-se a sua roupa. Troncos sem forma estalam, tocas abrem-se e fecham-se, rindo desbragadamente...

A Leoazinha de Cintra! Criança de Sangue Antigo!

O cavaleiro negro está bem atrás dela. Ciri sente a mão dele tentando agarrar seus cabelos. Incitado por gritos, o cavalo parece voar, salta sobre um obstáculo invisível, quebra com estalos os galhos, tropeça...

Ciri puxa as rédeas, inclina-se na sela e faz o arfante animal dar meia-volta. Solta um grito alto e furioso. Saca a espada da bainha e gira-a sobre a cabeça. Não estamos mais em Cintra! Não sou mais uma criança! Não estou mais desarmada! Não vou permitir...

– Não vou permitir! Não deixarei que você me toque novamente! Você nunca mais tocará em mim!

Com um estrondo, o cavalo entra numa poça de água que lhe chega até a barriga. Ciri inclina-se, grita, cutuca a montaria com os calcanhares e consegue subir num dique. "Lagos", pensou.

"Fábio me falou de lagos nos quais são criados peixes... Devo ter chegado a Hirundum. Eu nunca me perco..."

Um relâmpago. Atrás dela, um dique e, mais ao longe, a negra parede de uma floresta cravada no céu como uma serra. E ninguém. Apenas o silêncio interrompido pelo uivo do vento. Mais ao longe ainda, no meio dos pântanos, grasna um pato apavorado.

Ninguém. Não há vivalma no dique. Ninguém está me perseguindo. Aquilo foi uma ilusão, um pesadelo. Lembranças de Cintra. Foi tudo imaginação minha.

Ao longe, uma luzinha. Um farol. Ou uma chama. Deve ser uma fazenda. Hirundum está perto. Falta ainda mais um pequeno esforço...

Relâmpagos. Um, dois, três. O vento cessa repentinamente. O cavalo relincha, agita a cabeça, empina.

No escuro céu surge uma faixa leitosa cada vez mais clara, contorcendo-se como uma serpente. O vento volta a soprar nos chorões, erguendo no dique uma nuvem de folhas e gramas ressecadas.

A distante luzinha some. Funde-se e transforma-se em bilhões de azulados pontinhos de luz, fazendo repentinamente brilhar e arder toda a área pantanosa. O cavalo relincha, arfa, mexe as patas sobre o dique como que enlouquecido. Ciri tem dificuldade em se manter na sela.

No meio da faixa luminosa, surgem indistintas silhuetas de cavaleiros parecendo saídos de um pesadelo. Estão cada vez mais perto e tornam-se cada vez mais visíveis. Seus elmos estão adornados com cornos de búfalos e penachos desgastados, debaixo dos quais se veem caveiras esbranquiçadas. Os cavaleiros estão montados em esqueletos de cavalos cobertos por mantas esfarrapadas. Um vento feroz uiva por entre salgueiros, enquanto relâmpagos cortam incessantemente o negro céu com suas lâminas reluzentes. O vento canta cada vez mais forte. Não, não é o vento; é um coro espectral.

A pavorosa cavalgada vira-se, partindo na direção de Ciri. Cascos de cavalos espectrais esmagam os pontos de fogo-fátuo emanantes do pântano. À testa da cavalgada, galopa o Rei da Perseguição. Um pontudo elmo enferrujado balança sobre a caveira, em cujas cavidades oculares parece arder um fogo arroxeado. A capa em farrapos farfalha ao vento. Na enferrujada cota de malha, tamborila um colar, vazio como palha de trigo debulhado. Outrora, era incrustado de pedras preciosas, mas as pedras caíram durante a selvagem cavalgada pelo céu e tornaram-se estrelas...

Isto não é verdade! Isto não existe! Trata-se de um pesadelo, uma ilusão, um devaneio!

O Rei da Perseguição freia o cavalo-esqueleto e explode numa selvagem e aterrorizante gargalhada.

– Criança de Sangue Antigo! Você pertence a nós! Você é nossa! Junte-se ao cortejo, junte-se a nossa Perseguição! Vamos galopar até o fim, até a eternidade, até o limite da existência! Você é nossa, menina de olhos como estrelas, filha do Caos! Junte-se a nós e conheça a alegria da Perseguição! Você é nossa, é uma de nós! Seu lugar é no meio de nós!

– Não! – grita Ciri. – Sumam de minha frente! Vocês são cadáveres!

O Rei da Perseguição ri, os apodrecidos dentes batendo sobre a gola da armadura enferrujada. As cavidades da caveira brilham, arroxeadas.

– Sim, nós somos cadáveres. Mas você é a morte em si.

Ciri colou-se ao pescoço de seu cavalo. Não precisou açulá-lo. O animal, sentindo-se perseguido por fantasmas, corria sobre o dique a pleno galope.

Em Hirundum, o fazendeiro ananico Bernie Hofmeier ergueu a cabeça com cabelos encaracolados, escutando o distante ribombo de trovões.

– Eis uma coisa perigosa – disse –, uma tempestade dessa magnitude e sem uma gota de chuva. Basta um raio acertar em qualquer coisa e teremos um incêndio...

– Um pouco de chuva seria bem-vindo – suspirou Jaskier, afinando o alaúde –, porque o ar está tão denso que dá para cortá-lo com uma faca... A camisa gruda nas costas, os mosquitos picam... Mas acho que isso vai acabar em nada. A tempestade ficou rondando e rondando, mas de um tempo para cá brilha somente ao norte. Acredito que sobre o mar.

– Ela está desabando sobre Thanedd – confirmou o ananico. – É o ponto mais alto da região. Aquela torre na ilha, Tor Lara, chega até as nuvens. Durante uma tempestade violenta, parece ficar envolta em chamas. Chega até a ser surpreendente ela não desabar...

– É por causa de magia – afirmou o trovador com convicção. – Tudo em Thanedd é mágico, até a própria rocha. E os feiticeiros não têm medo de raios e trovões. Que digo eu! Você sabia, Bernie, que eles são capazes de agarrar raios?

– Não precisa exagerar. Você está mentindo, Jaskier.

– Que eu seja atingido por um ra... – interrompeu-se o poeta, olhando com temor para o céu. – Que eu seja bicado por um ganso se estiver mentindo. Estou lhe dizendo, Hofmeier, que os magos são capazes de agarrar raios. Vi com os próprios olhos. O velho Gorazd, aquele que depois foi morto no Monte de Sodden, agarrou certa vez um raio diante de mim. Pegou um comprido pedaço de arame, prendeu uma das pontas no topo de sua torre e a segunda...

– A segunda ponta deve ser enfiada numa garrafa – piou de repente o filho de Hofmeier, um pequenino ananico com uma cabeleira tão espessa e encaracolada que parecia lã de carneiro. – Numa garrafa de vidro, igual à que papai usa para guardar vinho. O raio desce pelo arame para dentro da garrafa...

– Já para casa, Franklin! – gritou o fazendeiro. – Para a cama, dormir! É quase meia-noite e amanhã temos trabalho! E ai de você se o pegar junto de garrafas ou mexendo em arames durante uma tempestade! O cinto vai cantar! Você não vai poder sentar na bunda por duas semanas! Petúnia, leve o menino daqui! E traga mais cerveja para nós.

– Não precisam de mais cerveja – falou Petúnia Hofmeier, com voz zangada. – Basta a que vocês beberam.

– Pare de resmungar. O bruxo vai voltar a qualquer momento e uma visita deve ser recebida condignamente.

– Quando o bruxo chegar, trarei... para ele.

– Que mulher mais sovina – bufou Hofmeier, mas não suficientemente alto para ser ouvido pela esposa. – Toda essa sovinice vem dos Biberveldt, os maiores pães-duros do mundo... Mas o bruxo está demorando muito para voltar. Sumiu assim que foi aos lagos. Ele é um homem esquisito. Você viu como ficou olhando para as meninas, Cínia e Tangerica, quando elas brincavam no pátio ao anoitecer? Seu olhar era muito estranho. E agora... Não posso deixar de ter a impressão de que ele se foi para ficar sozinho. E escolheu minha cabana para se hospedar porque ela fica meio afastada, longe das demais. Você, que o conhece melhor, Jaskier, diga...

– Eu o conheço? – O poeta matou um mosquito na nuca, dedilhou as cordas de seu instrumento e olhou para as escuras silhuetas dos chorões na beira do lago. – Não, Bernie, não o conheço. Acho que ninguém o conhece. Mas posso ver que algo misterioso está se passando com ele. Por que veio a Hirundum? Para estar mais perto da ilha de Thanedd? No entanto, quando ontem eu lhe propus que fôssemos até Gors Velen, de onde Thanedd é muito mais visível, ele declinou sem hesitação. O que o mantém aqui? Vocês lhe encomendaram algum trabalho rentável?

– Que nada! – resmungou o ananico. – Para ser totalmente sincero, devo lhe dizer que não acredito que haja um monstro por estas bandas. Aquela criança que morreu afogada no lago pode ter tido uma câimbra. Mas todos se puseram a gritar que talvez fosse um afogardo ou uma quiquimora e que era preciso chamar um bruxo... E a paga que lhe ofereceram é de dar vergonha. E o que ele faz? Passa três noites andando pelos diques, de dia dorme ou fica em silêncio, olhando para as crianças, para a casa... Estranho. Eu diria até que... peculiar.

– E diria acertadamente.

Um relâmpago brilhou, clareando a área e as construções da fazenda. Por um instante, brilhou a brancura das ruínas de um palacete élfico localizado no fim do dique. No momento seguinte, soou sobre o roçado o pesado som do trovão. Começou a soprar um vento forte, as árvores e outras plantas à beira do lago inclinaram-se murmurando, e a lisa superfície da água se embaçou e enrugou repentinamente, ficando eriçada com pontudas folhas de nenúfares.

– Pelo jeito, a tempestade se deslocou em nossa direção – falou o fazendeiro, olhando para o céu. – Talvez os feiticeiros tenham conseguido afastá-la da ilha por meio de seus encantos. Afinal, vieram a Thanedd mais de duzentos deles... O que você acha, Jaskier, que eles vão discutir naquele congresso? Será que algo de bom sairá de lá?

– Para nós? Tenho lá minhas dúvidas – respondeu o trovador, dedilhando as cordas do alaúde. – Na maior parte dos casos, esses congressos não passam de desfiles de moda, montes de fofocas e oportunidades para falarem mal uns dos outros e de se trapacearem mutuamente. Além de discussões a respeito da conveniência de tornar a magia mais popularizada ou fazê-la mais elitista, brigas entre os que servem aos reis e os que preferem ficar mais afastados e exercer pressão sobre os monarcas...

– Ah, é? – disse Bernie Hofmeier. – Diante disso, algo me diz que durante o tal congresso desabarão sobre Thanedd mais raios e trovões do que numa tempestade.

– É bem possível. Mas o que isso tem a ver conosco?

– Com você, nada – falou o ananico soturnamente. – Porque você não pensa em mais nada a não ser ficar bebendo e dedilhando seu alaúde. Você olha para o mundo a sua volta e vê apenas rimas e notas musicais. Enquanto isso, nossas plantações de nabo e repolho foram destruídas por cascos de cavalos duas vezes somente na semana passada. O exército persegue os Esquilos, enquanto os Esquilos ziguezagueiam e fogem, e tanto uns como outros têm de passar por nossos repolhos...

– Não é hora de prantear repolho quando a floresta está ardendo em chamas – recitou o poeta.

– Jaskier, quando você diz alguma coisa – Bernie Hofmeier olhou com desagrado para o trovador –, a gente fica sem saber se deve rir, chorar ou dar-lhe um pontapé na bunda. Eu estou falando sério! E posso lhe afirmar que chegaram tempos horríveis. Forcas e estacas com corpos empalados na beira das estradas, campos e caminhos cobertos de cadáveres... provavelmente era esse o aspecto do país na época de Falka. E como se pode viver nessas condições? Durante o dia, aparecem homens do rei e ameaçam enfiar em troncos as pernas e os braços de qualquer pessoa que ajudar os Esquilos. Já à noite, surgem os Esquilos... e tente recusar-lhes qualquer tipo de ajuda! Eles imediatamente nos prometem de maneira poética que veremos a noite adquirir uma face vermelha. São tão poéticos que chega a dar vontade de vomitar. E, assim, ficamos presos entre dois fogos...

– E você conta com a possibilidade de o congresso dos feiticeiros mudar alguma coisa?

– Conto. Você mesmo afirmou que há duas forças conflitantes no meio dos magos. Já houve tempos em que os feiticeiros mitigavam os reis, davam um basta às guerras e levantes. Afinal, foram exatamente os magos que, há três anos, fizeram a paz com Nilfgaard. Então talvez agora...

Bernie Hofmeier interrompeu-se e aguçou os ouvidos. Jaskier abafou com a mão o som das cordas do alaúde.

Das trevas que envolviam o dique emergiu Geralt. Caminhava lentamente na direção da casa. Um novo raio rasgou o céu. Quando trovejou, o bruxo já estava na varanda, junto deles.

– E então, Geralt? – indagou Jaskier, querendo interromper o incômodo silêncio. – Conseguiu encontrar o monstro?

– Não. Esta noite não é adequada para apanhar o que quer que seja. É uma noite inquieta. Inquieta... Estou cansado, Jaskier.

– Então sente-se e descanse.

– Você não me entendeu.

– É isso mesmo – murmurou o ananico, olhando para o céu e aguçando os ouvidos. – Uma noite inquieta; maus presságios flutuam no ar... Os animais estão agitados no estábulo... Dá para ouvir uns gritos no meio da ventania...

– Perseguição Selvagem – sussurrou o bruxo. – Senhor Hofmeier, feche bem as janelas.

– Perseguição Selvagem? – assustou-se Bernie. – Espectros?

– Não precisa ter medo. Vai passar muito alto. Ela sempre passa alto no verão. Mas as crianças poderão acordar e a Perseguição costuma trazer pesadelos. É melhor fechar as venezianas.

– A Perseguição Selvagem – falou Jaskier, olhando com preocupação para o céu – costuma prenunciar uma guerra.

– Bobagem. Isso não passa de uma superstição.

– Mas pouco antes do ataque nilfgaardiano a Cintra...

– Silêncio! – Geralt interrompeu-o com um gesto, ergueu-se num pulo e ficou olhando para a escuridão.

– O que...

– Cavaleiros.

– Que merda – sibilou Hofmeier, levantando-se do banco. – Numa noite dessas só podem ser Scoia'tael...

– Apenas um cavalo – cortou-o o bruxo, pegando a espada. – Só um cavalo de verdade. Os demais são espectros da Perseguição... Que droga, não pode ser... No verão?

Jaskier também se levantou, mas ficou com vergonha de fugir, porque nem Geralt nem Bernie esboçaram movimento de fuga algum. O bruxo sacou a espada e correu na direção do dique, enquanto o ananico, sem um momento de reflexão, seguiu atrás dele, munido de um forcado. Um novo clarão revelou um cavalo galopando sobre o dique e, atrás dele, algo indescritível, algo irregular, um novelo tecido por trevas e brilho, um turbilhão, uma alucinação, algo que despertava pavor, um repugnante horror capaz de contorcer as entranhas.

Geralt soltou um grito, erguendo a espada. O cavaleiro o viu, apressou o galope, olhou para trás. O bruxo gritou mais uma vez. Ressoou um trovão.

Brilhou outro clarão, mas dessa vez não provocado por um raio. Jaskier encolheu-se todo junto do banco, e teria se escondido sob ele se o banco não fosse tão baixo. Bernie deixou cair o forcado. Petúnia Hofmeier, que acabara de sair correndo da casa, soltou um grito de horror.

O cegante brilho materializou-se numa transparente esfera de cujo interior começou a emergir uma imagem que, com a rapidez de um raio, passou a adquirir contornos e formas. Jaskier reconheceu-a imediatamente. Conhecia aqueles negros cachos ondulantes e a estrela de obsidiana pendurada numa fita de veludo. O que ele não conhecia e nunca havia visto era o rosto. O rosto da Fúria e da Raiva, o rosto da deusa da Vingança, do Extermínio e da Morte.

Yennefer ergueu o braço e gritou um encanto. De sua mão dispararam espirais luminosas que, soltando fagulhas e cortando o céu noturno, brilharam com milhares de reflexos sobre a superfície dos lagos. As espirais cravaram-se como dardos no novelo que perseguia o cavaleiro. O novelo pareceu ferver. Jaskier teve a impressão de ouvir gritos espectrais e entrever horripilantes silhuetas de cavalos fantasmagóricos. Vira aquilo apenas por uma fração de segundo, porque o novelo se encolheu, transformou-se numa esfera e disparou para o alto, para o céu, alongando-se com o ímpeto e arrastando atrás de si uma cauda como a de um cometa. A escuridão voltou a reinar, exceto pela área iluminada pelo lampião que Petúnia Hofmeier segurava.

O cavaleiro freou seu corcel no pátio diante da casa, voou de cima da sela e cambaleou. Jaskier imediatamente se deu conta de quem ele era. Até então nunca vira aquela esbelta jovem de cabelos cinzentos, mas reconheceu-a de imediato.

– Geralt... – murmurou a jovem. – Dona Yennefer... Peço perdão... Eu precisava fazer isso. Você sabe que...

– Ciri – falou o bruxo.

Yennefer deu um passo para frente, mas deteve-se e permaneceu calada.

"A quem ela vai se dirigir?", pensou Jaskier. "Nenhum dos dois, nem o bruxo nem a feiticeira darão um passo ou farão um gesto. Quem vai ser o primeiro de quem ela vai se aproximar? Dele ou dela?"

Ciri não se aproximou de nenhum dos dois. Não sabia escolher e, diante disso, desmaiou.

A casa estava vazia. O ananico e toda a sua família foram trabalhar no campo assim que raiou o sol. Ciri, que fingia estar dormindo, ouviu Geralt e Yennefer saírem. Livrou-se dos lençóis, vestiu-se o mais rápido que pôde e saiu silenciosamente do quarto, indo atrás deles para o pomar.

Geralt e Yennefer foram até o dique entre os lagos brancos e amarelos de tantos nenúfares. Ciri escondeu-se detrás de um muro em ruínas e ficou espreitando-os por uma brecha. Achava que Jaskier, o famoso poeta cujos versos ela lera mais de uma vez, ainda estivesse dormindo. No entanto, estava enganada. Jaskier não estava dormindo e pegou-a em flagrante.

– E então – falou, aproximando-se repentinamente e sorrindo de maneira zombeteira. – Você acha bonito espreitar e ficar escutando a conversa dos outros? Tenha mais discrição, minha pequena. Permita que eu fique um pouco a seu lado.

Ciri enrubesceu, mas logo recuperou a compostura.

– Em primeiro lugar, não sou pequena – respondeu rudemente. – E, em segundo, não os estou molestando, estou?

Jaskier ficou sério.

– Acho que não – disse. – Tenho a impressão de que você até os está ajudando.

– O quê? De que modo?

– Pare de fingir. O que você fez ontem foi muito esperto, mas não conseguiu me enganar. Você fingiu que desmaiou, não é verdade?

– É verdade – rosnou Ciri, virando o rosto. – Dona Yennefer se deu conta daquilo, mas Geralt não...

– Ambos a carregaram para a casa. Suas mãos se tocaram. Eles ficaram sentados à beira de sua cama a noite toda, porém não trocaram uma palavra sequer. Somente agora resolveram ter uma conversa. Lá, naquele dique sobre o lago. E você decidiu escutar o que eles têm a dizer um ao outro... E espreitá-los pela fenda no muro. Você faz muita questão de saber o que eles estão fazendo ali?

– Eles não estão fazendo nada naquele dique – respondeu Ciri, levemente enrubescida. – Estão conversando, nada mais.

– E você – Jaskier sentou na grama debaixo de uma macieira e apoiou as costas no tronco, certificando-se antes de que ali não havia formigas ou lagartas – gostaria de saber sobre o que estão conversando, não é isso?

– Sim... Não! Além do mais... Além do mais, não dá para ouvi-los. Estão muito longe.

– Se você quiser – riu o bardo –, posso lhe dizer.

– E como você poderia saber?

– Eu, querida Ciri, sou um poeta. Os poetas sabem tudo sobre esse tipo de coisas. E vou lhe dizer mais: os poetas sabem sobre essas coisas mais que as próprias pessoas nelas envolvidas.

– Pois sim!

– Dou-lhe minha palavra. Palavra de poeta.

– Ah, é? Então... Então diga-me de que eles estão falando. Esclareça-me tudo o que está se passando.

– Olhe mais uma vez pelo buraco e me diga o que eles estão fazendo.

– Hummm... – Ciri mordeu o lábio inferior, inclinou-se e aproximou o olho da fenda no muro. – Dona Yennefer está parada junto de uma casuarina... Arranca folhas da árvore e brinca com sua estrela... Não diz nada nem olha para Geralt... Geralt está parado a seu lado. Abaixou a cabeça. Está lhe dizendo algo. Não, está calado. E tem uma cara de dar dó... Que cara mais esquisita...

– É infantilmente simples – afirmou Jaskier, pegando uma maçã, esfregando-a nas calças e examinando-a de maneira crítica. – Neste momento, ele pede a ela que lhe perdoe suas diversas palavras e ações. Pede-lhe perdão por sua impaciência, por sua falta de fé e de esperança, por sua teimosia, rancor, irritação e posturas indignas de um homem. Pede-lhe perdão por aquilo que não havia compreendido em determinado momento, por aquilo que não quis compreender...

– Isso é mentira! – Ciri ergueu-se e, num gesto violento, atirou para trás a cabeleira. – Você está inventando tudo!

– Pede-lhe perdão por ter compreendido somente agora – Jaskier fixou os olhos no céu, e sua voz adquiriu uma entonação adequada a uma balada –, por querer compreender, mas ter medo de ser tarde demais... e por aquilo que nunca compreenderá... Hummm, hummm... Significado... Consciência... Destino? Que droga, tudo são coisas banais...

– Não é verdade! – Ciri bateu com o pé no chão. – Geralt não está dizendo nada disso! Ele... não está dizendo nada! Afinal, eu vi. Ele está ao lado dela e se mantém calado...

– É nisso que consiste a poesia, Ciri. Em falar daquilo sobre o que os outros se calam.

– Como é tolo seu papel. E você inventa tudo!

– O papel do poeta consiste também nisso. Ei, estou ouvindo vozes alteradas. Dê rápido uma espiada para ver o que está se passando.

Ciri encostou novamente o olho no buraco do muro.

– Geralt está parado, com a cabeça abaixada, enquanto Yennefer grita horrivelmente com ele. Grita e agita os braços. O que pode significar isso?

– Infantilmente simples. – Jaskier voltou a olhar para as nuvens no céu. – Agora é ela que está pedindo perdão a ele.

CAPÍTULO TERCEIRO

Eis que a tomo, para tê-la e guardá-la tanto nos tempos de bonança como nos da desgraça, nos melhores momentos e nos piores, nos dias e nas noites, na saúde e na doença, pois amo-a de todo o coração e juro amá-la eternamente, até que a morte nos separe.

Antiga fórmula de casamento

Pouco sabemos do amor. Com o amor é como com a pera. A pera é doce e tem forma. Tentem definir a forma da pera.

Jaskier, *Meio século de poesia*

Geralt tinha motivos para suspeitar – e suspeitava – que os banquetes dos feiticeiros se diferenciassem dos jantares e das ceias de simples mortais. Assim mesmo, não imaginara que as diferenças fossem tão grandes e básicas.

A proposta de acompanhar Yennefer no banquete que antecedia a abertura do congresso dos feiticeiros fora uma surpresa para ele, mas não o deixara estupefato, uma vez que não se tratava da primeira proposta desse tipo. Antes, quando moraram juntos e as relações entre eles haviam sido as melhores possíveis, Yennefer queria tê-lo por companhia em congressos e encontros. No entanto, àquela época ele se recusava a isso de maneira peremptória. Estava convencido de que no meio dos magos ele seria tratado, no melhor dos casos, como uma curiosidade ou aberração e, no pior, como um intruso e pária. Yennefer ria de suas apreensões, mas não insistia. O fato de ela, em outras ocasiões, ser capaz de insistir de tal modo que a casa tremia e os vidros se estraçalhavam nas janelas servia de corroboração do entendimento de Geralt.

Dessa vez ele concordara sem um momento de hesitação. A proposta fora feita após uma longa, sincera e emocionante conversa, que os reaproximara, afastara e levara para o esquecimento os antigos conflitos, derretera o gelo de ressentimento, orgulho e obstinação. Após aquela conversa no dique de Hirundum, Geralt estava disposto a aceitar absolutamente qualquer proposta de Yennefer. Não teria recusado mesmo que ela tivesse lhe proposto de os dois visitarem o inferno com o intuito de tomar uma xícara de piche derretido na companhia de demônios em chamas.

E havia ainda Ciri, sem a qual não teria acontecido a tal conversa, não teria ocorrido aquele encontro. Ciri, pela qual, segundo Codringher, estava interessado certo feiticeiro. Geralt contava com a possibilidade de sua presença no congresso provocar o tal feiticeiro, forçando-o a empreender alguma ação, mas não disse uma palavra sequer sobre isso a Yennefer.

Partiram de Hirundum diretamente para Thanedd: ele, ela, Ciri e Jaskier. No começo, detiveram-se no gigantesco complexo do palácio de Loxia, que ocupava a parte sudoeste da ilha. O palácio já estava cheio de convidados do congresso e seus acompanhantes, porém Yennefer não teve dificuldade em encontrar um alojamento para todo o seu grupo, que passou um dia inteiro em Loxia. O bruxo ficou entretido em conversas com Ciri, Jaskier correu para todos os lados recolhendo e espalhando fofocas, e a feiticeira experimentou e escolheu trajes. Quando anoiteceu, Geralt e Yennefer juntaram-se ao colorido cortejo que se dirigia ao palácio de Aretusa, onde seria realizado o banquete. E agora, em Aretusa, Geralt se espantava e se surpreendia, embora tivesse prometido a si mesmo que nada o espantaria e que não permitiria ser surpreendido com coisa alguma.

O enorme salão central do palácio fora construído na forma da letra "T". O lado mais comprido era provido de janelas estreitas e altas, chegando quase à abóbada suportada por colunas. A abóbada era tão alta que era difícil reconhecer os detalhes dos afrescos que a adornavam, sobretudo o sexo das figuras desnudas que constituíam a maior parte dos motivos pictóricos. As janelas possuíam vitrais que pareciam valer uma verdadeira fortuna. Apesar de as janelas estarem fechadas, podia-se sentir claramente uma corrente de ar percorrendo o salão. Geralt estranhou o fato de as velas não se apagarem com a brisa, mas, após uma observação mais detalhada, deixou de estranhar; os candelabros eram mágicos ou até ilusórios. De todo modo, a luz que emanava deles era incomparavelmente mais clara que a de velas comuns.

Havia mais de cem pessoas no salão, que, calculou o bruxo, poderia acomodar pelo menos três vezes mais, mesmo que, como mandava o costume, o centro fosse ocupado por várias mesas dispostas em forma de ferradura. Mas não havia a tradicional ferradura. Tudo indicava que os convivas comeriam de pé, caminhando continuamente ao longo das paredes decoradas com arrases, guirlandas e flâmulas tremulando sob o efeito da corrente de ar. Debaixo dos arrases e das guirlandas, foram colocadas filas de mesinhas, sobre as quais era servida comida requintada, exposta em conjuntos de peças de louça ainda mais requintados, entre requintadas composições florais e esculturas de gelo. Olhando para aquilo tudo com atenção, Geralt constatou que nas mesinhas havia muito mais requinte e apuro do que comida.

– Não vejo uma mesa de banquete – falou com voz soturna, acariciando o gibão negro adornado com fios de prata e apertado na cintura, com o qual o vestira Yennefer. Esse modelo de gibão, último grito da moda, era chamado de "dublete". O bruxo não tinha a mínima ideia de onde provinha tal nome, nem fazia questão de saber.

Yennefer não esboçou reação alguma. Geralt não esperava por uma, sabendo muito bem que a feiticeira não costumava reagir a esse tipo de constatações. No entanto, não desistiu. Continuou reclamando. Simplesmente estava com vontade de resmungar.

– Não há música. Uma corrente de ar está incomodando bastante. Não há lugar para se sentar. Vamos comer e beber de pé?

A feiticeira agraciou-o com uma lânguida mirada cor de violeta.

– Exatamente – respondeu com voz surpreendentemente calma. – Vamos comer de pé. Além disso, saiba que se deter junto de uma mesa com comida por muito tempo é demonstração de falta de tato.

– Vou me esforçar para ter tato – resmungou Geralt –, principalmente por não haver muita coisa que possa me deter junto das mesas.

– Beber em excesso é considerado grande falta de tato – Yennefer continuou a preleção, ignorando por completo seus resmungos. – Evitar manter uma conversação é considerado falta de tato imperdoável...

– E o fato – interrompeu-a Geralt – de aquele magricela com calças de idiota apontar para mim com o dedo a seus dois companheiros não é considerado falta de tato?

– Sim, mas não muito grave.

– O que devemos fazer, Yen?

– Circular pelo salão, cumprimentar as pessoas, fazer elogios, conversar... Pare de acariciar o gibão e de ajeitar os cabelos.

– Você não me deixou usar minha testeira...

– Sua testeira é muito pretensiosa. Pegue-me pelo braço e vamos circular. Ficar parado junto da entrada é considerado falta de tato.

Circularam pelo salão, que foi ficando cada vez mais cheio. Geralt estava morrendo de fome, mas logo se deu conta de que Yennefer não estivera caçoando. Tornou-se óbvio que a obrigatória forma de comportamento entre os feiticeiros realmente obrigava-os a comer e beber pouco, aparentando desinteresse. Para piorar, cada parada junto a uma mesinha com comida trazia consigo obrigações sociais. Alguém via alguém, demonstrava grande satisfação pelo encontro, aproximava-se e cumprimentava de maneira tão efusiva quanto falsa. Após os obrigatórios beijos nas bochechas ou os desagradáveis e delicados apertos de mãos, após sorrisos insinceros e os ainda menos sinceros, embora não excessivamente enganosos elogios, iniciavam-se curtas, tediosas e banais conversas sobre nada.

O bruxo olhava atentamente para todos os lados à procura de rostos conhecidos, principalmente na esperança de não ser o único conviva não membro da confraria de feiticeiros. Yennefer lhe assegurara que ele não seria o único, mas Geralt ou deixou de ver qualquer pessoa que não fizesse parte da Irmandade, ou então não soube reconhecer quem quer que fosse.

Pajens carregando bandejas com taças de vinho esgueiravam-se por entre os convidados. A feiticeira não bebia. O bruxo bem que gostaria, porém não ousava.

Yennefer, puxando-o pelo braço, fez com que eles acabassem no centro do salão, o centro de interesse geral. De nada adiantaram os esforços de Geralt no sentido contrário, e ele por fim compreendeu que o intento da feiticeira era o mais simples desejo do mundo: o de se exibir.

O bruxo sabia o que o esperava e, com calma e estoicismo, suportou os olhares cheios de mórbido interesse das feiticeiras e os camuflados sorrisos dos feiticeiros.

Embora Yennefer tivesse lhe dito que as boas maneiras e o tato proibiam o uso de magia em tais ocasiões, Geralt não acreditou que os magos conseguissem se refrear, sobretudo por Yennefer tê-lo exposto tão provocativamente ao público. E tinha razão em não acreditar. Mais de uma vez percebeu seu medalhão tremer, além de sentir as agulhadas de impulsos mágicos. Alguns magos, principalmente magas, chegaram ao desplante de tentar ler seus pensamentos. Geralt, porém, já estava preparado para isso e sabia como reagir. Olhou para a brilhante alvinegra Yennefer, de cabelos negros como asas de graúna e olhos cor de violeta, caminhando a seu lado, e os feiticeiros que sondavam sua mente ficaram encabulados, desconcentraram-se e visivelmente perderam a autoconfiança e a compostura, algo que lhe deu um indescritível prazer. "Sim", respondeu-lhes mentalmente. "Sim, vocês não estão enganados. Ei-la a meu lado, aqui e agora, e isso é tudo que conta. Aqui e agora. Quanto ao que ela foi, onde esteve e com quem, não tem a mínima importância. Agora, ela está comigo, aqui, no meio de vocês. Comigo e com ninguém mais. É exatamente isso que penso, pensando nela, pensando todo o tempo nela, sentindo seu perfume e o calor de seu corpo. E vocês podem morrer de inveja."

A feiticeira apertou fortemente seu braço, encostando de leve o quadril ao dele.

– Obrigada – sussurrou, guiando-o de volta na direção das mesas. – Mas sem ostentação excessiva, por favor.

– Será que vocês, feiticeiros, sempre tomam a sinceridade como uma forma de ostentação? Será que é porque não acreditam em sinceridade mesmo quando a detectam na mente de outros?

– Sim. Exatamente por isso.

– E, no entanto, você me agradece?

– Porque acredito em você. – Yennefer apertou ainda mais fortemente seu braço e pegou um pratinho. – Por favor, sirva-me um pouco de salmão, bruxo. E caranguejos.

– Esses caranguejos – falou Geralt – são de Poviss. Na certa, foram pegos há mais de um mês, e nós estamos em pleno verão. Você não tem medo...

– Esses caranguejos – interrompeu-o Yennefer – ainda hoje andavam pelo fundo do mar. A teleportação é uma invenção sensacional.

– Sem dúvida – concordou o bruxo. – Você não acha que seria boa ideia disponibilizá-la para todos?

– Estamos trabalhando nisso. Vamos, sirva-me. Estou com fome.

– Amo você, Yen.

– Já lhe pedi menos ostentação... – Yennefer interrompeu-se e ergueu a cabeça, afastando os cachos negros do rosto e arregalando os olhos cor de violeta. – Geralt! É a primeira vez que você confessa isso para mim!

– Não pode ser. Você deve estar zombando de mim.

– Não, não estou zombando. Antes, você só pensava; hoje, você disse.

– E há diferença entre os dois?

– Enorme.

– Yen...

– Não fale com a boca cheia. Eu também o amo. Não falei? Pelos deuses, você vai engasgar de vez! Erga os braços e eu darei um tapa em suas costas. Respire fundo.

– Yen...

– Respire, respire; já vai se sentir melhor.

– Yen!

– Sim. Sinceridade por sinceridade.

– Você está se sentindo bem?

Yennefer espremeu um gomo de limão sobre o salmão.

– Estava esperando – falou. – Afinal, não ficava bem reagir a uma declaração de amor feita em pensamento. Quando finalmente ela foi explicitada em palavras, respondi. Estou me sentindo muito bem.

– O que aconteceu?

– Vou lhe contar mais tarde. Agora, coma. Este salmão está realmente delicioso. Juro pela Força que é uma delícia.

– Posso beijá-la? Agora, aqui, diante de todos?

– Não.

– Yennefer! – exclamou uma feiticeira morena que passava perto e que, livrando-se do braço do homem que a acompanhava, aproximou-se deles. – Quer dizer que você veio, afinal! Que maravilha! Não a vejo há séculos!

– Sabrina! –Yennefer ficou tão contente com o encontro que qualquer pessoa, exceto Geralt, poderia se iludir e achar que ela estava sendo sincera. – Querida! Como estou feliz!

As feiticeiras abraçaram-se com extremo cuidado e beijaram mutuamente o ar junto das orelhas adornadas por brincos de ônix e brilhantes. Embora ambos os pares de brincos, que lembravam cachos de uvas em miniatura, fossem idênticos, o ar a sua volta adquiriu um olor de profundo antagonismo.

– Geralt, permita que eu lhe apresente minha amiga de escola, Sabrina Glevissig de Ard Carraigh.

O bruxo inclinou-se e beijou a mão que lhe fora erguida bem alto. Tivera tempo para perceber que as feiticeiras costumavam aguardar que sua mão fosse beijada ao serem cumprimentadas, gesto que as igualava pelo menos a princesas. Sabrina Glevissig levantou a cabeça, fazendo tremer e tilintar os brincos, baixinho, mas de maneira ostensiva e descarada.

– Queria muito conhecê-lo, Geralt – falou com um sorriso. Como todas as feiticeiras, Sabrina não usava os termos "senhor", "Vossa Senhoria" ou quaisquer outras formas indispensáveis no meio de aristocratas. – Estou realmente muito feliz. Finalmente Yenna parou de escondê-lo de nós. Para ser sincera, não consigo compreender a razão por ela ter demorado tanto assim. Decididamente não há de que se envergonhar.

– Compartilho de sua opinião – respondeu Yennefer de modo desprendido, semicerrando os olhos e ostensivamente afastando os cabelos de um dos brincos. – Que linda blusa, Sabrina! Realmente encantadora. Não é verdade, Geralt?

O bruxo assentiu com a cabeça, engolindo em seco. A blusa de Sabrina Glevissig, confeccionada com gaze negra, revelava absolutamente tudo o que havia para ser revelado, e havia bastante. Já sua saia cor de carmim, apertada na cintura por um cinturão de prata com uma enorme fivela em forma de rosa, tinha uma fenda lateral, de acordo com a última moda. Só que os preceitos da moda ditavam que a fenda não ultrapassasse metade da coxa, enquanto a da saia de Sabrina chegava à metade do quadril, um quadril muito atraente, aliás.

– O que há de novo em Kaedwen? – perguntou Yennefer, fingindo não ver para onde olhava Geralt. – Seu rei Henselt continua desperdiçando suas forças e meios na perseguição dos Esquilos pelas florestas? Ele continua pensando numa expedição punitiva contra os elfos de Dol Blathanna?

– Vamos deixar a política de lado – sorriu Sabrina. O nariz um tanto comprido demais e os olhos rapineiros tornavam-na parecida com a clássica imagem de uma bruxa. – Amanhã, no decurso do congresso, trataremos de política até não podermos mais. E nos fartaremos de ouvir uma sucessão de... teses morais. Sobre a necessidade da coexistência pacífica... Sobre a amizade... Sobre a necessidade de adotarmos uma posição solidária aos planos e intenções de nossos reis... Que mais ouviremos, Yennefer? Que mais o Capítulo e Vilgeforz terão preparado para nós amanhã?

– Vamos deixar a política de lado.

Sabrina Glevissig soltou uma risada cristalina, acompanhada pelo tênue tilintar dos brincos.

– Você tem razão. Vamos esperar até amanhã. Amanhã, tudo ficará esclarecido. Ah, esse negócio de política é uma interminável sequência de reuniões e conselhos... Como eles são danosos para a pele. Por sorte tenho um creme excepcional; pode acreditar, querida, que as rugas desaparecem como num sonho... Quer a receita?

– Agradeço, querida, mas não preciso. Realmente.

– Ah, é verdade. Quando estávamos na escola, sempre invejei o frescor de sua pele. Pelos deuses, há quanto tempo foi isso?

Yennefer fingiu estar respondendo a um cumprimento de alguém que estava passando. Já Sabrina sorriu para o bruxo e empinou com prazer aquilo que a gaze negra não cobria. Geralt voltou a engolir em seco, esforçando-se para não olhar de maneira demasiadamente ostensiva para os róseos bicos de seio claramente visíveis através do fino tecido. Olhou de soslaio para Yennefer. A feiticeira estava sorrindo, mas o bruxo a conhecia suficientemente bem para saber que estava furiosa.

– Oh, perdoe-me – falou de repente. – Acabei de ver Filippa; preciso conversar com ela urgentemente. Venha, Geralt. Tchau, Sabrina.

– Tchau, Yenna. – Sabrina Glevissig fixou os olhos nos do bruxo. – E mais uma vez parabéns por seu... bom gosto.

– Obrigada. – A voz de Yennefer era suspeitamente fria. – Obrigada, minha querida.

Filippa Eilhart estava na companhia de Dijkstra. Geralt, que tivera no passado um contato superficial com o espião redânio, deveria em princípio ter ficado contente; encontrara, afinal, alguém conhecido que, assim como ele, não fazia parte da confraria. Entretanto, não ficou.

– Estou feliz em vê-la, Yenna – disse Filippa, beijando o ar junto dos brincos de Yennefer. – Salve, Geralt. Imagino que vocês conhecem o conde Dijkstra.

– E quem não o conhece? – respondeu Yennefer, inclinando-se e estendendo a mão para Dijkstra, que a beijou respeitosamente. – Estou contente por encontrá-lo de novo, senhor conde.

– O prazer de revê-la, Yennefer, é todo meu – assegurou-lhe o chefe do serviço secreto do rei Vizimir –, principalmente em tão agradável companhia. Senhor Geralt, os meus mais profundos respeitos.

O bruxo, controlando-se para não expressar sua convicção de que seus respeitos eram ainda mais profundos, apertou a mão estendida; na verdade, tentou fazê-lo, uma vez que suas dimensões tornavam o ato de apertá-la praticamente impossível. O gigantesco espião estava vestido com um dublete bege-claro, aberto de modo um tanto informal. Estava claro que se sentia muito à vontade nele.

– Notei – falou Filippa – que vocês estiveram conversando com Sabrina.

– Estivemos – bufou Yennefer. – Você viu como ela está vestida? É preciso ser totalmente desprovida de bom gosto e de pudor para... Ela, com todos os diabos, é mais velha do que eu mais de... Vamos esquecer isso. Se, pelo menos, ela tivesse alguma coisa para mostrar! Aquela macaca asquerosa!

– Ela tentou arrancar algumas informações de vocês? Todos sabem que ela é uma espiã de Henselt de Kaedwen.

– Realmente? – Yennefer fingiu surpresa, o que acertadamente foi considerado uma piada e tanto.

– E quanto ao senhor, senhor conde. Está se divertindo em nossa cerimônia? – perguntou Yennefer quando Filippa e Dijkstra pararam de rir.

– Muitíssimo. – O espião de Vizimir inclinou-se com elegância.

– Se levarmos em consideração – sorriu Filippa – que o conde está aqui a serviço, tal assertiva é um grande elogio para nós. E, como qualquer elogio semelhante, pouco sincero. Ainda momentos atrás, ele me confessou que teria preferido uma aconchegante e familiar penumbra, com fedor de tochas e de carne assada. Falou que também sente falta da tradicional mesa coberta com manchas de molhos e cerveja, na qual poderia bater com o caneco ao ritmo das obscenas canções de bêbados, e debaixo da qual poderia deslizar ao raiar do sol, adormecendo cercado de cachorros roendo ossos. E imaginem vocês que ele não se sensibilizou com meus argumentos sobre a superioridade de nossa forma de festejar.

– Realmente? – O bruxo olhou para o espião com mais simpatia. – E quais foram os argumentos, se é que posso perguntar?

Sua pergunta foi claramente considerada uma excelente pilhéria, pois as duas feiticeiras riram ao mesmo tempo.

– Ah, os homens – falou Filippa. – Vocês não entendem nada. Como se pode impressionar alguém com sua figura e vestido estando sentada atrás de uma mesa, na penumbra e num ambiente cheio de fumaça?

Geralt, não encontrando uma resposta à altura, apenas fez uma reverência. Yennefer apertou delicadamente seu braço.

– Ah – falou. – Estou vendo Triss Merigold. Preciso trocar com ela algumas palavras... Perdoem-nos por abandoná-los, mas apenas temporariamente, Filippa. Com certeza acharemos ainda hoje uma oportunidade para continuar o bate-papo. Não é, senhor conde?

– Sem dúvida. – Dijkstra sorriu e inclinou-se cortesmente. – Estou a suas ordens, Yennefer. A qualquer hora.

Geralt e Yennefer aproximaram-se de Triss, que reluzia com diversas tonalidades de azul e verde-claro. Ao vê-los, ela interrompeu a conversa que mantinha com dois magos, riu alegremente, abraçou Yennefer, e o ritual de beijocas no ar junto das orelhas se repetiu. Geralt pegou a mão que lhe fora erguida, mas decidiu agir em desacordo com as regras cerimoniais: abraçou a feiticeira de cabelos castanhos e beijou-lhe a bochecha macia e de penugem suave como um pêssego. Triss enrubesceu um pouco.

Os feiticeiros se apresentaram. Um deles era Drithelm de Pont Vanis, e o outro, seu irmão, Detmold. Ambos serviam ao rei Esterat de Kovir e revelaram-se monossilábicos, afastando-se na primeira oportunidade que tiveram.

– Vi que vocês estiveram conversando com Filippa e Dijkstra de Tretogor – falou Triss, brincando com um coraçãozinho de lápis-lazúli emoldurado com prata e brilhantes pendurado no pescoço. – Imagino que saibam quem é Dijkstra, não é verdade?

– Sabemos – respondeu Yennefer. – Ele conversou com você? Tentou sondá-la?

– Tentou. – A feiticeira sorriu significativamente e deu uma discreta risadinha. – Com muito cuidado. Mas Filippa atrapalhava-o o máximo que podia. E eu, que sempre achei que eles fossem muito íntimos...

– Eles são muito íntimos – preveniu-a Yennefer, séria. – Fique atenta, Triss. Não solte uma só palavra sobre... você sabe o quê.

– Pode deixar que ficarei atenta. E, aproveitando a ocasião – Triss abaixou a voz –, como vai ela? Será que poderei vê-la?

– Se você finalmente decidir frequentar as aulas em Aretusa – sorriu Yennefer –, terá a oportunidade de vê-la com bastante frequência.

– Não diga – disse Triss, arregalando os olhos. – Compreendo. Quer dizer que Ciri...

– Fale mais baixo, Triss. Conversaremos sobre isso mais tarde. Amanhã. Após a reunião do Conselho.

– Amanhã? – Triss deu um sorriso estranho.

Yennefer franziu o cenho, mas, antes que pudesse indagar qualquer coisa, o salão foi repentinamente percorrido por um murmúrio.

– Já estão aqui – falou Triss. – Finalmente chegaram.

– Sim – confirmou Yennefer, afastando o olhar dos olhos da amiga –, chegaram. Geralt, finalmente apareceu uma ocasião para você conhecer os membros do Capítulo e do Conselho Supremo. Se surgir uma oportunidade, eu o apresentarei a eles. Nada impede, porém, que você saiba de antemão quem é quem.

Os convivas se separaram para abrir passagem e inclinaram-se respeitosamente para os dignitários que adentravam o salão. O primeiro a surgir foi um já não tão moço, mas ainda robusto homem vestido com um surpreendentemente modesto traje de lã. A seu lado, caminhava uma mulher alta, de traços aguçados e negros cabelos penteados para trás.

– Esse é Gerhart de Aaelle, conhecido como Hen Gedymdeith, o mais antigo dos feiticeiros vivos – informou num sussurro Yennefer. – A mulher a seu lado é Tissaia de Vries, apenas alguns anos mais moça que ele, mas que não tem pejo de lançar mão de elixires.

Atrás do primeiro par caminhava uma atraente mulher com longos cabelos dourado-escuros, farfalhando com um vestido da cor de resedá adornado com rendas.

– Francesca Findabair, chamada de Enid an Gleanna, a Margarida dos Vales. Não arregale tanto os olhos, bruxo. Ela geralmente é considerada a mulher mais bela do mundo.

– Ela é membro do Capítulo? – espantou-se Geralt. – Parece ser muito jovem. Será também resultado de elixires mágicos?

– Não no caso dela. Francesca é elfa puro-sangue. Repare no homem que a acompanha. É Vilgeforz de Roggeveen. Ele, sim, é jovem de verdade, mas inacreditavelmente talentoso.

O termo "jovem", como bem sabia Geralt, incluía feiticeiros de até cem anos. Vilgeforz aparentava ter trinta e cinco. Era alto, de porte atlético e trajava um gibão à moda de cavaleiro andante, evidentemente sem brasão algum. Era também bem-apessoado, o que podia ser notado mesmo andando ao lado de Francesca

Findabair, dona de enormes olhos de corça e de uma beleza que fazia as pessoas prenderem a respiração.

– Aquele homem baixo, que está andando ao lado de Vilgeforz, é Artaud Terranova – esclareceu Triss Merigold. – Esse quinteto forma o Capítulo...

– E quem é aquela jovem de rosto esquisito atrás de Vilgeforz?

– É sua assistente, Lydia van Bredevoort – falou Yennefer friamente. – Uma pessoa sem importância, mas olhar ostensivamente para seu rosto é uma grande falta de tato. Você faria melhor se prestasse atenção aos três que estão mais atrás. São membros do Conselho Supremo: Fercart de Cidaris, Radcliffe de Oxenfurt e Carduin de Lan Exeter.

– E esse é todo o Conselho? O grupo completo? Pensei que tivesse muito mais membros.

– O Capítulo é formado por cinco membros, e o Conselho, por mais cinco. Filippa Eilhart também faz parte do Conselho.

– Assim mesmo a conta não fecha – disse Geralt, meneando a cabeça, enquanto Triss dava uma risadinha.

– Você não lhe disse? Geralt, você realmente não sabe de nada?

– E de que eu deveria saber?

– Do fato de Yennefer também fazer parte do Conselho. Desde a batalha de Sodden. Você não se gabou disso, minha querida?

– Não, minha querida – respondeu a feiticeira, olhando diretamente nos olhos da amiga. – Em primeiro lugar, não gosto de me gabar. Em segundo, não tivemos tempo suficiente para isso. Não vi Geralt por muito tempo e temos muita conversa para pôr em dia. Fizemos uma longa lista de assuntos e vamos resolver um a um seguindo sua ordem.

– É claro – falou Triss, hesitante. – Hummm... Depois de tanto tempo... Compreendo. Há muito sobre o que conversar...

– As conversas – sorriu Yennefer ambiguamente, lançando um olhar lânguido ao bruxo – estão no final da lista. Bem no finzinho, Triss.

Triss ficou claramente embaraçada, enrubescendo um pouco.

– Compreendo – repetiu e, sem saber o que fazer com as mãos, ficou brincando com o coraçãozinho de lápis-lazúli.

– Fico muito feliz por você compreender – falou Yennefer. – Geralt, traga-nos vinho. Não, não deste pajem, mas daquele outro, mais distante.

O bruxo obedeceu, sentindo acertadamente que havia um tom de comando na voz. Ao pegar as taças da bandeja carregada pelo pajem, ficou observando discretamente as duas feiticeiras. Yennefer falava rápido e baixo; Triss Merigold ouvia-a com a cabeça abaixada. Quando retornou, Triss já não estava mais lá. Yennefer não demonstrou interesse algum pelas taças de vinho, de modo que Geralt colocou-as sobre uma mesinha.

– Será que você não exagerou? – perguntou friamente.

Os olhos de Yennefer brilharam com chamas cor de violeta.

– Não tente me fazer de idiota. Você achou que eu não sabia do que houve entre vocês dois?

– Se é disso que se trata...

– Exatamente disso – cortou-o secamente. – Não se faça de bobo e se abstenha de fazer comentários. E, acima de tudo, não tente mentir. Conheço Triss há mais tempo do que você; eu gosto dela e ela gosta de mim. Nós nos entendemos e continuaremos a nos entender, independentemente de eventuais... incidentes. Pareceu-me que ela estava com algumas dúvidas, de modo que as desfiz, e pronto. Não vamos mais falar disso.

Geralt não tinha intenção alguma naquele sentido. Yennefer afastou um cacho que caíra sobre sua bochecha.

– Vou deixá-lo por um momento, pois preciso falar com Tissaia e Francesca. Coma alguma coisa, porque dá para ouvir os roncos de sua barriga. E permaneça atento. Você certamente será abordado por diversas pessoas. Não permita que o façam de bobo e não arruíne minha reputação.

– Pode ficar tranquila.

– Geralt?

– Sim?

– Ainda há pouco, você expressou o desejo de me beijar aqui, na frente de todos. Continua desejando?

– Continuo.

– Tente não borrar meu batom.

Geralt olhou para os presentes com o canto dos olhos. Observavam o beijo, mas discretamente. Filippa Eilhart, parada perto com um grupo de feiticeiros, deu-lhe uma piscadela e fingiu aplaudir.

Yennefer separou os lábios dos dele e inspirou fundo.

– Uma coisa tão pequena e, no entanto, como alegra – falou. – Bem, tenho de ir. Voltarei em breve. E depois, após o banquete... Hummm...

– Sim?

– Não coma nada com alho, por favor.

Quando Yennefer se afastou, Geralt abandonou as boas maneiras, desabotoou o dublete, sorveu o conteúdo das duas taças e decidiu ocupar-se seriamente da comida. Não conseguiu.

– Geralt.

– Senhor conde.

– Deixe esse negócio de títulos de lado – falou Dijkstra, fazendo uma careta de desagrado. – Não sou conde. Vizimir ordenou que me apresentasse como tal para não irritar os cortesãos e os magos com minha procedência plebeia. E então, como está se saindo na tarefa de impressionar as pessoas e, ao mesmo tempo, fingir que está se divertindo?

– Eu não preciso fingir. Não estou aqui a serviço.

– Que interessante... – sorriu o espião. – Isso confirma a opinião geral de que você é incomparável e único de seu gênero. Porque, exceto você, todos os demais estão aqui a serviço.

– Era exatamente isso que eu temia – respondeu Geralt, achando conveniente sorrir de volta. – Pressenti que seria o único de meu gênero, o que quer dizer que estou fora de meu lugar.

O espião lançou um olhar sobre as travessas mais próximas, pegando de uma delas uma vagem totalmente desconhecida a Geralt.

– Aproveito a ocasião – disse – para lhe agradecer pelos irmãos Michelet. Muita gente na Redânia suspirou aliviada quando você acabou com os quatro no porto de Oxenfurt. Tive um acesso de riso quando, durante a investigação, o médico da universidade, ao examinar os ferimentos, afirmou que alguém os fizera com foice.

Geralt não fez comentário algum. Dijkstra enfiou outra vagem na boca.

– É uma pena – continuou, mastigando – que, depois de massacrá-los, você não tenha ido procurar o prefeito. Havia um prêmio por eles, vivos ou mortos. E era um prêmio bastante elevado.

– Teria muitos problemas na declaração do imposto de renda. – Geralt decidiu experimentar a vagem, a qual revelou ter um gosto de aipo ensaboado. – Além disso, tive de partir de lá rapidamente... Mas temo estar entediando-o, Dijkstra. Afinal, você sempre sabe de tudo.

– Não precisa exagerar – sorriu o espião. – Não sei de tudo. Como poderia?

– Pelo relato de Filippa Eilhart, para não irmos muito longe.

– Relatos, descrições, boatos. Preciso ouvi-los todos, porque é isso que exige minha profissão. No entanto, minha profissão me obriga também a passá-los por uma peneira extremamente fina. Imagine você que recentemente chegou a meus ouvidos a notícia de que alguém deu cabo do famoso Professor e seus dois asseclas. Isso ocorreu numa estalagem em Anchor. O homem que conseguiu tal façanha também estava demasiadamente apressado para receber o prêmio.

Geralt deu de ombros.

– Boatos. Passe-os pela peneira e você verá o que restará deles.

– Não preciso. Sei o que restará. Frequentemente isso costuma ser uma tentativa intencional de desinformação. E, já que estamos tratando de desinformação, como está a pequena Cirilla, aquela coitada menininha, tão propensa a difteria? Ficou curada?

– Desista, Dijkstra – respondeu o bruxo friamente, fixando os olhos nos do espião. – Sei que você está aqui a serviço, mas não exagere em seu afã profissional.

O espião soltou uma gargalhada. Duas feiticeiras que passavam por ali olharam para eles com espanto e curiosidade.

– O rei Vizimir – falou Dijkstra, parando de rir – me paga um extra por enigma decifrado. Esse meu afã me garante uma vida decente. Você vai achar graça, mas eu tenho esposa e filhos.

– Não vejo nada de engraçado nisso. Continue trabalhando para o bem-estar de sua esposa e filhos, porém não a minha custa, se é que posso pedir. Neste salão, pelo que me parece, não faltam segredos e enigmas.

– Não só no salão. Toda Aretusa é um grande e insondável enigma. Você não notou isso? Há algo suspenso no ar, Geralt. E, para simplificar as coisas, vou lhe dizer que não me refiro aos candelabros.

– Não entendo.

– Acredito, porque eu também não entendo. E gostaria muitíssimo de entender. Você não gostaria? Ah, desculpe-me. Você já deve saber de tudo. Pelo relato da encantadora Yennefer de Vengerberg, para não irmos muito longe. Imagine que houve um tempo em que eu mesmo me inteirava disso ou daquilo por meio da bela Yennefer. Ah, onde foram parar as neves de outrora?

– Realmente não sei do que está falando, Dijkstra. Você não poderia ser mais específico sobre o que tem em mente? Tente, com a condição de que não seja como parte de seu trabalho. Perdoe-me, mas não tenho a mínima intenção de me esforçar para que você ganhe um prêmio extra.

– Você acha que estou tentando abordá-lo de modo indigno? – indagou o espião. – Arrancar uma informação por meio de um ardil? Está sendo injusto comigo, Geralt. Simplesmente estou curioso de saber se você nota neste salão as mesmas peculiaridades que me saltam aos olhos.

– E o que lhe salta aos olhos?

– Você não acha estranha a total ausência de cabeças coroadas, que normalmente costumam ser vistas num congresso como este?

– Nem um pouco – afirmou Geralt, conseguindo finalmente enfiar uma azeitona num palito. – Os reis certamente preferem banquetes tradicionais, sentados em volta de uma mesa sob cujo tampo poderão deslizar elegantemente ao raiar do sol. Além disso...

– Além disso, o quê? – perguntou Dijkstra, pegando diretamente com os dedos quatro azeitonas de uma só vez e enfiando-as na boca.

– Além disso – respondeu o bruxo, olhando para as pessoas que andavam pelo salão –, os reis não quiseram se fatigar. Enviaram, em seu lugar, um exército de espiões; os que fazem parte da confraria e os que são de fora dela. Na certa, para espionarem aquilo que está suspenso no ar.

Dijkstra cuspiu na mesa o caroço das azeitonas, pegou um garfo de cabo comprido e ficou mexendo com ele numa funda saladeira de cristal.

– E Vilgeforz – falou, sem parar de mexer com o garfo – tomou todas as providências necessárias para que não faltasse um só espião. Agora, ele tem todos os espiões reais numa só panela. Para que Vilgeforz quer ter todos os espiões reais numa só panela, bruxo?

– Não tenho a mais vaga ideia. E não estou interessado. Já lhe disse que estou aqui em caráter particular; sou uma pessoa privada. Estou, digamos assim, fora da panela.

O espião do rei Vizimir pescou da saladeira um pequeno polvo e olhou para ele com repugnância.

– E pensar que eles comem essa porcaria. – Meneou a cabeça com fingida comiseração e voltou a encarar Geralt. – Ouça-me com atenção, bruxo – disse baixinho. – Essa sua convicção de que você está aqui em caráter particular e que nada o interessa nem pode interessá-lo... Isso começa a me intrigar e desperta em mim um instinto de jogador. Você tem inclinação para jogos de azar?

– Seja mais claro, por favor.

– Estou lhe propondo uma aposta. – Dijkstra ergueu o garfo com o polvo. – Afirmo que em menos de uma hora Vilgeforz o convidará para uma longa conversa. Afirmo que, no decorrer da conversa, ele provará que você não é uma pessoa privada e que está em sua panela. Se estiver enganado, comerei esta merda diante de seus olhos, com todos os tentáculos. Você topa?

– E o que terei de comer se perder?

– Nada. – Dijkstra olhou rapidamente a sua volta. – Se perder, você me relatará o teor de sua conversa com Vilgeforz.

O bruxo ficou em silêncio por um bom tempo, olhando calmamente para o espião.

– Passe bem, conde – falou por fim. – Agradeço o bate-papo. Foi muito esclarecedor.

Dijkstra pareceu indignado.

– A tal pon...

– A tal ponto – interrompeu-o Geralt. – Adeus.

O espião deu de ombros, atirou o polvo com o garfo de volta na saladeira, virou-se e foi embora. Geralt não o seguiu com os olhos. Em vez disso, esgueirou-se lentamente até a mesa seguinte, movido pelo desejo de se aproximar dos grandes camarões rosados empilhados numa travessa de prata, no meio de folhas de alface e gomos de limão. Tinha vontade de comê-los rapidamente, mas, sentindo olhares curiosos em sua direção, resolveu degustar os crustáceos de maneira distinta e de acordo com as boas maneiras. Foi se aproximando lenta e reservadamente, beliscando aqui e ali petiscos de outras travessas.

Junto da mesa ao lado estava Sabrina Glevissig, entretida numa conversa com uma feiticeira ruiva que o bruxo não conhecia. Ela estava vestida com uma saia branca e uma blusinha de finíssimo tecido também branco. A blusinha, assim como a de Sabrina, era absolutamente transparente, mas tinha apliques e bordados em locais estratégicos. Os apliques, notou Geralt, tinham uma curiosa peculiaridade: ora cobriam, ora revelavam.

As feiticeiras conversavam enquanto se empanturravam de fatias de lagosta com maionese. Falavam baixinho, em Língua Antiga, e, embora não olhassem na direção do bruxo, era evidente que falavam dele. Geralt aguçou indiscretamente seu bem desenvolvido sentido de audição, fingindo que seu único interesse fossem os camarões.

– ... com Yennefer? – assegurava-se a ruiva, brincando com um colar de pérolas enrolado como uma coleira em torno de seu pescoço. – Está falando sério, Sabrina?

– Definitivamente – respondeu Sabrina Glevissig. – Você não vai acreditar, mas isso está durando alguns anos. O que me espanta é como ele aguenta aquela víbora detestável.

– Não há de que se espantar. Ela deve tê-lo encantado e o mantém preso pelo feitiço. Não foram poucas as vezes que eu mesma fiz isso.

– Mas ele é um bruxo. E eles são imunes a feitiços, pelo menos aos duradouros.

– Então só pode ser amor – suspirou a ruiva. – E o amor é cego.

– É ele quem é cego. – Sabrina fez uma careta. – Dá para acreditar, Marti, que ela ousou apresentar-me a ele como sua colega de escola? Bloede pest, ela é mais velha do que eu mais de... Vamos esquecer isso. Estou lhe dizendo que ela morre de ciúme daquele bruxo. Bastou a pequena Merigold lançar um olhar nele para essa megera lhe passar uma descompostura daquelas, sem economizar palavras e mandando-a embora. E neste exato momento ela está conversando com Francesca, mas não tira os olhos do bruxo nem por um instante.

– Ela está com medo – riu a ruiva – de que nós possamos seduzi-lo, nem que seja apenas por esta noite. Que tal, Sabrina? Vamos tentar? O rapaz é bem-apessoado e bem diferente de nossos pálidos fracotes, cheios de empáfia, complexos e pretensões...

– Fale mais baixo, Marti – sibilou Sabrina. – Não olhe para ele nem fique arreganhando os dentes. Yennefer nos observa. E mantém a pose. Você quer seduzi-lo? Não seria de bom-tom.

– Hummm, você tem razão – admitiu Marti, após uma breve reflexão. – E se o bruxo se aproximasse repentinamente e nos propusesse ele mesmo?

– Aí – Sabrina lançou um olhar rapineiro para Geralt – eu me entregaria a ele sem um momento de hesitação, mesmo que fosse sobre uma pedra.

– E eu – riu Marti –, até em cima de um ouriço.

O bruxo ficou olhando fixamente a toalha da mesa diante dele. Cobriu sua expressão idiota com um camarão e uma folha de alface, sentindo grande alívio pelo fato de as mutações em seus vasos sanguíneos não permitirem que enrubescesse.

– Bruxo Geralt?

Geralt engoliu rápido o camarão e se virou. Um feiticeiro com traços familiares sorriu-lhe discretamente, alisando as lapelas bordadas de seu dublete cor de violeta.

– Dorregaray de Vole. Nós nos conhecemos. Estivemos juntos na...

– Estou lembrado. Peço desculpas por não tê-lo reconhecido de imediato. Estou contente...

O feiticeiro sorriu mais abertamente, pegando duas taças da bandeja carregada por um pajem.

– Tenho observado você por bastante tempo – falou, entregando uma das taças a Geralt. – Notei que você afirma estar contente a todos a quem Yennefer o apresenta. Trata-se de hipocrisia ou de falta de discernimento?

– Apenas delicadeza.

– Para com eles? – Dorregaray fez um largo gesto apontando para os convivas. – Acredite-me que não vale o esforço. Eles não passam de um bando de hipócritas soberbos e invejosos, incapazes de reconhecer sua delicadeza; ao contrário, serão capazes de considerá-la uma forma de sarcasmo de sua parte. Com eles, senhor bruxo, é preciso adotar a mesma postura mal-educada e arrogante. Somente assim você conseguirá impor-se a eles. Aceita tomar um vinho comigo?

– Essa droga que estão servindo aqui? – sorriu Geralt agradavelmente. – Com o maior desprazer. Mas se você a aprecia... farei um esforço.

Sabrina e Marti, que aguçavam os ouvidos de sua mesa, soltaram uma gargalhada. Dorregaray lançou-lhes um olhar cheio de desprezo, deu-lhes as costas e tocou com a borda de sua taça na do bruxo, sorrindo, dessa vez com sinceridade.

– Um ponto para você – admitiu alegremente. – Vejo que aprende rápido. Onde você adquiriu tanta esperteza, bruxo? Pelas estradas pelas quais você vaga à procura de espécies em extinção? A sua saúde. Você pode até achar graça, mas saiba que é uma das poucas pessoas nesta sala a quem eu tenho vontade de fazer tal brinde.

– É mesmo? – Geralt sorveu um gole e estalou delicadamente a língua, deliciando-se com o sabor. – Apesar de eu me dedicar à tarefa de chacinar seres em extinção?

– Não tome ao pé da letra tudo o que digo – falou o feiticeiro, dando um tapinha amigável no ombro do bruxo. – O banquete mal começou. Na certa você será abordado por várias outras pessoas, portanto economize seu estoque de respostas mordazes. Já no que se refere a sua profissão... Você, Geralt, tem pelo menos a dignidade de não se enfeitar com troféus. Mas olhe em volta.

Vamos, encare-os; deixe as boas maneiras de lado. Eles gostam de ser observados.

O bruxo obedeceu e fixou o olhar no busto de Sabrina Glevissig.

– Olhe. – Dorregaray pegou-o pelo braço e apontou com o dedo para uma feiticeira envolta em tules que passava por eles. – Sapatinhos feitos de pele de lagarto. Você notou?

Geralt assentiu insinceramente com a cabeça, já que via apenas aquilo que revelava a transparente blusinha de tule.

– E olhe só: pele de cobra-das-rochas. – O feiticeiro passou a reconhecer infalivelmente todos os sapatinhos que passavam diante deles. A moda, que encurtara os vestidos até um palmo acima do tornozelo, facilitava a tarefa. – E lá, mais longe... uma iguana-branca. Salamandra. Serpe. Jacaré-de-óculos. Basilisco... Todos eles répteis ameaçados de extinção. Não dá para usar sapatos feitos de couro de vitela ou de porco?

– Está falando de peles como sempre, Dorregaray? – indagou Filippa Eilhart, aproximando-se dos dois. – De curtumes e sapatarias? Que tema mais trivial e desagradável!

– Desagradável para uns e agradável para outros – respondeu o feiticeiro com desprezo. – Você tem lindos apliques no vestido, Filippa. Se não me engano, são de arminho-diamantino. Muito elegantes. Você está ciente de que, por causa da beleza de sua pele, essa espécie foi extinta vinte anos atrás?

– Trinta – corrigiu-o Filippa, enfiando na boca os últimos camarões, aqueles que Geralt não teve tempo de comer. – Sei, sei. A espécie certamente teria ressuscitado caso eu tivesse pedido a minha costureira que fizesse os apliques com pedaços de estopa. Só que a cor da estopa não combinava com a do vestido.

– Vamos para a outra mesa – propôs o bruxo taticamente. – Vi nela uma enorme travessa cheia de caviar negro. Considerando que os esturjões estão em franco processo de extinção, sugiro que nos apressemos.

– Caviar em sua companhia? Sempre sonhei com isso. – Filippa adejou as pestanas, pegando o braço do bruxo. Ela exalava um excitante perfume de canela e nardo. – Vamos. Você nos fará companhia, Dorregaray? Não? Então adeus. Divirta-se.

O feiticeiro fez uma careta de desagrado e deu-lhes as costas. Sabrina Glevissig e sua companheira ruiva acompanharam Geralt e Filippa com um olhar tão venenoso quanto o das cobras-das--rochas, ameaçadas de extinção.

– Dorregaray – sussurrou Filippa, ostensivamente aproximando seu corpo do quadril de Geralt – espiona para o rei Ethain de Cidaris. Tenha cuidado. Aquele papo sobre répteis e peles é apenas uma introdução para suas perguntas. Enquanto isso, Sabrina Glevissig aguça os ouvidos...

– ... porque espiona para Henselt de Kaedwen. Você já me contou. Já a companheira de Sabrina, aquela ruiva...

– Ela não é ruiva natural. Você não notou que seus cabelos são tingidos? É Marti Sodergen.

– E ela espiona para quem?

– Marti? – Filippa riu, mostrando dentes brilhantes por entre lábios carregados de batom. – Para ninguém. Marti não se interessa por política.

– Que coisa mais excitante! Achei que todos fossem espiões.

– Muitos, sim. – A feiticeira semicerrou os olhos. – Mas não todos, como Marti Sodergen. Ela é curandeira, não espiã. E ninfomaníaca. Ah, que droga, olhe só! Comeram todo o caviar, até a última ovinha. Chegaram a lamber a travessa! E o que podemos fazer agora?

– Agora – sorriu Geralt inocentemente – você me contará que há algo suspenso no ar. Vai me dizer que deverei abandonar a neutralidade e fazer uma escolha. Vai me propor uma aposta. Não ouso imaginar qual será meu prêmio caso a vença, mas sei o que terei de fazer caso a perca.

Filippa Eilhart ficou calada por um bom tempo, sem abaixar os olhos.

– Deveria ter imaginado – falou baixinho – que Dijkstra o abordou e lhe fez uma proposta. E eu o preveni de que você desdenha espiões.

– Não desdenho espiões; desdenho a espionagem em si, assim como o desprezo pela inteligência alheia. Não me proponha aposta alguma, Filippa. Admito que também sinto que algo está suspenso no ar, mas por mim isso pode ficar suspenso por quanto tempo quiser. Isso não me diz respeito e não me interessa.

– Você já me disse isso uma vez. Em Oxenfurt.

– Alegro-me por você estar lembrada. Imagino que também se lembra das circunstâncias em que isso se passou.

– Precisamente. Naquele momento, não lhe revelei a quem servia o tal Rience. Deixei que ele escapasse. Você ficou zangado comigo...

– Para dizê-lo com delicadeza.

– Chegou a hora de eu me redimir. Amanhã lhe entregarei Rience. Não me interrompa nem faça caretas. Não se trata de uma aposta ao estilo de Dijkstra. É uma promessa, e eu sempre cumpro minhas promessas. Não, não faça perguntas, por favor. Aguarde até amanhã. Por enquanto, vamos nos concentrar no caviar e em fofocas banais.

– Não há mais caviar.

– Um momento.

Filippa olhou rapidamente em volta, fez um gesto com a mão e murmurou um encanto. O recipiente de prata em forma de peixe contorcido num salto encheu-se imediatamente com ovas de esturjão, também ameaçado de extinção. O bruxo sorriu.

– É possível saciar a fome com uma ilusão?

– Não. Mas o esnobe sabor pode lhe proporcionar uma sensação agradável. Experimente.

– Hummm... É verdade. Parece até mais gostoso do que o verdadeiro...

– Além de não engordar – falou a feiticeira orgulhosamente, espremendo um limão sobre uma colher cheia de caviar. – Posso lhe pedir uma taça de vinho branco?

– Às ordens. Filippa...

– Sim?

– Se não me engano, as boas normas proíbem o lançamento de encantos num lugar como este. Diante disso, não teria sido mais seguro você ter provocado, em vez da ilusão do caviar, apenas a ilusão de seu sabor? Somente a sensação agradável? Estou certo de que você seria capaz de provocá-la...

– E lógico que seria – respondeu Filippa Eilhart, olhando para ele através do cristal da taça. – Fazer um encanto assim é muito mais simples do que criar um produto. No entanto, tendo apenas a impressão do gosto, teríamos perdido o prazer causado pela atividade. O processo, os rituais e os gestos que a acompanham... A conversa que acompanha esse processo, o contato dos olhos... Se quiser, poderei lhe dar uma divertida comparação. Que tal?

– Sou todo ouvidos e já rio antecipadamente.

– Sou capaz de fazer um encanto que dá a sensação de orgasmo.

Antes de o bruxo recuperar a fala, acercou-se deles uma esbelta feiticeira de estatura mediana, com longos cabelos lisos da cor de palha. Geralt reconheceu-a de imediato: era a dona dos sapatos de pele de lagarto e blusinha de tule verde tão transparente que não cobria sequer a discreta pinta escura em seu seio esquerdo.

– Peço perdão – falou –, mas tenho de interromper esse flerte de vocês. Filippa: Radcliffe e Detmold pedem que você vá falar com eles por um instante. Urgentemente.

– Bem, se é assim, então tenho de ir. Tchau, Geralt. Flertaremos mais tarde!

– Ah! – A feiticeira loura avaliou o bruxo com um olhar. – Geralt. O bruxo que fez Yennefer perder o bom senso. Estive observando você e quebrava a cabeça querendo adivinhar quem você era. É uma sensação martirizante!

– Conheço esse tipo de martírio – respondeu Geralt, sorrindo educadamente. – Estou passando por ele neste exato momento.

– Desculpe-me a gafe. Sou Keira Metz. Oh, que beleza, caviar!

– Cuidado! Trata-se de uma ilusão.

– Você tem razão! – exclamou a feiticeira, largando a colher como se fosse a cauda de um escorpião-negro. – Quem teve tamanha ousadia... Você? Você sabe fazer encantos de quarto grau?

– Sim – mentiu o bruxo, sem parar de sorrir. – Sou um mestre mago disfarçado de bruxo para me manter incógnito, ou você acha que Yennefer seria capaz de se interessar por um simples bruxo?

Keira Metz fixou os olhos nos dele e contorceu os lábios. De seu pescoço pendia um medalhão de prata incrustado com zircão em forma de cruz ansata.

– Aceita uma taça de vinho? – ofereceu Geralt no intuito de interromper o embaraçoso silêncio que se seguiu, temendo que seu chiste não tivesse sido bem-aceito.

– Não, obrigada... colega mestre – falou Keira gelidamente. – Eu não bebo. E não posso. Pretendo engravidar esta noite.

– De quem? – indagou, aproximando-se, a falsa ruiva amiga de Sabrina Glevissig, trajando a blusinha de finíssimo tecido branco decorada com apliques e bordados em locais estratégicos. – De quem? – repetiu, adejando inocentemente as pestanas.

Keira virou-se e olhou para a recém-chegada, desde os sapatinhos de couro de iguana-branca até o pequeno diadema de pérolas.

– E o que você tem a ver com isso?

– Nada. Apenas uma curiosidade profissional. Você não vai me apresentar a seu companheiro, o famoso Geralt de Rívia?

– Com desprazer, mas sei que você não desistirá tão cedo. Geralt, essa é Marti Sodergen, uma curandeira, especialista em afrodisíacos.

– Precisamos falar de negócios? Oh, vejo que vocês me deixaram um pouco de caviar. Como é gentil de sua parte...

– Cuidado – falaram em coro Keira e o bruxo. – É uma ilusão.

– De fato! – Marti Sodergen inclinou-se, franziu o narizinho, pegou a taça e observou os vestígios de batom na borda. – É claro, Filippa Eilhart. Quem mais ousaria ser tão despudorado? Uma cobra venenosa. Vocês sabem que ela espiona para Vizimir da Redânia?

– E é ninfomaníaca? – arriscou o bruxo.

Marti e Keira soltaram uma gargalhada.

– Será que você contava com isso ao flertar com ela? – indagou a curandeira. – Se contava, então saiba que alguém o fez de bobo. De certo tempo para cá, Filippa parou de se interessar por homens.

– Ou talvez você seja uma mulher? – Keira Metz estufou os lábios provocativamente. – Talvez você esteja apenas se fingindo de homem, colega mestre? Para permanecer incógnito? Saiba, Marti, que ele me confessou momentos atrás que gosta de fingir.

– Gosta e sabe – sorriu Marti sarcasticamente. – Não é verdade, Geralt? Ainda há pouco vi como você fingia ter problemas de audição e não conhecer a Língua Antiga.

– Ele tem uma porção de defeitos – falou Yennefer com frieza, aproximando-se e pegando possessivamente o braço do bruxo. – Na verdade, ele só tem defeitos. Vocês estão perdendo seu tempo, meninas.

– Tudo indica que sim – concordou Marti Sodergen, mantendo o sorriso sarcástico. – Venha, Keira, vamos tomar algo... não alcoólico. Quem sabe eu também não acabe decidindo fazer algo especial esta noite?

– Uff – suspirou o bruxo assim que elas se afastaram. – Você chegou bem na hora, Yen. Muito obrigado.

– Você me agradece? Só se for de mentirinha. Neste salão há exatamente onze mulheres mostrando os seios através do tecido transparente da blusa. Eu deixo você por meia hora e o flagro falando com duas delas... – Yennefer interrompeu-se e olhou para a travessa em forma de peixe. – ... e comendo ilusão – acrescentou. – Oh, Geralt, Geralt. Venha comigo. Surgiu uma oportunidade de apresentá-lo a algumas pessoas que vale a pena conhecer.

– Por acaso uma dessas pessoas não seria Vilgeforz?

– Que curioso – a feiticeira semicerrou os olhos – você perguntar exatamente por ele. Sim, é Vilgeforz que deseja conhecê-lo e bater um papo com você. Estou lhe avisando que a conversa poderá parecer despreocupada e banal, mas não se deixe levar pelas aparências. Vilgeforz é um jogador extraordinariamente habilidoso e experiente. Não sei o que ele quer com você, mas mantenha-se alerta.

– Vou me manter alerta – suspirou o bruxo. – Mas não creio que esse seu experiente jogador esteja em condições de me surpreender. Não depois de tudo por que passei aqui. Fui assediado por espiões e atacado por répteis e arminhos. Fui alimentado com caviar inexistente. Ninfomaníacas que não gostam de homens puseram em dúvida minha masculinidade, ameaçaram-me de estupro sobre um ouriço, assustaram-me com a possibilidade de uma gravidez e até com um orgasmo, um orgasmo provocado sem os movimentos rituais. Brrr...

– Você andou bebendo?

– Uns goles de vinho branco de Cidaris. No entanto, suspeito que ele continha algum afrodisíaco... Yen, será que depois de minha conversa com Vilgeforz poderemos retornar a Loxia?

– Nós não vamos retornar a Loxia.

– Como?

– Quero passar esta noite em Aretusa. Com você. Afrodisíaco, você disse? No vinho? Interessante...

– Uaauuu... – suspirou Yennefer, espreguiçando-se e colocando sua coxa sobre a do bruxo. – Uaauuu... Há muito tempo não fazia amor... Há muito, muito tempo.

Geralt absteve-se de fazer qualquer comentário. Em primeiro lugar, uma afirmativa poderia soar como uma provocação, e ele temia uma armadilha oculta naquela isca. Em segundo, não desejava apagar com palavras o sabor do prazer que ainda sentia nos lábios.

– Há muito tempo não faço amor com um homem que me declarou seu amor e a quem admiti que também o amava – murmurou a feiticeira quando ficou evidente que o bruxo não mordera a isca. – Cheguei a me esquecer de como isso é gostoso...

Yennefer espreguiçou-se novamente, estendendo os braços e segurando os cantos dos travesseiros. Seus seios, iluminados pelo brilho da lua, adquiriram um formato que fez um arrepio percorrer as costas de Geralt. Ele a abraçou e ambos ficaram imóveis, juntinhos e relaxados.

Do outro lado da janela, ouviam-se o canto das cigarras e, mais ao longe, risadas e vozes abafadas, indicando que o banquete continuava, apesar do avançado da hora.

– Geralt?

– Sim, Yen?

– Conte-me...

– Como foi minha conversa com Vilgeforz? Agora? Vou contar-lhe de manhã.

– Por favor, conte agora.

O bruxo olhou para a escrivaninha no canto do quarto, sobre a qual jaziam livros, álbuns e outros objetos que a aluna temporariamente despejada não levara consigo. Apoiada num dos livros, estava sentada uma boneca de pano num vestidinho pregueado e todo amarrotado de tanto ter sido aninhado. "Ela não levou a boneca", pensou Geralt, "para não correr o risco de suas colegas no dormitório comum em Loxia rirem dela."

A boneca estava com os olhos de botão fixos nos dele. O bruxo virou o rosto.

Quando Yennefer o apresentara aos membros do Capítulo, Geralt ficara observando atentamente os feiticeiros. Hen Gedymdeith o agraciara apenas com um curto e fatigado olhar; era evidente que o banquete já havia conseguido aborrecer e exaurir totalmente o velhinho. Artaud Terranova inclinara-se com um sorriso de duplo sentido, olhando significativamente para ele e para Yennefer, porém logo adotara o ar sério diante dos olhares severos dos demais feiticeiros. Os olhos azuis-celestes de Francesca Findabair eram insondáveis e duros como aço. Quando Geralt lhe fora apresentado, Margarida dos Vales lhe dirigira um sorriso que, embora extraordinariamente lindo, enchera o bruxo de horror. Tissaia de Vries, apesar de parecer estar totalmente absorta pela tarefa de ajeitar o punho das mangas e as joias, sorrira para ele de maneira menos linda, mas decididamente mais sincera. E fora Tissaia quem imediatamente iniciara uma conversa com ele, falando de um dos mais nobres feitos do bruxo, que, a bem da verdade, ele não lembrava e suspeitava que fora inventado na hora pela feiticeira.

E então Vilgeforz envolvera-se na conversa. Vilgeforz de Roggeveen, um feiticeiro de imponente figura, traços belos e nobres, voz sincera e digna. Geralt sabia que de pessoas com tal aspecto podia-se esperar qualquer coisa.

Conversaram por pouco tempo, sentindo que eram alvo de olhares cheios de preocupação. Yennefer olhava para o bruxo. Já Vilgeforz era observado por uma jovem feiticeira de belos olhos que, com um leque, se esforçava incessantemente para ocultar a parte inferior do rosto. Depois de trocarem algumas palavras protocolares, Vilgeforz propusera que continuassem a conversa num grupo mais reduzido. Geralt tivera a impressão de Tissaia de Vries ter sido a única pessoa espantada com aquela proposta.

– Adormeceu, Geralt? – O sussurro de Yennefer arrancou-o de suas reminiscências. – Você ficou de me contar o teor da conversa entre vocês.

A boneca estava com os olhos de botão fixos nos dele. O bruxo virou o rosto.

– Assim que saímos para a arcada, a jovem de rosto esquisito...

– Lydia van Bredevoort, assistente de Vilgeforz.

– Sim, ela mesma. Você chegou a mencioná-la. Uma pessoa sem importância alguma. Como eu estava dizendo, quando saímos para a arcada, aquela pessoa sem importância alguma parou, olhou para ele e perguntou-lhe algo telepaticamente.

– Aquilo não foi grosseria. Lydia não tem o dom da fala.

– Foi o que imaginei, porque Vilgeforz não lhe respondeu por telepatia. Ele respondeu...

– Sim, Lydia, excelente ideia – respondeu Vilgeforz. – Vamos dar uma volta pela Galeria da Glória. Geralt de Rívia, você terá a oportunidade de lançar um olhar sobre a história da magia. Não tenho dúvida de que você conhece a história da magia, mas agora terá a oportunidade de conhecer sua história visual. Se você é um *conoisseur* de pintura, não se assuste. Quase todos os quadros que verá são obras de entusiásticas alunas de Aretusa. Lydia, faça a gentileza de clarear um pouco a penumbra reinante neste recinto.

Lydia van Bredevoort fez um amplo gesto com a mão no ar, e o corredor ficou imediatamente mais claro.

O primeiro quadro representava um antiquíssimo veleiro revoluteando por entre abrolhos que emergiam de uma espumante superfície de água. Na proa do barco estava um homem de veste branca, com uma brilhante auréola acima de sua cabeça.

– O primeiro desembarque – adivinhou o bruxo.

– Evidentemente – confirmou Vilgeforz. – A Nau dos Exilados. Jan Bekker subjuga a Força a sua vontade. Acalma as ondas, comprovando que a magia não precisa ser decididamente má e destruidora, mas que também pode salvar vidas.

– Esse fato ocorreu realmente?

– Duvido – sorriu o feiticeiro. – O que é mais provável é que, durante a primeira viagem e no desembarque, Bekker e seus companheiros ficaram vomitando debruçados sobre a borda da nave. A subjugação da Força só aconteceu após o desembarque, que, por mais estranho que possa parecer, foi bem-sucedido. Mas sigamos adiante. Aqui você pode ver novamente Jan Bekker, quando ele faz jorrar água da rocha no lugar do primeiro povoado. Já aqui Bekker, cercado pelos colonos, afugenta nuvens e detém uma tempestade para proteger os armazéns de grãos.

– E aqui? Que acontecimento representa esse quadro?

– O Reconhecimento dos Exilados. Bekker e Giambattista submetem a um teste mágico as crianças dos novos colonos para identificar Fontes. As crianças escolhidas serão tiradas dos pais e levadas para Mirthe, a primeira sede dos magos. Você está olhando para um acontecimento histórico. Como pode ver, todas as crianças estão apavoradas e apenas a decidida morena com um sorriso cheio de confiança estende as mãos para Giambattista. Trata-se da mais tarde famosa Agnes de Glanville, a primeira mulher que se tornou feiticeira. A mulher que está a seu lado é sua mãe. Está meio triste.

– E essa cena coletiva?

– A União Novigrada. Bekker, Giambattista e Monck firmam um acordo com os governantes, sacerdotes e druidas. Uma espécie de pacto de não agressão e de separação da magia do Estado. Um horrendo *kitsch*. Vamos prosseguir. Aqui vemos Geoffrey Monck subindo o Pontar, ainda chamado àquela época de Aevon y Pont ar Gwennelen, ou seja, Rio das Pontes de Alabastro. Monck navegava para Loc Muinne com o intuito de convencer os elfos de lá a aceitar um grupo de crianças-Fontes para serem educadas por magos élficos. Talvez você se interesse em saber que entre aquelas crianças havia um menino mais tarde chamado de Gerhart de Aaelle. Você o conheceu há pouco. Agora, esse menino atende pelo nome de Hen Gedymdeith.

– Aqui – o bruxo olhou para o feiticeiro – deveria haver uma cena de batalha, uma vez que, após a bem-sucedida expedição de Monck, as tropas do marechal Raupenneck de Tretogor perpetraram um massacre em Loc Muinne e Est Haemlet, matando todos os elfos, sem ligar para idade ou sexo. Foi o que deflagrou a guerra terminada com o massacre em Shaerrawedd.

Vilgeforz tornou a sorrir e disse:

– Mas seu impressionante conhecimento da história lhe permite saber que nenhum feiticeiro teve participação naquelas guerras.

Portanto, esse tema não inspirou nenhuma das alunas de Aretusa a pintar um quadro a tal respeito. Vamos seguir em frente.

– Vamos – concordou o bruxo. – Qual é o acontecimento representado nessa tela? Ah, já sei. É quando Raffard, o Branco, promove a paz entre os reis, acabando com a Guerra dos Seis Anos. É o momento no qual Raffard recusa a coroa. Um gesto lindo e nobre.

– É o que você acha? – indagou Vilgeforz. – De todo modo, foi um gesto que estabeleceu um precedente. Raffard acabou aceitando o posto de conselheiro-mor e passou a reinar de fato, porque o rei era um imbecil.

– Galeria da Glória... – resmungou o bruxo, passando para o quadro seguinte. – E o que temos aqui?

– O momento histórico da convocação do primeiro Capítulo e da decretação das Leis. Da esquerda para a direita vemos Herbert Stammelford, Aurora Henson, Ivo Richter, Agnes de Glanville, Geoffrey Monck e Radmir de Tor Carnedd. Para ser totalmente sincero, aqui também deveria figurar uma cena de batalha, pois o que se seguiu foi uma guerra encarniçada em que foram eliminados todos aqueles que não quiseram reconhecer o Capítulo nem se submeter às Leis, entre eles o próprio Raffard, o Branco. Só que os tratados históricos não abordam esse ponto para não prejudicar sua bela lenda.

– E aqui... Hummm... Imagino que isso foi pintado por uma aluna... aliás, muito jovem...

– Sem dúvida. Trata-se de uma alegoria. Eu a chamaria de "O triunfo da feminilidade". Ar, Água, Terra, Fogo e quatro famosas feiticeiras, mestras na manipulação das forças de tais elementos: Agnes de Glanville, Aurora Henson, Nina Fioravanti e Klara Larissa de Winter. Olhe para a tela seguinte, muito mais bem pintada. Nela você pode ver Klara Larissa abrindo a academia para meninas, o prédio no qual nos encontramos neste exato momento. Já os retratos seguintes são de famosas diplomadas de Aretusa. Temos aqui uma longa história da triunfante feminilidade e da progressiva feminização de nosso ofício: Yanna de Murivel, Nora Wagner e sua irmã, Augusta, Jade Glevissig, Letícia Charbonneau, Ilona Laux-Antille, Carla Demetia Crest, Violenta Suarez, April Wenhaver ... e a única que continua viva, Tissaia de Vries...

Seguiram adiante. A seda do vestido de Lydia van Bredevoort roçava pelo chão emitindo um sussurro cheio de segredos assustadores.

– E isso? – perguntou Geralt, parando diante da tela seguinte. – O que representa essa cena horrível?

– O martírio do mago Radmir, esfolado vivo durante a rebelião de Falka. No fundo, arde a cidade de Mirthe, que Falka ordenou transformar num montão de cinzas.

– Pouco tempo depois, a própria Falka foi também transformada num montão de cinzas, ao ser queimada numa fogueira.

– É um fato de conhecimento geral, a ponto de as crianças temerianas e redânias até hoje brincarem de queimar Falka na véspera de Saovine. Vamos voltar, para que você veja a outra parte da galeria... Noto que você quer perguntar algo. Vá em frente.

– Estou meio confuso com a cronologia... É óbvio que sei como agem os elixires da juventude, mas a aparição concomitante na tela de pessoas que estão vivas e mortas há muito tempo...

– Em outras palavras, você está espantado pelo fato de ter encontrado no banquete Hen Gedymdeith e Tissaia de Vries, e não estarem lá Bekker, Agnes de Glanville, Stammelford ou Nina Fioravanti?

– Não. Sei que vocês não são imortais...

– O que, em sua opinião, é a morte? – interrompeu-o Vilgeforz.

– O fim.

– O fim de quê?

– Da existência. Pelo que vejo, passamos a filosofar.

– A Natureza não conhece o conceito de filosofia, Geralt de Rívia. Filosofia é o nome que damos às lastimosas e ridículas tentativas dos seres humanos de compreender a Natureza. Entendemos, também, por filosofia os resultados de tais tentativas. É como se uma beterraba procurasse as razões e os efeitos de sua existência, chamando o resultado de suas reflexões de eterno e secreto Conflito de Bulbo com Rama, e reconhecesse a chuva como a Insondável Força Criadora. Nós, feiticeiros, não perdemos tempo em tentativas de adivinhar em que consiste a Natureza. Sabemos o que ela é, porque nós mesmos somos a própria Natureza. Conseguiu entender?

– Estou me esforçando, mas peço que fale mais devagar. Não se esqueça de que está conversando com uma beterraba.

– Você alguma vez tentou pensar no que aconteceu quando Bekker obrigou a água a jorrar da rocha? É muito simples: Bekker subjugou a Força. Obrigou o elemento à obediência. Adaptou a Natureza a seus desejos, passou a dominá-la... Como você lida com as mulheres, Geralt?

– Hein?

Lydia van Bredevoort virou-se, com um sussurro da seda do vestido, e permaneceu assim, na expectativa de uma resposta. Geralt notou que ela segurava debaixo do braço um quadro embrulhado em papel. Não tinha a menor ideia de onde o tal quadro surgira, já que momentos antes ela não carregava nada. O amuleto em seu pescoço tremeu ligeiramente.

Vilgeforz sorria.

– Perguntei sua opinião sobre a relação entre um homem e uma mulher.

– Considerando que tipo de relação?

– Em sua opinião, pode-se forçar obediência a uma mulher? É óbvio que estou me referindo a uma mulher de verdade, não a uma fêmea. É possível dominar uma mulher de verdade? Subjugá-la? Fazer com que ela se submeta a sua vontade? Se sim, de que modo? Responda.

A bonequinha de pano não tirava deles os olhos de botão. Yennefer desviou seu olhar.

– E você respondeu?

– Respondi.

A feiticeira apertou a mão esquerda no cotovelo do bruxo e a direita nos dedos que tocavam seu seio.

– De que maneira?

– Você sabe muito bem.

– Você entendeu – falou Vilgeforz após um momento. – E creio que você sempre entendeu. Assim, está em condições de entender também que, quando morrem e desaparecem os conceitos de vontade e subordinação, de mando e obediência, de senhor e serva, obtém-se a unidade. Parceria, união num todo. Fusão mútua. E, quando algo desse tipo ocorre, a morte deixa de ter qualquer significado. Lá, no salão do banquete, aquele Jan Bekker que fez com que água jorrasse da pedra está presente. Dizer que Bekker morreu é como afirmar que morreu a água. Olhe para essa tela.

Geralt olhou.

– Ela é extraordinariamente bela – falou após um breve momento de silêncio, sentindo de imediato um leve tremor em seu medalhão.

– Lydia – sorriu Vilgeforz – lhe agradece o reconhecimento, enquanto eu lhe dou parabéns pelo bom gosto. A imagem representa o encontro de Cregenn de Lod e Lara Dorren aep Shiadal, os lendários amantes separados e destruídos durante o tempo do desprezo. Ele era um feiticeiro, e ela, uma elfa, uma elfa da elite de Aen Saevherne, ou seja, das Versadas. Aquilo que poderia ter sido o começo de uma união num todo converteu-se em tragédia.

– Conheço essa história. Sempre achei que se tratasse de uma lenda. O que aconteceu de verdade?

– Isso – respondeu o feiticeiro, com voz mais séria – ninguém sabe. Quero dizer, quase ninguém. Lydia, pendure seu quadro ali, ao lado daquele. É o retrato de Lara Dorren aep Shiadal pintado com base numa miniatura muito antiga.

– Meus parabéns. – O bruxo inclinou-se diante de Lydia van Bredevoort, e sua voz não tremeu. – Trata-se de uma autêntica obra-prima.

Sua voz não tremeu, ainda que Lara Dorren aep Shiadal olhasse do quadro para ele com olhos de Ciri.

– E o que aconteceu em seguida?

– Lydia ficou na arcada, enquanto nós dois saímos para o terraço. Foi quando ele se divertiu a minha custa.

– Por aqui, Geralt. Permita-me. Pise somente nas placas escuras, por favor.

Ao fundo marulhava o mar, e a ilha de Thanedd emergia da branca espuma provocada pela ressaca. As ondas batiam nos muros de Loxia, localizados diretamente debaixo deles. Tanto Loxia como Aretusa cintilavam com centenas de luzes. Já Garstang, o gigantesco bloco de pedra que se erguia acima delas, estava escuro e morto.

– Amanhã – falou o feiticeiro, seguindo o olhar do bruxo – os membros do Capítulo e do Conselho vão se vestir com os tradicionais trajes que você conhece de gravuras antigas: longa capa negra e chapéu pontudo. Vamos nos armar também com longas varinhas e cajados, ficando, assim, parecidos com feiticeiros e magas com os quais se costuma assustar crianças. É uma tradição. Acompanhados por alguns outros delegados, subiremos até Garstang, onde vamos discutir diversas questões numa sala especialmente preparada para essa finalidade. Os demais convivas permanecerão em Aretusa aguardando nosso retorno e nossas decisões.

– Discutir em Garstang num pequeno grupo também é uma tradição?

– E como. É antiquíssima e ditada por considerações de ordem prática. Houve casos em que as reuniões dos feiticeiros se tornaram tempestuosas, com discussões bastante acaloradas, a ponto de em uma delas um raio danificar o penteado e o vestido de Nina Fioravanti. Diante disso, Nina dedicou um ano de trabalho para cercar Garstang com uma aura incrivelmente forte e um bloqueio antimagia. Com isso, nenhum encanto funciona em Garstang e as discussões transcorrem num ambiente mais pacífico, principalmente quando não se esquece de tirar as facas dos partícipes antes de entrarem na sala.

– Entendo. E aquela torre solitária acima de Garstang? É uma construção importante?

– É Tor Lara, a Torre da Gaivota. Uma ruína. Se ela é importante? Provavelmente.

– Provavelmente?

O feiticeiro apoiou-se na balaustrada.

– Segundo uma lenda élfica, Tor Lara é ligada por uma espécie de teleportal à misteriosa e até hoje não descoberta Tor Zireael, a Torre da Andorinha.

– Não posso acreditar que vocês não conseguiram descobrir o teleportal.

– E tem razão em não acreditar. Descobrimos o portal, mas tivemos de bloqueá-lo. Houve protestos, todos queriam experimentá-lo, para adquirir fama como exploradores de Tor Zireael, a mítica sede de magos e sábios élficos. No entanto, o portal está irremediavelmente contorcido e seu funcionamento é caótico. Houve casos fatais, de modo que nós o bloqueamos. Mas vamos seguir adiante, Geralt, porque está ficando frio. Ande com cuidado e pise somente nas placas escuras.

– Por que somente nas escuras?

– Esta construção já é uma ruína. A umidade, a abrasão, os fortes ventos, o sal no ar, isso tudo tem um péssimo efeito nos muros. Como uma reforma completa custaria muito caro, utilizamos uma ilusão. Um prestígio, entendeu?

– Não de todo.

O feiticeiro fez um gesto com a mão e o terraço sumiu. Estavam parados sobre o precipício, com o fundo pontilhado de picos de rochas emergindo da espuma. Encontravam-se sobre uma estreita e interrompida trilha feita de placas escuras que pareciam trapézios dispostos entre o pórtico de Aretusa e o pilar que sustentava o terraço.

Geralt esforçou-se para manter o equilíbrio. Se fosse um ser humano, e não um bruxo, não teria conseguido. Mesmo assim, foi pego de surpresa. Seu gesto repentino e a mudança em sua expressão facial não passaram despercebidos ao feiticeiro. O vento balançou-o sobre a estreita placa, enquanto o precipício chamava-o com o assustador marulho das ondas.

– Você tem medo da morte – sorriu Vilgeforz. – Apesar de tudo, você a teme.

A boneca de pano os observava com seus olhos de botão.

– Ele pregou-lhe uma peça – murmurou Yennefer, aninhando-se ao bruxo. – Você não correu perigo algum; ele deve ter mantido vocês em um campo de levitação. Ele não correria o risco de... E o que se passou em seguida?

– Fomos para outra ala de Aretusa. Vilgeforz me conduziu a um grande aposento, provavelmente o gabinete de uma das professoras ou mesmo da reitora. Sentamos junto de uma mesa sobre a qual havia uma ampulheta. A areia caía de um compartimento para o outro. Senti o olor do perfume de Lydia; sabia que ela estivera no aposento antes de nós...

– E Vilgeforz?

– Fez a pergunta.

– Por que você não se tornou feiticeiro, Geralt? A Arte nunca procurou seduzi-lo? Seja sincero.

– Vou ser. Ela me tentou.

– E por que não seguiu a voz da tentação?

– Cheguei à conclusão de que seria mais razoável seguir a voz da razão.

– O que quer dizer?

– Que os anos de trabalho na profissão de bruxo me ensinaram a nunca tentar algo que ultrapassa os limites de minhas possibilidades. Saiba, Vilgeforz, que certa vez conheci um anão que quando criança sonhava em se tornar um elfo. Como você imagina que ele acabaria caso tivesse seguido a voz da tentação?

– Isso seria uma comparação? Um paralelo? Se sim, é totalmente falso. O anão jamais poderia se transformar num elfo porque não teve mãe elfa.

Geralt ficou calado por bastante tempo.

– Bem – disse por fim. – Poderia ter adivinhado. Você andou bisbilhotando minha biografia. Posso saber com que intenção?

– Talvez – respondeu o feiticeiro, sorrindo levemente – eu ande sonhando com um quadro na Galeria da Glória. Nós dois sentados junto a uma mesa e uma plaqueta de bronze com os dizeres: "Vilgeforz de Roggeveen firma um tratado de paz com Geralt de Rívia."

– Isso seria uma alegoria intitulada "O triunfo da sapiência sobre a ignorância" – retrucou o bruxo. – Eu teria preferido um quadro mais realista com o título: "Vilgeforz esclarece a Geralt do que se trata."

– Mas isso não é evidente?

– Não.

Vilgeforz uniu as pontas dos dedos das mãos na altura dos lábios.

– Você se esqueceu? O quadro com o qual sonho está pendurado na Galeria da Glória. É admirado pelas gerações futuras, que sabem muito bem do que se trata, que tipo de acontecimento é representado na pintura. Na tela, Vilgeforz e Geralt chegam a um entendimento pelo qual Geralt, seguindo sua verdadeira vocação, em vez de sua tendência ou a voz da razão, ingressa finalmente nas fileiras dos magos, dando um basta a sua existência insensata e sem futuro.

– E pensar que até recentemente eu achava que nada mais poderia me surpreender – falou o bruxo após um longo período de silêncio. – Creia-me, Vilgeforz, que vou me lembrar por muito tempo desse banquete e desses acontecimentos feéricos. Na verdade, eles são dignos de um quadro intitulado "Geralt abandona a ilha de Thanedd contorcendo-se de rir".

– Não entendi. – O feiticeiro inclinou-se levemente. – Eu me perdi no meio dos floreios de seu linguajar entremeado por palavras rebuscadas.

– Os motivos de sua incompreensão são evidentes para mim. Nós nos diferenciamos por demais para nos entendermos. Você é um poderoso mago do Capítulo, que conseguiu alcançar a unidade com a Natureza. Eu não passo de um vagabundo, um bruxo mutante que anda pelo mundo e extermina monstros em troca de dinheiro...

– Os floreios – interrompeu-o o feiticeiro – acabaram sendo ultrapassados por banalidades.

– Nós nos diferenciamos por demais. – Geralt não se deixou desviar de sua linha de raciocínio. – E o pequeno detalhe de minha mãe provavelmente ter sido uma feiticeira não é suficiente para eliminar essa diferença. A propósito, quem foi sua mãe?

– Não tenho a mínima ideia – respondeu Vilgeforz calmamente.

O bruxo calou-se de imediato.

– Os druidas do Círculo de Kovir – retomou o feiticeiro – me acharam numa sarjeta em Lan Exeter. Eles me acolheram e educaram, evidentemente para ser um druida. Você sabe o que é um druida? É um mutante vagabundo que anda por aí fazendo reverências a carvalhos.

O bruxo permaneceu em silêncio.

– Depois – continuou Vilgeforz –, durante certos rituais dos druidas, meus talentos começaram a emergir, talentos que sem a mínima possibilidade de dúvida permitiram definir minhas origens. Fui gerado, obviamente por acaso, por dois seres humanos, dos quais pelo menos um era feiticeiro.

Geralt continuava calado.

– Quem descobriu meus modestos talentos foi um feiticeiro encontrado por acaso – prosseguiu Vilgeforz, tranquilo. – E ele me obsequiou com uma grande graça: propôs-me a possibilidade de me educar e aperfeiçoar, na perspectiva de eu entrar na Irmandade dos Magos.

– E você – falou o bruxo surdamente – aceitou a proposta.

– Não. – A voz de Vilgeforz foi ficando cada vez mais fria e desagradável. – Recusei-a de maneira pouco polida e até grosseira. Descarreguei no pobre velhinho toda a minha raiva. Quis que ele se sentisse culpado; ele e toda a confraria de magos. Culpado, obviamente, pela sarjeta de Lan Exeter; culpado por um ou dois magos cafajestes sem coração e sem sentimento humano algum terem me atirado naquela sarjeta depois, e não antes, de meu nascimento. O feiticeiro, como era de esperar, não compreendeu o que eu lhe disse e não se importou com isso. Simplesmente deu de ombros e foi embora, mostrando com tal atitude que tanto ele como seus colegas não passavam de insensíveis e arrogantes filhos da puta, dignos do mais elevado desprezo.

Geralt não disse uma palavra sequer.

– Como já estava sinceramente farto dos druidas – continuou Vilgeforz –, abandonei os carvalhos sagrados e parti para o mundo. Fiz uma porção de coisas, e me envergonho de algumas até hoje. Por fim acabei me tornando um mercenário. Meus próximos passos, como você bem pode imaginar, foram estereotípicos: soldado vencedor, soldado derrotado, desertor, saqueador, estuprador, assassino e, por fim, fugitivo, para escapar da forca. Fugi para o fim do mundo. E foi lá, no fim do mundo, que conheci uma mulher. Uma feiticeira.

– Cuidado – sussurrou o bruxo, semicerrando os olhos. – Cuidado, Vilgeforz, para que seus esforços para encontrar alguma semelhança comigo não o levem longe demais.

– As semelhanças já terminaram – respondeu o feiticeiro, sem desviar o olhar –, uma vez que eu não soube lidar com os sentimentos que nutria por aquela mulher. Tampouco consegui entender os sentimentos dela para comigo, e ela não tentou me ajudar em tal sentido. Abandonei-a. Porque ela era promíscua, arrogante, malvada, insensível e fria. Porque não havia meios de dominá-la, e sua dominação era humilhante para mim. Abandonei-a por saber que ela se interessava por mim exclusivamente porque minha inteligência, minha personalidade e o fascinante mistério que me cercava apagavam o fato de eu não ser um feiticeiro. E era apenas a feiticeiros que ela costumava honrar com mais de uma noite. Abandonei-a porque ela era... porque era como minha mãe. Compreendi de repente que aquilo que sentia por ela não era amor, mas um sentimento muito mais profundo, forte e difícil de classificar: um misto de medo, ressentimento, raiva, remorso, sentimento de culpa, perda e uma perversa necessidade de sofrimento e castigo. Em outras palavras, o que eu sentia por aquela mulher era ódio.

Geralt continuava calado. Vilgeforz não o mirava.

– Abandonei-a – repetiu – e não pude viver com o vazio que se apossou de mim. E compreendi por fim que não era a falta da mulher que provocava aquele vazio, mas a falta daquilo que sentira. Um paradoxo, não é verdade? Acho que não preciso concluir meu relato, pois você já pode adivinhar o resto. Tornei-me um feiticeiro. Por puro ódio. E foi somente então que entendi como havia sido tolo. Eu confundia o céu com estrelas refletidas durante a noite na superfície de um lago.

– Como você observou acertadamente, os paralelos entre nós não permaneceram assim até o final – resmungou Geralt. – Apesar das aparências, pouco temos em comum, Vilgeforz. O que você quis provar ao me contar sua história? Que o caminho ao mestrado de feitiçaria, embora tortuoso e difícil, pode ser acessível a qualquer um? Mesmo para, perdoe-me os paralelos, bastardos e enjeitados, vagabundos ou bruxos...

– Não – interrompeu-o o feiticeiro. – Não pretendi demonstrar que o caminho é acessível a qualquer um, porque tal fato foi comprovado há muito tempo e é do conhecimento de todos.

Também não é necessário provar o fato de que para algumas pessoas simplesmente não resta outro caminho.

– Quer dizer – sorriu o bruxo – que eu não tenho saída? Tenho de firmar com você o tal pacto que será objeto de um quadro e me tornar um feiticeiro? Só por causas genéticas? Vamos com calma. Conheço um pouco da teoria de hereditariedade. Meu pai, cuja história consegui descobrir a duras penas, foi um vagabundo, simplório, aventureiro e sicário. Meus genes da espada podem muito bem ter predominância sobre os da roca. O fato de eu ser bom no manejo da espada parece confirmar isso.

– Pois é. – O feiticeiro deu um sorriso debochado. – A areia da ampulheta já quase passou de um compartimento para o outro, e eu, Vilgeforz de Roggeveen, mestre da magia e membro do Capítulo, continuo conversando, não sem prazer, com um simplório e sicário, filho de um simplório, sicário e vagabundo. Falamos de coisas que, como é público e notório, são típicos assuntos abordados em torno de fogueiras por simplórios e sicários. Coisas como genética, por exemplo. Aliás, de onde você conhece essa palavra, meu caro sicário? Da escolinha do templo de Ellander, onde ensinam a soletrar e escrever vinte e quatro runas? O que o fez ler livros em que essa palavra e outras semelhantes a ela poderiam ser encontradas? Onde você aperfeiçoou tanto sua retórica e sua eloquência? E por que você as aperfeiçoou? Para conversar com vampiros? Oh, meu caro genético vagabundo para quem sorri Tissaia de Vries. Meu querido bruxo e chacinador que fascina Filippa Eilhart a ponto de suas mãos tremerem e à lembrança de quem Triss Merigold fica vermelha como um tomate. Isso sem falar de Yennefer de Vengerberg.

– Talvez seja até bom você não falar dela. Sobrou tão pouca areia no compartimento superior da ampulheta que quase dá para contar seus grãos. Não pinte mais quadros, Vilgeforz, e diga logo de que se trata. E use palavras simples. Imagine que estamos sentados junto de uma fogueira, dois vagabundos assando um porco que acabamos de roubar e tentando inutilmente nos embriagar com suco de bétulas. Surge uma simples pergunta. Responda a ela. Como um vagabundo a outro.

– E como soa essa simples pergunta?

– Como seria o pacto que você me propõe? Que tipo de tratado deveríamos firmar? Por que você quer me ter em sua panela, Vilgeforz? Numa panela na qual, pelo que me parece, tudo está começando a ferver? O que aqui, além dos candelabros, paira no ar?

– Hummm – o feiticeiro ficou pensativo ou fingiu ficar. – A pergunta não é tão simples assim, mas tentarei responder a ela. No entanto, não como um vagabundo a outro. Responderei... como um sicário a outro, semelhante a ele.

– Pode ser.

– Ouça-me, portanto, colega sicário. Haverá um conflito de grandes proporções. Uma luta de vida e morte, sem perdão. Uns vencerão e outros acabarão bicados por corvos. Sugiro-lhe, camarada, juntar-se aos que têm maiores chances, ou seja, a nós, e abandonar os outros, cuspindo neles com saliva grossa, porque não têm a mínima chance e não faz sentido você apodrecer com eles. Não, não, camarada; não me faça caretas, porque sei muito bem o que você quer dizer. Que permanecerá neutro, que está pouco se lixando tanto para uns como para os outros e que simplesmente passará todo o conflito recluso nas montanhas, em Kaer Morhen. Não é boa ideia, camarada. Conosco estará tudo o que você ama. Se você não se unir a nós, perderá tudo. E aí você será engolido pelo grande vazio, pelo nada e pelo ódio. Você será destruído pelo tempo do desprezo, que está se aproximando. Portanto, seja razoável e, quando chegar a hora de fazer a escolha, coloque-se do lado certo. Porque a hora da escolha chegará. Pode acreditar em mim.

– É incrível – o bruxo deu um sorriso horrível – a que ponto minha neutralidade incomoda a todos. A que ponto ela me transforma num objeto de propostas de pactos e acordos, ofertas de cooperação e explanações sobre a necessidade de fazer uma escolha e me colocar do lado certo. Vamos acabar com esta conversa, Vilgeforz. Você está gastando sua saliva à toa. Nesse jogo eu não sou um parceiro a sua altura. Não vejo possibilidade alguma de ambos nos encontrarmos num quadro na Galeria da Glória. Principalmente se o quadro for bélico.

O feiticeiro permaneceu calado.

– Pegue seu tabuleiro – continuou Geralt – e arrume nele os reis, as damas, os cavalos e as torres sem se preocupar comigo, porque eu, nesse tabuleiro, significo menos que a poeira que o cobre. Esse jogo não é meu. Você afirma que terei de fazer uma escolha? Pois eu afirmo que você está enganado. Não escolherei. Vou me adaptar ao desenrolar dos acontecimentos. Vou me adaptar ao que os outros escolherem. Sempre agi dessa maneira.

– Você é um fatalista.

– Sou, embora essa palavra seja mais uma daquelas que eu não deveria conhecer. Repito: esse jogo não é meu.

– Você tem certeza de que não é? – Vilgeforz inclinou-se por cima da mesa. – Nesse jogo, caro bruxo, já está no tabuleiro um corcel negro ligado a você para o bem e para o mal pelos laços do destino. Você sabe de quem estou falando, não sabe? Não creio que queira perdê-la. E há somente um meio de não perdê-la.

Os olhos do bruxo se estreitaram.

– O que vocês querem daquela criança?

– Só há um meio de você saber.

– Estou avisando: não permitirei que lhe façam mal algum...

– Só há um meio de você conseguir isso. Eu lhe propus esse meio, Geralt de Rívia. Reflita sobre minha proposta. Você tem a noite toda para isso. Pense olhando para o céu. Para as estrelas. E não as confunda com as que estão refletidas na superfície de um lago. A areia no compartimento superior da ampulheta acabou.

– Temo pelo que possa acontecer com Ciri, Yen.

– Desnecessariamente.

– Mas...

– Confie em mim. – Yennefer abraçou-o. – Confie em mim, eu lhe peço. Não se preocupe com Vilgeforz. Ele é um jogador. Ele quis provocá-lo e pegá-lo de surpresa, algo que conseguiu parcialmente. Mas isso não tem a menor importância. Ciri encontra-se sob minha proteção e, uma vez em Aretusa, estará segura, podendo desenvolver suas habilidades sem que ninguém a atrapalhe. Ninguém. No entanto, você esqueça a possibilidade de ela se tornar uma feiticeira. Ela possui outros talentos e está predestinada a outros feitos. Pode acreditar em mim.

– Acredito em você.

– O que não deixa de ser um grande avanço. Quanto a Vilgeforz, não se preocupe com ele. Amanhã uma porção de coisas será esclarecida e muitos problemas estarão solucionados.

"Amanhã", pensou. "Ela está ocultando algo de mim, e eu tenho medo de perguntar o quê. Codringher tinha razão. Meti-me numa enorme enrascada. Mas agora não tenho mais saída. Tenho de aguardar o que trará o amanhã, que, ao que parece, esclarecerá tudo. Tenho de confiar nela. Sei que algo acontecerá. Vou esperar e adaptar-me à situação."

Olhou para a escrivaninha.

– Yen?

– Sim?

– Quando você estudou em Aretusa... Quando você dormia em quartinhos como este... Você tinha uma bonequinha sem a qual não conseguia adormecer e que colocava sentada na escrivaninha durante o dia?

– Não – respondeu Yennefer, agitando-se nervosamente. – Eu nem tinha uma bonequinha. Não me pergunte sobre aquilo, Geralt. Por favor, não pergunte.

– Aretusa – murmurou Geralt, olhando em volta. – Aretusa, na ilha de Thanedd. A casa dela, onde ficará por tantos anos... E quando sair daqui já será uma mulher madura...

– Pare. Não pense nem fale a esse respeito. Em vez disso...

– O quê, Yen?

– Faça amor comigo.

Geralt abraçou-a. Tocou-a. Encontrou-a. Yennefer, incompreensivelmente macia e dura ao mesmo tempo, deu um profundo suspiro. As palavras que trocavam se interrompiam, perdiam-se entre gemidos e ofegos, deixavam de fazer sentido, dissipavam-se. Diante disso, calaram-se, concentrando-se na exploração um do outro, na busca da verdade. Buscaram por muito tempo, carinhosamente, com todo o empenho, temendo as profanas pressa, leviandade e negligência. Buscaram com força, enfática e apaixonadamente, temendo as profanas dúvidas, indecisões e indelicadezas.

Encontraram-se, subjugaram o medo e, momentos depois, descobriram a verdade, que lhes explodiu sob as pálpebras com uma assustadora e cegante evidência, rompida pelo gemido de lábios determinadamente cerrados. Foi então que o tempo tremeu num espasmo e se deteve, tudo desapareceu e o único sentido que permaneceu funcionando foi o tato.

Passou-se uma eternidade, a realidade retornou e o tempo tremeu mais uma vez, voltando a se deslocar lenta e pesadamente, como uma carroça sobrecarregada. Geralt olhou para a janela. A lua continuava pendurada no céu, embora o que acontecera momentos antes deveria, em princípio, fazer com que desabasse sobre a terra.

– Oh, oh... – sussurrou Yennefer após um longo silêncio, enxugando discretamente uma lágrima que lhe escorrera pela face.

Ficaram deitados imóveis entre os lençóis desarrumados, no meio de tremores, do calor dos corpos, da fugidia sensação de felicidade. Em torno deles, apenas o silêncio, a vaga escuridão impregnada dos olores da noite e do canto das cigarras. Geralt, sabendo que em momentos como aquele as faculdades telepáticas da feiticeira estavam sensibilizadas e aguçadas ao máximo, ficou pensando intensivamente em questões e coisas lindas, que pudessem proporcionar a ela um grande prazer: na explosão luminosa do raiar do sol; na espessa neblina sobre a superfície de um lago nas montanhas; nas cristalinas cachoeiras das quais saltavam salmões tão brilhantes como se fossem feitos de prata derretida; nas quentes gotas de chuva caindo sobre as folhas de bardana pesadas de orvalho.

Pensava para ela. Yennefer sorria, ouvindo seus pensamentos. Seu sorriso tremia sobre sua bochecha com a sombra lunar de seus cílios.

– Uma casa? – perguntou Yennefer repentinamente. – Que casa? Você tem uma casa? Quer construir uma casa? Ah... desculpe-me. Eu não devia...

O bruxo permaneceu em silêncio. Estava zangado consigo mesmo. Ao pensar em coisas que pudessem proporcionar prazer a Yennefer, permitiu involuntariamente que ela lesse os pensamentos que a envolviam.

– Que lindo devaneio! – falou Yennefer, acariciando de leve o ombro do bruxo. – Uma casa. Uma casa construída com suas próprias mãos e, dentro dela, você e eu. Você criaria cavalos e ovelhas, enquanto eu me ocuparia da horta, prepararia a comida e cardaria a lã, que levaríamos ao mercado. Com os trocados que obteríamos com a venda da lã e dos vários legumes, compraríamos tudo o que nos seria indispensável, como panelas de barro e ancinhos de ferro. De vez em quando seríamos visitados por Ciri com o marido e os três filhos, e às vezes apareceria Triss Merigold para passar alguns dias conosco. Envelheceríamos de maneira linda e digna. E, caso eu me entediasse, você tocaria para mim à noite uma gaita de foles que você mesmo teria construído. O som de uma gaita de foles, como todos sabem, é o melhor remédio para o tédio.

O bruxo continuou calado. A feiticeira pigarreou.

– Desculpe-me – falou momentos depois.

Geralt ergueu-se sobre um cotovelo, inclinou-se e beijou-a. Yennefer agitou-se, enlaçou os braços no pescoço dele e abraçou-o. Em silêncio.

– Diga alguma coisa.

– Não quero perdê-la, Yen.

– Mas você me tem.

– Esta noite chegará ao fim.

– Tudo chega ao fim.

"Não", pensou ele. "Não quero que seja assim. Estou cansado. Estou cansado demais para aceitar uma perspectiva de finais. Finais que não passam de começos a partir dos quais tudo tem de recomeçar. Eu gostaria..."

– Não fale – disse Yennefer, colocando rapidamente um dedo sobre os lábios dele. – Não me diga do que você gostaria nem com que você sonha. Porque poderá se revelar que não serei capaz de cumprir seus desejos, o que me fará sofrer.

– E o que você deseja, Yen? Com que você sonha?

– Apenas com coisas alcançáveis.

– E quanto a mim?

– Já o tenho.

Geralt ficou calado, até o momento em que ela rompeu o silêncio.

– Geralt?

– Sim?

– Faça amor comigo, por favor.

No começo, saciados de si, ambos estavam cheios de fantasias e invenções, engenhosos, desbravadores e ansiosos por algo novo. Como de costume, em pouco tempo ficou evidente que aquilo era ao mesmo tempo demasiado e escasso. Compreenderam isso simultaneamente e voltaram a se amar.

Quando Geralt voltou a si, a lua continuava em seu lugar. As cigarras cantavam com empenho, como se também elas quisessem derrotar o temor e a intranquilidade por meio da loucura e da paixão. De uma janela próxima na ala esquerda de Aretusa, alguém que queria dormir praguejava em voz alta exigindo silêncio. Já da janela da ala oposta, alguém com alma aparentemente mais artística batia palmas com entusiasmo.

– Oh, Yen... – murmurou Geralt, em tom de reprimenda.

– Eu tinha motivos – respondeu Yennefer, beijando-o e enfiando o rosto no travesseiro. – Eu tinha motivos para gritar. Portanto, gritei. Isso não deve ser reprimido; não é saudável nem natural. Abrace-me, se puder.

CAPÍTULO QUARTO

O teleportal de Lara, também chamado Portal de Benavent, nome de seu descobridor, encontra-se na ilha de Thanedd, no último andar da Torre da Gaivota. Funciona e pode ser ocasionalmente ativado. Bases de seu funcionamento: desconhecidas. Destinação: desconhecida, provavelmente distorcida pela própria degradação, não sendo excluída a existência de diversas bifurcações e dissipações.

Atenção: o teleportal tem comportamento caótico e é mortalmente perigoso. Quaisquer experimentos são categoricamente proibidos. Não é permitido o uso de magia no interior da Torre da Gaivota e em suas cercanias, sobretudo a magia de teportação. Excepcionalmente, o Capítulo examinará as petições para autorizar a entrada em Tor Lara e visitar o teleportal. As petições devem ser justificadas por teses científicas em curso desenvolvidas por pessoas especializadas nesse ramo de atividade.

Bibliografia: A magia do Povo Antigo, *de Geoffrey Monck;* O portal de Tor Lara, *de Immanuel Benavent;* Teoria e prática da teleportação, *de Nina Fioravanti;* Os portões dos segredos, *de Ransant Alvaro.*

Prohibita (índice dos artefatos proibidos), *Ars Magica, ed.* LVIII

No início havia um caos pulsátil e cintilante, uma cascata de imagens, um turbilhão cheio de sons e vozes vindos das profundezas. Ciri viu uma torre que chegava até o céu, sobre cujo telhado relâmpagos dançavam. Ouviu o grasnido de uma ave de rapina, e a ave era ela, voando a uma velocidade alucinante sobre a superfície de um mar agitado. Viu uma bonequinha de pano, e, repentinamente, a boneca era ela, cercada por uma profunda escuridão que vibrava com o canto de cigarras. Viu um enorme gato branco malhado de preto, e, de repente, o gato era ela, perto de uma casa sinistra com lambris escurecidos pelo tempo e olores de velas e de livros antigos. Ouviu alguém chamando várias vezes seu nome. Viu salmões prateados saltando sobre cachoeiras. Ouviu o som de gotas de chuva caindo sobre folhas de árvores. E, depois, ouviu um longo e penetrante grito de Yennefer, e foi tal grito que a despertou, arrancando-a daquele precipício desordenado e atemporal.

Agora, tentando em vão lembrar-se do sonho, ouvia apenas baixinhos sons de alaúde e flauta, suaves batidas de tamborim, cantos e risos. Jaskier e um grupo de vagantes que se conheceram por acaso continuavam a se divertir a toda no quarto no final do corredor.

Através da janela entrava o luar, clareando um pouco a penumbra e dando ao aposento de Loxia a aparência do local de um sonho. Ciri desembaraçou-se dos lençóis. Estava suada, com os cabelos grudados à testa. Quando anoitecera, ela tivera muita dificuldade em adormecer; sentira falta de ar, embora a janela estivesse aberta de par em par. Sabia qual fora a causa. Antes de sair com Geralt, Yennefer havia forrado o quarto com cortinas negras, sob o pretexto de impedir a entrada de quem quer que fosse, mas Ciri suspeitava que a verdadeira intenção fosse a de impossibilitar sua saída. Em outras palavras, estava presa. Yennefer, embora claramente feliz pelo encontro com Geralt, não esquecera nem lhe perdoara a insubordinada e louca escapada para Hirundum, graças à qual o tal encontro ocorrera.

Já em seu caso, o encontro com Geralt enchera-a de tristeza e desapontamento. O bruxo estava taciturno, tenso, inquieto e claramente insincero. Suas conversas eram fragmentadas, emaranhadas e interrompidas no meio de frases ou perguntas. Os olhos e os pensamentos do bruxo fugiam dela para bem longe, e Ciri sabia aonde iam.

Do quartinho no fundo do corredor chegava-lhe o solitário e baixinho canto de Jaskier acompanhado pela melodia provinda das cordas do alaúde, parecendo o sussurro de um fino riacho escorrendo por entre pedras. Ciri reconheceu a melodia, que o bardo esteve compondo por vários dias. A balada, Jaskier se vangloriara dela mais de uma vez, levava o título de "Inalcançável" e deveria trazer glória ao poeta no torneio anual de bardos realizado no final de outono no castelo de Vartburg. Ciri prestou atenção à letra:

Tu voas sobre úmidos telhados,
Mergulhas entre nenúfares amarelos,
Mas hei de compreender-te,
Obviamente se chegares a tempo...

Sons de cascos batendo, cavaleiros galopando na noite; no horizonte, o céu iluminado por chamas de incêndios. A ave de rapina grasnou e estendeu as asas, preparando-se para alçar voo. De novo mergulhada no sonho, Ciri ouviu alguém gritando repetidamente seu nome. Ora era a voz de Geralt, ora a de Yennefer, ora a de Triss Merigold, e, por diversas vezes, a de uma desconhecida jovem loura e triste, que olhava para ela de uma miniatura com moldura de chifre e latão.

Depois viu o gato malhado, e, no momento seguinte, era ela mesma o próprio gato, olhando através dos olhos dele. A sua volta, uma casa lúgubre e desconhecida. Viu longas prateleiras cheias de livros, um atril iluminado por algumas velas e, junto dele, dois homens inclinados sobre diversos rolos de pergaminhos. Um dos homens tossia e enxugava os lábios com um lenço. O outro, um anão com cabeça enorme, estava sentado numa poltrona com rodinhas. Faltavam-lhe ambas as pernas.

– Que coisa mais extraordinária... – suspirou Fenn, passando os olhos pelo gasto pergaminho. – Não dá para acreditar... Onde você arrumou esses documentos?

– Você não acreditaria se eu lhe dissesse – tossiu Codringher. – Será que você se deu conta de quem é realmente Cirilla, a princesa de Cintra? Criança de Sangue Antigo... O último broto daquela maldita árvore de ódio! O último ramo, e, nele, a última maçã envenenada...

– Sangue Antigo... Tão distante no tempo... Pavetta, Calanthe, Adália, Elen, Fiona...

– E Falka.

– Pelos deuses! Isso não é possível! Em primeiro lugar, Falka não teve filhos. Em segundo, Fiona era filha legítima de...

– Em primeiro lugar, não sabemos nada da juventude de Falka. Em segundo, não me faça rir, Fenn. Afinal, você sabe que a simples menção da palavra "legítima" me faz sacudir com espasmos de riso. Acredito piamente nesse documento, porque em minha opinião ele é autêntico e diz a verdade. Fiona, tetravó de Pavetta, era filha de Falka, o tal monstro em forma de gente. Diabos, não acredito em todas aquelas malucas profecias, vaticínios e outras bobagens, mas quando agora me lembro da profecia de Ithlinne...

– Sangue maculado?

– Maculado, enodoado, maldito, adjetivos que podem ser entendidos de várias maneiras. De acordo com a lenda, se é que você se lembra, Falka era maldita porque Lara Dorren aep Shiadal amaldiçoou sua mãe...

– Isso são contos da carochinha, Codringher.

– Tem razão, são contos da carochinha. Mas você sabe quando contos da carochinha deixam de sê-los? A partir do momento em que alguém começa a acreditar neles. E há alguém que acredita no conto sobre o Sangue Antigo. Principalmente no fragmento que afirma que do sangue de Falka nascerá um vingador que destruirá o mundo antigo e construirá um novo sobre suas ruínas.

– E o tal vingador seria Cirilla?

– Não. Não Cirilla, mas seu filho.

– E Cirilla está sendo procurada...

– ... por Emhyr var Emreis, imperador de Nilfgaard – concluiu Codringher. – Compreendeu agora? Cirilla, independentemente do que ela queira ou não, será mãe do sucessor do trono, o Arquiduque Real, que se tornará o Arquiduque da Escuridão, descendente e vingador daquela monstruosa Falka. Ao que me parece, tanto o extermínio como a posterior reconstrução do mundo ocorrerão de maneira dirigida e controlada.

O anão ficou pensativo por bastante tempo.

– Você não acha – falou por fim – que seria apropriado avisar Geralt disso?

– Geralt? – Codringher contorceu os lábios. – Quem é ele? Não seria por acaso aquele ingênuo que, ainda há pouco, me afirmava que não age por lucro para si mesmo? É verdade que acredito que ele não age para si próprio; ele age para outro... aliás, involuntariamente. Ele persegue Rience, que é levado preso a uma trela, sem se dar conta da coleira presa em torno do próprio pescoço. E eu deveria ajudá-lo? Ajudar os que querem raptar eles mesmos essa galinha dos ovos de ouro para com ela chantagear Emhyr ou cair em suas graças? Não, Fenn. Não sou estúpido a tal ponto.

– O bruxo age sob a trela de alguém? De quem?

– Pense um pouco.

– Danação!

– Uma palavra muito bem escolhida. A única pessoa que tem influência sobre ele. Na qual ele confia. Só que não confio nela, nunca confiei. Diante disso, pretendo me incluir nesse jogo.

– Trata-se de um jogo muito perigoso, Codringher.

– Não existem jogos que não envolvam perigos. Há apenas os que vale a pena jogar e os que não vale. Fenn, meu irmãozinho, será que você não está se dando conta do que caiu em nossas mãos? Uma galinha que fornecera a nós, e a mais ninguém, um gigantesco ovo, todo de ouro...

Codringher teve um acesso de tosse. Quando afastou o lenço dos lábios, este tinha manchas de sangue.

– O ouro não o curará disso – afirmou Fenn, olhando para o lenço na mão de seu parceiro. – Assim como não devolverá minhas pernas...

– Quem sabe?

Alguém bateu à porta. Fenn agitou-se nervosamente em sua poltrona com rodinhas.

– Você está aguardando alguém, Codringher?

– Sim. Aguardo certas pessoas que estou enviando a Thanedd para pegar a galinha dos ovos de ouro.

– Não abra! – berrou Ciri. – Não abra essa porta! A morte o aguarda do outro lado dela! Não abra essa porta!

– Já estou abrindo, já estou abrindo – gritou Codringher, deslizando o ferrolho e virando-se para o gato, que não parava de miar. – Pare com esses miados, sua besta maldita... – interrompeu-se.

Quem estava à porta não eram as pessoas que ele aguardava, mas três indivíduos totalmente desconhecidos.

– O senhor é aquele a quem chamam de Codringher?

– O senhor Codringher viajou a negócios. – O advogado adotou uma expressão estúpida e mudou o tom de voz para um mais agudo. – Eu sou seu camareiro e me chamo Glomb, Mikael Glomb. Em que posso ser útil aos distintos cavalheiros?

– Em nada – respondeu um dos indivíduos, um meio-elfo alto. – Já que o senhor Codringher não está, vamos deixar apenas uma carta e uma notícia. Eis a carta.

– Eu a entregarei sem falta – disse Codringher, assumindo muito bem a postura de um camareiro, inclinando-se respeitosamente e estendendo a mão para um rolo de pergaminho amarrado com uma corda vermelha. – E quanto à notícia?

A corda em volta do pergaminho desenrolou-se como uma cobra, batendo em seu punho e cingindo-o com força. O meio-elfo alto puxou-a violentamente para junto de si. Codringher perdeu o equilíbrio, tombou para frente e, no intuito de evitar uma queda no chão, apoiou, por instinto, a mão esquerda no peito do desconhecido. Nessa posição, não estava em condições de se defender do punhal que lhe foi enfiado na barriga. Soltou um grito abafado e esforçou-se para recuar, mas a corda mágica enrolada em seu pulso não cedeu. O meio-elfo puxou-o de volta para junto de si e apunhalou-o novamente. Dessa vez a lâmina permaneceu cravada em Codringher.

– Eis a notícia, com saudações de Rience – sibilou o meio-elfo alto, puxando com força o punhal para cima e estripando o advogado como a um peixe. – Vá para o inferno, Codringher. Direto para o inferno.

Codringher emitiu um estertor rouco e indistinto. Sentiu a lâmina do punhal romper suas costelas e seu esterno. Caiu no chão, em posição fetal. Quis gritar para alertar Fenn, mas o máximo que conseguiu foi soltar uma espécie de soluço, que logo foi afogado por uma onda de sangue.

O meio-elfo alto passou por cima do corpo e seus dois companheiros o seguiram. Ambos eram humanos.

Fenn não se deixou pegar de surpresa.

Ouviu-se um silvo, e um dos facínoras caiu de costas, atingido por uma bolinha de aço bem no meio da testa. Fenn deslizou com sua poltrona até o atril, tentando inutilmente armar novamente a besta com as mãos trêmulas.

O meio-elfo pulou e derrubou a poltrona com um violento pontapé, afastando ao mesmo tempo a besta do alcance de Fenn. O anão rolou no chão em meio a papéis espalhados. Agitando febrilmente os curtos braços e os cotos das pernas, parecia uma aranha ferida.

Não se importando nem um pouco com o aleijado, o meio-elfo passou um olhar rápido pelos documentos expostos no atril. Sua atenção foi despertada por uma miniatura com moldura de chifre e latão, representando uma jovem de cabelos claros. Ergueu-a, com uma cartolina presa a ela.

O segundo facínora abandonou o colega atingido pela bilha disparada pela besta e aproximou-se. O meio-elfo ergueu as sobrancelhas numa pergunta silenciosa. O facínora fez um meneio negativo com a cabeça.

O meio-elfo guardou no bolso a miniatura e mais alguns documentos recolhidos do atril. Em seguida, tirou do tinteiro um punhado de penas e acendeu-as numa das velas do candelabro. Girando-as, fez com que elas pegassem fogo e atirou-as no meio dos pergaminhos, que imediatamente começaram a arder.

Fenn berrou.

O meio-elfo pegou da mesa uma garrafa com um líquido próprio para eliminar tinta, parou diante do anão, que se agitava no chão, e derrubou sobre ele todo o conteúdo. Fenn soltou um uivo prolongado. O facínora humano tirou da estante uma pilha de pastas, soterrando o anão com elas.

As chamas subiam até o teto. Outra garrafa com o mesmo líquido explodiu com grande estrondo. As labaredas lamberam as prateleiras, e as pastas com documentos começaram a escurecer, a se entortar e a arder. Fenn uivava. O meio-elfo afastou-se do atril em chamas, fez um maço com rolos de papel e acendeu-o. O segundo facínora atirou sobre o aleijado outra pilha de pastas e papéis.

Fenn uivava.

O meio-elfo plantou-se sobre ele, segurando o maço em chamas em uma das mãos.

O gato malhado de Codringher sentou sobre um muro. Em seus olhos amarelos refletiam-se as chamas do incêndio, que transformava uma noite tranquila numa terrível paródia de um dia. Gritos emanavam de todas as partes. Fogo! Fogo! Água! Pessoas corriam até a casa. O gato ficou olhando para elas com espanto e desprezo. Aqueles tolos estavam se dirigindo para aquela boca de forno da qual ele por pouco não conseguira escapar.

Virando-se de costas com indiferença, o gato de Codringher voltou a lamber as patinhas manchadas de sangue.

Ciri acordou encharcada de suor e com as mãos doloridas de tão crispadas na beirada do lençol. A sua volta tudo estava em silêncio e mergulhado numa suave penumbra atravessada pela brilhante faixa do luar que mais parecia uma lâmina de punhal.

Incêndio. Fogo. Sangue. Pesadelo... "Não me lembro de nada, de nada..."

Aspirou com prazer o fresco ar noturno e a sensação de sufoco sumiu por completo. Sabia o motivo.

Os feitiços de proteção não estavam surtindo efeito.

"Aconteceu algo inesperado", pensou Ciri. Saltou da cama e vestiu-se rapidamente. Armou-se com um estilete, já que não dispunha de uma espada; Yennefer a havia tirado dela e entregado a Jaskier para que a guardasse. O poeta certamente estava dormindo e Loxia encontrava-se mergulhada em silêncio. Ciri cogitava em ir ter com ele e despertá-lo quando sentiu uma forte pulsação nos ouvidos e o sussurro do sangue.

A faixa de luar que penetrava no aposento transformou-se numa espécie de estrada. No fim da estrada, bem longe, havia uma porta. A porta se abriu e surgiu Yennefer.

– Venha.

Às costas da feiticeira abriam-se novas portas, uma atrás da outra. Incontáveis. Da penumbra pareciam emergir negras silhuetas de colunas... ou talvez de estátuas... "Devo estar sonhando", pensou Ciri, não querendo acreditar nos próprios olhos. "Estou sonhando. Isso aí não é estrada alguma; é uma luz, um feixe de luz. Não dá para caminhar sobre ela..."

– Venha.

Ciri obedeceu.

Não fossem os tolos escrúpulos de Geralt, não fossem seus inexequíveis princípios, muitos dos acontecimentos posteriores teriam se passado de maneira totalmente diversa. Na verdade, muitos dos acontecimentos nem teriam ocorrido e, com isso, a história do mundo seria outra.

Mas a história do mundo desenrolou-se como se desenrolou, e a única razão disso foi o fato de o bruxo ter escrúpulos. Quando acordou de madrugada e teve necessidade de urinar, não agiu como agiria qualquer outro naquela situação; não saiu para o terraço e não mijou no vaso de capuchinhas. Teve escrúpulos. Vestiu-se silenciosamente para não acordar Yennefer, que dormia pesadamente sem se mover e quase sem respirar. Saiu do quarto e foi para o jardim.

O banquete ainda continuava, mas, a julgar pelos sons que dele provinham, estava terminando. Das janelas do salão de baile ainda emanavam luzes que iluminavam o átrio e os canteiros de peônias. Diante disso, Geralt afastou-se ainda mais, entre arbustos mais densos, onde se quedou olhando para o céu cada vez mais claro e com a faixa purpúrea do raiar do sol na linha do horizonte.

Quando estava retornando devagar, imerso em seus pensamentos, seu medalhão vibrou fortemente. O bruxo apertou-o com a mão contra o peito, sentindo todo o seu corpo vibrar. Não havia dúvida: alguém estava lançando encantos em Aretusa. Geralt aguçou os ouvidos e ouviu gritos abafados, estrépitos e alaridos provenientes da arcada na ala esquerda do palácio.

Qualquer outra pessoa teria imediatamente dado meia-volta e, com passos apressados, tomado a direção oposta, fingindo nada ter ouvido. Com isso, é bem provável que a história do mundo teria seguido uma trajetória diversa. Mas o bruxo tinha escrúpulos e costumava agir segundo seus tolos e desastrados princípios.

Quando adentrou correndo a arcada e o corredor, travava-se ali uma refrega. Alguns facínoras de gibão cinzento imobilizavam um feiticeiro baixinho caído no chão. A imobilização era supervisionada por Dijkstra, chefe do serviço secreto de Vizimir, rei da Redânia. Antes de poder fazer qualquer coisa, Geralt também foi imobilizado. Dois outros facínoras o empurraram contra a parede, enquanto um terceiro encostava um tridente em seu peito.

Os facínoras portavam no peito o brasão com a águia da Redânia.

Dijkstra aproximou-se de Geralt e lhe sussurrou:

– Isso é o que chamamos de "meter o nariz onde não deve", e você, bruxo, tem um talento inato para meter o nariz onde não deve. Fique calminho e se esforce para não chamar a atenção.

Os redânios ergueram o feiticeiro baixinho, segurando-o pelos braços. Tratava-se de Artaud Terranova, membro do Capítulo.

A luz que permitia notar os detalhes provinha de uma esfera suspensa sobre a cabeça de Keira Metz, a feiticeira com quem Geralt conversara durante o banquete. O bruxo mal a reconheceu; trocara os transparentes tules por um severo traje masculino cinzento e estava armada com um estilete.

– Prendam as mãos dele – ordenou secamente, estendendo um par de algemas feitas de um metal azulado.

– Não ouse colocar isso em mim! – berrou Terranova. – Não ouse, Metz! Sou membro do Capítulo!

– Você era. Agora, você não passa de um simples traidor. E será tratado como tal.

– E você é uma puta asquerosa que...

Keira deu um passo para trás, balançou levemente os quadris e desferiu um violento soco no rosto do feiticeiro, cuja cabeça inclinou-se tanto para trás que Geralt por um momento teve a impressão de que ela se desprenderia do tronco. Terranova desmaiou nos braços dos homens que o seguravam, jorrando sangue da boca e do nariz. A feiticeira não desferiu outro golpe, embora mantivesse a mão erguida. O bruxo notou o brilho de bronze de um soco-inglês entre seus dedos. Não se espantou. Keira era franzina e seu soco não poderia ter sido desferido apenas com o punho desnudo.

Geralt não se mexeu. Os facínoras seguravam-no com força, e as pontas do tridente perfuravam-lhe a pele do tórax. Além disso, ele não sabia se teria se mexido caso estivesse livre; não saberia o que fazer.

Os redânios fecharam as algemas nos punhos do feiticeiro. Terranova soltou um grito, dobrou-se e pareceu que ia vomitar. Geralt se deu conta de que eram feitas as algemas: de uma liga de ferro e dvimerito, um raro mineral cujas propriedades residiam em sua capacidade de sufocar qualquer habilidade mágica. A sufocação em pauta era acompanhada por efeitos colaterais bastante desagradáveis aos magos.

Keira Metz ergueu a cabeça, afastando uma mecha de cabelos da testa. Foi quando viu o bruxo.

– O que ele está fazendo aqui, com todos os diabos? Como veio para cá?

– Ele meteu o nariz onde não devia – respondeu Dijkstra com indiferença. – Ele tem um talento especial para isso. O que devo fazer com ele?

Keira demonstrou sua raiva, batendo diversas vezes com o salto da bota no chão.

– Fique de olho nele. Não tenho tempo para pensar nisso agora – falou, afastando-se.

A feiticeira foi seguida pelos redânios, que arrastavam Terranova. A brilhante esfera voou atrás dela, mas o dia já estava clareando.

Dijkstra fez um gesto e os facínoras soltaram Geralt. O espião aproximou-se e fixou os olhos nos do bruxo.

– Mantenha-se absolutamente calmo.

– O que está se passando aqui? O quê...

– E absolutamente calado.

Keira Metz retornou pouco tempo depois, e não sozinha. Estava acompanhada pelo feiticeiro que na noite anterior fora apresentado a Geralt como Detmold de Ban Ard. Ao ver o bruxo, o feiticeiro soltou um palavrão e bateu com o punho na palma da mão.

– Que merda! Ele não é o tal por quem se enrabichou Yennefer?

– Ele mesmo – confirmou Keira. – Geralt de Rívia. O problema reside no fato de eu não saber qual é a posição de Yennefer...

– Eu também não sei. – Detmold deu de ombros. – De todo modo, ele já está envolvido. Viu demais. Levem-no até Filippa e deixem que ela decida. Algemem-no.

– Não é necessário – falou Dijkstra, com aparente indolência. – Eu me responsabilizo por ele. Vou levá-lo para onde for preciso.

– O que vem a calhar – Detmold assentiu com a cabeça –, porque não temos tempo a perder. Venha, Keira, lá em cima as coisas estão ficando complicadas...

– Como eles estão nervosos... – rosnou o espião redânio, olhando para os dois que se afastavam. – Falta de prática, nada mais do que isso. Golpes de Estado são como gaspacho: devem ser consumidos frios. Vamos, Geralt. E lembre-se: com calma, dignidade e sem escândalos. Não faça com que eu me arrependa por não ter mandado que o algemassem e amarrassem.

– O que está se passando aqui, Dijkstra?

– Você ainda não se deu conta? – perguntou o espião, andando a seu lado; três redânios os seguiam. – Diga-me com toda sinceridade, bruxo: como você veio parar aqui?

– Fiquei com medo de que as capuchinhas fossem murchar.

– Geralt – falou Dijkstra, olhando de soslaio para o bruxo. – Você mergulhou num poço de merda. Conseguiu manter a cabeça na superfície, mas suas pernas não alcançam o fundo. Alguém lhe oferece ajuda e lhe estende a mão, correndo o risco de ele mesmo cair e acabar fedendo do mesmo jeito. Portanto, pare de fazer piadinhas sem graça. Foi Yennefer quem o mandou vir aqui, não é verdade?

– Não. Yennefer está dormindo numa cama quentinha. Ficou mais calmo agora?

O gigantesco espião virou-se violentamente, agarrou o bruxo pelos ombros e encostou-o na parede do corredor.

– Não, não fiquei mais calmo, seu imbecil de merda – sibilou. – Será que você ainda não se deu conta de que todos os feiticeiros decentes e leais a seus reis não estão dormindo esta noite? De que nem se deitaram na cama? Quem está dormindo em camas quentinhas são os traidores comprados por Nilfgaard, os farsantes que haviam preparado um *putsch*, mas para mais tarde. Não sabiam que seus planos haviam sido descobertos e que seus adversários se antecipariam a eles. E é precisamente agora que estão sendo arrancados de seus leitos quentes, atacados com cassetetes e presos por algemas de dvimerito. Os traidores estão acabados, entendeu? Se você não quer afundar com eles, pare de se fingir de idiota! Você foi cooptado por Vilgeforz ontem à noite? Ou será que já havia sido aliciado antes por Yennefer? Fale! E fale rápido, porque a merda está quase chegando a sua boca!

– Gaspacho frio, Dijkstra – lembrou Geralt. – Leve-me até Filippa. Com calma, dignidade e sem escândalos.

O espião soltou-o e deu um passo para trás.

– Vamos – falou em tom gélido. – Escadas acima. Mas ainda vamos terminar esta conversa. Eu lhe prometo.

Naquele lugar onde se juntavam quatro corredores perto de uma coluna que sustentava o teto, o ambiente estava claro graças a lamparinas e esferas mágicas. Circulavam ali vários redânios e feiticeiros. Entre estes últimos havia dois membros do Capítulo: Radcliffe e Sabrina Glevissig. Sabrina, como Keira Metz, estava vestida com um traje masculino cinzento. Geralt percebeu que no *putsch* perpetrado diante de seus olhos, as partes em confronto podiam ser distinguidas pelas cores de suas roupas.

Triss Merigold estava ajoelhada no chão, inclinada sobre um corpo numa poça de sangue. Geralt reconheceu Lydia van Bredevoort. Reconheceu-a pelos cabelos e pelo vestido de seda. Não a teria reconhecido pelo rosto, porque nada sobrara dele, apenas uma horrenda máscara macabra brilhando com dentes à mostra, até a metade das bochechas, e uma disforme e mal solidificada mandíbula.

– Cubram-na – falou Sabrina Glevissig surdamente. – Quando ela morreu, a ilusão se desfez... Que droga, cubram-na com algo!

– Como isso aconteceu, Radcliffe? – indagou Triss, afastando a mão da dourada empunhadura de um estilete cravado logo abaixo do esterno de Lydia. – Como isso pôde acontecer? Havíamos combinado que não haveria cadáveres!

– Ela nos atacou – murmurou o feiticeiro, abaixando a cabeça. – Ao levarmos Vilgeforz, ela se atirou sobre nós. Houve uma confusão... Eu mesmo não sei o que se passou... O estilete é dela.

– Cubram seu rosto! – ordenou Sabrina mais uma vez, virando-se violentamente. Foi quando viu Geralt. Seus olhos rapineiros brilharam como antracitos. – De onde surgiu ele?

Triss ergueu-se de um pulo e aproximou-se do bruxo, colocando a palma da mão juntinho do rosto dele. Geralt viu um brilho e, lentamente, mergulhou na escuridão. Sentiu alguém puxá-lo com violência pela gola do casaco.

– Segurem-no, senão ele vai cair. – A voz de Triss era artificial, soando com raiva fingida.

Triss puxou-o mais uma vez, de modo que ele se encontrou colado a seu corpo.

– Perdoe-me – ouviu seu rápido sussurro. – Tive de fazê-lo.

Os homens de Dijkstra mantiveram-no de pé. Geralt sacudiu a cabeça e passou a orientar-se pelos outros sentidos além da visão. Nos corredores reinava confusão, o ar ondulava e trazia olores e vozes. Sabrina Glevissig praguejava. Triss tentava apaziguá-la. Redânios fedendo a quartel arrastavam pelo chão um corpo inerte sussurrando com a seda do vestido. Sangue. Cheiro de sangue. E cheiro de ozônio, o cheiro da magia. Vozes alteradas. Passos, nervosas batidas de saltos.

– Apressem-se! Isso tudo está demorando demais! Já deveríamos estar em Garstang!

Filippa Eilhart. Nervosa.

– Sabrina, ache urgentemente Marti Sodergen. Se for preciso, arranque-a da cama. Gedymdeith está mal. Acho que foi um enfarte. Que Marti se ocupe dele. Mas não lhe diga nada, nem a quem estiver dormindo com ela. Triss, procure Dorregaray, Drithelm e Carduin e leve-os para Garstang.

– Com que finalidade?

– Eles representam reis. Que Ethain e Esterat sejam informados de nossa ação e de seu resultado. Você deverá levá-los... Triss, suas mãos estão manchadas de sangue! De quem?

– De Lydia.

– Que merda! Quando? Como?

– E o que importa como? – Uma voz calma e fria. Tissaia de Vries. O fru-fru de um vestido. Tissaia trajava um vestido de baile e não um uniforme rebelde. Geralt aguçou os ouvidos, mas não ouviu som de algemas de dvimerito. – Você está fingindo estar chocada? – continuou Tissaia. – Triste? Quando se organizam revoltas, quando se trazem facínoras armados no meio da noite, é preciso levar em conta a existência de vítimas. Lydia está morta. Hen Gedymdeith agoniza. Ainda há pouco vi Artaud com o rosto destroçado. Quantas vítimas mais teremos, Filippa Eilhart?

– Não sei – respondeu Filippa secamente. – Mas não recuarei.

– Obviamente. Você não recua diante de nada.

O ar tremeu, saltos de botas soaram no piso num ritmo conhecido. Filippa estava se aproximando de Geralt. Ele manteve na memória o ritmo nervoso de seus passos, quando ambos atravessaram o salão de Aretusa na noite anterior para degustar uma porção de caviar. Lembrou-se, também, do cheiro de canela e nardo. Agora, tal cheiro estava misturado com o de fluoreto de sódio. Geralt excluía qualquer possibilidade de participar de um golpe ou *putsch*, mas não acreditava que, caso viesse a participar de um, teria pensado antes em escovar os dentes.

– Ele não a enxerga, Fil – falou Dijkstra num tom aparentemente apático. – Ele não vê nem viu nada. Aquela de cabelos lindos cegou-o.

Geralt ouvia a respiração de Filippa e sentia cada um de seus movimentos, mas meneou a cabeça de maneira desnorteada, fingindo impotência. Seus esforços foram vãos; a feiticeira não se deixou iludir.

– Não finja, Geralt. Triss obscureceu sua visão, não sua mente. Como você veio parar aqui?

– Eu me meti onde não devia. Onde está Yennefer?

– Abençoados os que não sabem – na voz de Filippa não havia qualquer indício de zombaria –, pois assim eles viverão por mais tempo. Seja grato a Triss. O encanto foi suave e a cegueira passará logo. E é graças a ela que você não viu aquilo que lhe era proibido ver. Fique de olhe nele, Dijkstra. Voltarei logo.

Nova agitação. Vozes. O soprano de Keira Metz, o baixo profundo de Radcliffe, as batidas de botas redânias e a voz alterada de Tissaia de Vries.

– Larguem-na! Como vocês ousaram? Como puderam fazer isso a ela?

– Trata-se de uma traidora – ecoou o baixo de Radcliffe.

– Jamais acreditarei nisso!

– O sangue é mais forte do que a água. – A fria voz de Filippa Eilhart. – E o imperador Emhyr prometeu liberdade aos elfos, além de um país independente, só deles. Aqui, nestas terras. Obviamente após o total extermínio dos humanos. E isso bastou para que ela imediatamente nos traísse.

– Responda! – disse, emocionada, Tissaia de Vries. – Responda, Enid an Gleanna!

– Responda, Francesca.

O som de algemas de dvimerito e o suave sotaque élfico de Francesca Findabair, a Margarida dos Vales, a mais bela mulher do mundo.

– Va vort a me, Dh'oine. N'aen te a dice'n.

– Isso lhe basta, Tissaia? – A voz de Filippa, que mais parecia um latido. – Agora você acredita em mim? Para ela, você, eu e todos nós somos e sempre fomos Dh'oine, humanos a quem ela, Aén Seidhe, não tem nada a dizer. E quanto a você, Fercart? O que lhe prometeram Vilgeforz e Emhyr para você decidir nos trair?

– Vá para o inferno, sua puta degenerada.

Geralt prendeu a respiração, mas não ouviu o som de um soco-inglês chocando-se com uma mandíbula. Filippa era mais controlada do que Keira... ou então não tinha um soco-inglês.

– Radcliffe, leve os traidores para Garstang. Detmold, dê o braço à arquimaga De Vries. Vão. Irei logo em seguida.

Passos. Cheiro de canela e nardo.

– Dijkstra.

– Eis-me aqui, Fil.

– Seus subordinados não são mais necessários. Que retornem a Loxia.

– Não seria melhor...

– A Loxia, Dijkstra!

– A suas ordens, distinta dama. – Na voz do espião soou uma nota de escárnio. – Os rapazes irão embora. Eles fizeram o que lhes coube fazer. Agora, o caso pertence exclusivamente aos feiticeiros e, diante disso, também vou sumir dos lindos olhos de Vossa Alteza. Não espero receber agradecimento algum pela ajuda e participação no *putsch*, mas tenho certeza de que Vossa Alteza me manterá em sua agradecida memória.

– Perdoe-me, Sigismund. Agradeço-lhe a ajuda.

– Não há de quê; o prazer foi todo meu. Voymir, convoque os homens. Cinco permanecerão comigo, enquanto os demais serão levados para baixo e embarcados no *Spada*. Mas silenciosamente, na ponta dos dedos, sem ruído nem escândalo. Usem corredores secundários. Em Loxia e no porto, nenhuma palavra! Entendido?

– Você não viu nada, Geralt – sussurrou Filippa Eilhart, envolvendo o bruxo em olores de canela, nardo e fluoreto de sódio. – Nem ouviu nada. Nunca conversou com Vilgeforz. Dijkstra vai levá-lo a Loxia. Vou me esforçar para encontrá-lo lá quando... quando tudo estiver terminado. Ontem eu lhe prometi algo e manterei a palavra empenhada.

– E quanto a Yennefer?

– Ele deve ter uma obsessão – falou Dijkstra, que acabara de retornar, arrastando as pernas. – Só fala de Yennefer e mais Yennefer. Não ligue para ele, Fil. Há assuntos mais importantes. Foi encontrado com Vilgeforz aquilo que se esperava encontrar?

– Sim. Tome, isto é para você.

– Oh, que maravilha! – Som de papiro sendo desenrolado. – Oh, quem diria, o duque Nitert. Fantástico! O barão...

– Mais discrição, e sem nomes, por favor. Além disso, peço-lhe que não comece as execuções assim que chegar a Tretogor. Não provoque um escândalo prematuramente.

– Não precisa se preocupar. As pessoas desta lista, tão gulosas de ouro nilfgaardiano, estão seguras. Por enquanto. Elas vão ser minhas queridas marionetes acionadas por cordinhas. Mais tarde colocaremos essas cordinhas em seus pescocinhos... Por curiosidade, havia outras listas? Listas de traidores de Kaedwen, de Temeria, de Aedirn? Bem que gostaria de dar uma espiada nelas. Nem que fosse apenas com o canto dos olhos...

– Sei que você gostaria, mas isso não lhe diz respeito. As outras listas estão com Radcliffe e Sabrina Glevissig. Você pode ter certeza de que eles saberão fazer bom uso delas. E agora, adeus. Estou com pressa.

– Fil.

– Sim?

– Devolva a visão ao bruxo. Não quero que ele tropece nos degraus.

No salão de baile de Aretusa, o banquete continuava, só que mudara de forma, para algo mais tradicional e íntimo. As mesas foram afastadas e os feiticeiros e as feiticeiras trouxeram poltronas, cadeiras e banquetas obtidas não se sabe onde, sentaram-se nelas e passaram a se dedicar a diferentes diversões, a maior parte delas inadequada. Um grande grupo, sentado em volta de um barril de vodca de frutas, ficou bebericando e batendo papo, volta e meia soltando sonoras gargalhadas. Aqueles que havia pouco pegavam delicadamente iguarias com garfos de prata, agora seguravam com as mãos costelas de carneiro e roíam-nas sem cerimônia. Outros, sem dar a mínima atenção aos demais, jogavam cartas passionalmente. Outros, ainda, dormiam. Num dos cantos do salão, um casal beijava-se com tal ardor que tudo indicava que não se deteriam apenas nos beijos.

– Olhe só para eles, bruxo – falou Dijkstra, inclinado sobre a balaustrada da galeria e olhando de cima para os feiticeiros. – Como estão se divertindo alegremente; parecem crianças. Enquanto isso, seu Conselho esmagou quase todo o Capítulo, submetendo-o a um julgamento por traição e aliança com Nilfgaard. Olhe para aquele casal. Daqui a pouco vão procurar um lugar mais aconchegante, e, antes de terminarem de trepar, Vilgeforz estará pendendo de uma forca. Ah, como é estranho este nosso mundo...

– Feche a matraca, Dijkstra.

O caminho que levava a Loxia era formado por degraus que rompiam em zigue-zague a encosta da montanha. As escadas ligavam terraços decorados com cercas de arbustos malcuidados, canteiros e vasos com agaves ressecadas. Dijkstra parou num dos terraços e se aproximou de um muro, do qual emergia uma fileira de gárgulas de cujas bocarras escorriam filetes de água. O espião inclinou-se e bebeu por bastante tempo.

O bruxo aproximou-se da balaustrada. O mar brilhava com reflexos dourados, enquanto o céu tinha uma cor ainda mais *kitsch* do que a dos quadros na Galeria da Fama. Logo abaixo pôde ver os soldados redânios retirados de Aretusa deslocando-se para o porto, em perfeita formação militar. Naquele exato momento, atravessavam uma estreita ponte junto da orla de uma fenda na rocha.

O que chamou mais sua atenção foi uma figura colorida e solitária que se movia com rapidez e em sentido contrário ao dos redânios, montanha acima, na direção de Aretusa.

– Vamos – Dijkstra pigarreou–, está na hora de continuarmos.

– Se você está com tanta pressa, pode ir sozinho.

– Não diga – respondeu o espião, fazendo uma careta. – E você voltará a Aretusa para salvar sua Yennefer, causando uma confusão digna de um gnomo bêbado. Nós vamos para Loxia, meu caro bruxo. Será que você está nutrindo ilusões ou algo dessa natureza? Acha que eu o tirei de Aretusa por um antigo e secreto amor que sinto por você? Pois saiba que não. Tirei-o de lá porque preciso de você.

– Precisa para quê?

– Não se finja de bobo. Em Aretusa estudam doze jovens das mais importantes famílias redânias. Não posso correr o risco de me indispor com a distinta reitora, Margarita Laux-Antille. A reitora jamais me entregará Cirilla, a princesinha de Cintra, que Yennefer trouxe a Thanedd. Já a você, sim; desde que você peça.

– E de onde você tirou essa ridícula ideia de que eu pediria?

– Da ridícula suposição de que você quer garantir um lugar seguro para Cirilla. Sob minha proteção e a proteção do rei Vizimir, ela estará segura. Em Tretogor. Porque em Thanedd ela não está. Abstenha-se de comentários sarcásticos. Estou ciente de que no início os reis não tinham planos muito nobres em relação à jovem. Mas a situação mudou. Agora, com a proximidade da guerra, ficou evidente que uma Cirilla viva, sadia e segura vale muito mais do que dez destacamentos de cavalaria pesada. Já morta, não vale sequer um talar furado.

– Filippa Eilhart sabe o que você pretende?

– Não. Ela nem sabe que eu sei que a menina está em Loxia. Minha ex-adorada Fil anda de nariz empinado, mas o rei da Redânia continua sendo Vizimir. E eu cumpro ordens de Vizimir, não tendo merda alguma a ver com as conspirações dos feiticeiros. Cirilla embarcará no *Spada*, navegará até Novigrad e, de lá, seguirá para Tretogor, onde estará segura. Acredita em mim?

O bruxo inclinou-se junto de uma das gárgulas, bebendo um pouco da água que escorria de sua monstruosa bocarra.

– Acredita em mim? – repetiu Dijkstra, plantando-se diante dele.

Geralt endireitou o corpo, enxugou os lábios e desferiu com toda a força um soco no queixo do espião, que cambaleou, mas não caiu. O mais próximo dos redânios pulou e tentou agarrar o bruxo, porém tudo o que conseguiu agarrar foi o ar, para, logo em seguida, estatelar-se no chão, cuspindo sangue e um dente. Foi quando todos os demais soldados lançaram-se sobre o bruxo. Teve início uma enorme confusão, exatamente o que Geralt desejava.

Um dos redânios bateu com o rosto contra a cabeça de uma das gárgulas esculpidas em pedra, e o filete de água que escorria de sua boca imediatamente adquiriu uma cor avermelhada. Um segundo recebeu um soco na traqueia, encolhendo-se todo como se lhe tivessem arrancado fora a genitália. Um terceiro, acertado no olho por uma cotovelada, recuou soltando um gemido. Dijkstra apertou o bruxo num abraço ursino, ao que Geralt desferiu um violento golpe em seu pé com o salto da bota. O espião soltou um uivo e se pôs a pular comicamente sobre uma perna só.

O facínora seguinte quis acertar o bruxo com um gládio, mas errou o alvo. Geralt agarrou-o pelo cotovelo com uma das mãos e pelo punho com a outra e girou-o, derrubando com ele dois outros que estavam se levantando. O redânio era forte e nem pensava em soltar o gládio. O bruxo apertou-o com mais força e quebrou seu braço.

Dijkstra, ainda saltitando sobre uma perna, pegou um tridente do chão e tentou prender o bruxo no muro com suas três pontas afiadas. Geralt agarrou a haste do tridente com ambas as mãos e fez uso do princípio da alavanca, tão conhecido por todos os estudantes de física. O espião, ao ver crescerem ante seus olhos os tijolos e as juntas do muro, soltou o tridente, mas demasiado tarde para evitar cair montado sobre uma gotejante cabeça de gárgula.

Geralt aproveitou o fato de estar de posse do tridente para derrubar o adversário seguinte. Depois, apoiou a haste no piso e quebrou-a com um pontapé, adequando-a ao comprimento de uma espada. Testou a nova arma: primeiro, na nuca de Dijkstra, montado na gárgula, e, em seguida, no uivante facínora de braço quebrado, fazendo-o calar. As costuras de seu dublete rasgaram-se nas axilas havia muito tempo, e o bruxo sentia-se bem melhor.

O último dos facínoras que ainda se mantinha de pé também resolveu atacar com um tridente, julgando que seu comprimento lhe desse alguma vantagem. Geralt acertou-o na base do nariz, e ele desabou sobre um dos vasos com agave. Outro redânio, incrivelmente teimoso, agarrou-se à coxa do bruxo, fincando nela seus dentes. O bruxo ficou furioso e, com um violento pontapé, privou o mordedor da possibilidade de quaisquer mordidas futuras.

No topo das escadas, apareceu, arfando, Jaskier, que, ao ver o que estava se passando, ficou branco como uma folha de papel.

– Geralt! – gritou após um momento. – Ciri sumiu! Não está aqui!

– Eu já esperava por algo assim – respondeu o bruxo, acertando com o pau mais um redânio que não queria permanecer deitado quieto. – Como você demorou a aparecer, Jaskier! Eu lhe disse ontem que, caso acontecesse algo, você deveria chispar para Aretusa! Trouxe minha espada?

– Sim. Ambas!

– Essa outra é a espada de Ciri, seu idiota – falou Geralt, golpeando o redânio que tentava levantar-se do vaso com agave.

– Não sou especialista em espadas – arfou o poeta. – Pelos deuses, pare de bater neles! Não está vendo as águias da Redânia? Eles são homens do rei Vizimir! Isso que você está fazendo é motim ou traição, ambos puníveis com prisão...

– Com... cadafalso... – gaguejou Dijkstra, sacando sua adaga e aproximando-se deles com passos cambaleantes. – Vocês dois acabarão no cadafalso...

Não teve tempo de dizer mais nada, porque caiu de quatro por ter sido atingido na cabeça com o pedaço da haste do tridente.

– Com todos os ossos quebrados na roda – avaliou Jaskier soturnamente. – Não sem antes sermos pinçados com tenazes em brasa...

O bruxo deu um pontapé nas costelas do espião. Dijkstra rolou para o lado como um alce abatido.

– Esquartejados – avaliou o poeta.

– Pare com isso, Jaskier. Passe-me as duas espadas e suma daqui o mais rápido que puder. Fuja da ilha. Fuja para o mais longe possível!

– E quanto a você?

– Vou voltar montanha acima. Tenho de salvar Ciri... e Yennefer. Dijkstra, fique deitado quietinho e deixe a adaga em paz!

– Isso vai lhe custar muito caro – arfou o espião. – Vou convocar meus homens... Irei atrás de você...

– Você não irá.

– Irei. Só no convés do *Spada* disponho de cinquenta homens.

– E há um médico entre eles?

– Como?

Geralt pegou o espião por trás, agarrou seu pé e torceu-o com muita força. Ouviu-se o estalo de ossos quebrando. Dijkstra soltou um berro e desmaiou. Jaskier também gritou, como se o membro quebrado fosse dele.

– Qualquer coisa que eles possam fazer comigo depois de me esquartejarem – murmurou o bruxo – já não me interessa tanto assim.

Em Aretusa, tudo estava em silêncio. No salão de baile, restaram apenas alguns sobreviventes sem forças suficientes para se mover. Não querendo ser notado, Geralt evitou o salão.

Teve dificuldade para encontrar o quartinho no qual passara a noite com Yennefer. Os corredores do palácio eram verdadeiros labirintos e todos tinham o mesmo aspecto.

A bonequinha de pano o observava com seus olhos de botão.

O bruxo sentou-se na cama, apertando a cabeça com as mãos. Não havia manchas de sangue no chão, mas no encosto da cadeira estava pendurado o vestido negro. Yennefer trocara de roupa. Por um traje masculino, o uniforme dos golpistas?

Ou teria sido arrastada para fora de camisola, com os pulsos presos por algemas de dvimerito?

No vão da janela estava sentada Marti Sodergen, a curandeira. Ao ouvir os passos do bruxo, ergueu a cabeça; lágrimas escorriam-lhe pelo rosto.

– Hen Gedymdeith está morto – falou com voz entrecortada por soluços. – Coração. Não pude fazer mais nada... Por que me chamaram tão tarde? Sabrina me agrediu. Bateu-me no rosto. Por quê? O que aconteceu aqui?

– Você viu Yennefer?

– Não, não vi. Vá embora. Quero ficar sozinha.

– Mostre-me o caminho mais curto para Garstang, por favor.

Acima de Aretusa havia três terraços com arbustos, além dos quais a parede da montanha tornava-se escarpada e inacessível. Sobre a escarpa erguia-se Garstang. A base do palácio era formada por um bloco de pedra escura e achatada preso às rochas. Somente o andar superior brilhava com mármores e vitrais, soltando reflexos dourados do metal das cúpulas.

O caminho de pedras que levava a Garstang e mais além enrolava-se em torno da montanha como uma serpente. Além dele, havia outro caminho, mais curto: as escadas que ligavam os terraços logo abaixo de Garstang e que desapareciam na boca de um túnel. E foram exatamente essas escadas que Marti Sodergen indicou ao bruxo.

Logo depois do túnel havia uma ponte sobre um abismo. Após a ponte, as escadas subiam de maneira íngreme, virando e sumindo numa curva. Geralt apressou o passo.

A balaustrada das escadas era decorada com pequenas estátuas de faunos e ninfas. As estatuetas pareciam estar vivas. O medalhão do bruxo começou a vibrar fortemente.

Geralt esfregou os olhos. O aparente movimento das estatuetas residia no fato de elas mudarem de aspecto. A lisa superfície de pedra se transformava numa porosa e disforme massa corroída por sal e ventos e, logo em seguida, retomava o aspecto anterior. O bruxo entendeu seu significado: a mágica ilusão que camuflava Thanedd se balançava e se desfazia. A ponte também era parcialmente ilusória. Através dos furos na camuflagem, era possível ver o precipício e uma cachoeira estrondeante ao fundo.

Não havia aquelas placas escuras indicando um caminho seguro. Geralt atravessou a ponte lentamente, calculando com precisão cada passo e amaldiçoando a perda de tempo disso decorrente. Quando já estava do outro lado do precipício, ouviu passos apressados de alguém. Reconheceu-o de imediato. Correndo escadas abaixo vinha Dorregaray, o feiticeiro a serviço de Ethain, rei de Cidaris. O bruxo lembrou-se das palavras de Filippa Eilhart: os feiticeiros que representavam reis neutros foram convidados na qualidade de observadores. Só que Dorregaray descia as escadas numa velocidade que sugeria que o tal convite havia sido cancelado repentinamente.

– Dorregaray!

– Geralt? – arfou o feiticeiro. – O que está fazendo aqui? Fuja imediatamente! Rápido, para baixo, para Aretusa!

– O que aconteceu?

– Traição!

– O quê?

Dorregaray tremeu, tossiu de maneira estranha e, então, desabou sobre o bruxo. Antes mesmo de segurá-lo, Geralt notou as penas cinzentas de uma flecha cravada em suas costas. O choque com o corpo do feiticeiro salvou-lhe a vida, pois outra flecha, idêntica à primeira, em vez de atravessar sua garganta, acertou o rosto coberto de musgo de um sorridente fauno, arrancando-lhe o nariz e um pedaço de bochecha. O bruxo soltou Dorregaray e mergulhou para trás da balaustrada das escadas. O feiticeiro, porém, desmoronou sobre ele.

Os arqueiros eram dois e ambos usavam um gorro adornado com cauda de esquilo. Um ficou no topo das escadas esticando a corda do arco, enquanto o outro sacou a espada e desceu as escadas pulando vários degraus de cada vez.

Geralt livrou-se de Dorregaray e ergueu-se, sacando a espada. A flecha silvou, mas o bruxo interrompeu o silvo acertando sua ponta com um rápido movimento da lâmina. O segundo elfo já estava próximo, porém, diante da visão de uma flecha sendo desviada por uma espada, hesitou por um momento... mas só por um momento. Lançou-se sobre o bruxo, com a espada erguida. Geralt aparou o golpe de maneira oblíqua, fazendo com que a lâmina do elfo deslizasse sobre a sua. O elfo perdeu o equilíbrio, o bruxo fez uma elegante pirueta e acertou-o no pescoço, logo abaixo da orelha. Apenas uma vez. Foi o bastante.

O arqueiro no topo das escadas voltou a estender a corda do arco, porém não teve tempo para soltar a flecha. Geralt viu um brilho, o elfo soltou um grito e caiu rolando escadas abaixo. As costas de seu casaco estavam em chamas.

Pelas escadas descia outro feiticeiro. Ao ver o bruxo, parou e ergueu o braço. Geralt não perdeu tempo com explanações e atirou-se no chão. O flamejante raio passou por cima de seu corpo e, com estrondo, transformou em pó uma estátua de fauno.

– Pare! – gritou. – Sou eu, o bruxo!

– Que merda! – falou o feiticeiro. Geralt não se lembrava de tê-lo visto no banquete. – Confundi você com um desses bandidos élficos... Como está Dorregaray? Está vivo?

– Acho que sim...

– Rápido, para o outro lado da ponte!

Arrastaram Dorregaray pela ponte contando com pura sorte, porque, em seu afã, esqueceram-se por completo da balançante e intermitente ilusão. Ninguém os perseguia, mas, mesmo assim, o feiticeiro ergueu o braço, murmurou um encanto e, com outro raio, destruiu a ponte. As pedras caíram, batendo com estrondo nas paredes do desfiladeiro.

– Isso deverá detê-los – falou.

O bruxo enxugou o sangue que escorria da boca de Dorregaray.

– Ele está com um pulmão perfurado. Você pode ajudá-lo?

– Eu posso – falou Marti Sodergen, subindo com dificuldade as escadas provenientes das bandas de Aretusa, da boca do túnel. – O que está se passando aqui, Carduin? Quem disparou essa flecha?

– Scoia'tael – respondeu o feiticeiro, enxugando o suor da testa com a manga do casaco. – Em Garstang, os dois lados continuam lutando entre si. Dois bandos malditos. Um pior do que o outro. Filippa algema Vilgeforz no meio da noite, enquanto Vilgeforz e Francesca Findabair introduzem Esquilos na ilha. Já Tissaia de Vries, maldita seja, promoveu uma confusão daquelas!

– Seja mais claro, Carduin.

– Não vou perder tempo com conversas inúteis! Estou fugindo para Loxia e, de lá, vou me teleportar para Kovir. Quanto aos que ficaram em Garstang, tomara que se matem uns aos outros! Isso já não tem importância alguma! Estamos em guerra! Toda essa confusão foi arquitetada por Filippa para que os reis possam declarar guerra a Nilfgaard. Entenderam?

– Não – respondeu Geralt. – Nem fazemos questão de entender. Onde está Yennefer?

– Parem com isso! – gritou Marti Sodergen, inclinada sobre Dorregaray. – Ajudem-me, em vez de discutir. Segurem-no, porque não consigo arrancar a flecha.

Geralt e Carduin ajudaram-na. Dorregaray gemia e tremia. As escadas tremiam também. De início, Geralt achou que o tremor era efeito dos feitiços curandeiros de Marti. No entanto, era todo o palácio de Garstang que tremia. De repente, os vitrais explodiram e das janelas emanaram chamas e rolos de fumaça.

– Continuam lutando. – Carduin rangeu os dentes. – A coisa está feia; um feitiço após outro...

– Feitiços? Em Garstang? Não pode ser; Garstang está cercado por uma aura mágica!

– Foi coisa de Tissaia. Ela decidiu, de uma hora para outra, escolher um dos lados, desfez o bloqueio, liquidou a aura e neutralizou o efeito do dvimerito. Aí, todos se atiraram sobre o pescoço uns dos outros, com Vilgeforz e Terranova de um lado e Filippa e Sabrina do outro... As colunas se romperam e a abóbada desabou... Foi quando Francesca abriu um alçapão pelo qual adentraram esses diabos élficos... Gritamos que éramos neutros, mas Vilgeforz apenas riu. Antes que pudéssemos erguer um escudo protetor, Drithelm levou uma flechada no olho e Rejean ficou parecendo um ouriço de tantas flechas cravadas no corpo... Não esperei para ver o que viria em seguida. Marti, você ainda vai demorar? Temos de fugir daqui!

– Dorregaray não poderá ir conosco – falou a curandeira, enxugando no vestido de baile as mãos sujas de sangue. – Teleporte-nos, Carduin.

– Daqui? Você deve ter enlouquecido. Estamos demasiadamente perto de Tor Lara. O portal de Lara produz eflúvios e fará com que qualquer teleportação seja desviada. Não é possível teleportar daqui!

– Mas ele não consegue andar! Vou ter de ficar junto dele...

– Pois fique! – exclamou Carduin. – E divirta-se! Eu prezo por demais minha vida e vou retornar a Kovir! Kovir é neutro!

– Que beleza... – murmurou o bruxo, dando uma cusparada e olhando para o vulto do feiticeiro, que desaparecia na boca do túnel. – Companheirismo e solidariedade! Mas o fato é que eu também não posso ficar aqui com você, Marti. Preciso ir até Garstang. Seu confrade neutro destruiu a ponte. Existe um caminho alternativo?

Marti Sodergen fungou e meneou positivamente cabeça.

Já estava junto do muro de Garstang quando Keira Metz caiu sobre sua cabeça.

O caminho indicado pela curandeira passava por jardins suspensos, interligados entre si por uma serpentina de escadas. Os degraus estavam espessamente cobertos por hera e madressilva, cujas folhas dificultavam a escalada, mas, ao mesmo tempo, ocultavam Geralt, permitindo-lhe chegar sem ser notado até o muro do palácio. Quando estava procurando uma portinhola, Keira desabou sobre ele, e ambos caíram no meio de abrunheiros.

– Quebrei um dente – constatou a feiticeira, soturna, ceceando levemente. Estava despenteada, suja, coberta de cal e fuligem, e tinha uma grande ferida na bochecha. – Além disso, acho que também quebrei uma perna – completou, cuspindo sangue. – É você, bruxo? Eu caí sobre você? Como isso foi possível?

– Eis algo que eu também gostaria de saber.

– Terranova atirou-me pela janela.

– Você consegue se levantar?

– Não, não consigo.

– Eu preciso entrar no palácio sem ser notado. Sabe como poderei fazê-lo?

– Será que todos os bruxos – Keira cuspiu novamente e gemeu ao tentar erguer-se sobre um cotovelo – são malucos? Lá, em Garstang, está sendo travada uma batalha! A agitação é tamanha que o reboco está caindo das paredes. Você está procurando sarna para se coçar?

– Não. Estou à procura de Yennefer.

– Que coisa! – exclamou Keira, parando de tentar erguer-se e deitando-se de costas. – Como gostaria que alguém me amasse com tanto afinco! Pegue-me em seus braços.

– Talvez em outra ocasião... Agora, estou com certa pressa.

– Pegue-me em seus braços, estou lhe dizendo! Assim poderei lhe mostrar o acesso a Garstang. Preciso pegar aquele filho da puta do Terranova. Está esperando o quê? Sozinho, não achará a entrada, e, mesmo que ache, aqueles elfos filhos da puta dariam cabo de você... Não consigo andar, mas ainda sou capaz de lançar alguns encantos. Se alguém se meter em nosso caminho, vai se arrepender amargamente.

Soltou um grito de dor quando ele a levantou.

– Desculpe-me.

– Não faz mal – respondeu Keira, colocando os braços em torno do pescoço dele. – É a maldita perna... Você sabia que continua com o cheiro do perfume dela? Não, não por aqui. Dê meia-volta e vá até o sopé da montanha. Há outra entrada do lado de Tor Lara. Talvez lá não haja elfos... Aiii! Que merda! Tome mais cuidado!

– Desculpe-me. De onde saíram esses Scoia'tael?

– Estavam no subsolo. Thanedd é oca como uma casca. Sob sua superfície há uma caverna pela qual é possível adentrar um navio, desde que se saiba por onde. Alguém deve ter revelado a eles o caminho... Aiii! Pare de me sacudir!

– Desculpe-me. Quer dizer que os Esquilos vieram pelo mar? Quando?

– E eu lá sei? Tanto pode ter sido ontem como há uma semana. Nós estávamos nos preparando para enfrentar Vilgeforz, e Vilgeforz, para nos enfrentar. Vilgeforz, Francesca, Terranova e Fercart nos enganaram direitinho. Filippa achava que eles planejavam assumir lentamente o controle do Capítulo para ter mais influência sobre os reis... Mas eles pretendiam acabar conosco durante o congresso... Geralt, não aguento mais. Ponha-me no chão por um momento. Aiii!

– Keira, você está com uma fratura exposta. Seu sangue está se esvaindo pela perna das calças.

– Cale a boca e escute, porque se trata de sua Yennefer. Entramos na sala do Conselho de Garstang. Havia lá um bloqueio antimagia, mas, como ele não funcionava contra dvimerito, sentimo-nos seguros. Começou uma discussão. Tissaia e os neutros gritavam conosco, e nós gritávamos com eles. Enquanto isso, Vilgeforz sorria calado.

– Repito: Vilgeforz é um traidor! Aliou-se a Emhyr, imperador de Nilfgaard, e envolveu outros membros do Capítulo na conspiração! Quebrou as Leis, nos traiu e traiu os reis...

– Mais devagar, Filippa. Eu sei que os mimos com os quais Vizimir a cerca são mais importantes para você do que a solidariedade à Irmandade. O mesmo pode-se dizer de você, Sabrina, porque desempenha papel idêntico em Kaedwen. Keira Metz e Triss Merigold representam os interesses de Foltest de Temeria, Radcliffe é uma ferramenta de Demawend de Aedirn...

– Aonde você quer chegar, Tissaia?

– À afirmação de que os interesses dos reis não precisam forçosamente coincidir com os nossos. Sei muito bem do que se trata. Os reis começaram a exterminar os elfos e outros inumanos. Pode ser que você, Filippa, ache isso certo. Pode ser que você, Radcliffe, ache adequado ajudar os exércitos de Demawend em suas expedições punitivas contra os Scoia'tael. Mas eu sou contrária a esse tipo de ações. E não me espanta que Enid Findabair também o seja. No entanto, isso ainda não constitui um ato de traição. Não me interrompa! Sei precisamente o que pretendem seus reis... sei que eles querem provocar uma guerra. As ações que tentam evitar tal guerra podem até ser consideradas traição aos olhos de seu Vizimir, mas não aos meus. Se quiser julgar Vilgeforz e Francesca, então terá de me julgar também!

– De que guerra está se falando aqui? Meu rei, Esterat de Kovir, jamais apoiará qualquer atividade bélica contra o império nilfgaardiano. Kovir é neutro e continuará sendo!

– Você é membro do Conselho, Carduin... e não embaixador de seu monarca!

– E é justamente você quem diz isso, Sabrina?

– Basta! – exclamou Filippa, batendo com o punho na mesa. – Saciarei sua curiosidade, Carduin. Você indaga quem está preparando uma guerra. Quem a prepara é Nilfgaard, que pretende nos atacar e destruir para sempre. Mas Emhyr var Emreis não se esqueceu do Monte de Sodden e dessa vez resolveu se prevenir, tirando os feiticeiros do jogo. Tendo isso em mente, entrou em contato com Vilgeforz de Roggeveen, subornando-o com promessas de poder e honrarias. Sim, Tissaia. Vilgeforz de Roggeveen, o herói de Sodden, deverá se tornar o plenipotenciário e governante de todos os países conquistados no Norte. É Vilgeforz que, apoiado por Terranova e Fercart, deverá governar as províncias que surgirão no lugar dos reinos derrotados. É ele que haverá de agitar o bastão nilfgaardiano sobre o lombo dos escravos do Império que habitarão aquelas bandas. Já Francesca Findabair, a Enid an Gleanna, deverá se tornar a rainha do Território dos Elfos Livres. É claro que tal território será um protetorado nilfgaardiano, mas isso bastará aos elfos, desde que o imperador Emhyr lhes dê carta branca para matar humanos. E nada pode agradar mais aos elfos do que assassinatos em massa de Dh'oine.

– Trata-se de uma acusação muito grave, Filippa Eilhart. Por isso, as provas também terão de ser muito sólidas. Mas, antes de você atirá-las sobre um dos pratos da balança, quero que saiba qual é minha posição. Provas podem ser fabricadas, e atos, assim como suas motivações, interpretados. De outro lado, ninguém pode modificar fatos concretos como os que ocorreram aqui. Você quebrou a unidade e a solidariedade da Irmandade, Filippa Eilhart. Você algemou membros do Capítulo como se fossem bandidos comuns. Portanto, não se atreva a me propor que venha a ocupar uma função no novo Capítulo que seu bando de golpistas subornados pelos reis pretende criar. Há morte e sangue entre nós. A morte de Hen Gedymdeith e o sangue de Lydia van Bredevoort; sangue que você derramou com desprezo. Você foi a melhor de minhas alunas, Filippa Eilhart. Até agora, sempre tive orgulho de você. No entanto, a partir de agora, tudo o que nutro por você é apenas desprezo.

Keira Metz estava pálida como um pergaminho.

– Já faz um bom tempo – murmurou – que Garstang parece estar mais silencioso. As lutas estão cessando... Os adversários perseguem-se mutuamente pelo palácio, que tem cinco andares, setenta quartos e salas. Há bastante lugar para se perseguirem...

– Você ficou de me falar sobre Yennefer. Apresse-se. Temo que você venha a desmaiar.

– Sobre Yennefer? Ah, sim... Tudo estava se encaminhando a nosso favor quando repentinamente apareceu Yennefer, trazendo para o salão aquela médium...

– Quem?

– Uma menina de uns catorze anos. Cabelos cinzentos, enormes olhos verdes... Antes que pudéssemos olhar direito para ela, a menina começou a vaticinar. Falou dos acontecimentos em Dol Angra. Ninguém duvidou de que ela estivesse falando a verdade. Estava em transe, e em transe não se mente.

– Na noite de ontem – disse a médium – exércitos com brasões de Lyria e bandeiras de Aedirn perpetraram uma agressão ao Império de Nilfgaard. Eles atacaram Glevitzingen, um forte fronteiriço em Dol Angra. Arautos anunciaram em nome do rei Demawend que a partir daquele dia Aedirn assumia o poder sobre todo o país, convocando a população a se armar contra Nilfgaard...

– Isso é impossível! É uma desprezível provocação!

– Com que facilidade essa palavra passa por seus lábios, Filippa Eilhart – falou Tissaia de Vries calmamente. – Mas não gaste sua energia à toa; seus gritos não conseguirão interromper o transe. Continue, minha criança.

– O imperador Emhyr var Emreis deu a ordem para responder golpe a golpe, e hoje, ao raiar do sol, exércitos nilfgaardianos adentraram Lyria e Aedirn.

– E foi assim – sorriu Tissaia, sarcástica – que nossos reis mostraram como são sábios, esclarecidos e amantes da paz. E alguns feiticeiros comprovaram a que causa servem de verdade. Todos aqueles que poderiam ter evitado uma guerra assassina foram, por prevenção, presos com algemas de dvimerito e submetidos às mais absurdas acusações...

– Isso não passa de uma mentira deslavada!

– À merda, todos vocês! – gritou Sabrina Glevissig repentinamente. – Filippa! O que significa tudo isso? Qual o significado daquelas refregas em Dol Angra? Não havíamos combinado de não iniciar cedo demais? Por que o fodido Demawend não se conteve? Por que a puta Meve...

– Cale-se, Sabrina!

– Não, deixe que ela continue – falou Tissaia de Vries, erguendo a cabeça. – Que fale sobre o exército de Henselt de Kaedwen concentrado na fronteira. Que fale sobre as tropas de Foltest de Temeria, que, na certa, já estão colocando na água os barcos até agora ocultos nos arbustos à margem do Jaruga. Que fale do corpo expedicionário de Vizimir da Redânia aquartelado junto do delta do Pontar. Será possível que você, Filippa, achou que somos cegos e idiotas?

– Isso tudo não passa de uma maldita provocação! O rei Vizimir...

– O rei Vizimir – interrompeu-a a médium de cabelos cinzentos com voz desprovida de emoção – foi assassinado ontem à noite. Foi apunhalado por um sicário. A Redânia não tem mais um rei.

– A Redânia já não tem um rei há muito tempo – retrucou Tissaia de Vries. – Na Redânia reinava a mui distinta Filippa Eilhart, digna sucessora de Raffard, o Branco, disposta a sacrificar dezenas de milhares de vidas em nome do poder absoluto.

– Não a escutem! – urrou Filippa. – Não escutem essa médium! Ela não passa de uma ferramenta, uma ferramenta sem consciência do que está dizendo... Você está a serviço de quem, Yennefer? Quem lhe mandou trazer para cá essa monstruosidade?

– Eu – disse Tissaia de Vries.

– O que se passou em seguida? Onde foi parar a menina? E Yennefer?

– Não sei – respondeu Keira, fechando os olhos. – De repente Tissaia, com um simples encanto, desativou o bloqueio da magia. Jamais vi algo parecido em toda a vida... Primeiro, ela nos atordoou e bloqueou para, logo em seguida, liberar Vilgeforz e os outros. Enquanto isso, Francesca abria o acesso ao subsolo... e Garstang se encheu de Scoia'tael. Eram comandados por um tipo estranho de armadura e elmo nilfgaardiano alado, ajudado por outro esquisito, com uma mancha no rosto, que sabia lançar encantos e se proteger por meio de magia...

– Rience.

– Pode ser; não sei. Fazia muito calor... O teto desabou. Encantos e flechas... Um massacre, com Fercart, Drithelm, Radcliffe, Marquard, Rejean e Bianca d'Este mortos, e Sabrina e Triss Merigold feridas... Quando Tissaia viu os cadáveres, compreendeu seu erro e tentou nos proteger e mitigar Vilgeforz e Terranova... Vilgeforz apenas riu e ridicularizou-a. Aí ela perdeu a cabeça e fugiu. Oh, Tissaia... Tantos cadáveres...

– E a menina e Yennefer?

– Não sei. – A feiticeira engasgou, tossiu e cuspiu sangue. Respirava lentamente e com visível dificuldade. – Depois de uma das muitas explosões, perdi os sentidos por um momento. Quando voltei a mim, estava deitada, com aquele tipo com mancha no rosto e seus elfos a minha volta. Primeiro, Terranova ficou me chutando; depois, atirou-me pela janela.

– Você não tem apenas a perna quebrada, mas também as costelas.

– Não me deixe sozinha.

– Preciso deixá-la. Mas voltarei para buscá-la.

– Pois sim...

No começo, havia apenas um caos refulgente, uma escuridão latejante, um confuso misto de penumbra com claridade, um coro de balbuciantes vozes emanando das profundezas. De repente, as vozes tornaram-se mais potentes e tudo em volta transformou-se numa indescritível gritaria e estrondo. A claridade no meio da penumbra converteu-se em chamas, que lambiam tapeçarias e gobelinos com feixes de faíscas que pareciam sair das paredes, das balaustradas e das colunas que sustentavam o teto.

Ciri engasgou com a fumaça, dando-se conta de que aquilo não era mais um sonho. Tentou se erguer, apoiando-se nas mãos, e sentiu que elas tocavam em algo úmido. Olhou para baixo e constatou que estava ajoelhada numa poça de sangue. Perto dela jazia um corpo imóvel. Um corpo de elfo, reconheceu-o de imediato.

– Levante-se.

Yennefer estava de pé a seu lado, com um estilete na mão.

– Dona Yennefer... Onde estamos? Não me lembro de nada...

A feiticeira pegou sua mão.

– Estou a seu lado, Ciri.

– Onde estamos? Por que tudo está em chamas? Quem é esse... esse aí?

– Há muito tempo eu lhe disse que o Caos estendia a mão em sua direção. Lembra-se? Não, é lógico que você não se lembra. Esse elfo estendeu a mão em sua direção. Tive de matá-lo com uma faca, porque seus patrões esperam apenas uma de nós se revelar ao lançar mão da magia. E acabarão nos descobrindo, porém não neste momento... Você já está completamente lúcida?

– Aqueles feiticeiros... – sussurrou Ciri. – Os que estavam naquele salão enorme... O que eu dizia a eles? E por que eu dizia aquilo? Não tive a mínima intenção... mas senti uma incontrolável necessidade de falar! Por quê? Por quê, dona Yennefer?

– Silêncio, feiosa. Cometi um erro. Ninguém é infalível.

Ouviram um estampido e um grito horripilante vindos de baixo.

– Venha. Rápido. Não temos tempo.

Saíram correndo pela galeria. A fumaça, cada vez mais espessa, sufocava, esganava, cegava. Os muros trepidavam com as explosões.

– Ciri – falou Yennefer, parando num dos cruzamentos da galeria e apertando com força a mão da menina. – Ouça-me; ouça-me com muita atenção. Eu preciso ficar aqui. Está vendo essa escada? Você descerá por ela...

– Não! Não me deixe sozinha!

– Preciso deixá-la. Repito: desça por essa escada até o fim. Lá você encontrará uma porta e, atrás dela, um longo corredor. No fim do corredor, haverá uma cocheira e, dentro dela, um cavalo selado. Somente um. Conduza-o para fora e monte-o. É um cavalo treinado para levar estafetas para Loxia, de modo que conhece bem o caminho. Basta cutucá-lo com os calcanhares. Quando chegar a Loxia, procure Margarita e coloque-se sob sua proteção. Não se afaste dela nem por um passo...

– Dona Yennefer! Não! Não quero ficar sozinha!

– Ciri – sussurrou a feiticeira. – Algum tempo atrás eu lhe disse que tudo o que tenho feito é para seu próprio bem. Confie em mim. Por favor, confie em mim. Corra.

Ciri já estava nos degraus quando ouviu mais uma vez a voz de Yennefer. Viu a feiticeira no topo da escada, com a testa apoiada numa coluna.

– Eu amo você, filhinha – falou com voz embargada. – Corra.

Cercaram-na quando estava no meio da escada. Por baixo, dois elfos com gorro adornado com cauda de esquilo e, por cima, um homem vestido de negro. Num gesto impulsivo, Ciri pulou a balaustrada e fugiu por um corredor lateral. Os elfos e o homem correram atrás dela. Por ser mais rápida, teria certamente escapado, não fosse o fato de o corredor terminar numa janela.

Ciri olhou para fora. Ao longo da face externa da parede estendia-se uma saliência com menos de dois palmos de largura. Ciri passou as pernas pelo parapeito e saiu. Afastou-se da janela e parou com as costas grudadas à parede. Ao longe brilhava o mar.

Na janela surgiu a cabeça de um elfo. Tinha cabelos louros, olhos verdes e um lenço de seda em volta do pescoço. Ciri afastou-se ainda mais, querendo chegar à janela vizinha, mas esta estava ocupada pelo homem de preto. Tinha horrendos olhos negros e uma grande mancha avermelhada na bochecha.

– Pegamos você, garotinha!

Ciri olhou para baixo. Ali, bem longe, podia ver o pátio e, sobre ele, a uns dez pés abaixo da saliência sobre a qual estava, uma pontezinha que ligava duas galerias. Só que não era uma pontezinha, mas as ruínas de uma; uma estreita passarela de pedra com alguns restos de uma antiga balaustrada.

– O que vocês estão esperando? – gritou o homem da cicatriz. – Saiam e peguem-na!

O elfo louro subiu cuidadosamente na saliência, grudando as costas na parede. Esticou o braço. Estava bem perto.

Ciri engoliu em seco. Aquela passarela de pedra não era mais estreita do que a tábua do balanço em Kaer Morhen, e ela pulara no balanço dezenas de vezes, sabendo amortizar a queda e manter o equilíbrio. No entanto, o balanço da Fortaleza pendia apenas a alguns pés do chão, enquanto embaixo da passarela de pedra abria-se um precipício tão profundo que as placas do piso do pátio pareciam ser menores do que palmas de mão.

Saltou, aterrissou, balançou-se, mas manteve o equilíbrio agarrando um pedaço dos destroços da balaustrada. Então, caminhou firmemente até a galeria. Não conseguiu se conter e, virando-se para trás, mostrou o cotovelo dobrado a seus perseguidores, gesto que lhe fora ensinado pelo anão Yarpen Zigrin. O homem da cicatriz soltou um palavrão.

– Pule! – gritou ao elfo louro parado na saliência. – Pule atrás dela!

– Você deve ter endoidado de vez, Rience – respondeu o elfo friamente. – Pule você, se tiver vontade.

A sorte, como de costume, não a acompanhou por muito tempo. Foi pega assim que pulou da galeria, caindo no meio de uns abrunheiros. Quem a agarrou e imobilizou num abraço incrivelmente forte foi um baixo e um tanto gordo homem com nariz inchado e lábios partidos.

– Quieta – sibilou. – Quieta, minha bonequinha!

Ciri fez um esforço para se desvencilhar, mas soltou um berro, porque as mãos que seguravam seus ombros produziram um paroxismo de dor paralisante. O homem apenas riu.

– Não agite as asas, meu passarinho cinzento, porque acabará perdendo algumas plumas. Deixe-me dar uma boa olhada em você. Quero ver esse ser que é tão valioso para Emhyr var Emreis, imperador de Nilfgaard. E para Vilgeforz.

Ciri parou de se agitar. O gorducho passou a língua pelos lábios feridos.

– Interessante – voltou a sibilar, inclinando-se sobre ela. – Parece tão valiosa, e eu não daria por você nem meia-pataca furada. Como as aparências podem enganar! Ah, meu tesouro! O que aconteceria se você fosse entregue a Emhyr não por Vilgeforz, nem Rience, nem aquele galanteador de elmo com plumas, mas pelo velho Terranova? Emhyr ficaria grato ao velho Terranova? O que tem a dizer sobre isso, profetisa? Afinal, você sabe profetizar, não é verdade?

O bafo do gorducho tinha um fedor insuportável. Ciri virou o rosto, fazendo uma careta. Seu captor interpretou erroneamente seu gesto.

– Não tente me bicar, passarinho! Eu não tenho medo de pássaros. Ou será que deveria ter? O que acha, sua falsa vaticinadora? Sua profetisa fraudulenta? Acha que eu deveria ter medo de passarinhos?

– Deveria – sussurrou Ciri, sentindo a cabeça girar e um frio repentino percorrer-lhe o corpo.

Terranova soltou uma gargalhada, inclinando a cabeça para trás. O riso transformou-se num uivo de dor. Uma enorme coruja cinzenta baixou silenciosamente do céu, cravando suas garras nos olhos do feiticeiro, que soltou Ciri, afastou de si a tenebrosa ave, caiu de joelhos e colocou as mãos no rosto. Por entre seus dedos jorrou sangue. Ciri soltou um grito. Terranova afastou do rosto as mãos cobertas de sangue e muco e, com voz selvagem e gaguejante, começou a escandir um feitiço. Não teve tempo. Às suas costas surgiu uma vaga silhueta, uma lâmina de ferro de meteorito silvou no ar e cortou seu pescoço na altura do occipício.

– Geralt!

– Ciri.

– Não é hora para sentimentalismos – falou a coruja de cima do muro, transformando-se aos poucos numa mulher de cabelos negros. – Fujam! Os Esquilos estão vindo para cá!

Ciri desvencilhou-se dos braços de Geralt e olhou com espanto. A mulher-coruja sentada no muro tinha um aspecto horrível: estava imunda, chamuscada, esfarrapada e coberta de cinzas e sangue.

– Seu pequeno monstro – disse ela, olhando para Ciri de cima do muro. – Por aquela sua inoportuna profecia eu deveria... Mas prometi algo a seu bruxo, e sempre cumpro minhas promessas. Não pude dar-lhe Rience, Geralt. Em troca disso, dou-lhe ela. Viva. Fujam!

Cahir Mawr Dyffryn aep Ceallach estava furioso. Somente conseguiu ver de relance a jovem que lhe fora ordenado pegar.

Antes de ele ter tido tempo para tomar uma providência para isso, aqueles malditos feiticeiros transformaram Garstang num autêntico inferno, impedindo-o de empreender qualquer tentativa. Cahir sentiu-se perdido no meio das chamas e da fumaça, vagando às cegas pelos corredores, subindo e descendo escadas, correndo ao longo de galerias, amaldiçoando Vilgeforz, Rience e ele próprio.

Um elfo que ele encontrou por acaso informou-lhe que a menina havia sido vista fora dos muros do palácio, fugindo na direção de Aretusa. Foi quando a sorte sorriu para Cahir: os Scoia'tael acharam um cavalo selado numa cocheira.

– Corra, Ciri. Eles estão próximos. Eu vou detê-los enquanto você foge. Corra o máximo que puder.

– Você também quer me deixar sozinha?

– Estarei logo atrás de você. Mas não olhe para trás.

– Passe-me minha espada, Geralt.

O bruxo olhou para ela. Ciri recuou instintivamente. Olhos como aqueles ela jamais havia visto.

– Tendo uma espada, é bem provável que você será obrigada a matar. Será capaz disso?

– Não sei. Dê-me a espada.

– Corra. E não olhe para trás.

Cascos de cavalo ecoaram na estrada. Ciri virou-se... e parou petrificada pelo pavor. Quem a perseguia era o cavaleiro negro com elmo adornado com asas de ave de rapina. As asas sussurravam, a longa capa negra esvoaçava ao vento. As ferraduras soltavam faíscas do calçamento da estrada. Ciri não conseguia dar um passo.

O cavalo negro rompeu os arbustos à beira da estrada. O cavaleiro soltou um grito. Era um grito que continha Cintra, noite, massacre, sangue e fogo. Ciri dominou o medo paralisante e saiu correndo. Pulou por cima de uma cerca viva, caindo num pequenino pátio com um chafariz no centro. Não havia saída; o pátio era cercado por muros altos e lisos por todos os lados. O cavalo relinchou pertinho, quase sobre o pescoço dela. Ciri recuou, tropeçou e estremeceu ao dar com as costas na dura e imóvel parede. Estava presa numa armadilha.

A ave de rapina moveu as asas ameaçadoramente, preparando-se para alçar voo. O guerreiro negro esporeou o cavalo e saltou por cima da cerca viva que o separava do pátio. Os cascos bateram nas placas do piso escorregadio do pátio, e o cavalo deslizou, quase sentando nas ancas. O cavaleiro balançou na sela, o cavalo empinou e o cavaleiro desabou com estrondo, provocado pelo choque de sua armadura com a pavimentação de pedra. No entanto, ergueu-se imediatamente e avançou para a encurralada Ciri.

– Você não tocará em mim! – gritou ela, sacando a espada. – Nunca mais tocará em mim!

O cavaleiro aproximava-se lentamente, crescendo diante dela como uma enorme torre negra. As asas de seu elmo se agitavam e sussurravam.

– Você não me escapará mais, Leoazinha de Cintra – rosnou, com os olhos brilhando impiedosamente através das fendas do elmo. – Não desta vez. Desta vez, você não tem para onde fugir, louca senhorita.

– Você não tocará em mim – repetiu Ciri, com voz abafada pelo medo e com as costas de encontro à parede.

– Tenho de fazê-lo. Estou cumprindo ordens.

Quando o cavaleiro estendeu o braço em sua direção, Ciri sentiu repentinamente o medo sumir e ser substituído por uma raiva profunda. Os músculos, recém-travados pelo medo, funcionaram como molas, e todos os movimentos aprendidos em Kaer Morhen agiram de maneira espontânea, fluida e harmoniosa. Ciri deu um salto. O cavaleiro tentou agarrá-la, mas não estava preparado para a pirueta com a qual Ciri livrou-se agilmente de suas mãos. A espada silvou e acertou em cheio as junções das placas da armadura. O cavaleiro cambaleou e caiu sobre um dos joelhos. Debaixo de sua ombreira esguichou um jato de sangue. Urrando selvagemente, Ciri executou uma segunda pirueta e atingiu novamente o cavaleiro com a espada, dessa vez diretamente na base do elmo, fazendo com que ele caísse sobre o outro joelho. Uma onda de raiva e fúria não permitiu que ela visse nada além das odiadas asas de ave de rapina. Penas negras voaram para todos os lados; uma das asas caiu decepada, enquanto a outra pendeu sobre a ensanguentada ombreira. O cavaleiro, tentando inutilmente se erguer, quis evitar um novo golpe da lâmina agarrando-a com sua luva blindada, mas soltou um grito de dor quando esta, feita de ferro de meteorito, rasgou a malha de aço e a palma da mão. O golpe seguinte fez com que o elmo caísse. Ciri preparou-se para tomar impulso e desferir o golpe mortal.

Não o desferiu.

Não havia elmo negro; não havia asas de ave de rapina cujo farfalho tanto a perseguira nos pesadelos. Não havia mais o negro cavaleiro de Cintra, mas apenas, ajoelhado numa poça de sangue, um pálido jovem de cabelos escuros e estupefatos olhos azuis-celestes, com o rosto contorcido num esgar de pavor. O negro cavaleiro de Cintra caíra sob os golpes de sua espada, deixara de existir, e tudo o que restara das tão temidas asas foram algumas penas destroçadas. O apavorado garoto caído no chão e vomitando sangue não era ninguém conhecido. Ciri jamais o tinha visto. Não estava interessada nele. Não o temia nem o odiava, tampouco queria matá-lo.

Soltou a espada, deixando-a cair no piso do pátio.

Ouviu gritos dos Scoia'tael correndo em sua direção desde Garstang. Compreendeu imediatamente que seria encurralada no pátio em questão de segundos. Também compreendeu que, mesmo que fugisse, seria alcançada. Tinha de ser mais rápida do que eles. Correu até o corcel negro, que batia com os cascos nas placas do pavimento do pátio, fez com que ele se pusesse a galopar com um grito e saltou em sua sela em pleno galope.

– Deixem-me... – gemeu Cahir Mawr Dyffryn aep Ceallach, afastando com a mão sã os elfos que tentavam erguê-lo. – Não tenho nada! É um ferimento superficial... Vão atrás dela... Vão atrás da garota...

Um dos elfos soltou um grito, e um jato de sangue caiu sobre o rosto de Cahir. Um segundo Scoia'tael cambaleou e caiu de joelhos, agarrando as tripas que lhe saíam da barriga cortada verticalmente. Os demais pularam para trás e espalharam-se pelo pátio, sacando a espada.

Estavam sendo atacados por um monstro de cabelos brancos que saltara sobre eles de cima do muro, de uma altura da qual não seria possível saltar sem quebrar as duas pernas. Também não seria possível aterrissar suavemente, executar uma pirueta tão rápida que era impossível ver e, numa fração de segundo, matar. Acontece que o monstro de cabelos brancos conseguira os três feitos e começara a matar sistematicamente.

Os Scoia'tael lutaram com fervor. Eram mais numerosos. No entanto, não tinham chance alguma. Diante dos olhos arregalados de terror de Cahir, desenrolava-se um autêntico massacre. A jovem de cabelos cinzentos que o ferira momentos atrás fora muito rápida, incrivelmente ágil, como uma gata defendendo a prole. Mas o monstro de cabelos brancos que caíra entre os Scoia'tael era como um tigre zerricano. A donzela de cabelos cinzentos, que não o matara por motivos que ele desconhecia, parecia estar totalmente enlouquecida. Não era o caso do monstro de cabelos brancos. Ele era calmo e frio. Matava calma e friamente.

Os Scoia'tael não tiveram a mínima chance. Seus cadáveres caíam um atrás do outro sobre as placas do piso do pátio, mas eles não cediam terreno. Mesmo quando sobraram apenas dois, não fugiram e lançaram-se sobre o monstro. Diante dos olhos de Cahir, o monstro decepou o braço de um, enquanto atingia o outro com uma pancada aparentemente leve e despretensiosa, mas que atirou o elfo para trás, jogando-o por cima da borda do chafariz e fazendo-o cair na água. A água transbordou num jato carmesim.

O elfo com o braço decepado estava ajoelhado perto do chafariz, contemplando com olhar perdido o coto do qual esguichava sangue. O monstro agarrou-o pelos cabelos e, com um rápido movimento da lâmina da espada, cortou sua garganta.

Quando Cahir abriu os olhos, o monstro estava junto dele.

– Não me mate... – sussurrou, desistindo de qualquer tentativa de se erguer do chão escorregadio de tanto sangue. A mão ferida pela jovem de cabelos cinzentos parara de doer, pois intumescera.

– Sei quem é você, nilfgaardiano – falou o monstro de cabelos brancos, dando um pontapé no elmo com asas destruídas. –

Você a perseguiu por muito tempo e com determinação. Mas você nunca mais poderá lhe fazer mal algum.

– Não me mate...

– Dê-me um só motivo para não fazê-lo. Basta um. Depressa.

– Fui eu... – sussurrou Cahir. – Fui eu quem a tirou de Cintra naquela ocasião... do incêndio... Salvei-a. Salvei sua vida.

Quando abriu os olhos, o monstro não estava mais ali. Cahir encontrava-se sozinho no centro do pátio, cercado pelos cadáveres dos elfos. A água do chafariz sussurrava, passando pela borda da bacia e diluindo o sangue nas placas do piso. Cahir desmaiou.

Junto da base da torre havia uma construção que lembrava um enorme salão ou, melhor dizendo, um peristilo. O telhado sobre o peristilo, sem dúvida ilusório, estava cheio de buracos. Era apoiado por colunas e pilastras em forma de cariátides parcamente vestidas, de seios imponentes. Cariátides do mesmo tipo suportavam o arco do portal através do qual desaparecera Ciri. Do outro lado do portal, Geralt vislumbrou uma escadaria ascendente até a torre.

O bruxo soltou um palavrão. Não conseguia compreender por que Ciri correra para lá. Seguindo-a sobre os muros, havia visto quando seu cavalo tropeçara e caíra e como ela se levantara agilmente, mas, em vez de tomar a estrada que se enrolava em volta do cume como uma serpentina, resolvera correr na direção da torre solitária. Somente depois ele avistara os elfos no meio da estrada. Os elfos não viram nem Ciri nem ele; estavam por demais ocupados em disparar com seus arcos na direção dos homens ao pé da montanha. Eram reforços vindos de Aretusa.

O bruxo já estava se preparando para subir as escadas atrás de Ciri quando ouviu um farfalho vindo de cima. Virou-se rapidamente. Não se tratava de uma ave. Vilgeforz, agitando suas largas mangas, adentrou por um dos buracos no teto e pousou lentamente no piso.

Geralt parou na entrada da torre, sacou a espada e soltou um suspiro. Guardava a sincera esperança de que a dramática refrega final seria travada entre Vilgeforz e Filippa Eilhart. Não tinha vontade nem interesse em participar de eventos de tal dramaticidade.

Vilgeforz sacudiu o gibão e ajeitou os punhos. Em seguida, olhou para o bruxo e leu seus pensamentos.

– Que dramaticidade mais besta – suspirou.

Geralt não fez comentário algum.

– Ela entrou na torre?

O bruxo não respondeu. O feiticeiro meneou a cabeça.

– Portanto, chegamos ao epílogo – falou em tom gélido. – O final que coroa o feito. Ou será o destino? Você sabe aonde levam essas escadas? A Tor Lara, a Torre da Gaivota, da qual não há saída. Tudo se acabou.

Geralt deu um passo para trás de modo que seus flancos cobrissem as cariátides que suportavam o portal.

– Efetivamente – escandiu, pronunciando cuidadosamente cada sílaba e não desgrudando os olhos das mãos do feiticeiro. – Tudo se acabou. Metade de seus cúmplices está morta. O caminho daqui até Garstang está coberto de cadáveres de elfos trazidos a Thanedd. Os que sobraram fugiram. De Aretusa estão chegando reforços de feiticeiros e homens de Dijkstra. O nilfgaardiano que pretendia levar Ciri já deve ter se exaurido de sangue, enquanto Ciri está lá em cima, na torre. Você diz que não há saída de lá? Isso me alegra muito, pois significa que há, também, somente um acesso; precisamente o que eu estou bloqueando.

Vilgeforz irritou-se.

– Você é mesmo incorrigível – falou. – Continua sem saber avaliar corretamente uma situação. O Capítulo e o Conselho deixaram de existir. As tropas do imperador Emhyr estão se deslocando para o norte. Os reis, desprovidos da ajuda e dos conselhos de seus feiticeiros, estão desamparados como crianças. Atacados por Nilfgaard, seus reinos desabarão como castelos de areia. Eu lhe propus ontem ao anoitecer e renovo a proposta: passe para o lado dos vencedores. Cuspa com desprezo nos vencidos.

– Pois saiba que o vencido é você. Você não passou de um instrumento. Emhyr queria pôr as mãos em Ciri e foi para isso que mandou aquele tipo com elmo alado. Estou curioso de saber o que Emhyr fará com você quando for informado de seu fracasso.

– Você está disparando às cegas, bruxo. E, como era de esperar, erra o alvo. E se eu lhe dissesse que, ao contrário do que você afirmou, em vez de eu ser um instrumento de Emhyr, é ele que é o meu?

– Eu não acreditaria.

– Geralt, pense um pouco. Será que você, a esta altura, quer brincar desse teatro absurdo de uma luta final entre o Bem e o Mal? Renovo minha proposta de ontem. Ainda não é tarde demais. Você pode fazer sua escolha, pode colocar-se do lado certo...

– Do lado que acabo de dizimar consideravelmente?

– Não precisa sorrir. Seus sorrisos demoníacos não me impressionam. Aqueles poucos elfos massacrados? Artaud Terranova? São detalhes insignificantes. Pode-se passar à ordem do dia por cima deles.

– Claro. Conheço sua visão do mundo. A morte não conta, não é verdade? Principalmente se for a morte de outros.

– Não seja tão banal! Tenho pena de Artaud, mas o que se há de fazer? Paciência. Chamemos isso de... um acerto de contas. Afinal, eu já tentei matar você duas vezes. Emhyr estava ficando impaciente, de modo que eu contratei assassinos profissionais para darem cabo de você. Saiba que nas duas vezes eu o fiz com profundo desagrado. Porque, acredite em mim, mantenho a esperança de sermos pintados juntos num dos quadros da Galeria.

– Abandone essa esperança, Vilgeforz.

– Guarde sua espada. Entraremos juntos em Tor Lara. Acalmaremos a Criança de Sangue Antigo, que, a esta altura, deve estar morrendo de medo no interior da torre. E iremos embora daqui. Juntos. Você estará ao lado dela e poderá ver como se cumpre seu destino. E, quanto ao imperador Emhyr, ele receberá aquilo que deseja. Porque esqueci de lhe dizer que, embora Codringher e Fenn estejam mortos, sua obra e suas ideias continuam vivas e estão muito bem.

– Você está mentindo. Suma daqui antes que eu cuspa com desprezo em você.

– Eu realmente não quero matá-lo, acredite. Não gosto de matar.

– Realmente? E Lydia van Bredevoort?

O feiticeiro fez uma careta de desagrado.

– Não mencione esse nome, bruxo.

Geralt segurou a empunhadura da espada com mais força e sorriu sarcasticamente.

– Por que Lydia teve de morrer, Vilgeforz? Por que ordenou que morresse? Para desviar a atenção de você, não foi isso? Não foi para lhe dar o tempo necessário para torná-lo imune ao dvimerito e enviar um sinal telepático a Rience? Pobre Lydia, uma dotada artista com rosto desfigurado. Todos sabiam que ela era uma pessoa sem importância. Todos, menos ela.

– Cale-se.

– Você assassinou Lydia, feiticeiro. Aproveitou-se dela e agora quer se aproveitar de Ciri. Pois saiba que não permitirei que você entre em Tor Lara.

O feiticeiro deu um passo para trás. Geralt contraiu os músculos, preparando-se para saltar e aplicar um golpe. Mas Vilgeforz não ergueu o braço; em vez disso, estendeu-o para o lado e em sua mão materializou-se repentinamente um grosso bastão de uns seis pés de comprimento.

– Já sei – disse – o que o atrapalha em avaliar corretamente uma situação. Sei o que lhe complica e dificulta a adequada previsão do futuro. É sua arrogância, Geralt. Pois vou tirá-la de você. Tirarei sua arrogância com a ajuda desta varinha.

O bruxo semicerrou os olhos e ergueu a lâmina da espada.

– Mal posso esperar.

Algumas semanas mais tarde, já curado graças aos esforços das dríades e da água de Brokilon, Geralt ficou matutando qual teria sido o erro que cometera durante o confronto, chegando à conclusão de que no decurso da refrega não errara. O único erro que cometera fora antes da luta: deveria ter fugido antes de ela começar.

O feiticeiro era rápido, o bastão cintilava como um raio em sua mão. O espanto de Geralt foi ainda maior quando, ao aparar um golpe, o bastão e a espada chocaram-se, emitindo um som metálico. No entanto, não havia tempo para se espantar. Vilgeforz atacava sem parar, e o bruxo tinha de ficar se desdobrando em fintas e piruetas. Temia aparar os golpes com a espada; o maldito bastão era de ferro, além de ser mágico.

Nas quatro vezes em que pôde atacar, golpeou o feiticeiro: na têmpora, no pescoço, na axila e na coxa. Cada um dos golpes era mortal, mas todos foram aparados. Nenhum ser humano poderia aparar tais golpes. Aos poucos, Geralt começou a compreender, porém já era tarde demais.

Nem chegou a ver o golpe com o qual o feiticeiro o atingiu. O choque atirou-o para longe, de costas contra a parede, deixando-o estonteado e ofegante. Recebeu um novo golpe, dessa vez na nuca, voltando a cair para trás e batendo com o occipício nos salientes seios de uma cariátide. Vilgeforz saltou agilmente para perto dele, girou o bastão e lhe acertou a barriga, logo abaixo das costelas. Com força. Quando Geralt vergou-se, foi golpeado na cabeça. Seus joelhos ficaram moles e ele desabou. E esse, em princípio, teria sido o fim do combate. Geralt tentou ainda se defender desajeitadamente com a espada. Diante do golpe seguinte, a lâmina, enfiada entre a parede e a cariátide, partiu-se, emitindo um som vítreo. O bruxo protegeu a cabeça com o braço esquerdo, e o bastão caiu com ímpeto, quebrando o osso do antebraço. A dor cegou-o por completo.

– Eu poderia sacar seus miolos por seus ouvidos – falou de longe Vilgeforz. – Mas isso deveria ser apenas uma lição. Você se enganou, bruxo. Confundiu o céu com estrelas refletidas na superfície de um lago. Ah, está vomitando? Muito bem. Traumatismo craniano. Está sangrando pelo nariz? Ótimo. Até a vista. Algum dia. Talvez.

Geralt já não via nem ouvia coisa alguma. Estava se afogando em algo quente. Achou que Vilgeforz tivesse ido embora, de modo que se espantou quando sentiu mais um golpe do bastão de ferro em sua perna, destroçando o osso da coxa.

Os golpes seguintes, se é que os houve, não sentiu mais.

– Aguente firme, Geralt; não se entregue – repetia Triss Merigold sem cessar. – Aguente. Não morra... Eu lhe imploro, não morra...

– Ciri...

– Não fale. Já vou puxar você para fora daqui. Aguente... Deuses, dei-me forças...

– Yennefer... Eu preciso...

– Você não precisa nada! Não pode fazer nada! Aguente firme. Não se entregue... Não desmaie... Não morra, eu lhe peço...

A feiticeira arrastava-o pelo chão coberto de cadáveres. Geralt via seu peito e sua barriga totalmente cobertos do sangue que jorrava de seu nariz. Via sua perna retorcida numa posição esquisita, parecendo mais curta do que a sã. Não sentia dor, mas frio. Todo o seu corpo estava frio, entorpecido e estranho. Tinha vontade de vomitar.

– Aguente, Geralt. Logo, logo chegarão reforços de Aretusa.

– Dijkstra... Se Dijkstra me pegar... nada sobrará de mim...

Triss praguejou. Desesperadamente.

Arrastava-o pelas escadas. O braço e a perna frouxos e quebrados batiam com força em cada degrau. A dor despertou-o, penetrando nas vísceras, nas têmporas, irradiando-se até os olhos, os ouvidos, o topo da cabeça. Não gritava. Sabia que se gritasse aliviaria a dor, mas não gritou. Apenas abria a boca, pois aquilo servia de algum alívio.

Ouviu um estrondo.

Tissaia de Vries, despenteada e com o rosto coberto de poeira, estava no topo das escadas. Ergueu os dois braços, e da palma das mãos emanaram chamas. Gritou um encanto e o fogo que dançava entre seus dedos se transformou numa ardente e cegante bola, que rolou escadas abaixo. O bruxo ouviu barulho de muros desabando e horripilantes gritos de pessoas queimadas.

– Tissaia, não! – gritou Triss desesperadamente. – Não faça isso!

– Eles não chegarão até aqui – falou a arquimaga, sem virar a cabeça. – Aqui é Garstang, na ilha de Thanedd. Ninguém convidou esses lacaios de reis que executam ordens de seus míopes soberanos a vir para cá.

– Você os está matando!

– Cale-se, Triss Merigold! O golpe contra a Irmandade falhou; a ilha continua sob o mando do Capítulo! Trata-se de um conflito interno e nós mesmos o resolveremos! Resolveremos nossas questões e, depois, poremos um fim a esta guerra idiota! Porque cabe a nós, feiticeiros, a responsabilidade pelos destinos do mundo!

Mais uma bola de chamas emanou de suas mãos, e o estrondo da explosão ecoou repetidamente por entre colunas e paredes de pedra.

– Fora! – gritou a arquimaga. – Vocês não conseguirão entrar aqui! Fora!

Os gritos de dor foram cessando. Geralt compreendeu que os sitiadores ao pé das escadas recuaram e fugiram. A silhueta de Tissaia foi se desfazendo diante de seus olhos. No entanto, não se tratava de magia; era ele que estava perdendo os sentidos.

– Fuja, Triss Merigold – ouviu as palavras da feiticeira, vindas de longe, como se ela estivesse atrás de uma parede. – Filippa Eilhart já fugiu, voando com suas asas de coruja. Você foi cúmplice dela nesse vergonhoso incidente, e eu deveria puni-la. Mas basta de mortes, sangue e desgraças! Suma daqui! Vá para Aretusa, juntar-se a seus comparsas! Teleporte-se. O portal da Torre da Gaivota deixou de existir. Desabou com a torre. Pode se teleportar sem medo e para onde quiser, mesmo para junto de seu rei Foltest, em prol de quem você traiu a Irmandade!

– Eu não deixarei Geralt... – gemeu Triss. – Ele não pode cair nas mãos dos redânios... Está muito ferido... Está com hemorragia interna... E eu não tenho mais forças para abrir o teleportal! Tissaia, ajude-me, por favor!

Escuridão. Um frio penetrante. De longe, do outro lado da parede de pedra, a voz de Tissaia de Vries:

– Vou ajudá-la.

CAPÍTULO QUINTO

Evertsen, Peter, n. 1234, confidente do imperador Emhyr Deithwen e um dos verdadeiros criadores do Império. Principal executor judicial dos exércitos no decurso das Guerras Setentrionais (v.) e, desde o ano 1290, grão-tesoureiro da Coroa. Nos últimos anos do reinado de Emhyr, elevado à dignidade de coadjutor do Império. Durante o reinado do imperador Morvar Voorhis, foi falsamente acusado de corrupção, julgado e aprisionado. Morreu em 1301, no castelo de Winneburg. Em 1328, foi reabilitado postumamente pelo imperador Jan Calveit.

Effenberg e Talbot, *Encyclopaedia Maxima Mundi*, volume V

Tremei, pois eis que se aproxima o Destruidor das Nações. Que comprimirá com os pés vossas terras, dividindo-as em lotes. Vossas cidades serão destruídas e despovoadas. Morcegos, bufos-reais e corvos ocuparão vossas casas, serpentes farão nelas seus ninhos.

Aen Ithlinnespeath

O chefe do destacamento freou o cavalo, tirou o elmo e passou a mão pelos ralos cabelos úmidos de suor.

– Chegamos ao fim da viagem – repetiu, vendo o olhar indagativo do trovador.

– O quê? Como? – espantou-se Jaskier. – Por quê?

– Não daremos mais um passo. O senhor está vendo aquele riozinho brilhando lá no fundo do vale? É o Wstazka. A ordem que recebemos foi de escoltá-lo apenas até o Wstazka, o que significa que chegou a hora de nos separarmos.

O resto do destacamento também parara, e nenhum dos soldados desmontou. Todos olhavam em volta com visível preocupação. Jaskier protegeu os olhos do sol com a mão e ergueu-se nos estribos.

– Onde você está vendo o tal rio?

– No fundo do vale, como já lhe disse. Se o senhor descer pela encosta, chegará lá num instante.

– Acompanhem-me pelo menos até a margem – protestou Jaskier. – Assim, poderão me mostrar onde fica o vau...

– Não há nada a mostrar. Não chove desde maio, as águas baixaram e o Wstazka ficou mais raso. A cavalo, é possível atravessá-lo em qualquer ponto...

– Eu mostrei ao comandante de vocês uma carta do rei Venzlav – falou o trovador, adotando o ar de um grão-senhor. – O comandante tomou conhecimento do conteúdo da carta e eu mesmo ouvi quando lhes ordenou que me acompanhassem até Brokilon. E vocês querem me deixar aqui, na beira desta floresta? O que vai acontecer caso eu me perca?

– O senhor não vai se perder – falou soturnamente um dos soldados, que se mantivera calado até aquele instante. – Não terá tempo para se perder. Antes disso será encontrado pela ponta de uma flecha de dríade.

– Como vocês são cagões – debochou Jaskier. – É impressionante como têm medo dessas dríades. Afinal, Brokilon começa na outra margem do Wstazka. O Wstazka é a fronteira, e nós ainda não a atravessamos!

– A fronteira das dríades – explicou o chefe, olhando em volta com preocupação – chega até o ponto em que alcançam suas flechas. Uma flecha disparada da outra margem alcançará facilmente a floresta e terá ímpeto suficiente para perfurar uma armadura. Se o senhor cismou em ir até lá, isso é problema seu, e é sua pele que está em jogo. Mas eu tenho amor a minha vida e não darei nem mais um passo em frente. Prefiro que me enfiem a cabeça num vespeiro!

– Eu já lhes expliquei – disse Jaskier, empurrando o chapeuzinho para trás da cabeça e aprumando-se na sela – que estou indo a Brokilon numa missão. Pode-se dizer que sou um embaixador. Não tenho medo das dríades, mas peço-lhes que me acompanhem até a margem do Wstazka. Não gostaria de ser assaltado por bandidos no caminho.

O soldado soturno soltou uma gargalhada.

– Bandidos? Aqui? De dia? Meu senhor, de dia o senhor não encontrará vivalma. Nos últimos tempos, as dríades não só dispararam seus arcos contra qualquer um que aparecesse na margem do Wstazka, como ainda ousaram, mais de uma vez, adentrar nosso território. Não, não precisa ter medo de bandidos.

– É verdade – confirmou o chefe. – Só alguém muito tolo apareceria de dia perto do Wstazka. E nós não somos tolos. O senhor terá de ir até lá sozinho, sem armas nem armadura, e, sem querer ofendê-lo, dá para ver a uma milha de distância que o senhor não tem pinta de guerreiro. E isso poderá lhe ser vantajoso, pois, ao avistarem homens montados e armados, as dríades soltarão tantas flechas que não será possível ver o sol.

– Bem, se não há outro remédio, que seja – falou Jaskier, acariciando o cavalo e olhando para o fundo do vale. – Terei de ir sozinho. Passem bem, soldados. Agradeço-lhes a escolta.

– Não tenha tanta pressa – disse o soldado soturno, olhando para o céu. – Está quase anoitecendo. Espere até a névoa vespertina se erguer do rio. Pois saiba...

– O quê?

– Que um disparo num nevoeiro é menos certeiro. Se o senhor tiver sorte, uma dríade poderá até errar, só que tenha em mente que elas erram muito raramente...

– Eu já lhes disse...

– Sim, o senhor disse e nós ouvimos que o senhor está indo ao encontro delas numa espécie de missão. Pois eu lhe direi algo diferente: seja numa missão ou numa procissão, para elas tanto faz. Encherão o senhor de flechas, e pronto.

– Será que vocês se juntaram para me assustar? – empertigou-se o poeta. – Por quem vocês me tomam? Por um escrevinhador qualquer? Eu, senhores soldados, vi mais campos de batalha do que vocês todos juntos. E também sei mais sobre dríades do que vocês, embora não muito mais do que o fato de elas nunca atirarem sem dar um prévio aviso.

– Foi assim, no passado – falou o chefe do destacamento, com voz baixa. – No passado, elas avisavam. Disparavam uma flecha no tronco de uma árvore ou no meio de uma trilha, como sinal para não se dar um passo além daquela flecha. Se a pessoa virasse imediatamente e fosse embora, poderia escapar ilesa. Mas hoje é diferente; elas disparam direto para matar.

– Por que tanta animosidade?

– Bem – murmurou o soldado –, porque, quando os reis firmaram o cessar-fogo com Nilfgaard, logo se puseram a perseguir os bandos de elfos. Devem tê-los apertado muito, porque não há uma noite em que seus sobreviventes não passem por Brugge fugindo para Brokilon em busca de um lugar para se esconder. E quando os nossos perseguem os elfos, não é raro haver um confronto com as dríades, que vêm do outro lado do Wstazka para ajudar os elfos. E também houve casos nos quais nossas tropas exageraram um pouco na perseguição... Entendeu?

– Entendi – respondeu Jaskier, olhando atentamente para o soldado e fazendo um meneio positivo com a cabeça. – Ao perseguirem os Scoia'tael, vocês acabavam atravessando o Wstazka e matando dríades. E agora as dríades estão lhes pagando com a mesma moeda. Em outras palavras, temos uma guerra.

– Sim. O senhor tirou as palavras de minha boca. Uma guerra. Uma guerra sempre de morte, nunca de vida. Mas agora as coisas estão ainda piores. O ódio entre nós e eles é enorme. Portanto, volto a repetir: se o senhor não precisa realmente ir para lá, então não vá.

Jaskier engoliu em seco.

– A questão é – aprumou-se na sela, fazendo um grande esforço para adotar uma expressão marcial e uma postura guerreira – que eu preciso ir. E irei. Agora. Independentemente se de noite ou de dia, se com nevoeiro ou sem, quando o dever chama, é preciso cumpri-lo.

Anos de prática tiveram seu efeito. A voz do trovador soou ameaçadora e linda, soturna e gélida, com um timbre de ferro e masculinidade. Os soldados olharam para ele com inegável admiração.

– Antes de partir – disse o chefe, pegando um cantil de madeira que pendia de sua sela – tome um gole de vodca, senhor cantor. Dê um bom trago...

– Assim, ser-lhe-á mais leve morrer – acrescentou soturnamente o soldado de poucas palavras.

O poeta sorveu um gole do cantil.

– Um covarde – declarou com dignidade, assim que passou o acesso de tosse e ele recuperou o fôlego – morre cem vezes. Já um valente morre só uma. Mas a Dona Fortuna é aliada dos bravos, nutrindo profundo desprezo pelos covardes.

Os soldados olharam para ele com ainda maior admiração. Não sabiam nem podiam saber que Jaskier citava uma passagem de um poema épico, ainda por cima escrito por outro poeta.

– Sendo assim – o bardo tirou do bolso do casaco um tilintante saquinho de couro –, permitam que eu lhes agradeça a escolta. Antes de retornarem ao forte e antes de a implacável mãe serventia voltar a requerer seus serviços, parem numa taberna e bebam a minha saúde.

– Muito obrigado, senhor – balbuciou o chefe, enrubescendo levemente. – O senhor está sendo tão generoso, enquanto nós... Perdoe-nos por deixá-lo aqui sozinho, mas...

– Não se preocupem com isso. Passem bem.

O poeta deslizou arrojadamente o chapeuzinho sobre a orelha direita, esporeou o cavalo e partiu trotando escarpa abaixo e assoviando a melodia de "As bodas em Bullerlyn", uma famosa e extraordinariamente obscena canção das tropas de cavalaria.

– E aquele corneteiro lá no forte disse – ouviu ainda as palavras do soldado soturno – que ele era um parasita, covarde e idiota. E eis que se revela um cavaleiro valente e ousado, apesar de ser um versejador.

– É verdade – respondeu o chefe. – É preciso admitir que ele é corajoso. Fiquei observando-o e vi que suas pálpebras nem chegaram a tremer. Sim, senhor. Você ouviu o que ele disse? Que era um "embrassador". Não é qualquer um que pode ser nomeado "embrassador". É preciso ter boa cabeça para tornar-se "embrassador"...

Jaskier acelerou o trote, querendo afastar-se o mais rápido possível. Não queria estragar a reputação que acabara de criar. E sabia que para continuar assoviando precisaria de mais saliva do que a que lhe restava em seus lábios ressecados de pavor.

A escarpa era úmida e sombria. O chão de barro umedecido, assim como o tapete de folhas apodrecidas que o cobria, abafava o som dos cascos do alazão castrado, que o poeta batizara de Pégaso. Pégaso avançava devagar, com a cabeça abaixada. Era um desses poucos cavalos para os quais tudo é indiferente.

A floresta terminou, mas até os amieiros que ladeavam o leito do rio estendia-se uma larga planície semialagada e coberta de juncos. O poeta deteve o cavalo. Olhou cuidadosamente em volta, porém não viu nada. Aguçou os ouvidos, e o único som que ouviu foi o coaxar de rãs.

– Muito bem, cavalinho – pigarreou –, só se morre uma vez. Em frente.

Pégaso levantou a cabeça e ergueu interrogativamente as orelhas normalmente caídas.

– É isso mesmo. Você ouviu direito. Em frente.

O castrado moveu-se com relutância, chapinhando no terreno pantanoso. Rãs saltavam em volta de suas patas, evitando serem esmagadas. A alguns passos diante deles, um pato alçou voo, grasnando e batendo as asas com força, o que fez o coração do trovador interromper sua função por um momento, para logo em seguida retomá-la intensivamente e em ritmo redobrado. Pégaso nem ligou para o pato.

– O herói cavalgava... – sussurrou Jaskier, enxugando o suor frio da nuca com um lenço tirado do casaco. – Cavalgava impavidamente pelo pântano, sem se importar com anfíbios saltitantes nem com dragões voadores... Cavalgou e cavalgou... até chegar a uma imensurável extensão de águas...

Pégaso bufou e parou. Estavam junto do rio, no meio de juncos e bunhos que se erguiam acima dos estribos. Jaskier enxugou as pálpebras suadas e amarrou o lenço no pescoço. Ficou olhando firmemente para os amieiros na outra margem do rio até seus olhos lacrimejarem. Nada nem ninguém. Sobre a superfície da água enrugada pelas plantas aquáticas levadas pela correnteza, voavam dezenas de pica-peixes turquesa-alaranjados. O ar tremulava com enxames de insetos, enquanto peixes engoliam efemerópteros, deixando grandes círculos na água.

Até onde a vista podia alcançar, viam-se tocas de castores, montes de galhos quebrados e troncos roídos levados pela suave correnteza. "Que quantidade enorme de castores!", pensou o poeta. "Uma fortuna incalculável. E não é de espantar. Ninguém incomoda esses malditos roedores. Este lugar é evitado por saqueadores, pescadores, apicultores e até pelos onipresentes caçadores de aves, que não ousam colocar aqui suas armadilhas. Os que tentaram levaram uma flechada na garganta e tiveram o corpo devorado por caranguejos. Enquanto isso, eu, um idiota, me meto aqui por vontade própria, aqui, à beira do Wstazka, um rio do qual emana um horrendo fedor de carne apodrecida que não se ameniza nem pelo cheiro de ácoro e menta..."

O bardo suspirou profundamente.

Pégaso adentrou a água lentamente com as patas dianteiras, baixou a cabeça até a superfície e bebeu durante muito tempo. Depois, virou a cabeça e olhou interrogativamente para Jaskier. Um filete de água lhe escorria das narinas e do focinho. O poeta meneou a cabeça, soltou mais um suspiro e fungou longamente.

– O herói olhou para a agitada superfície da água – declamou baixinho, esforçando-se para não bater os dentes. – Olhou em volta e seguiu em frente, pois seu coração desconhecia o conceito de medo.

Pégaso abaixou a cabeça e as orelhas.

– Desconhecia o conceito de medo, eu disse.

Pégaso sacudiu a cabeça. Jaskier cutucou-o com os calcanhares, e o castrado entrou na água com patética resignação.

O Wstazka era raso, mas bastante coberto por vegetação. Antes mesmo de chegarem à metade de sua largura, uma longa trança verdejante formou-se atrás das patas de Pégaso. O cavalo avançava lentamente e, a cada passada, fazia um esforço para se livrar das incômodas plantas aquáticas. Os juncos e amieiros na margem direita já estavam próximos, tão próximos que Jaskier sentiu o estômago baixando e baixando, quase chegando à sela. Estava ciente de que, no meio do rio e quase aprisionado pela vegetação aquática, era um alvo perfeito e impossível de errar. Com olhos de imaginação já via arcos com cordas retesadas e pontas de flechas apontadas em sua direção.

Apertou o cavalo com as coxas, mas Pégaso não lhe deu a mínima importância. Em vez de se apressar, parou e ergueu a cauda. Bolotas de esterco caíram na água. Jaskier soltou um palavrão.

– O herói – sussurrou, semicerrando os olhos – não conseguiu atravessar as estrondeantes cachoeiras. Morreu de maneira gloriosa, atravessado por inúmeras setas. Foi coberto para sempre pelas escuras profundezas, aninhado em algas verdes como jade. Perderam-se dele quaisquer rastros, exceto excrementos de cavalo levados pela correnteza ao mar distante...

Pégaso, claramente mais aliviado, não precisou ser mais esporeado para prosseguir rapidamente para junto da margem livre de plantas aquáticas. Uma vez lá, até se permitiu dar uns saltinhos, molhando as botas e as calças de Jaskier. O poeta nem percebeu. A visão de setas apontadas para sua barriga não o deixava nem por um momento, enquanto o terror se arrastava por suas costas e nuca como uma enorme sanguessuga fria e escorregadia. E isso porque logo após os amieiros, a menos de cem passos da ala de juncos que margeava o rio, erguia-se a perpendicular, negra e ameaçadora parede da floresta.

Brokilon.

Na margem, a alguns passos do leito do rio, jazia um branco esqueleto equino. Urtigas e outras plantas daninhas emergiam por entre as costelas. Jaziam ali também muitos outros ossos menores, que não pareciam ser de cavalos. Jaskier ficou todo arrepiado e desviou o olhar.

Chapinhando, o enlameado castrado saiu do pântano à beira do rio, fedendo horrivelmente. As rãs pararam de coaxar por um momento. Tudo ficou em silêncio. Jaskier fechou os olhos. Já não declamava nem improvisava versos; a inspiração e a fantasia haviam fugido para longe. Restara apenas um frio e medonho medo, um sentimento assaz forte, porém totalmente desprovido de qualquer impulso criativo.

Pégaso moveu as orelhas para trás e andou preguiçosamente na direção da Floresta das Dríades, chamada por muitos de Floresta da Morte.

"Atravessei a fronteira", pensou o poeta. "Agora, tudo será decidido. Enquanto estive do outro lado do rio, e até dentro da água, elas poderiam se dar ao luxo de ser magnânimas. Mas, agora, não mais. Agora, eu sou um intruso. Assim como daquele outro... também poderá sobrar de mim apenas um esqueleto... a título de aviso para os próximos... Se as dríades estão aqui... se estão me observando..."

Lembrou-se de torneios de arco e flecha, competições em feiras e demonstrações de pontaria certeira, alvos e manequins feitos de palha sendo espetados e destroçados por pontas de flecha. "O que será que sente um homem atingido por uma seta? Um golpe? Dor? Ou talvez... nada?"

Ou não havia dríades nas redondezas, ou elas resolveram não dar importância a um cavaleiro solitário, porque o poeta, embora quase morto de medo, chegou são e salvo à beira da floresta. A entrada estava protegida por uma faixa cheia de galhos e raízes de árvores derrubadas pelo vento, mas Jaskier não tinha intenção alguma de atravessá-la, muito menos ainda de adentrar a floresta. Podia forçar-se a arriscar a vida, mas não a cometer suicídio.

Desmontou muito lentamente e amarrou as rédeas numa raiz que emergia da terra. Não costumava fazer isso, pois Pégaso não era propenso a se afastar do dono. No entanto, Jaskier não sabia como o cavalo reagiria diante do som de uma saraivada de flechas. Até então, nem ele nem Pégaso haviam sido expostos a tais sons.

Tirou da sela um lindo alaúde, um instrumento único, de primeira classe, com um longo braço esbelto. "Presente de uma elfa", pensou, acariciando a madeira tasteada. "Talvez ele acabe retornando ao Povo Antigo... A não ser que as dríades resolvam deixá-lo junto do meu cadáver..."

Ao lado jazia uma velha árvore derrubada pelo vento. O poeta sentou em seu tronco, apoiou o alaúde no joelho, passou a língua pelos lábios ressecados e enxugou nas calças as mãos úmidas de suor.

O sol aproximava-se do crepúsculo vespertino. Do Wstazka elevava-se uma névoa, cobrindo a relva com um manto branco-acinzentado. Esfriara. O grasnido das cegonhas aumentou, para cessar logo, permanecendo apenas o coaxo das rãs.

Jaskier bateu nas cordas – uma, duas, três vezes. Afinou o instrumento e começou a tocar, passando a cantar logo em seguida.

Yviss, m'evelienn vente cáelm en tell
Elaine Ettariel
Aep cor me lode deith ess'viell
Yn blath que me darienn
Aen minne vain tegen a me
Yn toin av muireánn que dis eveigh e aep llea...

O sol desapareceu por trás da floresta. Uma penumbra caiu imediatamente na área sombreada pelas gigantescas árvores de Brokilon.

L'eassan Lamm feainne renn, ess'ell,
Elaine Ettariel,
Aep cor...

Não ouviu, apenas pressentiu uma presença.

– N'te mire daetre. Sh'aente vort.

– Não atire... – sussurrou obedientemente, sem se virar. – N'aen aespar a me... Venho em paz.

– N'ess a tearth. Sh'aente.

Obedeceu, embora seus dedos parecessem estar congelados e endurecessem ao tocar as cordas, e ainda que o canto apresentasse grande dificuldade para sair da garganta. Mas na voz da dríade não havia agressividade e ele, com todos os diabos, era um profissional.

L'eassan Lamm feainne renn, ess'ell,
Elaine Ettariel,
Aep cor aen tedd teviel e gwen
Yn blath que me darienn
Es yn e evellien a me
Que shaent te cáelm a'vean minne me striscea...

Dessa vez, permitiu-se lançar um olhar por cima do ombro. Aquilo que se agachara bem juntinho do tronco lembrava um arbusto envolto em hera. No entanto, não era um arbusto; arbustos não costumam ter enormes olhos brilhantes.

Pégaso relinchou baixinho, e Jaskier sabia que atrás dele, na escuridão, havia alguém que acariciava as narinas do cavalo.

– Sh'aente vort – pediu novamente a dríade agachada a suas costas. Sua voz parecia o sussurro de folhas atingidas por gotas de chuva.

– Eu... – começou o poeta. – Eu sou... sou um amigo do bruxo Geralt... Sei que Geralt... que Gwynbleidd está aqui em Brokilon, entre vocês. Estou vindo...

– N'te dice'en. Sh'aente va.

– Sh'aent – pediu suavemente outra dríade a suas costas, quase em coro com uma terceira e, talvez, uma quarta, Jaskier não tinha certeza.

– Yea, sh'aente, taedh – falou com uma argêntea voz melodiosa aquilo que, até havia pouco, parecera ao bardo uma pequena bétula a alguns passos dele. – Ess'laine... Taedh... Cante mais sobre Ettariel... Está bem?

Jaskier obedeceu.

Amá-la é o objetivo de minha vida,
Bela Ettariel!
Permita que eu guarde o tesouro das lembranças
E a flor encantada,
Orvalhada como que de lágrimas
Prova e sinal de amor...

Dessa vez, ouviu passos.

– Jaskier.

– Geralt!

– Sim, sou eu. Pode parar de fazer barulho.

– Como você conseguiu me achar? Quem lhe contou que eu estava em Brokilon?

– Foi Triss Merigold... Maldição... – Jaskier tropeçou pela segunda vez e teria caído se a dríade que caminhava a seu lado não o tivesse segurado com uma força surpreendente para alguém de sua estatura.

– Gar'ean, táedh – advertiu-o com sua voz argêntea. – Va cáelm.

– Obrigado. É que está muito escuro... Geralt? Onde está você?

– Aqui. Não fique para trás.

Jaskier apressou o passo, tropeçou novamente e quase esbarrou no bruxo, que parara a sua frente. As dríades passaram por eles silenciosamente.

– Que escuridão infernal... Falta muito?

– Não. Em breve estaremos no acampamento. Quem, além de Triss Merigold, sabe que estou escondido aqui? Você andou falando sobre isso com mais alguém?

– Tive de falar com o rei Venzlav. Precisava de um salvo-conduto para atravessar Brugge. Estamos vivendo em tempos que é impossível descrever... Também precisava de uma permissão para adentrar Brokilon. Mas Venzlav conhece e gosta de você... Imagine que ele me nomeou um enviado seu. Estou convencido de que ele manterá segredo; pedi-lhe isso especificamente. Não fique chateado comigo, Geralt...

O bruxo se aproximou. Jaskier não conseguia ver a expressão em seu rosto; via apenas os cabelos brancos e os fios de barba de vários dias, visíveis mesmo na escuridão.

– Não estou chateado. – O poeta sentiu a mão pousada em seu ombro e teve a impressão de que a até então fria voz de Geralt mudara sensivelmente. – Estou feliz por você ter vindo, seu filho de uma cadela.

– Como faz frio aqui... – Jaskier tremeu, fazendo estalar os galhos sobre os quais estavam sentados. – Que tal acendermos...

– Nem pense nisso – sussurrou o bruxo. – Você esqueceu onde está?

– Elas chegam a tal ponto... – O trovador lançou um olhar preocupado a sua volta. – Nenhum fogo, é isso?

– As árvores odeiam o fogo. E eles também.

– Que droga! Vamos ficar sentados neste frio e nesta maldita escuridão? Quando estendo o braço, não consigo ver meus dedos...

– Então não estenda o braço.

O bardo suspirou e esfregou os antebraços. Ouviu o bruxo, sentado a seu lado, quebrar raminhos secos com os dedos.

No meio da escuridão, surgiu repentinamente uma luzinha esverdeada, meio indistinta no início, mas tornando-se cada vez mais nítida. Após a primeira, apareceram várias outras, espalhadas por muitos lugares, movendo-se e dançando como pirilampos ou línguas de fogo-fátuo. De uma hora para outra, a floresta despertou com uma agitação de sombras, e Jaskier começou a ver a silhueta das dríades que estavam a sua volta. Uma delas aproximou-se e colocou junto deles algo que parecia um incandescente emaranhado de plantas. O poeta estendeu cuidadosamente o braço e aproximou a palma da mão. A brasa verde era totalmente fria.

– O que é isso, Geralt?

– Mistura de fungos com uma espécie de musgo que cresce apenas aqui, em Brokilon. Somente elas sabem como prepará-la para que brilhe. Agradeço-lhe, Fauve.

A dríade não respondeu, mas também não se afastou, ficando de cócoras junto deles. Sua testa era atravessada por uma guirlanda e seus longos cabelos caíam sobre seus ombros. Àquela luz, os cabelos pareciam ser verdes, e até era possível que fossem assim de verdade. Jaskier sabia que os cabelos das dríades podiam ter as cores mais diversas e incomuns.

– Taedh – falou a dríade melodiosamente, erguendo para o trovador um par de olhos brilhantes num pequenino rosto pintado com duas escuras linhas diagonais paralelas, a título de camuflagem. – Ess've vort shaente aen Ettariel? Shaente a'vean vort?

– Não... Talvez mais tarde – respondeu Jaskier polidamente, escolhendo com cuidado as palavras da Língua Antiga.

A dríade suspirou, inclinou-se, acariciou levemente o braço do alaúde deitado a seu lado, ergueu-se e se afastou. Jaskier ficou olhando-a juntar-se às demais, cujas sombras pareciam dançar à luz das verdes lamparinas.

– Espero não tê-la ofendido – falou meio sem graça. – Elas se comunicam num dialeto próprio, cujas formas polidas eu não conheço...

– Verifique se você tem uma faca cravada na barriga. – Na voz do bruxo não havia nem ironia nem humor. – As dríades sempre reagem a uma ofensa enfiando uma faca na barriga do ofensor. Não precisa ter medo, Jaskier. Ao que tudo indica, elas serão capazes de lhe perdoar muito mais do que um simples deslize linguístico. Seu concerto à beira da floresta claramente lhes agradou. Agora, você é um ard táedh, ou seja, um grande bardo. Elas aguardam agora a continuação de "A flor de Ettariel". Você a conhece? Afinal, não é uma composição sua.

– Mas fui eu quem a traduziu, enriquecendo um tanto aquele canto élfico. Você não notou?

– Não.

– Foi o que pensei. Por sorte, as dríades têm um senso mais apurado quando se trata de arte. Li em algum lugar que elas são excepcionalmente musicais. Foi por isso que bolei aquele plano genial, pelo qual, cabe observar, você não me congratulou.

– Meus parabéns – falou o bruxo, após um breve silêncio. – Aquilo foi realmente muito esperto de sua parte e, como sempre, você teve muita sorte. As flechas das dríades acertam a duzentos passos e elas não costumam esperar que alguém chegue a sua margem do rio e comece a cantar. Elas são muito sensíveis a odores desagradáveis. E, quando a correnteza do Wstazka arrasta um cadáver, seu fedor empesta a floresta.

– Vamos deixar este assunto de lado. – O poeta pigarreou. – O importante é que me dei bem e encontrei você. Geralt, como...

– Você tem uma navalha?

– É lógico que tenho.

– Vai me emprestá-la amanhã cedo. Esta barba por fazer está me deixando quase louco.

– E as dríades não tinham... Hummm... Sim, em princípio elas não têm necessidade de navalhas. É óbvio que vou lhe emprestar. Geralt?

– O que foi?

– Não trouxe comida alguma. Será que o ard táedh, o grande bardo, pode contar com um convite para jantar com as dríades?

– Elas não jantam. Nunca. E suas sentinelas na fronteira de Brokilon tampouco tomam café da manhã. Você terá de sofrer até o meio-dia. Eu já me acostumei.

– Mas quando chegarmos a sua capital, à famosa Duén Canell, oculta no meio da floresta...

– Nós nunca chegaremos lá.

– Como isso é possível? Eu pensei que... Afinal... elas lhe concederam asilo... Afinal... elas o toleram...

– Você usou o termo adequado.

Ambos ficaram em silêncio por bastante tempo.

– Guerra – falou o poeta finalmente. – Guerra, ódio e desprezo. Por todos os lados. Em todos os corações.

– Você está poetizando.

– Mas é assim.

– Exatamente assim. Vamos lá; conte-me com o que você veio. Relate o que se passou no mundo enquanto eu estava sendo tratado aqui.

– Antes – Jaskier pigarreou silenciosamente – você deve me contar o que aconteceu realmente em Garstang.

– Triss não lhe contou?

– Contou, mas eu gostaria de ouvir sua versão.

– Se você conhece a versão de Triss, conhece uma versão muito mais detalhada e exata que a minha. Conte-me o que se passou mais tarde, quando eu já estava em Brokilon.

– Geralt – sussurrou o poeta –, eu realmente não sei o que aconteceu com Yennefer e Ciri... Ninguém sabe, nem mesmo Triss...

O bruxo agitou-se violentamente. Os galhos estalaram.

– E eu estou lhe perguntando sobre Ciri ou Yennefer? – falou com voz alterada. – Fale-me da guerra.

– Os nilfgaardianos – começou o bardo – atacaram Lyria e Aedirn sem declaração de guerra alguma. O motivo teria sido um suposto ataque de tropas de Demawend a um forte fronteiriço de Dol Angra, realizado durante o encontro dos feiticeiros em Thanedd. Há quem afirme que aquilo foi uma provocação, perpetrada por nilfgaardianos fingindo-se de soldados de Demawend. Acho que nunca saberemos o que aconteceu realmente. De todo modo, a reação de Nilfgaard foi rápida e maciça: a fronteira foi atravessada por um exército poderoso, que provavelmente estava concentrado em Dol Angra havia semanas, se não meses. Spalla e Scala, os dois fortes fronteiriços de Lyria, foram tomados de assalto em menos de três dias. Rívia estava preparada para resistir a um cerco prolongado, mas rendeu-se em menos de dois dias sob a pressão das corporações dos artesãos e dos comerciantes, às quais fora prometido que a cidade não seria saqueada caso abrisse seus portões e pagasse um resgate.

– E a promessa foi cumprida?

– Sim.

– Interessante... – A voz do bruxo voltou a se alterar. – O cumprimento de uma promessa nos dias de hoje? Nem menciono o fato de que antigamente nem se pensava em fazer promessas desse tipo, porque ninguém as esperava. Os artesãos e os comerciantes não abriam os portões de fortalezas, mas defendiam-nos, com cada corporação protegendo a própria torre e o próprio bastião.

– O dinheiro não tem pátria, Geralt. Para os comerciantes, não faz diferença sob qual governo estão auferindo lucro, e, para os palatinos nilfgaardianos, não importa de quem coletam impostos. Comerciantes mortos não auferem lucro e, consequentemente, não pagam impostos.

– Continue.

– Após a capitulação de Rívia, o exército de Nilfgaard seguiu numa velocidade incrível em direção ao norte, sem encontrar resistência digna de nota. Incapazes de formar uma frente para uma batalha decisiva, os exércitos de Demawend e Meve foram recuando. Desse modo, os nilfgaardianos chegaram a Aldesberg. No intuito de evitar um cerco à fortaleza, Demawend e Meve decidiram travar uma batalha. A situação de suas tropas não era das melhores... Que droga! Se não fosse tão escuro, eu poderia lhe desenhar...

– Não desenhe. Seja sucinto. Quem venceu?

– Vossa Excelência ouviu? – gritou um afobado e suado intendente que conseguiu passar por entre as pessoas que cercavam a mesa. – Acabou de chegar um mensageiro do campo de batalha! Vencemos! Vencemos a batalha! Vitória! O dia é nosso! Acabamos com o inimigo de uma vez por todas!

– Fale mais baixo – repreendeu-o Evertsen. – Minha cabeça está prestes a estourar de tanta gritaria de vocês. Sim, ouvi, ouvi. Derrotamos o inimigo. O dia é nosso, acabamos com o inimigo e a vitória é nossa. Grandes coisas...

Os oficiais de justiça e os intendentes abaixaram a voz e olharam com espanto para seu superior hierárquico.

– Vossa Excelência não está radiante?

– Estou. Mas sei estar radiante em silêncio.

Os intendentes se entreolharam e calaram. "Um bando de moleques excitados", pensou o executor judicial dos exércitos imperiais. "Na verdade, sua atitude não me surpreende, mas lá, no topo da colina, Menno Coehoorn, Elan Trahe e até o grisalho general Braibant gritam, dão pulinhos de alegria no ar e se dão tapinhas congratulatórios nas costas. Vitória! O dia é nosso! E de quem haveria de ser? Os reinos unidos de Aedirn e Lyria mobilizaram três mil cavalarianos e dez mil infantes, um quinto dos quais conseguimos bloquear e manter dentro dos fortes e das fortalezas nos primeiros dias da ofensiva. Boa parte das tropas restantes teve de recuar para proteger os flancos ameaçados pelos Scoia'tael. Os demais cinco ou seis mil, entre os quais não mais de mil e duzentos cavalarianos, acabaram nos enfrentando na batalha de Aldesberg. Coehoorn lançou contra eles um exército de treze mil homens, incluindo aí dez destacamentos de cavalaria pesada, a flor dos guerreiros de Nilfgaard. E agora ele canta vitória, grita, agita o bastão de comando e pede cerveja... Vitória! Ora veja..."

Com um gesto brusco, o executor judicial dos exércitos recolheu da mesa as pilhas de mapas e notas, ergueu a cabeça e olhou em volta.

– Prestem atenção – falou aos intendentes rudemente. – Vou emitir ordens.

Seus subalternos congelaram numa postura de espera.

– Cada um de vocês – começou – teve a oportunidade de ouvir a preleção feita ontem pelo senhor marechal de campo Coehoorn a seus oficiais. Diante disso, chamo sua atenção para o fato de que tudo o que o marechal falou aos militares nada tem a ver com vocês. Vocês terão de executar outras tarefas e cumprir outras ordens. Ordens minhas.

Evertsen pensou um pouco, esfregando a testa.

– "Guerra aos castelos e paz às choupanas", disse ontem Coehoorn a seus comandados – continuou. – Vocês todos conhecem esse princípio, que lhes ensinaram nas academias militares. Pois saibam que esse princípio, obrigatório até hoje, deverá ser esquecido a partir de amanhã. A partir de amanhã, vocês seguirão um novo princípio, que será o mote da guerra que estamos travando. Esse mote, que também é minha ordem, diz o seguinte: "Guerra contra tudo o que é vivo. Guerra contra tudo o que pode ser queimado." Vocês deverão deixar terra carbonizada atrás de si.

A partir de amanhã, levaremos a guerra além da linha detrás da qual recuaremos após a assinatura do tratado. Nós recuaremos, mas lá, do outro lado da linha, deverá sobrar apenas terra arrasada. Os reinos de Rívia e Aedirn devem ser transformados em cinzas! Lembrem-se de Sodden! Hoje, chegou a hora de nossa vingança!

Evertsen pigarreou com força.

– Antes de os soldados deixarem terra queimada atrás de si – falou aos calados intendentes –, a tarefa de vocês será a de retirar daquela terra e daquele país tudo o que for possível, tudo o que poderá multiplicar a riqueza de nossa pátria. Audegast, você se ocupará do carregamento e do transporte de todas as colheitas já feitas e armazenadas. Tudo o que ainda estiver nos campos e não foi destruído pelos valentes guerreiros de Coehoorn deverá ser colhido.

– Disponho de poucos homens, Excelência...

– Você terá escravos de sobra. Faça-os trabalharem. Marder e você... Esqueci seu nome...

– Helvet. Evan Helvet, Excelência.

– Vocês dois vão se encarregar do gado. Vão agrupá-lo em manadas, que deverão ser levadas a determinados pontos de quarentena. Muito cuidado com a febre aftosa e demais doenças contagiosas. Qualquer animal suspeito deverá ser imediatamente abatido e queimado. Quanto aos demais, conduzam-nos para o sul pelos caminhos previamente demarcados.

– Sim, Excelência.

"E agora", pensou Evertsen, olhando para seus subordinados, "chegou a hora das tarefas especiais. A quem confiá-las? Esses aí são uns garotos que mal largaram a mamadeira, viram pouco e nada experimentaram... Como sinto falta daqueles versados intendentes de outrora... Guerras, guerras e mais guerras... Os guerreiros morrem frequentemente e em grande número, mas, levando em consideração a proporcionalidade, a incidência de morte de intendentes não é muito menor. Só que não se nota a falta de um soldado, porque sempre aparece um novo, já que todos querem ser guerreiros. Mas quem quer ser intendente ou oficial de justiça? Quem, após seu retorno, ao ser indagado pelos filhos quais foram seus feitos durante a guerra, vai querer relatar como mediu sacos de grãos, contou couros fedorentos e pesou banha, como tangeu gado e conduziu carroças carregadas de produtos de saques por estradas cobertas de estrume, envolto em poeira, fedor e enxames de moscas?"

Tarefas especiais. A fundição em Guelec com seus altos-fornos. As oficinas de fresagem, os fornos de conversão de calamita e a gigantesca forja de Eysenlaan, com uma produção anual de vinte e cinco toneladas de ferro. Usinas de objetos de estanho e bronze e manufaturas de lã de Aldesberg. Moinhos de malte, destilarias, tecelagens e tinturarias de Vengerberg...

Desmontar e transportar. Assim ordenara o imperador Emhyr, o Fogo Branco Dançante sobre Mamoas dos Inimigos. Apenas em duas palavras. Desmontar e transportar.

Uma ordem é uma ordem e deve ser obedecida.

Faltava o mais importante. As minas e seus produtos, moedas, joias, obras de arte. Disso, porém, ele mesmo se ocuparia. Pessoalmente.

Ao lado das colunas de fumaça visíveis no horizonte, foram surgindo outras. E mais outras. As tropas punham em prática as ordens de Coehoorn. O reino de Aedirn transformava-se aos poucos num país de incêndios.

Pela estrada envolta em nuvens de poeira, seguia uma comprida coluna de máquinas de guerra destinadas às ainda não rendidas Aldesberg e Vengerberg, a capital do rei Demawend.

Peter Evertsen olhava e contava. Calculava. Refazia os cálculos. Peter Evertsen era o intendente-mor do Império e, durante a guerra, o principal executor judicial dos exércitos. Exercia tal função havia vinte e cinco anos. Números e cálculos eram tudo em sua vida.

Uma catapulta custava quinhentos florins; um trabuco, duzentos; cada fundíbulo, pelo menos cento e cinquenta; e a mais simples das balestras, oitenta. Os bens treinados usuários dessas armas cobravam nove florins e meio de soldo mensal. A coluna que estava a caminho de Vengerberg, incluindo aí os cavalos, burros e utensílios, valia, no mínimo, trezentas grívnias. Uma grívnia, moeda de metal puro que pesava meia libra, equivalia a sessenta florins. O faturamento anual de uma mina de porte médio chegava a seis mil grívnias...

A coluna responsável pelo cerco foi ultrapassada por um regimento de cavalaria ligeira. Pelos brasões nas bandeiras, Evertsen reconheceu a unidade tática do príncipe Winneburg, uma daquelas que haviam sido transferidas de Cintra. "Sim", pensou, "esses aí têm com que se alegrar. A batalha já foi ganha, e as tropas de Aedirn, dissipadas. Os regimentos de reserva não mais serão lançados numa luta encarniçada contra exércitos regulares. Eles apenas vão perseguir dispersos grupos de fugitivos desprovidos de seus comandantes, matando, saqueando e incendiando tudo a sua volta. Eles estão contentes porque têm diante de si a perspectiva de uma agradável e alegre guerrinha. Uma guerrinha que não lhes dará muito trabalho nem os fará arriscar a vida."

Evertsen calculava.

Um regimento tático de cavalaria ligeira era formado por dez destacamentos, num total de dois mil cavalarianos. Embora certamente não se engajassem mais em batalhas de grande envergadura, pelo menos um sexto deles morreria em combates secundários. Em seguida, viriam os acampamentos e bivaques, comida estragada, sujeira, piolhos, mosquitos, água poluída, fazendo surgir o inevitável: tifo, disenteria e malária, que matariam não menos de um quarto dos homens. A isso deviam ser acrescentados os acontecimentos imprevistos, em torno de um quinto do total. Assim, acabariam voltando para casa não mais de oitocentos cavalarianos, provavelmente menos.

Outros destacamentos montados seguiram pela estrada e, depois deles, regimentos de infantaria. Marchavam arqueiros de jaqueta amarela e capacete arredondado, bem como besteiros e lanceiros com a cabeça protegida por bacinete. Atrás deles vinham os veteranos de Vicovaro e Etólia, portando enormes escudos retangulares cobertos de couro e mais parecendo caranguejos por causa das armaduras. Por fim, um amontoado multicolorido: soldados profissionais de Metinna e mercenários de Thurn, Maecht, Geso e Ebbing...

Apesar do calor, as tropas avançavam entusiasmadas, com suas botas erguendo uma nuvem de poeira sobre a estrada. Retumbavam tambores, tremulavam bandeiras e flâmulas, brilhavam pontas de lanças, dardos, alabardas e bisarmas. Os soldados marchavam com passos firmes e alegres. Marchava um exército vencedor. Um exército invencível. Em frente, rapazes, em frente, à guerra! A Vengerberg! Acabar com o inimigo! Vingar-se de Sodden! Aproveitar a alegre guerrinha para encher os bolsos com saque e voltar para casa!

Evertsen olhava... e calculava.

– Vengerberg caiu após uma semana de cerco – concluiu Jaskier. – Você ficará espantado, mas lá as corporações lutaram valentemente até o fim, defendendo os bastiões e outros pontos nos muros que lhes foram determinados. Como represália, tanto a guarnição como a população civil da cidade, algo em torno de seis mil pessoas, foram massacradas. A notícia do massacre provocou fugas em massa. Os dispersos regimentos e a população civil começaram a se deslocar na direção de Temeria e da Redânia. Multidões de fugitivos avançaram pelo vale do Pontar e pelas várzeas de Mahakam. A cavalaria nilfgaardiana partiu em seu encalço, bloqueando seu caminho de fuga... Você sabe de que se tratava?

– Não. Eu não entendo... Eu não entendo de guerras, Jaskier.

– Tratava-se de fazer prisioneiros. Escravos. Eles queriam escravizar o maior número de pessoas possível. Para os nilfgaardianos, escravos representam a força de trabalho mais barata. Aquilo foi uma gigantesca caçada a seres humanos, Geralt. Uma caçada muito fácil, porque o exército fugira e não sobrara ninguém para proteger os fugitivos.

– Ninguém?

– Quase ninguém.

– Não conseguiremos... – balbuciou Villis, olhando para trás. – Não conseguiremos fugir... Que droga! A fronteira está tão próxima... tão próxima...

Rayla ergueu-se nos estribos e olhou para a estrada ziguezagueando entre as colinas cobertas de vegetação. A estrada, até onde a vista podia alcançar, estava semeada com restos de bens saqueados, cadáveres de cavalos, carroças e carretas viradas e atiradas em valas. Atrás deles, do outro lado da floresta, negras colunas de fumaça erguiam-se ao céu, enquanto gritos e típicos sons de luta podiam ser ouvidos cada vez mais perto.

– Estão acabando com a retaguarda... – falou Villis, limpando o pó e a fuligem do rosto. – Está ouvindo, Rayla? Eles alcançaram a retaguarda e estão matando todo mundo! Não conseguiremos...

– Agora somos nós que formamos a retaguarda – respondeu a mercenária secamente. – Chegou nossa hora.

Villis empalideceu. Um dos soldados, que ouvia o diálogo, soltou um profundo suspiro. Rayla puxou as rédeas, forçando o exausto corcel a erguer a cabeça.

– De todo modo, não conseguiremos escapar – disse com toda a calma. – Nossos cavalos vão cair de exaustão a qualquer momento. Antes de chegarmos à encosta, seremos alcançados e degolados.

– Vamos nos desfazer de tudo e fugir para a floresta – sugeriu Villis, sem encará-la. – Separadamente; cada um por si. Talvez consigamos... sobreviver.

Rayla não respondeu; apenas indicou com um gesto de cabeça as fileiras dos últimos fugitivos correndo na direção da fronteira. Villis compreendeu. Soltou um palavrão, pulou da sela, cambaleou e apoiou-se em sua espada.

– Desmontar! – gritou com voz rouca para os soldados. – Bloquear a estrada com tudo o que for possível! Estão olhando para o quê? Morremos apenas uma vez! Somos guerreiros! Somos a retaguarda! Temos de deter os perseguidores ou, pelo menos, retardar seu avanço...

– Se retardarmos os perseguidores, aquelas pessoas conseguirão passar para o outro lado das montanhas e entrar em Temeria – concluiu Rayla, descendo também do cavalo. – Lá há mulheres e crianças. Por que estão de olhos arregalados? Essa é nossa profissão, e é para isso que somos pagos, ou será que vocês se esqueceram?

Os soldados se entreolharam. Por um momento, Rayla achou que eles fugiriam, que forçariam seus exaustos e suados cavalos a um esforço final e galopariam atrás da coluna de fugitivos na direção da escarpa salvadora. Enganara-se. Fora injusta em sua avaliação.

Os soldados derrubaram uma carroça, colocaram-na atravessada na estrada e formaram com ela uma espécie de barricada, uma barricada provisória, baixa e absolutamente insuficiente.

Não tiveram de esperar por muito tempo. Assim que assumiram suas posições, dois cavalos arfantes e soltando flocos de espuma adentraram o vale. Apenas um deles levava um cavaleiro.

– Blaise!

– Preparem-se... – sussurrou o mercenário, caindo nos braços dos soldados. – Preparem-se... Eles estão vindo logo atrás de mim...

O cavalo ofegou, deu uns passos vacilantes, caiu sobre as ancas, esticou o pescoço e relinchou lamentosamente.

– Rayla... – disse Blaise com voz rouca, virando o rosto. – Dê-me uma arma... Perdi minha espada.

A guerreira, olhando para as colunas de fumaça dos incêndios, fez um gesto com a cabeça indicando um machado encostado na carroça derrubada. Blaise pegou a arma e cambaleou. A perna esquerda de suas calças estava encharcada de sangue.

– O que aconteceu com os demais?

– Foram massacrados – gemeu o mercenário. – Todos. Todo o destacamento... Rayla, não foram nilfgaardianos... Foram Esquilos... Foram os elfos que nos alcançaram. Os Scoia'tael avançam antes dos nilfgaardianos.

Um dos soldados soltou um gemido doloroso, enquanto outro sentou pesadamente na grama, cobrindo o rosto com as mãos. Villis soltou um palavrão, apertando as presilhas de seu corselete.

– A seus postos! – berrou Rayla. – Para trás da barricada! Não nos pegarão vivos! Prometo-lhes!

Villis deu uma cusparada, arrancou do ombro o laço tricolor das forças especiais do rei Demawend e atirou-o no meio dos arbustos. Rayla, alisando e endireitando sua insígnia, sorriu ironicamente.

– Não sei se isso vai lhe adiantar alguma coisa, Villis. Não creio.

– Você prometeu, Rayla.

– Prometi, e cumprirei minha promessa. A seus postos, rapazes! Peguem as lanças e as bestas!

Não esperaram muito.

Quando conseguiram fazer recuar a primeira onda de atacantes, sobraram apenas seis. O combate foi curto, mas encarniçado. Os soldados de Vengerberg lutavam como diabos e com uma determinação não menor que a dos mercenários. Nenhum deles queria ser pego com vida pelos Scoia'tael. Preferiam morrer lutando. E morriam atravessados por flechas, perfurados por lanças e por golpes de espadas. Blaise foi morto por dois elfos que o arrancaram da barricada. Nenhum daqueles elfos sobreviveu. Blaise ainda tinha um estilete.

Os Scoia'tael não lhes deram descanso. Assim que o primeiro destacamento recuou, avançou o segundo. Villis, atingido por uma lança pela terceira vez, caiu.

– Rayla! – conseguiu ainda gritar. – Você prometeu!

A mercenária derrubou mais um elfo e virou-se rapidamente.

– Até logo, Villis – falou, apoiando a ponta da espada logo abaixo do queixo de seu companheiro de armas e enfiando-a com força. – Vamos nos ver no inferno!

Rayla ficou sozinha, com os Scoia'tael cercando-a por todos os lados. Coberta de sangue dos pés à cabeça, a mercenária ergueu a espada, executou uma pirueta e agitou a longa trança negra. Parada assim, no meio de cadáveres, parecia o próprio demônio. Os elfos recuaram.

– Venham! – gritou selvagemente. – Estão esperando o quê? Não vão me pegar viva! Sou Rayla, a Negra!

– Gláeddyv vort, beanna – falou calmamente um belo elfo de cabelos louros e rosto de querubim com enormes olhos infantis azuis-celestes.

Surgira do meio dos ainda indecisos Scoia'tael que a cercavam. Seu cavalo, branco como a neve, agitava violentamente a cabeça, batendo com as patas no solo encharcado de sangue.

– Gláeddyv vort, beanna – repetiu. – Largue a espada, mulher.

A mercenária soltou uma gargalhada macabra e enxugou o rosto com a manga do casaco, lambuzando o rosto com uma mistura de poeira e sangue.

– Minha espada é cara demais para ser largada, elfo! – gritou. – Se quiser pegá-la, terá de quebrar meus dedos. Sou Rayla, a Negra! Venham!

Não teve de esperar muito.

– Não vieram reforços de Aedirn? – perguntou o bruxo após um longo período de silêncio. – Afinal, pelo que me consta, havia alianças, tratados de mútua ajuda... acordos...

– A Redânia – Jaskier pigarreou – ficou num estado de caos completo após a morte de Vizimir. Você soube que o rei Vizimir foi assassinado?

– Sim.

– As rédeas do governo foram assumidas pela rainha Hedwig, mas o país foi assolado por todo tipo de desordem. E por terror, por caçadas a Scoia'tael e espiões nilfgaardianos. Dijkstra passou a agir como se estivesse louco. Os cadafalsos ficaram inundados de sangue. Dijkstra continua sem poder andar; tem de ser carregado numa liteira.

– Posso imaginar. Ele perseguiu você?

– Não. Ele pôde, mas não quis. Ah, não importa. De qualquer modo, a Redânia, mergulhada no caos, não estava em condições de aprontar um exército capaz de vir em auxílio a Aedirn.

– E Temeria? Por que o rei Foltest não veio em ajuda a Demawend?

– Tão logo começou a agressão em Dol Angra – falou Jaskier –, Emhyr var Emreis enviou uma delegação a Wyzim...

– Com todos os diabos – praguejou Bronibor, olhando para a porta da sala do trono, fechada. – O que será que eles estão debatendo por tanto tempo? Aliás, por que Foltest rebaixou-se a ponto de negociar? Por que concedeu essa audiência àquele cão nilfgaardiano? O que ele deveria ter feito era cortar fora sua cabeça e enviá-la a Emhyr dentro de um saco!

– Pelos deuses, senhor voivoda – ofendeu-se o sacerdote Willemer. – Trata-se de um emissário. A pessoa de um emissário é sagrada e intocável! Não se deve...

– Não se deve? Pois eu já vou lhes dizer o que não se deve! Não se deve ficar ocioso contemplando um invasor dizimar países que são nossos aliados! Lyria já caiu e Aedirn está prestes a ter o mesmo destino. Demawend sozinho não conseguirá deter Nilfgaard. O que devemos fazer é despachar imediatamente uma força expedicionária, aliviando Demawend com um ataque à margem esquerda do Jaruga! Aquele lugar não está muito guarnecido, porque a maior parte das tropas foi deslocada para Dol Angra! Em vez disso, ficamos discutindo! Em vez de lutarmos, conversamos! E, ainda por cima, damos hospitalidade a um emissário nilfgaardiano!

– Cale-se, voivoda – falou o príncipe Hereward de Ellander, lançando um olhar gélido para o velho guerreiro. – O senhor não entende nada de política. É preciso saber olhar para mais longe do que a cabeça do cavalo e a ponta de uma lança. É preciso ouvir o que o emissário tem a dizer. O imperador Emhyr não o teria enviado se não tivesse um motivo para isso.

– É lógico que ele tem um motivo – rosnou Bronibor. – Emhyr está acabando com Aedirn e sabe muito bem que, caso avancemos e a Redânia e Kaedwen avancem conosco, seremos nós que acabaremos com ele, expulsando-o de Dol Angra para Ebbing. Ele sabe também que, se atacarmos Cintra, vamos golpeá-lo em seu ponto fraco e obrigá-lo a guerrear em duas frentes! É isso que ele teme! E é por esse motivo que ele tenta nos assustar, querendo evitar nosso envolvimento. Foi com tal propósito, e nenhum outro, que veio para cá o emissário nilfgaardiano!

– E é exatamente por isso que devemos ouvir o emissário – insistiu o príncipe – e tomar uma decisão que proteja os interesses de nosso reino. Demawend provocou Nilfgaard de maneira desarrazoada e agora tem de arcar com as consequências de seu ato. Além disso, não tenho pressa em morrer em prol de Vengerberg. O que está se passando em Aedirn não nos diz respeito.

– Não nos diz respeito?! O que o senhor está dizendo, com mil diabos? O senhor considera que não é assunto de nosso interesse o fato de os nilfgaardianos estarem em Aedirn e Lyria, na margem direita do Jaruga, o fato de o único reino a nos separar deles ser Mahakam? É preciso ser muito curto de ideias...

– Chega dessas discussões – alertou Willemer. – Nem uma palavra mais. O rei está chegando.

A porta se abriu. Os membros do conselho real se levantaram, arrastando as cadeiras. Muitas cadeiras estavam vazias, pois o marechal de campo e a maior parte dos comandantes militares estavam com seus regimentos no vale do Pontar, em Mahakam e à margem do Jaruga. Também estavam vazias as cadeiras dos feiticeiros. "Sim", pensou o sacerdote Willemer, "os lugares ocupados pelos feiticeiros aqui, na corte real de Wyzim, permanecerão vazios por muito tempo. Quem sabe se não para sempre."

O rei Foltest atravessou a sala com passos rápidos e parou ao lado do trono, mas não se sentou nele. Em vez disso, inclinou-se levemente e apoiou os punhos no tampo da mesa. Estava muito pálido.

– Vengerberg está sitiada – falou o rei de Temeria, com voz baixa – e será conquistada a qualquer momento. O irresistível avanço de Nilfgaard rumo ao norte continua. Alguns regimentos ainda oferecem resistência, mas isso não mudará em nada a situação. Aedirn está perdido. O rei Demawend fugiu para a Redânia. O destino da rainha Meve é desconhecido.

O conselho permanecia em silêncio.

– Nossa fronteira ocidental, quer dizer, a saída do vale do Pontar, será alcançada por Nilfgaard em questão de dias – continuou Foltest, ainda com voz baixa. – Hagge, a última fortaleza de Aedirn, não conseguirá resistir por muito tempo, e Hagge fica em nossa fronteira ocidental. Já em nossa fronteira meridional... ocorreu um fato extremamente negativo. O rei Ervyll de Verden prestou um juramento de vassalagem ao imperador Emhyr, cedendo e abrindo os portões das fortalezas na boca do Jaruga. Desse modo, Nastrog, Rozrog e Bodrog, que deveriam proteger nossos flancos, já são guarnecidas por tropas nilfgaardianas.

O conselho permanecia em silêncio.

– Por causa disso – continuou Foltest –, Ervyll manteve seu título de rei, mas o verdadeiro soberano é Emhyr. Assim, Verden continua sendo um reino, porém na prática não passa de uma província nilfgaardiana. Vocês se dão conta do que isso significa? A situação se inverteu. As fortalezas de Verden e a foz do Jaruga estão nas mãos de Nilfgaard. Não posso forçar uma travessia do rio, nem enfraquecer os exércitos lá aquartelados formando o corpo de homens para adentrar Aedirn e apoiar as tropas de Demawend. Não posso fazer isso, pois pesa sobre meus ombros a responsabilidade por meu país e por meus súditos.

O conselho permanecia em silêncio.

– Sua Majestade Imperial Emhyr var Emreis, imperador de Nilfgaard – prosseguiu o rei –, me fez uma proposta de... um acordo. Proposta que eu aceitei. Já vou lhes expor em que consiste o acordo. E vocês, tendo me ouvido, compreenderão... admitirão que... dirão...

O conselho permanecia em silêncio.

– Dirão... – concluiu Foltest. – Dirão que eu lhes trouxe paz.

– Quer dizer que Foltest meteu o rabo entre as pernas – rosnou o bruxo, quebrando mais um graveto com os dedos. – Chegou a um acordo com Nilfgaard. Deixou Aedirn ao deus-dará...

– Sim – confirmou o poeta. – Mas levou suas tropas para dentro do vale do Pontar e ocupou e guarneceu a fortaleza de Hagge. Já os nilfgaardianos não adentraram as várzeas de Mahakam, não atravessaram o Jaruga em Sodden e não atacaram Brugge, que, após a capitulação e submissão de Ervyll, ficou a sua mercê. Não tenho dúvida de que esse deve ter sido o preço pela neutralidade de Temeria.

– Ciri tinha razão – murmurou o bruxo. – A neutralidade... A neutralidade costuma ser abjeta.

– O que você quis dizer com isso?

– Nada. E quanto a Kaedwen, Jaskier? Por que Henselt não foi em auxílio a Demawend e Meve? Afinal, eles tinham um pacto, eram aliados. E, mesmo que Henselt, a exemplo de Foltest, esteja cagando para assinaturas e selos nos documentos e não dê importância à palavra real, não creio que ele seja estúpido. Será que ele não se dá conta de que, após a queda de Aedirn e do acordo com Temeria, chegará sua vez, que ele é o próximo na lista nilfgaardiana? Kaedwen deveria apoiar Demawend por pura praticidade. Vejo que não há mais no mundo nem fé nem verdade, mas imagino que haja ainda um resto de senso comum. O que você acha, Jaskier? Existe ainda senso comum no mundo? Ou será que, em vez dele, sobraram apenas o desprezo e mau-caratismo?

Jaskier virou a cabeça. As lanterninhas verdes estavam próximas, envolvendo-os num anel estreito. Ele não havia notado antes, mas agora se deu conta de que todas as dríades ouviram seu relato.

– Você não respondeu – falou Geralt. – E isso significa que Ciri tinha razão. Que Codringher tinha razão. Que todos tinham razão. O único que não tinha razão fui eu: um bruxo ingênuo, anacrônico e tolo.

O centurião Digod, conhecido pelo cognome de Meiogalão, afastou a aba da tenda e entrou, bufando pesadamente e rosnando com fúria. Os decuriões ergueram-se de um pulo, adotando posturas militares e expressões bélicas. Antes que os olhos do centurião se acostumassem à penumbra, Zyvik agilmente cobriu com um casaco o pequeno barril de vodca localizado no meio das selas. Isso não pelo fato de Digod ser um austero oponente ao consumo de bebidas alcoólicas em serviço ou no acampamento, mas para salvar a barrica. O apelido do centurião não lhe fora dado à toa: no acampamento circulava o credo de que, em condições adequadas, ele era capaz de beber, em impressionante curto espaço de tempo, metade de um galão de vodca. O centurião conseguia entornar o conteúdo de um típico cantil militar, ou seja, um quarto de litro, de uma só vez, raramente molhando os lábios.

– E então, senhor centurião? – indagou Brode, o decurião dos besteiros. – O que decidiram os senhores comandantes? Quais são as ordens? Vamos atravessar a fronteira? Diga logo!

– Já vou dizer – bufou Meiogalão. – Como faz calor... Já, já vou lhes contar tudo, mas antes me deem algo para beber, porque fiquei com a garganta ressecada. E não adianta alegarem que não têm, pois dá para sentir o cheiro de vodca a uma milha de distância. E eu sei de onde vem o cheiro. Daqui, debaixo desse casaco.

Zyvik, blasfemando baixinho, tirou o casaco de cima da barrica. Os decuriões se aproximaram, formando um círculo apertado, e ouviu-se o tilintar de cantis e canecos de zinco.

– Aaaah... – O centurião enxugou o bigode e os olhos. – Uuuuh, como é ruim esta porcaria. Sirva-me outra dose, Zyvik.

– Vamos, fale logo – impacientou-se Brode. – Quais são as ordens? Vamos atacar os nilfgaardianos ou continuaremos plantados aqui, próximos da fronteira, como carpideiras num velório?

– Vocês estão sonhando com uma batalha? – Meiogalão pigarreou, escarrou e sentou-se numa das selas. – Estão com tanta pressa assim para saquear Aedirn? Mal conseguem se aguentar, não é isso? Vocês parecem uma alcateia de lobos com as presas arreganhadas.

– É isso mesmo – falou o pequeno Stahler friamente, passando o peso do corpo de uma perna para a outra. Ambas, como cabia a um velho cavalariano, eram tortas como arcos. – É isso aí, senhor centurião. Já é a quinta noite que dormimos de botas e em estado de prontidão. Diante disso, queremos saber se vamos atacar ou se recuaremos até o forte.

– Vamos atravessar a fronteira – anunciou Meiogalão. – Amanhã, ao raiar do sol. Cinco batalhões, com a Companhia Cinzenta à frente. E agora prestem atenção, porque vou lhes dizer o que foi ordenado a nós, centuriões e oficiais, pelo voivoda e pelo nobre senhor Mansfeld, margrave de Ard Carraigh, que chegou diretamente do rei. Aguçem os ouvidos, pois não pretendo repetir e as ordens são pouco usuais.

A tenda ficou em silêncio.

– Os nilfgaardianos atravessaram Dol Angra – falou o centurião. – Esmagaram Lyria e em quatro dias chegaram a Aldesberg, onde, numa sangrenta batalha, reduziram a pó os exércitos de Demawend e, lançando mão de um ato traiçoeiro, conquistaram Vengerberg após apenas seis dias de cerco. Agora, estão avançando para o norte, empurrando as forças de Aedirn para o vale do Pontar e Dol Blathanna e deslocando-se em nossa direção, na direção de Kaedwen. Assim, as ordens para a Companhia Cinzenta são as seguintes: atravessar a fronteira e seguir rapidamente para o sul, na direção do vale das Flores. Em três dias, devemos estar à margem do riozinho Dyfne. Repito: em três dias. Isso significa que temos de viajar a pleno galope. Não podemos dar nem um passo além do riozinho Dyfne. Repito: nem um passo. Em pouco tempo surgirão nilfgaardianos na margem oposta. Estes... prestem muita atenção e ouçam com afinco... nós não vamos atacar. Não devemos provocar forma de confronto alguma, está bem entendido? Mesmo que eles tentem atravessar o riozinho, vocês devem apenas se mostrar e identificar, para que eles saibam que fazemos parte do exército kaedweniano.

O silêncio na tenda ficou mais profundo, embora parecesse impossível o ambiente ficar ainda mais silencioso.

– Como é isso? – murmurou Brode finalmente. – Não devemos atacar os nilfgaardianos? Afinal, estamos ou não envolvidos numa guerra com eles? Como é isso, senhor centurião?

– As ordens são essas. Não vamos para uma guerra, mas... – Meiogalão coçou o pescoço. – Mas em auxílio fraternal. Vamos atravessar a fronteira para levar proteção ao povo de Aedirn Superior. Não, o que estou dizendo... Não de Aedirn Superior, mas de Mahakam Inferior. Foi assim que falou o distinto margrave Mansfeld. Ele disse que Demawend sofreu uma derrota e está fodido por ter reinado mal e mantido uma política de merda. E assim se fodeu, com todo o seu Aedirn. Nosso rei havia emprestado muito dinheiro a Demawend, e não é possível que toda aquela fortuna se perca; de modo que está na hora de recuperá-la, com os respectivos juros. Além disso, não podemos permitir que nossos conterrâneos e irmãos de Mahakam Inferior tornem-se escravos dos nilfgaardianos. Temos de... como se diz... liberá-los. Porque aquelas terras imemoriais, o Mahakam Inferior, já estiveram sob o cetro de Kaedwen e agora a ele vão retornar. Foi esse o pacto que firmou nosso magnânimo rei Henselt com Emhyr de Nilfgaard. Mas, por via das dúvidas, a Companhia Cinzenta deve permanecer na margem do rio, independentemente de qualquer pacto. Entenderam?

Ninguém respondeu. Meiogalão franziu o cenho e fez um gesto de desprezo com a mão.

– Ah, seus filhos de uma cadela; vocês não entenderam porra nenhuma. Mas não precisam ficar preocupados, porque eu também fiquei meio perdido. Mas para entender as coisas existem o rei, os margraves, os voivodas e os aristocratas. Nós somos apenas soldados! O que nos cabe é obedecer às ordens: chegar ao riozinho Dyfne em três dias e lá permanecer como um muro. Nada mais do que isso. Sirva-me mais vodca, Zyvik.

– Senhor... centurião... – gaguejou Zyvik. – E o que vai ser... o que vai acontecer se as tropas de Aedirn oferecerem resistência e bloquearem nossa passagem? Afinal, estaremos realizando uma invasão armada a seu país. O que faremos nesse caso?

– E se aqueles nossos conterrâneos e irmãos – acrescentou Stahler, sarcástico –, os que nós supostamente devemos libertar... E se eles começarem a disparar seus arcos ou jogar pedras em nós? E aí?

– Nossa obrigação é chegar a Dyfne em três dias – falou com ênfase Meiogalão. – Não mais tarde. Se alguém tentar nos parar ou retardar, é óbvio que se tratará de um inimigo; e um inimigo deve ser atacado e dizimado. Mas prestem bem atenção! Está expressamente proibido incendiar vilarejos e choupanas, levar quaisquer pertences do populacho, saquear e violar mulheres! Guardem essas instruções em sua mente e repassem-nas a seus subordinados, pois quem desobedecer a elas será imediatamente enforcado. O voivoda repetiu isso mais de dez vezes: não chegaremos como conquistadores, mas como aqueles que trazem ajuda fraternal! Qual o motivo de sua risadinha irônica, Stahler? Estou lhes dando uma ordem, caralho! Agora, corram a seus destacamentos, preparem seus homens e deixem os cavalos e o equipamento brilhando como uma lua cheia. No meio da tarde, todos os destacamentos terão de estar em formação; o voivoda em pessoa os passará em revista. Se, por acaso, eu passar vergonha por causa de qualquer destacamento, seu decurião não se esquecerá de mim por muito tempo! Mãos à obra!

Zyvik foi o último a sair da tenda. Semicerrando os olhos por causa da luminosidade do sol, ficou observando a agitação que se apossou do acampamento. Os decuriões apressavam-se para chegar a seus destacamentos; centuriões corriam de um lado para outro soltando palavrões; nobres, escudeiros e pajens esbarravam uns nos outros. A cavalaria pesada de Ban Ard trotava para fora do acampamento erguendo nuvens de poeira. O calor era insuportável.

Zyvik apressou-se. Passou por quatro escaldos que haviam chegado de Ard Carraigh no dia anterior. Sentados à sombra da ricamente decorada tenda do margrave, eles estavam no meio do processo de criação de uma balada sobre uma vitoriosa expedição guerreira, comentando a genialidade do rei, a sabedoria dos comandantes e a valentia dos simples soldados. Como de costume, no intuito de não perderem tempo, faziam-no antes da operação em si.

– Saudavam-nos nossos irmãos, saudavam-nos com pão e sal... – cantou, testando um dos escaldos. – Salvadores e libertadores seus saudavam, saudavam com pão e sal... Ei, Hrafnir, pense numa rima sofisticada para "sal"!

O segundo escaldo falou uma rima, porém Zyvik não o ouviu, caminhando na direção de sua decúria, acampada entre salgueiros junto do lago. Ao vê-lo, os soldados puseram-se imediatamente em posição de sentido.

– Preparar! – gritou Zyvik, parando a certa distância para que seu hálito não influísse no moral de seus comandados. – Antes de o sol se elevar quatro dedos sobre a linha do horizonte, todos devem estar prontos para uma revista! Tudo tem de estar brilhando exatamente como o sol: as armas, os equipamentos, os arreios e até os cavalos! Haverá uma revista e, se eu passar vergonha diante do centurião por causa de um de vocês, arrancarei as pernas do filho da puta! Rápido!

– Vamos partir para a guerra – adivinhou o cavalariano Kraska, enfiando rapidamente a ponta da camisa para dentro das calças. – Vamos partir para a guerra, senhor decurião?

– E o que você pensou? Que iríamos para um baile em Zazynek? Vamos atravessar a fronteira. Amanhã, ao raiar do sol, marchará toda a Companhia Cinzenta. O centurião não falou em que ordem, mas, como de costume, nossa decúria deve ser a primeira. Vamos, sacudam as bundas! Esperem um momento. Vou dizer-lhes agora, porque mais tarde poderá faltar tempo. Essa não vai ser uma guerrinha comum, rapazes. Os grãos-senhores inventaram alguma nova estupidez. Trata-se de "liberação" ou algo nesse sentido. Não vamos combater um inimigo, mas marcharemos sobre nossas... nossas terras imemoriais, em... Como é mesmo?... Ah, sim, em ajuda fraternal. Portanto, prestem atenção ao que vou dizer: não façam nada ao povo de Aedirn, não saqueiem...

– O quê?! – espantou-se Kraska. – Como não saquear? E como vamos alimentar nossos cavalos, senhor decurião?

– Roubar feno para cavalos é permitido, mas nada além disso. É proibido ferir pessoas, incendiar choupanas, destruir lavouras... Cale a boca, Kraska! Isto aqui não é um clube recreativo, e sim um exército, seus filhos da puta! Se não quiserem pender de uma corda, devem obedecer às ordens! Conforme já lhes disse: é proibido assassinar, incendiar, vio...

Zyvik interrompeu-se e pensou um pouco.

– Violar as mulheres – concluiu após uma pausa –, só se for em silêncio e de maneira que ninguém os veja.

– E assim, na ponte sobre o rio Dyfne – concluiu Jaskier –, o margrave Mansfeld de Ard Carraigh e Menno Coehoorn, comandante em chefe dos exércitos nilfgaardianos em Dol Angra, apertaram-se as mãos. Fizeram-no sobre o ensanguentado e moribundo reino de Aedirn, selando a despudorada divisão de seus sobejos. O mais repugnante gesto de que se tem notícia.

Geralt permaneceu calado.

– Já que estamos falando de assuntos repugnantes – falou momentos depois, com voz surpreendentemente calma –, o que se passou com os feiticeiros, Jaskier? Refiro-me aos do Capítulo e aos do Conselho.

– Nenhum deles ficou do lado de Demawend – respondeu o poeta. – Já os que serviam a Foltest, ele os expulsou de Temeria. Filippa está em Tretogor, ajudando a rainha Hedwig no controle do caos que continua imperando na Redânia. Com ela estão Triss e outros três, cujos nomes não recordo. Alguns estão em Kaedwen. Muitos fugiram para Kovir e Hengfors. Escolheram a neutralidade, porque, como você deve saber, Esterat Thyssen e Niedamir foram e continuam sendo neutros.

– Sei. E quanto a Vilgeforz e seus seguidores?

– Vilgeforz sumiu. Esperava-se que aparecesse em Aedirn, na qualidade de plenipotenciário de Emhyr... Mas ele sumiu, sem deixar rastos; nem dele, nem de todos os seus sócios. Exceto...

– Exceto quem, Jaskier?

– Exceto uma feiticeira que se tornou rainha.

Filavandrel aén Fidháil aguardava em silêncio por uma resposta. A rainha, olhando pela janela, também permanecia calada. A janela dava para os jardins, que, havia pouco, tinham sido o orgulho e a glória do ex-governante de Dol Blathanna, o plenipotenciário do tirano de Vengerberg. Fugindo dos Elfos Livres que representavam a vanguarda das tropas do imperador Emhyr, o plenipotenciário, um humano, conseguira levar consigo a maioria das preciosidades e até parte do mobiliário do antiquíssimo palácio élfico. Mas, como não lhe era impossível levar os jardins, ele os destruíra.

– Não, Filavandrel – falou a rainha finalmente. – Ainda é cedo para isso, muito cedo. Não devemos nem pensar em estender nossas fronteiras, porque por enquanto não sabemos quais são suas verdadeiras dimensões. Henselt de Kaedwen não tem a mínima intenção de respeitar os termos do acordo e recuar para o outro lado do Dyfne. Os espiões informam que ele não abandonou seus planos de agressão e poderá vir a nos atacar a qualquer momento.

– Quer dizer que não conseguimos coisa alguma.

A rainha estendeu a mão. A borboleta que adentrara a janela pousou na renda de sua manga, abrindo e fechando as asas.

– Conseguimos mais – disse, baixinho, para não espantar a borboleta – do que podíamos almejar. Após cem anos de espera, recuperamos finalmente nosso vale das Flores.

– Eu não o chamaria assim – sorriu Filavandrel tristemente. – Agora, após a passagem das tropas, ele é mais um vale de cinzas.

– Temos de volta nosso país – concluiu a rainha, olhando para a borboleta. – Voltamos a ser um povo, e não um bando de exilados. E as cinzas serão fecundas. Quando chegar a primavera, o vale voltará a ser florido.

– É muito pouco, Margarida. Continua sendo pouco. Nós baixamos de tom. Ainda há pouco nos gabávamos que empurraríamos os humanos até o mar, de onde eles vieram... E agora estamos limitando nossas ambições às fronteiras de Dol Blathanna.

– Emhyr Deithwen nos deu Dol Blathanna de presente. O que você espera de mim, Filavandrel? Devo pedir mais? Não se esqueça de que mesmo numa aceitação é preciso manter certo grau de comedimento. Principalmente quando o doador é Emhyr, porque Emhyr não dá nada de graça. As terras que nos foram dadas terão de ser mantidas por nós, e as forças das quais dispomos mal dão para manter Dol Blathanna.

– Então vamos retirar nossos comandos de Temeria, da Redânia e de Kaedwen – propôs o elfo de cabelos brancos. – Vamos retirar todos os Scoia'tael que estão combatendo com os humanos. Você agora é uma rainha, Enid, e eles obedecerão a sua ordem. Como temos agora nosso pedaço de terra, a luta deles não faz sentido algum. Sua obrigação é retornar para cá e defender o vale das Flores. Que venham lutar como um povo livre na defesa de suas fronteiras, em vez de ficarem morrendo nas florestas como bandidos ou assaltantes!

A elfa abaixou a cabeça.

– Emhyr não concorda com isso – sussurrou. – Os comandos devem permanecer lutando.

– Por quê? Com que objetivo? – Filavandrel aén Fidháil aprumou-se bruscamente.

– E vou lhe dizer ainda mais. Estamos proibidos de apoiá-los e de lhes prestar qualquer tipo de ajuda. Essa condição foi imposta por Foltest e Henselt. Temeria e a Redânia somente respeitarão nosso domínio sobre Dol Blathanna se nós condenarmos oficialmente a luta dos Esquilos e nos separarmos deles.

– Aquelas crianças estão morrendo, Margarida. Estão morrendo dia após dia numa luta desigual. Emhyr fará acordos secretos com os humanos, que atacarão os comandos e os esmagarão. Trata-se de nossos filhos, de nosso futuro, de nosso sangue! E você me diz que devemos abandoná-los? Que'ss aen me dicette, Enid? Vorsaeke'llan? Aen vaine?

A borboleta bateu as asas e voou na direção da janela, para ser levada pela corrente de ar aquecido no exterior do palácio. Francesca Findabair, a Enid an Gleanna, ex-feiticeira e agora rainha dos Aén Seidhe, os Elfos Livres, ergueu a cabeça. Seus belos olhos azuis-celestes estavam marejados de lágrimas.

– Os comandos – falou surdamente – devem continuar combatendo. Eles têm de desorganizar os reinos dos humanos e, com isso, dificultar seus preparativos bélicos. Esse foi o teor da ordem de Emhyr, e eu não tenho condições de me opor a ele. Perdoe-me, Filavandrel.

Filavandrel aén Fidháil olhou para ela e fez uma profunda reverência.

– Eu a perdoo, Enid. Mas não sei se eles a perdoarão.

– E nenhum feiticeiro repensou o assunto? Mesmo quando Nilfgaard matava e incendiava em Aedirn, nenhum deles abandonou Vilgeforz e passou para o lado de Filippa?

– Nenhum.

Geralt ficou calado por bastante tempo.

– Não acredito – disse finalmente, bem baixinho. – Não acredito que ninguém tenha abandonado Vilgeforz quando as verdadeiras intenções e os efeitos de sua traição vieram à tona. Como é de conhecimento de todos, eu não passo de um bruxo ingênuo, irracional e anacrônico. Mas, assim mesmo, não posso acreditar que nenhum dos feiticeiros tenha feito um exame de consciência.

Tissaia de Vries apôs a rebuscada assinatura debaixo da última frase de sua carta. Depois de uma longa reflexão, acrescentou à assinatura o ideograma que simbolizava seu verdadeiro nome. Um nome que ninguém conhecia e que não usava havia muito tempo, desde o momento em que se tornara feiticeira.

Cotovia.

Deixou a pena de lado com todo o cuidado, alinhada, atravessando perpendicularmente o pergaminho. Ficou sentada, imóvel, por bastante tempo, olhando para a esfera vermelha do sol poente. Então, levantou-se. Aproximou-se da janela. Por um bom tempo ficou observando os telhados das casas, nas quais, naquele momento, deitavam-se para dormir pessoas comuns, cansadas de sua difícil vida humana, cheias das humanas esperanças quanto ao futuro, quanto ao dia seguinte. A feiticeira olhou para a carta sobre a mesa, uma carta endereçada a pessoas comuns. O fato de a maioria das pessoas comuns não saber ler não tinha a menor importância.

Parou diante do espelho. Arrumou os cabelos. Alisou o vestido. Sacudiu da bufante manga uma inexistente partícula de pó. Ajeitou no decote o colar de espinélios.

Os castiçais debaixo do espelho estavam desalinhados. A empregada provavelmente os havia deslocado ao tirar o pó. A empregada. Uma mulher comum. Um ser humano comum com olhos cheios de medo do que estava por vir. Uma pessoa comum perdida nos tempos do desprezo. Uma pessoa comum em busca de esperança e de certeza junto a ela, a feiticeira...

Uma pessoa comum, que ela decepcionara.

Da rua provinham sons de passos, batidas de pesadas botas militares. Tissaia de Vries nem sequer pestanejou; não virou a cabeça para a janela. Não lhe fazia diferença de quem fossem os passos. Soldados do rei? Um corregedor com a ordem de prisão a uma traidora? Assassinos profissionais? Sicários de Vilgeforz? Tanto fazia.

Os passos silenciaram na distância.

Os castiçais debaixo do espelho estavam desalinhados. A feiticeira alinhou-os e endireitou as dobras da toalha de maneira que o canto ficasse bem no centro e simetricamente distante dos apoios dos castiçais. Tirou as pulseiras de ouro e colocou-as alinhadas sobre a toalha. Olhou criticamente, mas não encontrou nada fora de lugar. Tudo estava simétrico e perfeitamente arrumado, assim como deveria estar.

Abriu a gaveta da cômoda e tirou dela uma faca com cabo de marfim.

Tinha o rosto altivo e imóvel. Morto.

A casa estava em silêncio, num silêncio tão profundo que se podia ouvir o som da pétala de uma tulipa marcescente caindo sobre o tampo da mesa.

O sol, vermelho como sangue, foi sumindo vagarosamente por trás dos telhados.

Tissaia de Vries sentou-se na poltrona junto da mesa, apagou as velas com um sopro, corrigiu mais uma vez a posição da pena deitada sobre a carta e cortou as veias de ambos os pulsos.

As longas horas da viagem e as emoções deixaram sua marca. Jaskier despertou e deu-se conta de que provavelmente adormecera durante seu relato, começando a roncar no meio de uma frase. Moveu-se e quase rolou para fora do monte de galhos. Geralt não estava deitado a seu lado e não fazia contrapeso no leito improvisado.

– Em que ponto... – balbuciou – eu parei? Ah, sim, estava falando dos feiticeiros... Geralt? Onde você está?

– Aqui – respondeu o bruxo, quase invisível na escuridão. – Continue, por favor. Você estava exatamente no ponto em que ia falar de Yennefer.

– Escute. – O poeta sabia muito bem que não tinha a mínima intenção de falar sobre a pessoa em questão. – Eu realmente nada sei...

– Não minta. Conheço-o muito bem.

– Se você me conhece tão bem – enervou-se o trovador –, então por que cargas-d'água você me pede que fale dela? Conhecendo-me tão bem, você deveria saber o motivo de meu silêncio, por que eu não lhe repito boatos ouvidos pelo caminho! Você também deveria adivinhar de que tipo de boatos se trata e por que quero poupá-lo deles!

– Que suecc's? – indagou uma das dríades que dormiam perto deles, despertada pela elevada voz de Jaskier.

– Peço desculpas – sussurrou o bruxo. – A você também.

Quase todas as lanterninhas verdes de Brokilon já haviam se apagado, apenas algumas luziam tenuemente.

– Geralt – falou Jaskier, interrompendo o silêncio. – Você sempre afirmou que estava "de fora", que para você tanto fazia... Ela pode ter acreditado nisso. Certamente acreditava nisso quando começou esse jogo com Vilgeforz...

– Basta – interrompeu-o Geralt. – Nem uma palavra mais. Quando ouço o termo "jogo", tenho vontade de matar alguém. Passe-me a navalha; quero finalmente me barbear.

– Agora? Ainda está escuro.

– Para mim nunca está escuro. Sou uma aberração.

Quando o bruxo arrancou de sua mão a bolsa com os apetrechos de barbear e seguiu na direção do riacho, o bardo constatou que o sono o abandonara por completo. O céu já clareava, prenunciando o amanhecer. Ergueu-se e adentrou a floresta, evitando cuidadosamente pisar nas dríades que, abraçadas umas às outras, dormiam a sua volta.

– Você faz parte daqueles que contribuíram para isso?

Jaskier virou-se rapidamente. A dríade apoiada no tronco de um pinheiro tinha os cabelos cor de prata, algo que era visível mesmo no lusco-fusco da madrugada.

– Que visão mais horrível – disse ela, cruzando os braços sobre o peito. – Alguém que perdeu tudo. Que coisa mais curiosa, cantor. No passado, eu sempre tive a impressão de que não se poderia perder absolutamente tudo, de que sempre sobraria alguma coisa. Sempre. Mesmo nos tempos do desprezo, nos quais a ingenuidade é capaz de se vingar da maneira mais cruenta possível, eu tinha a convicção de que não seria possível perder tudo. E eis que ele... Ele perdeu alguns litros de sangue, a possibilidade de se mover agilmente, parte do domínio do braço esquerdo, a espada de ferro de meteorito, a mulher amada, a filha milagrosamente encontrada, a fé... Aí, pensei comigo mesma, algo, afinal, deveria lhe ter sobrado. Pois não é que me enganei? Ele não tem mais nada. Nem mesmo uma navalha.

Jaskier permaneceu calado, e a dríade, imóvel.

– Eu lhe perguntei se você contribuiu para isso – falou ela após um momento. – Mas acho que perguntei desnecessariamente. É óbvio que você contribuiu. É óbvio que você é amigo dele. E, quando alguém tem amigos e perde tudo apesar disso, é óbvio que os amigos têm uma parcela de culpa. Culpa pelo que fizeram ou pelo que deixaram de fazer. Pelo fato de não saberem o que deveriam ter feito.

– E o que eu poderia... – murmurou Jaskier. – O que eu poderia ter feito?

– Não sei – respondeu a dríade.

– Não lhe disse tudo.

– Estou ciente disso.

– Não tenho culpa alguma.

– Tem, sim.

– Não! Não sou...

Ergueu-se, fazendo estalar o leito improvisado. Geralt estava sentado a seu lado, esfregando o rosto. Cheirava a sabão.

– Você não é o quê? – perguntou friamente. – Estou curioso de saber com que você sonhou. Que você é uma rã? Acalme-se. Você não é. Que você é um pateta? Nesse caso, o sonho pode ter sido profético.

Jaskier olhou em volta. Estavam sozinhos.

– Onde está ela... Onde estão as dríades?

– Na beira da floresta. Arrume-se, está na hora de você partir.

– Geralt, momentos atrás eu estive conversando com uma dríade. Ela falava em língua comum sem sotaque e me disse...

– Nenhuma dessas dríades fala em língua comum sem sotaque. Você deve ter sonhado Jaskier. Estamos em Brokilon. Aqui é possível ter os sonhos mais estranhos.

Na beira da floresta aguardava-os uma dríade. Jaskier reconheceu-a imediatamente: era aquela de cabelos esverdeados que lhes trouxera luz na noite anterior e tentara convencê-lo a continuar cantando a balada. A dríade ergueu a mão, sinalizando que eles deviam parar. Na outra mão carregava um arco com uma flecha pronta para disparar. O bruxo colocou a mão no ombro do trovador e apertou com força.

– Está acontecendo alguma coisa? – cochichou Jaskier.

– Sim. Fique calado e não se mexa.

A espessa neblina pendente no vale do Wstazka abafava vozes e sons, mas não a ponto de o bardo não poder ouvir chapes seguidos por bufos de cavalos. O rio estava sendo atravessado por cavaleiros.

– Elfos – sussurrou. – Scoia'tael? Estão fugindo para Brokilon, não é verdade? Um comando completo...

– Não – sussurrou também Geralt, com os olhos fixos na neblina. Jaskier sabia que a visão e a audição do bruxo eram extraordinariamente apuradas, mas não conseguia adivinhar se ele estava avaliando a situação pelos olhos ou pelos ouvidos. – Não é um comando. É apenas o que restou de um comando. Cinco ou seis cavaleiros e três cavalos com selas vazias. Fique aqui, Jaskier, enquanto dou um pulo até lá.

– Gar'ean – falou a ameaçadoramente dríade de cabelos verdes, erguendo o arco. – N'te va, Gwynbleidd! Ki'rin!

–Thaess aeo, Fauve – respondeu o bruxo de maneira inesperadamente rude. – M'aespar que va'en ell'ea? Pois pode disparar. Se não for, cale a boca e não tente me assustar, porque já não dá para me assustar com coisa alguma. Tenho de falar com Milva Barring e vou fazê-lo, queira você ou não. Fique aqui, Jaskier.

A dríade abaixou a cabeça... e o arco.

Da neblina emergiram nove cavalos, e Jaskier constatou que somente seis estavam montados. Viu silhuetas de dríades saindo do mato e indo a seu encontro. Notou que três dos cavaleiros tiveram de receber ajuda para descer do cavalo e ser apoiados para poder caminhar na direção das árvores salvadoras de Brokilon. Outras dríades, parecendo fantasmas, esgueiraram-se por entre as árvores tombadas pelo vento e sumiram na neblina sobre o Wstazka. Do outro lado do rio ouviram-se gritos, relinchos de cavalos e chapes. O poeta teve a impressão de ouvir o silvo de flechas, mas não tinha certeza.

– Eles estavam sendo perseguidos... – murmurou.

Fauve virou-se, apertando o arco com a mão.

– Cante uma canção, taedh – rosnou. – N'te shaent a'minne, não de Ettariel. Não de amor. Não é a hora. Agora é tempo de matar. Uma canção dessas, sim!

– Eu... não... – gaguejou Jaskier – sou culpado pelo que se passa...

A dríade ficou calada por um momento, olhando para o lado.

– Eu também não – falou e sumiu no mato.

O bruxo retornou em menos de meia hora. Trazia consigo dois cavalos selados: Pégaso e uma égua castanha. O xairel da égua estava manchado de sangue.

– É um cavalo dos elfos? Daqueles que atravessaram o rio?

– Sim – respondeu Geralt. Seu rosto e sua voz estavam estranhos. – É uma égua dos elfos, mas por enquanto terá de me servir. Quando surgir uma oportunidade, vou trocá-la por um cavalo que saiba levar um ferido ou ficar parado a seu lado caso ele caia. Está mais do que claro que ninguém ensinou tal comportamento a esta égua.

– Estamos partindo?

– Você está. – O bruxo atirou as rédeas de Pégaso ao poeta. – Passe bem, Jaskier. As dríades o acompanharão por duas milhas rio acima para que você não caia nas mãos dos soldados de Brugge, que, na certa, devem estar ainda rondando na outra margem.

– E quanto a você? Vai ficar aqui?

– Não. Não vou ficar.

– Você deve ter tomado conhecimento de algo. Dos Esquilos. Alguma coisa a ver com Ciri, não é isso?

– Passe bem, Jaskier.

– Geralt... Ouça-me...

– E o que você quer que eu ouça? – gritou o bruxo, gaguejando repentinamente. – Afinal, eu não posso... não posso deixá-la à mercê do destino. Ela está totalmente sozinha... Ela não pode ficar sozinha. Você não é capaz de entender isso. Ninguém é capaz de entender, mas eu sei. Se ela ficar sozinha, vai lhe acontecer o mesmo que antes... O mesmo que aconteceu comigo no passado... Você não é capaz de entender...

– Eu entendo, e é por isso que vou com você.

– Você enlouqueceu? Sabe para onde estou me dirigindo?

– Sei. Geralt, eu... Eu não lhe contei tudo. Sinto-me... culpado. Não fiz nada, não sabia o que deveria fazer... Mas agora já sei. Quero acompanhá-lo. Não lhe contei... sobre Ciri, sobre os boatos que circulam. Encontrei uns conhecidos de Kovir que, por sua vez, ouviram o relato dos emissários que retornaram de Nilfgaard... Imagino que os boatos chegaram até os Esquilos e que você já soube de tudo por aqueles elfos que atravessaram o Wstazka. Mas permita... permita que eu lhe conte...

O bruxo abaixou impotentemente os braços e ficou calado por muito tempo.

– Pule na sela – falou por fim, com voz mudada. – Poderá me contar enquanto estivermos cavalgando.

Naquela madrugada, no palácio de Loc Grim, a residência de verão do imperador, reinava uma agitação fora do comum. Isso porque todos os tipos de emoção, agitação, azáfama ou animação não faziam parte do comportamento usual da nobreza nilfgaardiana, e qualquer manifestação de vivacidade e efervescência era vista como uma inequívoca prova de imaturidade. Os grãos-senhores nilfgaardianos consideravam tais atitudes tão repreensíveis e abjetas que uma demonstração de vivacidade ou preocupação causava vergonha até à imatura mocidade, da qual, afinal, ninguém podia esperar um comportamento decoroso.

No entanto, naquela madrugada, no palácio de Loc Grim, não havia jovens; eles nada tinham a fazer em Loc Grim. A enorme sala do trono estava repleta de sérios e rígidos aristocratas, guerreiros e cortesãos, todos identicamente vestidos com o cerimonioso traje preto, alegrado apenas pela brancura do colarinho de pregas e dos punhos rendados. Os homens eram acompanhados por umas poucas damas, também sérias e rígidas, às quais o costume local permitia clarear a negritude do traje com pequenas e discretas peças de bijuteria. Todos fingiam ser distintos, sérios e discretos, mas estavam incrivelmente excitados.

– Dizem que ela é feia. Feia e magra.

– Mas dizem também que tem sangue real.

– De cama ilegítima?

– Nada disso. Legítima.

– Quer dizer que ela poderá se sentar no trono?

– Se o imperador assim decidir...

– Olhem só para Ardal aep Dahy e o príncipe de Wett... Estão com cara de quem bebeu vinagre...

– Mais baixo, senhor conde... O senhor está espantado com a cara deles? Se os boatos se confirmarem, Emhyr fará uma afronta a toda a nobreza... Vai humilhá-la...

– Os boatos não se confirmarão. O imperador não casará com essa enjeitada. Ele não pode fazer uma coisa dessas...

– Emhyr pode tudo. Cuidado com as palavras, barão. Tome cuidado com o que fala. Já houve alguns que afirmavam que Emhyr não podia isso ou aquilo... Acabaram no cadafalso.

– Dizem que ele assinou um decreto definindo a renda dela... Trezentas grívnias anuais, dá para imaginar?

– E o título de princesa. Algum de vocês chegou a vê-la?

– Assim que chegou, ela foi entregue aos cuidados da condessa de Liddertal e a casa foi cercada por guardas.

– Entregaram-na à condessa para que ela ensinasse à fedelha alguns princípios básicos de boas maneiras. Dizem que essa sua princesa se comporta como uma garota de estalagem...

– E o que há de estranho nisso? Ela provém do Norte, daquela Cintra bárbara...

– Mais improcedentes são os boatos sobre seu casamento com Emhyr. Não, não, isso é totalmente impossível. O imperador tomará por esposa a filha mais moça do príncipe de Wett, como planejado. Jamais casará com essa usurpadora!

– Está mais do que na hora de ele se casar. Por causa da dinastia... Já está na hora de termos um príncipe herdeiro...

– Pois que case, mas não com essa vagabunda!

– Mais baixo, sem exaltação. Eu posso lhes garantir, senhores, que não haverá tal casório. Qual seria o propósito de um matrimônio desses?

– Trata-se de política, conde. Estamos travando uma guerra. Uma aliança assim teria grande significado, tanto político como estratégico... A dinastia da qual procede a princesa possui títulos e direitos legais sobre as terras do Yarra Inferior. Caso se torne esposa do imperador... Isso seria uma jogada de mestre. Deem uma espiada nos emissários do rei Esterat, vejam como eles estão sussurrando entre si...

– Quer dizer que o senhor apoia esse tão estranho parentesco, senhor príncipe? Quem sabe se não foi o senhor que propôs isso a Emhyr?

– O que eu apoio ou não, senhor margrave, é assunto meu. Mas não lhe recomendo questionar a decisão do imperador.

– Quer dizer que ele já a tomou?

– Não creio.

– Pois saiba que está enganado ao não crer.

– O que o senhor quer dizer com isso?

– Emhyr mandou embora da corte a baronesa de Tarnhann. Ordenou que ela retornasse a seu marido.

– Ele rompeu com Dervia Tryffin Broinne? Não pode ser! Dervia foi sua favorita por mais de três anos...

– Repito que ele a despachou para fora da corte.

– É verdade. Dizem que a bela Dervia fez um escarcéu dos diabos. Foram necessários quatro guardas para enfiá-la na carruagem...

– Seu marido deve ter ficado muito contente.

– Tenho lá minhas dúvidas.

– Pelo Sol Gigante! Emhyr rompeu com Dervia? Por causa dessa enjeitada? Dessa selvagem do Norte?

– Falem mais baixo, com todos os diabos...

– E quem apoia isso? Que partido é a favor dessa loucura?

– Mais baixo, já pedi. As pessoas estão começando a olhar para nós.

– Aquela rapariga... quero dizer, princesa... Dizem que é feia. Quando o imperador a vir...

– O senhor quer dizer que ele ainda não a viu?

– Não teve tempo. Ela chegou de Darn Ruach há menos de uma hora.

– Emhyr nunca gostou de feias. Aine Dermott... Clara aep Gwydolyn Gor... sem falar em Dervia Tryffin Broinne, que era uma verdadeira beldade...

– Talvez essa enjeitada acabe ficando mais bonita...

– Quando lhe derem um banho? Dizem que as princesas do Norte não tomam banho com frequência...

– Cuidado com suas palavras; vocês podem estar falando da esposa do imperador.

– Mas ela não passa de uma criança. Não deve ter mais de catorze anos.

– E eu insisto que se trata de uma aliança política... Um puro arranjo formal...

– Caso fosse assim, a bela Dervia teria permanecido na corte. A enjeitada de Cintra sentaria política e formalmente no trono ao lado de Emhyr... mas assim que anoitecesse Emhyr lhe daria a tiara e as joias reais para ela ficar brincando, enquanto ele iria ao dormitório de Dervia... pelo menos até o momento em que a fedelha atingisse a idade em que se pode parir com segurança.

– Hummm... Sim... Há algo estranho aí. Qual é o nome dessa tal... princesa?

– Xerella, ou algo parecido.

– De jeito nenhum. Ela se chama... Zirilla. Sim, acho que é Zirilla.

– Um nome bem bárbaro.

– Falem mais baixo, com todos os diabos...

– E adotem uma postura mais digna. Vocês estão se comportando como fedelhos!

– Cuidado com as palavras que usa! Tome cuidado para que eu não as considere ofensivas!

– Se está exigindo uma satisfação, o senhor margrave sabe onde me encontrar!

– Silêncio! Calma! O imperador...

O arauto não precisou esforçar-se demais. Bastou uma batida do bordão no assoalho para que as cabeças adornadas com a boina negra dos aristocratas e guerreiros se inclinassem como colmos diante de uma rajada de vento. A sala do trono ficou tão silenciosa que o arauto nem teve de forçar a voz.

– Emhyr var Emreis, Deithwen Addan yn Carn aep Morvudd!

O Fogo Branco Dançante sobre Mamoas dos Inimigos adentrou o salão. Atravessou-o com seus costumeiros passos rápidos, agitando com energia a mão direita. Seu traje negro não se diferenciava em nada do dos demais cortesãos, exceto pela ausência do colarinho de pregas. Os negros cabelos do imperador, como sempre despenteados, eram razoavelmente mantidos em ordem por um estreito arco de ouro. De seu pescoço pendia o grão-colar imperial.

Emhyr sentou-se desleixadamente no trono, apoiando o cotovelo em um de seus braços e o queixo na palma da mão. O fato de não ter colocado a perna sobre o outro braço do trono significava que o cerimonial era mantido. Nenhuma das cabeças inclinadas ousou erguer-se uma polegada sequer.

O imperador deu uma tossidela, sem mudar de posição. Os cortesãos respiraram aliviados e levantaram a cabeça. O arauto voltou a bater com o bordão no piso.

– Cirilla Fiona Elen Riannon, rainha de Cintra, princesa de Brugge e duquesa de Sodden, herdeira de Inis Ard Skellig e Inis Na Skellig, soberana de Attre e Abb Yarra!

Todos os olhos viraram-se na direção da porta, em cujo vão apareceu a alta e distinta Stella Congreve, condessa de Liddertal, acompanhada pela proprietária de todos os imponentes títulos mencionados havia pouco. Uma jovem magra, loura, extraordinariamente pálida, um tanto encurvada, metida num longo vestidinho azul. Era óbvio que não se sentia bem com aquele traje.

Emhyr Deithwen aprumou-se no trono, e todos os cortesãos imediatamente fizeram uma profunda reverência. Stella Congreve deu um discreto empurrãozinho na lourinha, e ambas desfilaram ao longo das alas dos inclinados aristocratas, representantes das principais famílias de Nilfgaard. A jovem caminhava rígida e insegura. "Ela vai tropeçar", pensou a condessa.

Cirilla Fiona Elen Riannon tropeçou.

"Feia e magricela", disse a condessa a si mesma, aproximando-se do trono. "Desajeitada e pouco esperta, ainda por cima. Mas eu farei dela uma beldade. Vou transformá-la numa rainha, Emhyr, como você ordenou."

O Fogo Branco de Nilfgaard ficou olhando para elas de cima do trono. Como de costume, mantinha os olhos semicerrados e a sombra de um sorriso irônico nos cantos dos lábios.

A rainha de Cintra voltou a tropeçar. O imperador apoiou o cotovelo no braço do trono e o queixo na palma da mão. Sorria. Stella Congreve estava suficientemente próxima para reconhecer aquele sorriso. Ficou aterrorizada. "Algo está errado", pensou, apavorada, "alguma coisa não está certa. Cabeças hão de rolar. Pelo Sol Gigante, cabeças vão rolar."

A condessa recuperou o autocontrole, fez uma reverência e forçou a jovem a imitá-la.

Emhyr var Emreis não se ergueu do trono, apenas inclinou levemente a cabeça. Os cortesãos retiveram a respiração.

– Prezada rainha – falou Emhyr. A jovem encolheu-se. O imperador não olhava para ela. Olhava para os membros da nobreza reunidos no salão. – Prezada rainha – repetiu. – Estou feliz por poder saudá-la em meu palácio e em meu país. Dou-lhe minha palavra imperial de que se aproxima o dia em que todos os seus títulos lhe serão devolvidos, com as terras que pela lei da hereditariedade são inegavelmente suas. Os usurpadores que hoje ocupam aquelas terras declararam-me guerra. Atacaram-me repentinamente, anunciando aos quatro ventos que a guerra é justa por estarem defendendo os direitos de sua pessoa. Que todo o mundo saiba que foi a mim, e não a eles, que você veio procurar por ajuda. Que todo o mundo saiba que é aqui, em meu país, que você desfruta as homenagens e o tratamento correspondentes a seu título de soberana, enquanto entre meus inimigos você não passava de uma exilada. Que todo o mundo saiba você está segura, enquanto meus inimigos não somente lhe negavam a coroa, como ainda atentavam contra sua vida.

O olhar do imperador de Nilfgaard pousou sobre os emissários de Esterat Thyssen, senhor de Kovir, e sobre o embaixador de Niedamir, rei da Liga de Hengfors.

– Que todo o mundo, incluindo os reis que aparentavam não saber do lado de quem estavam a razão e a justiça, conheçam a verdade. E que todo o mundo saiba que a ajuda lhe será dada. Seus inimigos e os meus foram derrotados. Em Cintra, Sodden, Brugge, Attre, nas ilhas de Skellige e na foz do Yarra, a paz voltará a reinar, com você sentando-se no trono, para a alegria de seus súditos e de todas as pessoas amantes da justiça.

A jovem de vestido azul abaixou ainda mais a cabeça.

– Antes que isso aconteça – continuou Emhyr –, você será tratada em meu país com o respeito que lhe é devido, tanto por mim como por todos os meus súditos. E, como em seu reino continuam a arder as chamas da guerra, eu lhe concedo, como prova de respeito e amizade de Nilfgaard, o título de princesa de Rowan e Ymlac, senhora do castelo de Darn Rowan, para onde você partirá agora, no aguardo da chegada de tempos mais calmos e mais felizes.

Stella Congreve manteve o autocontrole e não permitiu que em seu rosto surgisse sequer uma indicação de espanto. "Ele não vai mantê-la junto de si", pensou. "Está despachando-a para Darn Rowan, para o fim do mundo, um lugar que ele nunca visita. Está mais do que claro que não pretende cortejá-la nem pensa num casamento em curto prazo. É óbvio que nem quer vê-la. Mas por que, então, ele se livrou de Dervia? De que se trata, afinal?"

Interrompendo suas lucubrações, a condessa pegou a princesa pela mão. A audiência terminara. Quando as duas estavam se retirando do salão, o imperador não olhava para elas. Os cortesãos se inclinaram.

Depois que elas saíram, Emhyr var Emreis colocou a perna sobre o braço do trono.

– Ceallach – falou. – Aproxime-se.

O senescal se deteve à prescrita distância cerimonial, dobrando-se numa reverência.

– Mais perto – disse Emhyr. – Chegue mais perto, Ceallach. Vou falar baixo, e o que vou dizer é destinado exclusivamente a seus ouvidos.

– Alteza...

– O que mais está previsto para hoje?

– O recebimento das credenciais e a concessão do exequátur ao emissário do rei Esterat de Kovir – recitou o senescal rapidamente. – A nomeação dos plenipotenciários, prefeitos e palatinos das novas províncias e palatinados. A confirmação do título de conde e da renda ao...

– Concederemos o exequátur ao emissário e o receberemos numa audiência privada. Quanto aos demais assuntos, vamos deixá-los para amanhã.

– Sim, Alteza.

– Informe a Skellen e ao visconde de Eiddon que deverão comparecer à biblioteca logo após a audiência ao embaixador. Em segredo. Você também deverá comparecer. Traga consigo aquele seu famoso mago, o tal vate... Como é mesmo o nome dele?

– Xarthisius, Alteza. Ele mora numa torre...

– Não estou interessado em saber onde ele mora. Envie alguns homens para buscá-lo e trazê-lo para meus aposentos. Silenciosamente, sem alarde, em segredo...

– Vossa Alteza Imperial não acha arriscado esse astrólogo...

– Eu emiti uma ordem, Ceallach.

– Sim, Alteza.

Em menos de três horas, todos os convocados encontravam-se na biblioteca imperial. A convocação não espantara Vattier de Rideaux, o visconde de Eiddon. Ele era chefe do serviço secreto militar e Emhyr costumava convocá-lo frequentemente; afinal, estavam travando uma guerra. Da mesma forma, a convocação não causara espanto a Stefan Skellen, apelidado de Coruja, que exercia junto do imperador a função de conselheiro perito em serviços e tarefas especiais. Coruja jamais se espantava com coisa alguma.

Já o terceiro convocado estava muito espantado com a convocação, principalmente porque foi a ele que o imperador se dirigiu em primeiro lugar.

– Mestre Xarthisius.

– Vossa Alteza Imperial...

– Preciso definir o local onde se encontra determinada pessoa. Uma pessoa que desapareceu ou está sendo ocultada, até aprisionada. Os feiticeiros aos quais deleguei essa tarefa anteriormente falharam por completo. Você estará apto a fazer isso?

– A que distância encontra-se... pode se encontrar a pessoa em questão?

– Se eu soubesse, não precisaria de sua magia.

– Peço desculpas... a Vossa Alteza Imperial... – gaguejou o astrólogo. – O problema é que uma distância muito grande dificulta a prática de astromancia, praticamente impossibilitando... Hummm, hummm... E se tal pessoa estiver sob proteção mágica... Eu posso tentar, mas...

– Seja mais breve, mestre.

– Preciso de tempo... e de ingredientes para os feitiços... Se a disposição das estrelas for favorável, então... Hummm, hummm... O que Vossa Alteza Imperial demanda não é uma coisa fácil. Vou precisar de tempo...

"Mais um minuto, e Emhyr vai mandar empalá-lo", pensou Coruja. "Se o vate não parar de engabelar..."

– Mestre Xarthisius – o imperador interrompeu a ladainha do vate de modo surpreendentemente polido e até gentil. – Você terá a sua disposição tudo de que precisar. Inclusive de tempo. Evidentemente, dentro dos limites do que é razoável.

– Farei o que me for possível – anunciou o astrólogo. – Mas somente poderei definir uma localização aproximada... ou seja, uma região ou um raio...

– Como?!

– A astromancia... – gemeu Xarthisius. – Quando se trata de grandes distâncias, a astromancia permite apenas localizações aproximadas... Muito aproximadas... Com grande tolerância. Para ser sincero, não sei se serei capaz...

– Você será, mestre – escandiu o imperador, enquanto seus olhos negros adquiriam um brilho assustador. – Tenho plena fé em suas aptidões. Já quanto à tolerância, quanto menor for a sua, maior será a minha.

Xarthisius encolheu-se todo.

– Preciso saber a data exata do nascimento da pessoa em questão – balbuciou. – Se possível, até a hora... Também seria muito valioso dispor de algum objeto que pertenceu à pessoa...

– Cabelos – falou Emhyr, com voz baixa. – Podem ser cabelos?

– Ohhhh! – alegrou-se o astrólogo. – Cabelos! Isso facilitará, e muito... E se eu pudesse ter uma amostra de sua urina ou fezes...

Os olhos de Emhyr apertaram-se perigosamente, e o mago encolheu-se ainda mais, fazendo uma profunda reverência.

– Peço humildemente perdão a Vossa Alteza Imperial... – gemeu. – Queira me perdoar... Entendo... Sim, bastarão os cabelos. Quando poderei recebê-los?

– Eles lhe serão entregues ainda hoje, com a data e a hora do nascimento. Não pretendo retê-lo mais, mestre. Volte a sua torre e comece a estudar as constelações.

– Que o Sol Gigante mantenha Vossa Alteza Imperial sob sua prote...

– Está bem, está bem. Pode ir embora.

"Agora chegou nossa vez", pensou Coruja. "Estou curioso de saber o que nos aguarda."

– Qualquer um que soltar uma só palavra do que vai ser dito a partir de agora – falou lentamente o imperador – será esquartejado. Vattier!

– Às ordens, Vossa Alteza.

– De que modo chegou aqui... a tal princesa? Quem esteve envolvido nisso?

– Da fortaleza de Nastrog – respondeu o chefe do serviço secreto militar, erguendo uma sobrancelha. – Sua Alteza foi escoltada por guardas comandados por...

– Não é isso que estou perguntando, com os diabos! Quero saber como a garota foi parar em Nastrog, em Verden! Quem a levou até a fortaleza? Quem é o atual comandante ali? Será aquele mesmo que nos mandou a informação? Godyvron qualquer coisa?

– Godyvron Pitcairn – disse, rápido, Vattier de Rideaux. – Naturalmente, ele estava informado da missão de Rience e do conde Cahir aep Ceallach. Três dias após os acontecimentos na ilha de Thanedd, apareceram em Nastrog duas pessoas. Para ser mais exato: um homem e um meio-elfo. Foram eles que entregaram a princesa a Godyvron, afirmando que agiam por ordem de Rience e do conde Cahir.

– Ah... – O imperador sorriu, e Coruja sentiu um frio lhe percorrer a espinha. – Vilgeforz garantiu que agarraria Cirilla em Thanedd. Rience garantiu o mesmo. Cahir Mawr Dyffryn aep Ceallach recebeu ordens precisas nessa questão. E eis que em Nastrog, à margem do rio Yarra, três dias depois do que aconteceu na ilha, Cirilla não é trazida por Vilgeforz, nem por Rience, nem por Cahir, mas por um homem e um meio-elfo. Imagino que nem passou pela cabeça de Godyvron prender os dois.

– Não. Ele deve ser castigado por isso, Vossa Alteza?

– Não.

Coruja engoliu em seco. Emhyr permaneceu calado, esfregando a testa. O enorme diamante lapidado de seu anel brilhava como uma estrela. Finalmente, o imperador ergueu a cabeça.

– Vattier.

– Às ordens, Vossa Alteza.

– Ponha a trabalhar todos os seus subordinados. Ordeno que sejam presos Rience e o conde Cahir. Acredito que ambos se encontram em terras ainda não ocupadas por nossas tropas. Lance mão dos Scoia'tael e dos Elfos Livres da rainha Enid. Ordeno ainda que os dois presos sejam levados para Darn Ruach e submetidos a torturas.

– O que lhes deve ser perguntado, Vossa Alteza? – Vattier semicerrou os olhos, fingindo não perceber a palidez que cobriu o rosto do senescal Ceallach.

– Nada. Mais tarde, quando eles tiverem amolecido, eu mesmo os interrogarei. Skellen!

– Às ordens.

– Logo depois de esse pateta Xarthisius... Isso se aquele cagalhão gaguejante conseguir definir o que lhe pedi que definisse... Você organizará uma busca por determinada pessoa na área por ele indicada. Uma descrição dela lhe será entregue. Não excluo a possibilidade de o astrólogo indicar um território que já esteja em nosso poder. Nesse caso, você deve convocar todos os responsáveis daquele território. Todo o aparato civil e militar. Esse é um assunto da mais alta prioridade. Entendeu?

– Entendi. Será que posso...

– Não, não pode. Sente-se e escute com atenção, Coruja. O mais provável é que o tal Xarthisius não defina coisa alguma. A pessoa que eu lhe mandei procurar certamente está em território estrangeiro e sob proteção mágica. Aposto minha cabeça que ela se encontra no mesmo lugar onde está nosso misteriosamente desaparecido amigo, o feiticeiro Vilgeforz de Roggeveen. Por isso, Skellen, forme e prepare um destacamento especial, que você comandará pessoalmente. Escolha os melhores homens que puder. Eles têm de estar prontos para o que der e vier... e não ser supersticiosos, ou seja, não devem ter medo de magia.

Coruja ergueu as sobrancelhas.

– Seu destacamento – concluiu Emhyr – terá como objetivo atacar e dominar o ainda desconhecido, mas certamente bem camuflado e muito bem defendido, esconderijo de Vilgeforz. Nosso ex-amigo e ex-aliado.

– Devo entender – falou calmamente Coruja – que à pessoa procurada que com certeza lá encontrarei não deve cair sequer um fio de cabelo?

– Entendeu corretamente.

– E a Vilgeforz?

– A ele, sim – sorriu o imperador cruelmente. – A ele devem cair os fios de cabelo de uma vez por todas, com a cabeça. Isso também vale para os outros feiticeiros que você encontrar em seu esconderijo. Sem exceção.

– Entendi. Quem vai se ocupar da tarefa de descobrir o esconderijo de Vilgeforz?

– Você, Coruja.

Stefan Skellen e Vattier de Rideaux se entreolharam. Emhyr endireitou-se no trono.

– Está tudo claro? Sendo assim... De que se trata, Ceallach?

– Vossa Alteza Imperial... – gemeu o senescal, a quem até então ninguém parecia ter dado qualquer atenção. – Imploro por misericórdia...

– Não há misericórdia para traidores. Não há misericórdia para aquele que ousa se opor a minha vontade.

– Cahir... Meu filho...

– Seu filho... – Emhyr semicerrou os olhos. – Não sei ainda qual foi a culpa de seu filho. Gostaria de acreditar que sua culpa foi causada por sua estupidez e incapacidade, e não por traição. Se for esse o caso, ele será apenas decapitado, e não torturado na roda até a morte.

– Vossa Alteza Imperial! Cahir não é traidor... Cahir não pôde...

– Basta, Ceallach; nem mais uma palavra. Os culpados serão punidos. Tentaram me enganar, e isso é algo que não consigo perdoar. Vattier e Skellen, quero vê-los aqui dentro de uma hora para receberem instruções assinadas, ordens e procurações e, então, partirem imediatamente para executar suas tarefas. E mais uma coisa: acho que não preciso acrescentar que a garota que vocês viram há pouco na sala do trono deve continuar sendo para todos Cirilla, rainha de Cintra e princesa de Rowan. Para todos. Ordeno que isso seja tratado como segredo de Estado e assunto da mais relevante importância para o país.

Os presentes olharam com espanto para o imperador. Deithwen Addan yn Carn aep Morvudd retribuiu o olhar e sorriu levemente.

– Será que vocês ainda não entenderam? Em vez da verdadeira Cirilla de Cintra, enviaram-me uma palerma qualquer. Esses traidores certamente se iludiram com a ideia de que eu não a reconheceria. Mas eu sou capaz de reconhecer a verdadeira Ciri. Seria capaz de reconhecê-la no fim do mundo e nas trevas do inferno.

CAPÍTULO SEXTO

Muito enigmático é o fato de o unicórnio, embora extraordinariamente arredio e de pessoas temeroso, quando encontra uma donzela que ainda não teve contato carnal com um homem, logo a ela se achega, ajoelha-se e, sem temor algum, coloca a cabeça em seu regaço. Dizem que em tempos remotos houve donzelas que fizeram daquilo um autêntico proceder. Ficavam anos sem se casar e mantendo a castidade, apenas para servirem de isca para caçadores de unicórnios. Não demorou muito para ficar claro que os unicórnios somente sentiam atração por donzelas jovens, não dando qualquer atenção às mais velhas. Por ser um animal sagaz, o unicórnio certamente se dava conta de que uma virgindade mantida por tempo exagerado era uma coisa suspeita e contrária à natureza.

Physiologus

Despertou-a o calor. A quentura que ardia como ferro em brasa fez com que recuperasse os sentidos.

Não conseguia mexer a cabeça; algo a retinha. Mexeu-se bruscamente e urrou de dor, sentindo a pele de uma das têmporas rachando e descolando-se. Abriu os olhos. A pedra sobre a qual repousava sua cabeça tinha uma cor pardo-avermelhada por causa do sangue coagulado e seco. Tateou a têmpora e sentiu com os dedos uma crosta dura e rachada. A crosta estivera grudada na pedra; agora, após o movimento da cabeça, separou-se dela e começou a sangrar. Ciri pigarreou, cuspindo uma mistura de saliva com areia. Ergueu-se sobre os cotovelos, sentou-se e olhou em volta.

Para qualquer lado que virasse, via uma planície pedregosa cinza-avermelhada entrecortada por barrancos e fendas, com montes de pedras e enormes rochas de formas estranhas dispersos aqui ou ali. Sobre a planície, bem ao alto, pendia um sol dourado e ardente, abrasando o céu e alterando a visão com seu brilho cegante e a tremulação do ar.

"Onde estou?"

Ciri tocou cuidadosamente a têmpora ferida e inchada. Doeu. Doeu muito. "Devo ter feito um baita galo na testa", pensou. "Devo ter caído no chão com muita força." Repentinamente, notou a roupa rasgada e descobriu novos pontos doloridos: na espinha dorsal, nas costas, no ombro, nos quadris. Ao cair, poeira, grãos de areia e minúsculas lascas de pedra penetraram por toda parte: nos cabelos, nos ouvidos, na boca, bem como nos olhos, que ardiam e lacrimejavam. As palmas das mãos e os cotovelos estavam ralados e em carne viva, ardendo horrivelmente.

Esticou as pernas lenta e delicadamente, voltando a gemer, pois um dos joelhos reagiu ao movimento com um espasmo de dor. Ciri tateou-o através do não danificado couro das calças, mas não lhe pareceu que ele estivesse inchado. Ao inspirar, sentiu uma agourenta pontada nas costelas, e a tentativa de inclinar o corpo para frente fez com que quase soltasse um grito por causa do espasmo de dor na extremidade inferior da coluna vertebral. "Como me arrebentei!", pensou. "Mas acho que não quebrei nada. Caso tivesse quebrado algum osso, estaria sentindo ainda mais dor. Estou inteira, apenas bastante machucada. Vou poder me levantar... E me levantarei."

Devagarzinho, evitando qualquer gesto brusco, tomou posição e ajoelhou-se desajeitadamente, enquanto tentava proteger o joelho ferido. Depois, ficou de quatro, gemendo, ofegando e sibilando. Por fim, após um tempo que lhe pareceu uma eternidade, ergueu-se, apenas para de imediato voltar a desabar em razão de uma tonteira, que lhe obscureceu a visão. Sentindo uma violenta onda de náuseas, deitou-se de lado. As rochas, aquecidas pelo sol, ardiam como brasas.

– Jamais vou me levantar... – soluçou. – Não consigo... Vou morrer queimada sob esse sol...

Sua cabeça latejava com uma dor surda e incessante. Qualquer movimento resultava numa dor adicional, de modo que Ciri decidiu não se mexer. Cobriu a cabeça com o braço, mas em pouco tempo os raios solares tornaram-se insuportáveis. Compreendeu que teria de encontrar uma forma de escapar deles. Dominando a resistência do corpo dolorido e semicerrando os olhos por causa da penetrante dor nas têmporas, conseguiu arrastar-se até uma grande rocha erodida pelo vento na forma de um estranhíssimo cogumelo, cujo disforme chapéu proporcionava uma sombra minúscula junto de sua base. Tossindo e fungando, ela se encolheu o máximo que pôde para aproveitar cada nesga da sombra.

Ficou deitada por muito tempo, até o momento em que o sol, deslocando-se pelo céu, voltou a agredi-la com o fogo vindo de cima. Ciri arrastou-se para o outro lado do rochedo. Constatou, porém, que o esforço fora em vão. O sol estava no zênite e o cogumelo de pedra não produzia mais praticamente sombra alguma. Ela apertou com as mãos as têmporas latejantes de dor e adormeceu.

Despertou-a uma onda de calafrios que lhe percorria todo o corpo. A dourada bola do sol perdera um pouco da cegante luminosidade. Agora, mais baixo, pendendo sobre as rochas pontudas e irregulares, adquirira uma cor alaranjada. O calor diminuíra levemente.

Ciri fez um grande esforço e conseguiu se sentar, olhando em volta. A dor de cabeça cessou, deixando de cegá-la. Tateou a têmpora ferida e constatou que o calor voltara a secar e endurecer a crosta. No entanto, todo o seu corpo continuava dolorido, parecendo não ter nele um só lugar que não estivesse machucado. Pigarreou, sentiu grãos de areia nos dentes e tentou cuspir. Em vão. Apoiou as costas na rocha em forma de cogumelo, ainda quente do sol. "Finalmente refrescou um pouco", pensou. "Agora, com o sol se pondo no ocidente, já dá para respirar direito e em breve..."

Em breve cairia a noite.

"Onde estou, com todos os diabos? Como sair daqui? E por que caminho? Aonde ir? Ou talvez seja melhor não me mexer do lugar e esperar ser encontrada? Afinal, vão me procurar. Geralt. Yennefer. Eles não vão me deixar aqui sozinha..."

Tentou cuspir mais uma vez, e mais uma vez não conseguiu. Foi quando compreendeu.

Sede.

Lembrou-se de que já durante a fuga sentira o desconforto da sede. E lembrou-se claramente de que havia um cantil de madeira preso ao arção da sela do negro corcel no qual montara ao fugir para a Torre da Gaivota. Mas, naquele momento, ela não estava em condições de erguê-lo e destampá-lo; não tinha tempo para isso. E, agora, nada de cantil. Agora, nada de nada. Nada além das afiadas pedras aquecidas, da ferida na têmpora repuxando sua pele, do corpo dolorido e da garganta seca, que nem podia ser aliviada tragando saliva.

"Não posso ficar aqui. Preciso me levantar e sair à procura de água. Se não encontrar água, acabarei morrendo."

Tentou se erguer, ferindo os dedos no cogumelo de pedra. Conseguiu. Deu um passo e, soltando um grito de dor, caiu de quatro, retesada num seco espasmo de vômito. Foi assolada por uma onda de câimbras tão fortes que precisou retomar a posição horizontal.

"Estou sem forças. E sozinha. Mais uma vez. Todos me traíram, abandonaram, deixando-me à própria sorte. Como daquela vez..."

Ciri sentiu como a garganta foi sendo apertada por uma tenaz invisível, como os músculos da mandíbula se contraíam de dor, como os lábios ressecados começavam a tremer. Lembrou-se das palavras de Yennefer: "Não existe imagem mais horrenda do que uma feiticeira aos prantos." E pensou: "Mas... ninguém está me vendo aqui... Ninguém..."

Encolhida em posição fetal debaixo do cogumelo de pedra, chorou copiosamente. Um choro seco e terrível. Sem lágrimas.

Quando finalmente ergueu as pálpebras inchadas, constatou que o calor diminuíra ainda mais e o até então amarelado céu adquiria sua normal cor de cobalto, inesperadamente entremeado por finas tiras de nuvens brancas. O disco solar foi se avermelhando e baixando, mas continuava enviando sobre o deserto seus pulsantes raios de calor. Ou será que o calor provinha das aquecidas superfícies das rochas?

Ciri sentou-se, constatando que a dor na cabeça e no resto do corpo ferido parara de incomodá-la, chegando a parecer insignificante em comparação com o crescente sofrimento nas entranhas e a cruel ardência na garganta ressecada.

"Não devo me render", pensou. "Não posso me render. Assim como em Kaer Morhen, preciso me levantar, vencer, subjugar em mim a dor e a fraqueza. Preciso me levantar e seguir em frente. Pelo menos já sei em que direção; a posição do sol indica onde fica o oeste. Preciso ir. Preciso encontrar água e algo para comer. Preciso. Caso contrário, vou morrer. Isto aqui é um deserto. Eu caí num deserto. Aquilo no que entrei lá, na Torre da Gaivota, era um portal mágico, uma ferramenta encantada pela qual é possível transportar-se a grandes distâncias."

O portal em Tor Lara era estranho. Quando Ciri adentrara o último aposento, não havia lá qualquer saída, nem mesmo uma janela, apenas grossas paredes cobertas de limo. E fora numa daquelas paredes que brilhara repentinamente uma oval regular preenchida por uma luminosidade opalina. Ciri hesitara, mas o portal a atraía, chamava-a, quase a convidava para que o atravessasse. Como não havia outra saída além daquela oval brilhante, ela fechara os olhos e se atirara nele. Fora envolta por uma cegante claridade e um turbilhão selvagem, e então uma explosão a fizera perder o ar dos pulmões e lhe esmagara as costelas. Tudo de que se lembrava era de um silêncio frio e vazio, seguido por um novo brilho e engasgo. Em cima, havia o azul-celeste; embaixo, um cinza borrado...

O portal a expulsara no meio do voo, como um filhote de águia deixa cair um peixe demasiadamente pesado para ele. Quando batera nas rochas, perdera os sentidos. Não sabia dizer por quanto tempo.

"Li sobre portais quando estive no templo de Melitele", lembrou-se, sacudindo a cabeça para livrar a cabeleira da areia. "Nos livros havia menções a portais danificados e caóticos, que levavam não se sabe para onde e que expulsavam as pessoas em locais desconhecidos. O portal da Torre da Gaivota devia ser um desses e me expulsou no fim do mundo. Ninguém sabe onde. Ninguém vai me procurar aqui e jamais serei achada. Se permanecer aqui, morrerei."

Ciri ergueu-se e, mobilizando todas as suas forças e apoiando-se na rocha, deu o primeiro passo. Depois, o segundo. Em seguida, o terceiro. Aqueles primeiros passos mostraram-lhe que as fivelas de sua bota direita haviam se soltado e, com isso, o cano caía toda hora, impedindo-a de andar. Sentou-se, dessa vez por vontade própria, e examinou sua roupa e equipamento. Concentrando-se naquela atividade, esqueceu a dor e o cansaço.

A primeira coisa que descobriu foi o espadim. A bainha havia se deslocado a suas costas e ela se esquecera dele por completo. Junto ao espadim, como sempre, estava sua pequena bolsa de couro, presente de Yennefer. A bolsinha continha tudo o que "uma dama deve ter sempre ao alcance da mão". Ciri abriu-a. Infelizmente o equipamento-padrão de uma dama não tinha muita serventia para mitigar a situação na qual ela se encontrava: um pente de tartaruga, um alicate-lima para unhas, um pacote com chumaços de algodão e um pequeno pote de jadeíta com creme hidratante para as mãos.

Ciri passou imediatamente o creme hidratante sobre o rosto e os lábios queimados. Em seguida, sem pensar muito, lambeu todo o conteúdo do pote, deliciando-se com sua gordura e um vestígio de umidade. A mistura de camomila, âmbar e cânfora usados na preparação do creme tinha um gosto horrível, mas agiu como estimulante.

Amarrou o cano solto da bota com uma tira de couro arrancada da manga, levantou-se e bateu com o pé no chão várias vezes para conferir o efeito. Abriu e desfez os chumaços de algodão, fazendo com eles uma larga bandagem sobre a têmpora ferida e a testa queimada pelo sol. Ajeitou o cinturão, puxando o espadim para mais perto do quadril esquerdo. Instintivamente, tirou-o da bainha e testou o gume da lâmina; estava afiado, como ela sabia de antemão.

"Tenho uma arma", pensou. "Sou uma bruxa. Não morrerei aqui. Estou pouco me lixando para a fome, sei que vou aguentar; no templo de Melitele houve ocasiões em que tivemos de jejuar por até dois dias seguidos. Já quanto à água... tenho de achá-la. Vou caminhar o que for preciso até chegar a ela. Afinal, este maldito deserto deve terminar em algum ponto. Se ele fosse muito grande, eu saberia algo sobre ele e o teria visto nos mapas que andei examinando com Jarre. Jarre... Estou curiosa de saber o que ele está fazendo neste momento..."

"Em frente", decidiu. "Vou para o oeste. Como posso ver onde o sol se põe, essa é a única direção da qual tenho certeza.

Além disso, nunca me perco, sempre sei por onde ir. Se for preciso, caminharei a noite toda. Sou uma bruxa. Assim que recuperar as forças, vou correr como corria na Trilha. Assim, chegarei rapidamente ao fim deste deserto. Vou aguentar. Preciso aguentar... Tenho certeza de que Geralt já esteve por mais de uma vez em desertos assim e, quem sabe, até em outros piores do que este..."

"Eu vou."

A paisagem permaneceu inalterada após a primeira hora de marcha. A seu redor continuava não havendo nada além de pedras cinza-avermelhadas que faziam seus pés escorregar e a obrigavam a tomar muito cuidado para não cair e se machucar. Arbustos esparsos, secos e espinhosos estendiam para ela seus ramos retorcidos saídos das fendas no terreno. Ao chegar ao primeiro dos arbustos, Ciri se deteve na esperança de encontrar nele folhas ou ramos frescos que pudessem ser sugados ou mascados. No entanto, o arbusto só tinha espinhos, que feriam os dedos. Não era possível tirar dele sequer um galho que lhe servisse de cajado. Levando em conta que o segundo e o terceiro arbustos eram idênticos, Ciri resolveu ignorá-los, passando ao largo deles sem se deter.

Escurecia rapidamente. O sol baixava detrás do horizonte adentado, enquanto o céu adquiria uma cor purpúrea. Com a penumbra, chegou o frio. De início, Ciri saudou-o com grande regozijo; o frio aliviava a pele queimada. No entanto, em pouco tempo começou a incomodá-la, a ponto de ela bater os dentes. Apressou o passo, esperando se aquecer com a marcha mais acelerada, porém o esforço fez com que retornassem as dores no quadril e no joelho. Ela começou a mancar. Para piorar, o sol se pusera por completo e tudo mergulhara na mais espessa escuridão. A lua estava na fase nova, e as estrelas que pontilhavam o céu não serviam de grande coisa para iluminar. Em pouco tempo, Ciri deixou de enxergar o caminho diante de si. Tropeçou e caiu diversas vezes, raspando dolorosamente a pele dos pulsos. Por duas vezes enfiou o pé em fendas do terreno pedregoso, e só não o torceu ou quebrou graças à maneira adequada de cair que tanto treinara em Kaer Morhen. Por fim, deu-se conta de que caminhar no meio da escuridão era impossível.

Tomada por um desespero imobilizador, sentou-se num bloco de basalto plano. Não tinha a mais vaga ideia de ter mantido ou não a direção desejada, pois havia muito tempo não sabia em que lugar no horizonte o sol desaparecera, tendo perdido por completo a visão daquela luminosidade que a guiara nas últimas horas antes do anoitecer. Estava envolta por uma escuridão aveludada e por um frio lancinante; um frio que a paralisava, que lhe mordia as articulações, que a obrigava a se encolher toda, enfiando a cabeça entre os ombros doloridos. Ciri começou a sentir saudade do sol, embora soubesse que com sua volta desabaria sobre ela aquele calor insuportável durante o qual não haveria qualquer possibilidade de continuar andando. Tomada por uma onda de desespero e desesperança, voltou a sentir o aperto na garganta e a vontade de chorar. Só que dessa vez o desespero e a desesperança transformaram-se em raiva.

– Não vou chorar – gritou para a escuridão. – Sou uma bruxa. Sou...

Uma feiticeira.

Ciri ergueu as mãos, apertando as palmas nas têmporas. A Força está por toda parte. Está no ar, na água, na terra...

Ergueu-se de um pulo, estendeu os braços e deu alguns passos lentos e hesitantes, procurando febrilmente por uma fonte. Teve sorte. Quase de imediato sentiu nos ouvidos os conhecidos murmúrio e palpitação, sentiu a energia emanando de um veio de água oculto nas profundezas do solo. Hauriu a Força, aspirando de maneira cuidadosa e contida. Sabia que estava fraca e que em tais casos uma brusca oxigenação do cérebro poderia fazê-la desmaiar, tornando vão todo o esforço. Aos poucos, foi se sentindo preenchida por energia, trazendo-lhe a conhecida euforia momentânea. Os pulmões começaram a funcionar com mais força e rapidez. Ciri controlou a respiração apressada; uma oxigenação acelerada também poderia trazer resultados fatais.

Conseguiu.

"Primeiro, o cansaço", pensou, "aquela paralisante dor nos braços e nas coxas. Em seguida, o frio. Tenho de aumentar a temperatura de meu corpo..."

Aos poucos foi se lembrando dos gestos e feitiços, executando alguns deles demasiadamente rápido, o que lhe provocou câimbras, tremores e uma tonteira que fez com que caísse de joelhos. Sentou-se no bloco de basalto, acalmou os braços retesados e dominou a respiração ofegante. Em seguida, repetiu as fórmulas, esforçando-se para manter a calma e a precisão, ativando ao máximo a concentração de sua vontade. Assim como antes, o resultado foi imediato. Ciri sentiu-se envolvida por um bem-vindo calor, ergueu-se com a sensação da dissipação do cansaço e do relaxamento dos músculos doloridos.

– Sou uma feiticeira! – berrou triunfalmente, erguendo bem alto um braço. – Venha, Luz Imortal! Eu a convoco! Aen'drean va eveigh Aine!

Uma pequena e morna esfera luminosa voou de sua mão como uma borboleta, jogando sobre as pedras agitados mosaicos de sombras. Ciri, movimentando lentamente a mão, estabilizou a esfera, posicionando-a a sua frente. Aquela não foi uma das melhores ideias: a luz a cegava. Tentou posicioná-la a suas costas, mas a emenda ficara pior que o soneto: sua própria sombra obscurecia o caminho a sua frente. Diante disso, a pequena feiticeira moveu-a levemente para um de seus lados, deixando-a pendente um pouco acima de seu ombro direito. Embora a pequena esfera não pudesse ser comparada a uma legítima Aine mágica, Ciri ficou extremamente orgulhosa de seu feito.

– Que pena! – exclamou, cheia de si. – Que pena que Yennefer não possa ver isto!

Ciri se pôs em marcha, escolhendo o caminho graças ao tremeluzente e inseguro claro-escuro atirado pela esfera. Enquanto andava, tentava se lembrar de outros feitiços, mas todos lhe pareceram inadequados ou inúteis à situação em que se encontrava, além de serem extremamente cansativos quando invocados, de modo que resolveu evitar seu uso, a não ser em caso de extrema necessidade. Infelizmente, não conhecia um só que pudesse criar água ou comida. Sabia que eles existiam, mas não como invocá-los.

À luz da esfera mágica, o até então morto deserto repentinamente adquiriu vida. Debaixo dos pés de Ciri fugiam brilhantes besouros desajeitados e aranhas peludas. Um pequeno escorpião ruivo-amarelado atravessou rapidamente seu caminho e escondeu-se em uma das fendas do terreno, arrastando consigo a cauda segmentada. Um lagarto verde de cauda comprida deslizou sobre os seixos e mergulhou na escuridão. Pequenos roedores parecidos com ratos fugiam dela dando altos pulos com as patas traseiras. Mais de uma vez, viu pares de olhos brilhando na escuridão e, em determinado momento, ouviu emanar do meio das rochas um silvo capaz de congelar o sangue nas veias. Se antes tinha a intenção de caçar algo para comer, o tal silvo a fez perder qualquer vontade de remexer nos pedregulhos. Passou a olhar com mais cuidado por onde pisava, parecendo enxergar no caminho as imagens que vira nos livros em Kaer Morhen: o escorpião-gigante, a escarlata, a quimera, o anão, a lâmia, o tarântulo, todos eles monstros que viviam nos desertos. Caminhava atentamente, olhando assustada para todos os lados, aguçando os ouvidos e segurando na mão suada o punho do espadim.

Após algumas horas, a esfera luminosa ficou turva; o círculo de luz por ela emitido diminuiu, nublou... e se dissipou. Ciri, esforçando-se muito para se concentrar, repetiu o encanto. A esfera brilhou com intensidade por alguns segundos, para logo em seguida ficar avermelhada e fraca. O esforço físico venceu Ciri, que cambaleou e viu manchas negras e vermelhas dançarem diante de seus olhos. Com isso, ela se sentou pesadamente, fazendo chiar os seixos e outras pedras soltas.

A esfera apagou-se por completo. Ciri não tentou mais feitiço algum. A exaustão, aliada ao vazio e à falta de energia que sentia dentro de si, eliminava previamente qualquer chance de sucesso.

Diante dela, bem longe, na linha do horizonte, erguia-se uma tênue claridade. "Errei o caminho", constatou com horror. "Fiz tudo errado... Comecei andando na direção do oeste, e eis que o sol vai se erguer logo a minha frente, o que quer dizer..."

Sentiu um cansaço e uma sonolência tão paralisantes que nem os tremores de seu corpo conseguiam espantar. "Não vou adormecer", decidiu. "Não posso adormecer... Não posso..."

Foi despertada pelo frio penetrante e pela claridade crescente. Uma lancinante dor nos intestinos e a seca e dolorida ardência na garganta fizeram com que rapidamente voltasse a si. Tentou se erguer. Não conseguiu. Os doloridos e endurecidos membros negavam-lhe obediência. Apalpando com as palmas das mãos o solo em torno de seu corpo, sentiu certa umidade debaixo dos dedos.

– Água... – murmurou. – Água!

Tremendo de excitação, pôs-se de quatro e colou os lábios às placas de basalto, recolhendo febrilmente com a língua as minúsculas gotas de orvalho espalhadas por sua superfície. Numa das fendas encontrou quase uma colher de orvalho; sorveu-o com areia e pequenos seixos, sem ousar cuspir. Olhou em volta.

Tomando extremo cuidado para não desperdiçar nem uma gotinha sequer do precioso líquido, Ciri sugou as brilhantes gotículas que pendiam dos espinhos de um arbusto-anão que, de modo totalmente misterioso, conseguira brotar entre as pedras. Seu espadim jazia no chão. Não se lembrava de tê-lo desembainhado, mas sua lâmina estava exposta e apresentava-se opaca por causa do orvalho. Escrupulosamente e com todo o cuidado, lambeu o frio metal.

Dominando a dor que entesava seu corpo, arrastou-se de quatro à procura de mais umidade sobre rochas mais distantes. No entanto, o dourado disco solar cobriu o deserto com sua cegante luminosidade e, muito rápido, secou as pedras. Ciri recebeu o calor com grande alegria, embora estivesse ciente de que em pouco tempo, abrasada sem piedade, ansiaria pelo alívio proporcionado pelo frio noturno.

Virou-se de costas para a esfera brilhante. Sabia que lá onde ela brilhava era o leste, enquanto ela precisava se deslocar na direção do oeste. Era preciso.

O calor foi crescendo e logo se tornou insuportável. Ao meio-dia, passou a incomodá-la a tal ponto que ela teve de interromper a marcha e procurar por uma sombra. Finalmente encontrou uma rocha em forma de cogumelo. Arrastou-se até ela.

Foi quando notou um objeto jogado entre as pedras. Era um pequeno pote de jadeíta de creme hidratante para as mãos com o conteúdo totalmente lambido.

Não teve força suficiente para chorar.

Fome e sede se sobrepujaram à exaustão e ao desânimo. Cambaleando, Ciri retomou a marcha. O sol queimava.

Ao longe, no horizonte, detrás da ondulante cortina de ar aquecido, viu algo que somente poderia ser uma cadeia de montanhas. Uma cadeia de montanhas muito distante.

Quando caiu a noite, Ciri fez um esforço adicional e conseguiu sorver um pouco da Força, mas a materialização da esfera mágica só se deu após várias tentativas e esgotou-a a tal ponto que não pôde mais seguir adiante. Perdera toda a energia e, mesmo depois de tentar diversas vezes, foi incapaz de fazer funcionar os feitiços de aquecimento e relaxamento. A luz da esfera deu-lhe coragem e ergueu sua moral, mas o penetrante frio fez com que ela ficasse tiritando. Ciri tremia, aguardando com ansiedade o nascer do sol. Desembainhou o espadim e colocou-o transversalmente sobre uma pedra para que o metal da lâmina se cobrisse de orvalho. Estava terrivelmente esgotada, porém a fome e a sede afugentavam o sono. Aguentou até o amanhecer. Entretanto, ainda estava escuro quando começou a lamber com afã a lâmina do espadim. Assim que clareou, pôs-se imediatamente de quatro para procurar por umidade entre as fendas e rachaduras.

Ouviu um sibilo.

Virou-se e viu um grande lagarto colorido sentado sobre uma pedra vizinha, abrindo a boca desdentada em sua direção, eriçando o dorso e batendo a cauda com força na pedra. Diante dele havia uma pequena fenda cheia de água.

A primeira reação de Ciri foi a de recuar assustada, mas logo em seguida foi acometida por um acesso de desespero misturado com raiva. Tateando em volta com as mãos trêmulas, pegou um pontudo fragmento de rocha.

– Essa água é minha! – urrou. – É minha!

Atirou a pedra. Errou o alvo. O lagarto deu um salto e fugiu agilmente no labirinto de rochas. Ciri jogou-se sobre a pedra e sugou o resto da água da fenda. Foi quando viu.

Detrás da pedra havia um ninho e, dentro dele, sete ovos semiocultos pela areia avermelhada. A menina não hesitou sequer um momento. Arrastou-se até o ninho, agarrou o primeiro ovo e cravou nele os dentes. A dura casca se partiu, caindo em sua mão, e uma massa viscosa escorreu por seu braço até a manga. Ciri sugou o ovo e lambeu o braço. Engolia com dificuldade e não sentia gosto algum.

Sugou todos os ovos e permaneceu de quatro, pegajosa, suja, cheia de areia, com restos de muco presos aos dentes, revirando febrilmente a areia com os dedos e emitindo soluços inumanos. Por fim, ficou imóvel.

("Endireite-se, princesa! Não apoie os cotovelos na mesa! Preste atenção quando for pegar algo da travessa para não manchar as rendas das mangas! Limpe a boca com o guardanapo e não faça barulho enquanto mastiga! Pelos deuses, será que ninguém ensinou essa criança como se deve comportar à mesa? Cirilla!")

Ciri caiu num choro convulsivo, apoiando a cabeça nos joelhos.

Conseguiu caminhar até o meio-dia, quando o calor a obrigou a descansar. Dormitou por bastante tempo, encolhida à sombra de uma rocha. A sombra não refrescava, mas era bem melhor do que a ardência do sol. Sede e fome não lhe permitiam adormecer de verdade.

A distante cordilheira, brilhando à luz dos raios solares, parecia-lhe estar pegando fogo. "No topo daquelas montanhas", pensou, "pode haver neve, pode haver gelo, pode haver riachos. Preciso chegar lá o mais rápido possível."

Caminhou quase a noite inteira. Decidiu guiar-se pelas estrelas que enchiam o céu. Ciri se arrependeu de não ter prestado atenção às aulas de astronomia, nem ter tido paciência de estudar os mapas astrais que existiam na biblioteca do templo. Obviamente, conhecia as galáxias principais – Sete Cabras, Cântaro, Foicinho, Serpente, Dragão e Donzela da Noite –, mas todas elas ficavam muito alto na abóbada celeste e era difícil se orientar por elas. Por fim, conseguiu escolher do cintilante formigueiro uma estrela bastante clara que, em sua opinião, apontava na direção correta. Não sabia que estrela era aquela, de modo que decidiu batizá-la de Olho.

Continuou sua marcha. A cadeia de montanhas à qual se dirigia não ficava nem um pouco mais perto; permanecia tão distante quanto no dia anterior. Mas, pelo menos, indicava um caminho.

Ao andar, Ciri olhava com atenção para todos os lados. Encontrou mais um ninho de lagarto, dessa vez com quatro ovos. Vislumbrou uma erva verdinha menor que o dedo indicador que, por milagre, crescera no meio das rochas. Também caçou um besouro marrom e uma aranha de pernas finas.

Comeu tudo.

Ao meio-dia vomitou o que comera, desmaiando logo em seguida. Quando voltou a si, achou um pouco de sombra, na qual se deitou, toda encolhida, segurando com as mãos a barriga dolorida.

Assim que o sol se pôs, retomou a caminhada, rígida como um robô. Caiu diversas vezes, mas sempre se levantava e voltava a caminhar.

Caminhava. Tinha de caminhar.

Fim do dia. Descanso. Noite. O Olho indicava o caminho. Marcha forçada até total esgotamento, que chegava muito antes do nascer do sol. Uma breve soneca. Frio. Falta da energia mágica. Fiasco total em todas as tentativas dos feitiços para a criação de luz e de calor. Sede somente minimizada pelas lambidas do orvalho da lâmina do espadim e das pedras.

Quando o sol surgiu, Ciri adormeceu. Foi despertada pelo calor infernal. Levantou-se para voltar a caminhar.

Desmaiou depois de menos de uma hora de marcha. Quando voltou a si, o sol estava no zênite, queimando insuportavelmente. Não tinha forças para procurar uma sombra. Não tinha forças para se levantar. Mas levantou-se. Recusando-se a se render, caminhou por quase todo o dia seguinte. E parte da noite.

Novamente passou o período mais quente do dia encolhida debaixo de uma rocha inclinada enfiada na areia. Teve um sonho tormentoso. Sonhou com água; com água que poderia ser bebida à vontade. Com enormes cachoeiras brancas encobertas por uma névoa e um arco-íris. Com riachos murmurantes. Com pequenas fontes silvestres obscurecidas por ramos de samambaias. Com chafarizes palacianos cheirando a mármore úmido. Com poços cobertos de musgo. Com baldes transbordantes de água. Com gotas pingando de suadas estalactites de gelo... Com água. Com água fria e fortificante que fazia doer os dentes, mas que possuía um sabor tão maravilhoso e inigualável...

Acordou. Ergueu-se de um pulo e começou a caminhar na direção de onde havia vindo. Retornava cambaleando e caindo vez por outra. Tinha de retornar! Havia passado, sem se dar conta, por um riacho murmurante! Como pudera ser tão desatenta!

O calor diminuíra, aproximava-se o fim do dia. O sol indicava o poente. As montanhas. O sol não tinha o direito de estar a suas costas. Ciri livrou-se dos delírios, contendo o choro. Deu meia--volta e recomeçou a caminhada.

Caminhou a noite toda, mas muito devagar. Não foi muito longe. Chegou a adormecer enquanto andava, sonhando com água. O sol nascente encontrou-a sentada num bloco de pedra, com os olhos fixos na lâmina do espadim e o antebraço desnudo.

Afinal, o sangue é líquido. Pode ser bebido.

Afastou a ideia delirante e o pesadelo. Lambeu o orvalho que cobria a lâmina e voltou a caminhar.

Desmaiou, voltando a si queimada pelo sol e pelas pedras aquecidas.

Diante dela, por trás da cortina de ar aquecido, via os serrilhados dentes da cadeia de montanhas.

Mais próximos. Bem mais próximos.

Mas já não tinha forças e se sentou.

O espadim em sua mão refletia os raios do sol, praticamente ardendo. Era afiado, Ciri estava ciente disso.

"Por que você se tortura tanto?", perguntou-lhe o espadim, com a séria e calma voz da pedante feiticeira chamada Tissaia de Vries. "Por que você se condena a tamanho sofrimento? Acabe com isso de uma vez por todas!"

"Não. Não vou me render."

"Você não vai suportar. Sabe como se morre de sede? Você pode enlouquecer a qualquer momento, e aí será tarde demais. Você não saberá mais como terminar com isso."

"Não. Não vou me render. Resistirei."

Enfiou o espadim na bainha, ergueu-se, cambaleou e caiu. Ergueu-se novamente, voltou a cambalear, mas retomou a marcha.

No alto, bem alto no céu dourado, viu um abutre.

Quando voltou a recuperar a consciência, não se lembrava do momento em que desmaiara; não sabia por quanto tempo ficara caída. Olhou para o céu. Ao abutre que descrevia círculos acima dela juntaram-se outros dois. Não tinha mais forças para se levantar.

Compreendeu que chegara seu fim. Aceitou tal fato calmamente, até com certo alívio.

Algo tocou seu ombro, de leve e com muito cuidado. Após o longo período de solidão, quando estivera cercada exclusivamente por pedras mortas e imóveis, o toque fez com que se erguesse; na verdade, ela tentou se erguer, apesar de todo o cansaço. Aquilo que a tocara rinchou e recuou, batendo com força os cascos no chão.

Ciri fez um esforço e se sentou, esfregando os olhos inchados.

"Enlouqueci", pensou.

A alguns passos dela estava parado um cavalo. Ciri piscou várias vezes. Aquilo não era uma miragem. Era um cavalo de verdade. Um cavalinho. Um cavalinho bem jovem, um potro.

Ciri lambeu os lábios ressecados e, sem querer, pigarreou. O cavalinho deu um salto e fugiu, batendo com os cascos nos seixos. Movia-se de maneira muito estranha. Sua pelugem também não era típica, nem parda, nem cinza. No entanto, era possível que apenas parecesse ser assim, pois estava de costas para o sol.

O potro relinchou e deu alguns passos. Agora, Ciri podia vê-lo melhor, o suficiente para notar outros detalhes estranhos além da efetivamente atípica pelugem: cabeça muito pequena, pescoço demasiadamente comprido, machinhos finos e cauda comprida e espessa. O cavalinho parou e olhou para ela, virando levemente a cabeça. Ciri soltou um suspiro silencioso.

Da proeminente testa do animal emergia um chifre com mais de dois palmos de comprimento.

"Não é possível, não é possível", pensou Ciri, recuperando totalmente a consciência e fazendo um grande esforço mental. "Não há mais unicórnios no mundo, todos foram extintos. Mesmo no grande livro dos bruxos de Kaer Morhen não havia menção alguma a unicórnios! Li algo sobre eles somente no *Livro dos mitos*, lá no templo... E no *Physiologus*, que fiquei examinando no banco do senhor Giancardi, havia uma ilustração representando um unicórnio... Mas aquele unicórnio mais parecia um bode do que um cavalo; tinha machinhos peludos, barbicha de bode e chifre de quase duas braças..."

Estava espantada por se lembrar tão bem de fatos ocorridos havia centenas de anos. Sentiu a cabeça girar e uma pontada aguda nas entranhas. Gemeu e se encolheu toda em posição fetal. O unicórnio bufou e deu um passo em sua direção. Em seguida, parou, erguendo bem alto a cabeça. Ciri lembrou-se repentinamente do que os livros diziam a respeito de unicórnios.

– Você pode se aproximar sem medo... – falou com voz rouca, tentando levantar-se. – Pode vir, porque eu sou...

O unicórnio voltou a bufar, deu um salto para trás e galopou para longe, agitando acintosamente a cauda. Mas logo depois parou, sacudiu a cabeça, bateu com um dos cascos e relinchou bem alto.

– Não é verdade! – gemeu Ciri desesperadamente. – O máximo que Jarre fez foi me dar um beijo uma só vez, e isso não conta! Volte!

O esforço a fez ficar com a visão turva e cair sobre as pedras. Quando finalmente conseguiu erguer a cabeça, o unicórnio estava de novo bem próximo, olhando inquisitivamente para ela, com a cabeça abaixada e bufando baixinho.

– Não precisa ter medo de mim... – sussurrou Ciri. – Não precisa, porque... porque eu estou morrendo...

O unicórnio relinchou, sacudindo a cabeça. Ciri desmaiou.

Quando voltou a si, estava sozinha. Com o corpo dolorido, empedernida, sedenta, faminta e absolutamente sozinha. O unicórnio fora uma miragem, uma ilusão, um sonho; sumira como some um sonho. Ciri dava-se conta disso e o aceitava, porém sentia mágoa e desespero, como se o fantástico ser tivesse realmente existido, tendo estado a seu lado e a abandonado, assim como fora abandonada por todos.

Quis se levantar, mas não conseguiu. Apoiou o rosto nas pedras. Movendo lentamente a mão, começou a tatear a sua volta até encontrar a empunhadura do espadim.

O sangue é líquido... e eu preciso beber.

Ouviu o som de cascos de cavalo e um relincho.

– Você voltou... – sussurrou, erguendo a cabeça. – Voltou de verdade?

O unicórnio bufou bem alto. Ciri viu os cascos bem próximos de seu rosto. Os cascos estavam molhados... Na verdade, encharcados.

A sensação de esperança deu-lhe novas forças e preencheu-a de euforia. O unicórnio lhe indicava o caminho, e Ciri o seguia, ainda sem estar totalmente certa de não estar sonhando. Quando suas forças se esgotaram, passou a andar de quatro e... por fim, a rastejar.

O unicórnio conduziu-a por entre as rochas até uma estreita passagem coberta de areia. Ciri rastejava com o resto de suas forças. Mas rastejava, porque a areia estava úmida.

O unicórnio parou junto de uma visível depressão na areia. Relinchou, bateu fortemente o casco, uma vez, duas, três. Ciri compreendeu. Rastejou para perto dele e ajudou-o. Cavou, quebrando as unhas, arranhando a pele e puxando areia para fora. Talvez até estivesse chorando, mas não tinha certeza disso. Quando no fundo do buraco surgiu um líquido lamacento, Ciri imediatamente colou os lábios nele, sorvendo aquele restinho de água barrenta misturado com areia com tanto afã que o líquido desapareceu. Ela fez um esforço para se controlar e aprofundou o buraco com a ajuda do espadim. Moendo grãos de areia com os dentes e tremendo de impaciência, ficou aguardando até a depressão voltar a se encher de água. Em seguida, bebeu. Por muito tempo.

Depois, deixou a água decantar um pouco e sorveu quatro ou cinco goles de água com lodo, mas sem areia. Foi somente então que se lembrou do unicórnio.

– Você também deve estar com sede, cavalinho – falou. – E é certo que não vai beber lama, porque nenhum cavalo bebe lama.

O unicórnio relinchou.

Ciri cavou ainda mais fundo, escorando as paredes do buraco com pedaços de rocha.

– Espere um pouco, cavalinho. Deixe a água decantar...

O "cavalinho" relinchou, bateu com os cascos no chão e sacudiu a cabeça.

– Está bem. Pode beber.

O unicórnio aproximou cuidadosamente as narinas da água.

– Pode beber, cavalinho. Não é um sonho. É água de verdade.

No começo, Ciri fez corpo mole; não queria afastar-se da fontezinha. Tinha inventado uma forma de beber que consistia em espremer dentro da boca um lenço previamente mergulhado na água do buraco, o que lhe permitia, de certa maneira, engolir menos areia e lodo. Mas o unicórnio insistia, relinchava, afastava-se, para retornar logo em seguida. Estava claro que a convocava a retomar a marcha e indicava o caminho a ser seguido. Depois de muito refletir, Ciri concordou: o animal tinha razão, ela devia prosseguir na direção das montanhas, sair do deserto. Diante disso, partiu com o unicórnio, olhando para trás e memorizando a localização da fonte. Não queria ter de procurá-la de novo caso precisasse retornar.

Andaram o dia inteiro. O unicórnio, que Ciri batizara de Cavalinho, mostrava o caminho. Era um cavalinho muito estranho. Mordia e mastigava caules ressecados que jamais seriam tocados não só por um cavalo, mas até por uma cabra faminta. E, quando deparou com uma coluna de grandes formigas marchando entre as pedras, começou a comê-las. Num primeiro momento, Ciri olhou para aquilo com espanto, porém acabou juntando-se à ceia. Estava com fome.

As formigas eram terrivelmente azedas, mas talvez isso mitigasse o desejo de vomitá-las. Além disso, havia muitas delas, o que permitia exercitar um pouco as mandíbulas enrijecidas. O unicórnio comia os insetos por inteiro, enquanto Ciri contentava-se com os abdomes, cuspindo os fragmentos mais duros das armaduras quitinosas.

Seguiram adiante. O unicórnio descobriu umas amareladas ervas daninhas e as devorou com gosto. Dessa vez, Ciri não se juntou a ele. No entanto, quando Cavalinho achou ovos de lagarto enterrados na areia, foi a vez de ela comê-los e de ele ficar apenas olhando. Retomaram a caminhada. Ciri viu novas ervas daninhas e apontou-as para o unicórnio. Algum tempo depois, Cavalinho chamou a atenção dela para um enorme escorpião-negro com uma cauda de pelo menos um palmo e meio de comprimento. Ao ver que Ciri não tinha intenção alguma de comer o escorpião, o unicórnio o comeu e, logo em seguida, indicou a ela outro ninho com ovos de lagarto.

Pelo visto, tratava-se de uma cooperação bastante proveitosa para ambas as partes.

Continuaram seguindo em frente.

Quando caiu a noite, o unicórnio parou e se pôs a dormir de pé. Ciri, acostumada a lidar com cavalos, tentou fazê-lo deitar; assim, poderia ficar sobre ele e aproveitar seu calor. Mas todas as tentativas falharam. Cavalinho se afastava, sempre mantendo certa distância. Na verdade, comportava-se de maneira totalmente diversa da descrita nos livros e estava mais do que claro que não tinha a mínima intenção de colocar a cabeça no regaço da jovem. Ciri estava cheia de dúvidas. Sem excluir a possibilidade de os livros estarem errados no que se referia ao relacionamento dos unicórnios com virgens, via ainda outra justificativa. Cavalinho era, evidentemente, um potro de unicórnio e, levando em conta sua pouca idade, poderia não ter a mais vaga noção do que era uma virgem. Ciri descartou a ideia de o animal ser capaz de sentir e tratar com seriedade aqueles poucos sonhos estranhos que ela tivera. Quem poderia levar sonhos a sério?

O unicórnio decepcionou-a num ponto: já estavam caminhando dois dias e duas noites e ele não encontrou água, apesar de tê-la procurado. Parara diversas vezes balançando a cabeça, meneando o corno, penetrando por entre brechas nos rochedos e tentando cavar a areia com os cascos. Encontrou formigas, assim como ovos e larvas de formigas. Encontrou um ninho de lagartos. Encontrou uma cobra colorida, matando-a com destreza. Mas não encontrou água.

Ciri notou que Cavalinho andava a esmo, sem manter uma linha reta e uniforme em seus deslocamentos, e teve a bem fundamentada convicção de que aquele ser não era um animal de deserto e que simplesmente se perdera nele.

Assim como ela.

As formigas, que passaram a encontrar em abundância, continham uma umidade ácida, mas Ciri pensava cada vez mais seriamente em voltar àquela fontezinha descoberta por Cavalinho. Caso continuassem avançando sem achar água, poderiam chegar a um ponto em que lhes faltariam forças para retornar a ela. O calor era insuportável, e o ato de caminhar, extenuante.

Estava a ponto de tratar daquele assunto com Cavalinho quando este relinchou repentinamente, agitou a cauda e galopou encosta abaixo. Ciri foi atrás dele, alimentando-se com abdomes de formigas pelo caminho.

Um grande espaço entre as rochas estava preenchido por um areal com uma claramente visível depressão no meio.

– Que bom! – alegrou-se Ciri. – Você é muito esperto, Cavalinho! Achou mais uma fontezinha. Neste buraco tem de haver água!

O unicórnio bufava prolongadamente, trotando em volta da depressão. Ciri aproximou-se. A depressão parecia grande, com mais de cem pés de diâmetro, e era tão precisa e regularmente circular que dava a impressão de alguém ter apertado um gigantesco ovo contra a superfície da areia, formando uma espécie de funil. Ciri repentinamente se deu conta de que uma forma tão regular assim não poderia ter surgido de maneira espontânea. Mas já era tarde.

Algo se mexeu no fundo do funil, e um violento jato de areia e cascalho acertou o rosto de Ciri, que deu um pulo para trás e tropeçou, caindo dentro do buraco. O jato de areia e cascalho que a atingia também batia nas bordas do funil, que, aos poucos, foram se desfazendo e desabando para o fundo. Ciri gritou desesperadamente, agitou os braços como um nadador afogando-se e tentou encontrar uma base para apoiar os pés. Não precisou de muito tempo para se dar conta de que seus gestos violentos somente pioravam a situação, cobrindo-a com cada vez mais areia. Virou-se de costas, apoiou-se nos calcanhares e abriu os braços o máximo que pôde. A areia no fundo do funil moveu-se, ondulou, e Ciri pôde divisar emergindo dele umas tenazes cor de bronze terminadas em ganchos afiados, com mais de meia braça de comprimento. Gritou novamente, dessa vez com muito mais força.

A saraivada de cascalho parou repentinamente de cair sobre ela, desabando no lado oposto do funil. O unicórnio empinou, relinchando como ensandecido, e a borda cedeu sob seu peso. Ele ainda tentou desatolar da pegajosa areia, mas todos os seus esforços foram em vão: ia cada vez mais sendo envolto por ela e desabava cada vez mais rápido para o fundo do buraco. As pontas das terríveis tenazes bateram uma na outra, emitindo um som horripilante. O unicórnio relinchou de novo, tentando inutilmente afastar a areia com as patas dianteiras, já que as traseiras já estavam imobilizadas. Quando chegou ao fundo do buraco, foi capturado irremediavelmente pelas terríveis tenazes do monstro oculto na areia.

Ao ouvir o desesperado relincho de dor, Ciri soltou um grito furioso e atirou-se buraco abaixo, desembainhando o espadim, mas logo percebeu que havia cometido um erro: a camada de areia que ocultava o monstro era espessa demais, e a lâmina do espadim não conseguia atingi-lo. Para piorar, o unicórnio, retido pelas tenazes e enlouquecido de dor, agitava-se violentamente para todos os lados, batendo com os cascos a torto e a direito, ameaçando-a com a possibilidade de quebrar seus ossos.

Naquela situação, todas as formas de combate que aprendera com os bruxos não tinham serventia alguma. No entanto, restava ainda um simples encanto. Ciri apelou para a Força e recorreu à telecinesia.

Uma nuvem de areia ergueu-se no ar e revelou o monstro, agarrado à coxa do desesperado unicórnio. Ciri soltou um grito de pavor. Jamais vira algo tão horrível em toda a vida, nem mesmo em ilustrações nos inúmeros livros dos bruxos. Não era capaz sequer de imaginar que algo tão asqueroso pudesse existir.

A criatura tinha a cor cinza sujo, era arredondado e rechonchudo como um percevejo empanturrado de sangue, e uma tênue camada de pelos cobria-lhe o corpo. Parecia não ter pernas, mas suas tenazes eram quase tão compridas quanto ele mesmo.

Sem a proteção arenosa, o monstro soltou imediatamente o unicórnio e começou a se enterrar através de rápidas e violentas ondulações do corpo abarricado. Conseguia executar a tarefa com surpreendente competência, no que era ajudado pelo unicórnio, que, em seu permanente esforço para livrar-se do buraco, jogava cada vez mais areia para baixo. Ciri foi tomada por um violento desejo de vingança. Atirou-se sobre a criatura já pouco visível e desferiu um golpe do espadim em seu dorso arqueado. Atacou por trás, tomando cuidado para se manter afastada das agitadas tenazes, as quais, como ficou patente, o monstro podia estender bastante para todos os lados. Golpeou-o novamente, enquanto ele continuava a tentar se enterrar com uma velocidade incrível. No entanto, não se enterrava para fugir; fazia-o para atacar. Para ficar totalmente encoberto pela areia, bastaram-lhe apenas mais duas ondulações do corpo e, uma vez oculto, disparou com violência um jato de cascalho sobre Ciri, cobrindo-a até a metade das coxas. Ela conseguiu livrar-se e dar um passo para trás, mas não havia para onde fugir. Continuava num buraco de areia fofa, que, a cada movimento, fazia-a descer mais. Então, no fundo, a areia ondulou novamente e daquela onda emergiram as temidas tenazes terminadas em ganchos afiados.

Foi salva por Cavalinho, que, ao chegar ao fundo do buraco, golpeou fortemente com os cascos o montículo de areia que delatava a presença do monstro. Os selvagens coices revelaram o dorso cinzento da criatura. O unicórnio abaixou a cabeça e cravou o chifre no lugar exato em que a cabeça com as tenazes juntava-se ao resto do corpo. Ao ver que as tenazes do monstro pregado ao fundo do buraco permaneciam caídas e imóveis, Ciri deu um pulo para frente e, tomando impulso, cravou o espadim no corpo em convulsões. Tirou a lâmina e cravou-a mais uma vez. E mais uma. Enquanto isso, Cavalinho desencravou o chifre e, com grande ímpeto, deixou cair os cascos dianteiros sobre o corpo abarricado.

O pisoteado monstro não tentou mais se cobrir. Permaneceu imóvel, enquanto a areia a seu redor se umedecia com um líquido esverdeado.

Não foi sem muita dificuldade que conseguiram sair do buraco. Ciri deu alguns passos e caiu impotente sobre a areia, arfando pesadamente e tremendo toda por causa da onda de adrenalina que lhe atacava a garganta e as têmporas. O unicórnio ficou andando a sua volta. Pisava desajeitadamente, sangrando da ferida na coxa, com o sangue escorrendo pela perna até o machinho e deixando um rastro vermelho na areia. Ciri conseguiu ficar de joelhos e vomitou violentamente. Depois, ergueu-se e, cambaleante, aproximou-se de Cavalinho, mas ele não se deixou tocar, jogando-se no chão e esfregando a ferida na areia, na qual, então, enfiou o chifre a fim de limpá-lo.

Ciri também esfregou e limpou a lâmina do espadim, lançando olhares desconfiados para o buraco do qual acabaram de sair. O unicórnio levantou-se, relinchou e se aproximou.

– Gostaria de examinar sua ferida, Cavalinho.

Cavalinho relinchou e agitou a cabeça chifruda.

– Se não quer, paciência. Se está em condições de andar, vamos embora daqui o mais rápido possível.

Pouco tempo depois, depararam com um novo areal, com a superfície também pontilhada de buracos em forma de funil. Ciri ficou olhando para eles com apreensão; alguns eram pelo menos duas vezes maiores do que aquele em cujo interior haviam recentemente lutado pela vida.

Não ousaram atravessar o areal, desviando-se dos buracos. Ciri estava convencida de que os tais funis consistiam em armadilhas para vítimas desprevenidas e que os monstros abrigados dentro deles eram perigosos apenas para as vítimas que ali caíssem. Se fossem muito cuidadosos e se mantivessem sempre afastados da boca dos funis, poderiam cruzar o terreno arenoso sem temer que uma das criaturas emergisse de um deles e saísse em sua perseguição. Embora tivesse certeza absoluta de que não haveria tal perigo, Ciri preferiu não arriscar. O unicórnio tinha claramente o mesmo entendimento, bufando e afastando-a para longe do areal. Para evitarem o perigoso terreno, aumentaram consideravelmente seu trajeto, descrevendo um longo arco, mantendo-se junto das rochas e andando exclusivamente sobre um piso duro no qual nenhum monstro conseguiria se enterrar.

Enquanto caminhava, Ciri não tirava os olhos das crateras no areal. Mais de uma vez viu como das mortais armadilhas emanavam jatos de areia; os monstros aprofundavam e renovavam suas tocas. Algumas delas estavam tão próximas umas das outras que a areia expelida por uma criatura caía dentro de outros buracos, despertando a ira dos seres neles escondidos. Nessa hora tinha início uma violenta canhonada, com areia zunindo e batendo como granizo.

Ciri perguntava-se o que os monstros estariam caçando num árido deserto. Logo obteve a resposta: de um dos buracos mais próximos saiu voando uma coisa escura que, descrevendo um arco, caiu perto deles. Após um breve momento de hesitação, Ciri saltou das rochas para a areia. Aquilo que voara do buraco era o cadáver de um roedor que lembrava um coelho, a julgar por seu pelo, pois estava ressecado e vazio como uma bexiga. Não havia nele nem uma gota de sangue. Ciri ficou toda arrepiada; agora sabia o que os monstros caçavam e como se alimentavam.

O unicórnio soltou um relincho de advertência. Ciri ergueu a cabeça. Ao redor não havia buraco algum, apenas areia plana e lisa. Repentinamente, porém, aquele terreno plano e liso embarrigou, e a "barriga" começou a se mover com rapidez em sua direção. Ciri jogou fora o ressecado cadáver e correu de imediato para cima das rochas.

A decisão de contornar o areal mostrara-se acertada.

Continuaram a andar, evitando quaisquer áreas arenosas, por menores que fossem, e sempre pisando em terreno duro e pedregoso.

Cavalinho mancava, avançando lentamente, e, embora o ferimento na coxa continuasse sangrando, não permitia que Ciri se aproximasse e o examinasse.

O areal estreitou-se bastante e começou a ziguezaguear. A fina e fofa areia cedeu lugar a um grosso cascalho e, depois, a seixos rolados. Como não viam cratera alguma havia bastante tempo, resolveram descer das rochas e caminhar pela senda. Ciri, embora novamente atormentada por fome e sede, começou a se mover mais rápido. Havia esperança. A pedregosa senda não era uma senda, e sim o leito de um rio que seguia na direção das montanhas. A bem da verdade, o rio não tinha água, porém os conduziria a sua fonte, demasiadamente tênue para encher o leito do rio, mas sem dúvida com água suficiente para matar a sede.

No entanto, Ciri teve de diminuir o ritmo por causa do unicórnio, que avançava com evidente dificuldade e tropeçava toda hora, puxando uma perna e pisando com um lado do casco. No fim do dia, ele se deitou, sem se levantar quando ela se aproximou. Permitiu que ela examinasse o ferimento.

Na verdade, havia dois ferimentos, um de cada lado da coxa. Ambos estavam inflamados e continuavam a verter sangue, com o qual escorria um pus fedorento.

O monstro era peçonhento.

No dia seguinte, a situação ficou ainda pior. O unicórnio mal conseguia se arrastar. Ao anoitecer, deitou-se e não quis mais se levantar. Quando Ciri se ajoelhou a seu lado, ele moveu as narinas e o chifre na direção dos ferimentos e soltou um relincho. Naquele relincho havia dor.

O pus escorria cada vez mais e seu cheiro era horrível. Ciri desembainhou o espadim. Cavalinho fez um esforço para se levantar, mas em vão.

– Não sei o que fazer... – soluçou Ciri, olhando para a lâmina. – Não sei mesmo... Provavelmente devo cortar os ferimentos e espremer deles o pus e o veneno... Mas não sei como fazê-lo! Posso acabar ferindo você ainda mais!

O unicórnio tentou se erguer um pouco, relinchou. Ciri sentou sobre as pedras, apoiando a cabeça nas mãos.

– Não me ensinaram a curar – falou com amargura. – Ensinaram-me a matar, dizendo que dessa maneira poderei salvar vidas. Aquilo foi uma enorme mentira, Cavalinho. Mentiram para mim.

Ao anoitecer, com a escuridão crescendo rapidamente, o unicórnio permaneceu deitado enquanto Ciri pensava febrilmente. Ela recolheu uma porção de cardos e caules de outras plantas que cresciam em abundância às margens do leito do rio ressecado, mas Cavalinho não quis comer. Impotente, deitara a cabeça sobre as pedras e já nem tentava mais se erguer. Apenas piscava um olho. Uma baba branca começou a escorrer de sua boca.

– Não tenho como ajudá-lo, Cavalinho – falou Ciri, com voz embargada. – Não tenho nada...

Exceto a magia.

"Sou uma feiticeira."

Ciri se levantou e estendeu as mãos. Nada. Necessitava de muita energia mágica, e não tinha nem sombra dela. Ficou surpresa... Não esperava por isso. Afinal, havia veios de água subterrâneos por toda parte. Deu alguns passos para a esquerda e depois para a direita. Começou a andar em círculos. Afastou-se. Nada.

– Maldito deserto! – gritou, cerrando os punhos. – Você não tem nada! Nem água, nem magia! E a magia deveria estar em todos os lugares! Aquilo também fora uma mentira! Todos mentiram para mim, todos!

O unicórnio relinchou.

– A magia existe em tudo. Na água, na terra, no ar... e no fogo.

Ciri bateu na testa com a palma da mão. Não pensara nisso antes porque lá, no meio das pedras desnudas, não havia com que acender uma fogueira. Mas agora tinha à mão cardos e caules secos, e, para fazer aparecer uma centelha, deveria lhe bastar aquele restinho de energia que sentia dentro de si...

Recolheu alguns gravetos, empilhou-os e cobriu-os com cardos secos. Depois, estendeu cuidadosamente a mão.

– Aenye!

A pilha de gravetos brilhou com uma chama que devorou as folhas de cardo e formou uma grande labareda. Ciri adicionou caules secos à fogueira.

"E agora?", pensou, olhando para as chamas. "Sorvê-la? Como? Yennefer me proibiu tocar na energia do fogo... Mas eu não tenho escolha! Nem tempo! Tenho de agir! Os gravetos e as folhas acabarão se consumindo em pouco tempo... O fogo se extinguirá... O fogo... Como ele é lindo, como ele é quente..."

Ciri jamais soube quando e como aquilo aconteceu. Estava com os olhos fixos no fogo quando repentinamente começou a sentir as têmporas latejarem. Agarrou os seios, com a impressão de que as costelas estavam se rompendo. Sentiu uma dor pulsante no baixo-ventre, no períneo e nos mamilos, uma dor que, no momento seguinte, se transformou num gozo assustador. Levantou-se. Não, não se levantou, alçou voo.

A Força preencheu-a como se fosse chumbo derretido. As estrelas no céu dançaram como se estivessem espalhadas na superfície de um lago. O ardente Olho no oeste explodiu numa luz viva e intensa. Ciri pegou aquela luz e, com ela, a Força.

– Hael, Aenye!

Cavalinho relinchou selvagemente e tentou se levantar, apoiando-se nas patas dianteiras. A mão de Ciri ergueu-se por si mesma, com os dedos dobrados no gesto mágico, enquanto os lábios por si mesmos pronunciavam o encanto. Da ponta dos dedos emanou uma claridade ondulante. As chamas da fogueira pareciam explodir.

As ondas de luz emitidas por sua mão tocaram os ferimentos na coxa do unicórnio, concentraram-se neles e foram por eles absorvidos.

– Quero que você sare! Exijo isso! Vess'hael, Aenye!

A Força parecia explodir dentro dela, preenchendo-a de euforia. As chamas ergueram-se ainda mais, clareando os arredores. O unicórnio ergueu a cabeça, relinchou, levantou-se repentinamente e deu alguns passos vacilantes. Torceu o pescoço, aproximou as narinas da coxa e bufou, como se não estivesse acreditando no que via. Soltou um relincho forte e prolongado, agitou a cauda e galopou em torno da fogueira.

– Curei você! – gritou Ciri, orgulhosa. – Curei! Sou uma feiticeira! Consegui absorver a Força do fogo! Sou poderosa! Posso fazer tudo o que quiser!

Virou-se. A fogueira ardia, soltando milhares de faíscas.

– Não vamos mais precisar sair à procura de fontes! Não vamos mais beber águas lamacentas! Tenho a Força! Sinto a Força no fogo! Farei com que caia uma chuva sobre este maldito deserto! Farei com que água brote das rochas! Que nasçam flores! Grama! Nabo! Agora, eu posso tudo! Absolutamente tudo!

Ergueu violentamente os braços, gritando encantos e escandindo conjuros. Não os compreendia; não lembrava quando os aprendera ou mesmo se os aprendera de todo. Aquilo não tinha a menor importância. Sentia a Força, sentia o poder, ardia em fogo. Era o fogo personificado. Tremia toda por causa do poder que sentia dentro de si.

O céu noturno foi cortado por um raio, enquanto entre rochas e cardos o vento uivou. O unicórnio relinchou de modo penetrante e se empinou. O fogo explodiu ainda mais alto. Os gravetos e caules há muito se transformaram em carvão; o que ardia era a própria rocha. Mas Ciri nem notou. Sentia a Força, via e ouvia apenas o fogo.

– Você pode tudo – sussurravam as chamas. – Você possui nossa força e pode tudo. O mundo está a seus pés. Você é enorme. Você é poderosa.

No meio das chamas, uma silhueta. Uma mulher jovem com longos cabelos lisos, negros como asas de graúna. A mulher ri de maneira selvagem e cruel; as labaredas dançam a seu redor.

– Você é poderosa. Os que lhe fizeram tanto mal não sabiam com quem estavam se metendo! Vingue-se! Pague-lhes em dobro o que eles lhe fizeram! Que eles tremam de medo a seus pés; que batam os dentes, sem coragem de erguer a cabeça e olhar para seu rosto! Que implorem por misericórdia! Mas você não terá piedade! Pague-lhes com a mesma moeda! Dê troco a todos e por tudo! Vingança!

Às costas da mulher de cabelos negros, fogo e fumaça. No meio da fumaça, fileiras de forcas e de estacas, cadafalsos e andaimes, montes de cadáveres. São cadáveres de nilfgaardianos, os que conquistaram e saquearam Cintra, mataram o rei Eist e sua avó Calanthe, os mesmos que assassinaram pessoas nas ruas da cidade. Da forca pende o guerreiro de armadura negra, a corda range, e em torno do enforcado há bandos de corvos tentando bicar seus olhos através dos rasgos em seu elmo alado. As forcas seguintes estendem-se até a linha do horizonte, com os corpos dos Scoia'tael, aqueles que mataram Paulie Dahlberg em Kaedwen, assim como os que a perseguiram na ilha de Thanedd. Numa das estacas contorce-se em agonia o feiticeiro Vilgeforz, cujo belo e traiçoeiramente digno rosto está retorcido e roxo de dor, com a ponta ensanguentada da estaca saindo de sua clavícula... Outros feiticeiros de Thanedd estão ajoelhados no chão; têm as mãos amarradas às costas e as estacas pontudas já os aguardam...

Postes envoltos em ramos de olmo estendem-se uns após os outros até o horizonte enfumaçado. Ao poste mais próximo está presa por correntes Triss Merigold... Mais adiante, Margarita Laux-Antille... Mãe Nenneke... Jarre... Fábio Sachs...

– Não. Não. Não.

– Sim – grita a mulher de cabelos negros. – Morte a todos. Vingue-se deles, despreze-os! Todos eles lhe fizeram mal, quiseram lhe fazer mal e poderão vir a querer lhe fazer mal! Despreze-os, porque finalmente chegou o tempo do desprezo. Do desprezo, da vingança e da morte! Morte a todos! Morte, aniquilamento e sangue!

Sangue em sua mão, sangue em seu vestidinho...

– Eles a traíram! Enganaram! Prejudicaram! Agora você tem a Força. Portanto, vingue-se!

Os lábios de Yennefer estão cortados e esmagados, sangrando em profusão. Seus braços e pernas estão atados por pesadas correntes presas às úmidas e sujas paredes de uma masmorra. A multidão em torno do cadafalso grita; o poeta Jaskier coloca a cabeça no cepo, o afiado gume do machado do carrasco brilha no ar. As pessoas mais próximas do cadafalso estendem um lençol para recolher o sangue... O grito da turba abafa o golpe, que faz tremer todo o andaime...

– Eles a traíram! Enganaram-na e iludiram! Todos! Para eles, você não passou de uma marionete! Eles se aproveitaram de você! Condenaram-na à fome, à sede, ao sol escaldante, à humilhação e ao abandono! Chegou o tempo do desprezo e da vingança! Você tem a Força! Você é poderosa! Que o mundo todo trema diante de você! Que o mundo todo trema diante do Sangue Antigo!

Bruxos são trazidos ao cadafalso: Vasemir, Eskel, Coën, Lambert... e Geralt... Geralt mal se mantém em pé, está coberto de sangue...

– Não!!!

A sua volta, fogo. Detrás da parede de chamas emanam relinchos selvagens: são os unicórnios, que se empinam, sacodem a cabeça e batem com os cascos no chão. As crinas parecem estandartes guerreiros; os chifres são longos e afiados como espadas. Os unicórnios são enormes, tão grandes quanto os cavalos de guerreiros, muito maiores do que seu Cavalinho. De onde eles vieram? Como podem ser tantos? As labaredas erguem-se aos céus. A mulher de cabelos negros ergue os braços. Suas mãos estão cobertas de sangue. Seus cabelos são agitados pelo calor das chamas.

Arda, arda, Falka!

– Vá embora! Não quero você! Não quero sua Força!

Arda, Falka!

– Não quero!

– Você quer! Você anseia por ela! A ansiedade e o desejo ardem em você como uma chama, o deleite a seduz! Trata-se de poder, da Força, do mando! É o mais deleitoso dos deleites do mundo!

Relâmpago. Trovão. Vento. Barulho de cascos e relinchos dos unicórnios correndo em volta do fogo.

– Não quero essa Força! Não quero! Renuncio a ela!

Ciri não sabia: o fogo que se extinguira ou foram seus olhos que obscureceram? Caiu, sentindo no rosto as primeiras gotas de chuva.

Deve-se privar a Criatura de sua existência. Não se pode permitir que ela exista. A Criatura é perigosa. Confirmação.

Negação. A Criatura não convocou a Força para si mesma. Ela o fez para salvar Ihuarraquax. A Criatura é capaz de se compadecer. É graças à Criatura que Ihuarraquax está de volta entre nós.

Mas a Criatura tem a Força. Se quiser fazer uso dela...

Ela não poderá fazer uso dela. Nunca. Ela a renunciou. Ela renunciou a Força. Completamente. A Força foi embora. Isso é muito estranho...

Nunca compreenderemos as Criaturas.

E não precisamos compreendê-las! Privemos a existência à Criatura. Antes que seja tarde demais. Confirmação.

Negação. Vamos embora daqui. Deixemos a Criatura. Deixemo-la a seu destino.

Não sabia por quanto tempo ficou deitada sobre as pedras, agitada por calafrios e com os olhos fixos no céu, que mudava de cor. O ambiente era alternadamente claro e escuro, frio e quente, mas ela permanecia impotente, emurchecida e vazia como o cadáver daquele roedor, sugada e jogada para fora do buraco na areia.

Não pensava em nada. Estava solitária, vazia. Não tinha mais nada e não sentia nada em si. Não sentia sede nem fome, nem cansaço nem medo. Tudo sumira; até a vontade de sobreviver. Havia apenas um enorme vazio, frio e aterrador. Sentia aquele vazio com todo o seu ser, com cada célula de seu organismo.

Sentia sangue na parte interna das coxas. Aquilo lhe era indiferente. Estava vazia. Perdera tudo.

O céu mudava de cor, e ela não se movia. Haveria algum sentido em se mover no vazio?

Não se mexeu quando soaram cascos de cavalos a seu redor. Não reagiu aos altos gritos e chamados, às vozes excitadas, aos relinchos. Não se moveu quando foi erguida por braços possantes, pendendo inerte. Não respondeu às sacudidelas e empurrões, nem aos gritos e às perguntas violentas. Não as entendia... e não queria entender.

Estava vazia e indiferente. Foi com indiferença que aceitou lhe borrifarem o rosto com água. Quando aproximaram um cantil de seus lábios, bebeu indiferentemente, sem engasgar.

Depois, continuou indiferente. Colocaram-na sobre o arção de uma sela. O períneo estava sensível e dolorido. Como tremia muito, cobriram-na com uma manta. Como estava inerte e flácida, amarraram-na com um cinto ao cavaleiro sentado atrás dela. O cavaleiro fedia a suor e urina. Aquilo também lhe era indiferente.

Havia vários cavaleiros a sua volta. Ciri olhava para eles com total indiferença. Estava vazia; perdera tudo. Para ela, nada mais tinha significado.

Nada.

Nem mesmo o fato de o elmo do guerreiro no comando dos cavaleiros ser adornado com asas de ave de rapina.

CAPÍTULO SÉTIMO

Quando atearam fogo à pira da criminosa e as chamas a alcançaram, começou ela a insultar os guerreiros, barões, feiticeiros e senhores do conselho presentes na praça com palavras tão terríveis que todos foram tomados de horror. Embora antes tivessem umedecido a pira para que a diabólica criatura não queimasse rápido demais e pudesse sentir toda a tortura de viva ser queimada, agora imediatamente ordens foram dadas para jogar gravetos secos a fim de o ato terminar. Mas na verdade deveria um demônio estar naquela maldita, pois, apesar de pipocar no meio de fagulhas, não soltou um grito de dor sequer, apenas se pôs a soltar terríveis maldições. "Nascerá um vingador deste sangue meu", gritou a plenos pulmões. "Nascerá do profanado Sangue Antigo um destruidor de nações e mundos! É ele quem vingará o sofrimento meu! Morte, morte e vingança a vocês todos e a seus descendentes!" Somente isso pôde gritar antes de morrer. E foi assim que morreu Falka, castigada por ter sangue inocente derramado.

Roderick de Novembre, *A história do mundo*, volume II

– Olhem só para ela. Queimada de sol, ferida, empoeirada. Continua bebendo sem parar, como se fosse uma esponja, e está tão faminta que chega a dar medo. Estou lhes dizendo que ela veio do leste. Atravessou Korath, a Frigideira. Passou pela Frigideira.

– Você está sonhando! Ninguém sobrevive à Frigideira. Ela vinha do oeste, das montanhas, pelo leito do Sequidão. Mal encostou na beira de Korath, mas isso já lhe bastou. Quando a achamos, já jazia semimorta.

– Mesmo vindo do oeste, ela deve ter passado muito tempo num deserto. De onde ela veio andando?

– Não andando, mas montada. Quem sabe de quão longe. Havia rastos de cascos a sua volta. O cavalo deve tê-la derrubado no Sequidão, e é por isso que ela está toda machucada e cheia de hematomas.

– Gostaria de saber por que ela é tão importante para os nilfgaardianos. Quando nosso prefeito nos despachou a sua procura, imaginei que se tratasse de uma nobre importante. E o que vejo? Uma garota normal imunda, mais parecendo uma vassoura gasta, desmiolada e ainda por cima muda. Sabe, Skomlik, chego a desconfiar de que não achamos aquela que procurávamos...

– Pois eu tenho certeza de que é ela. E pode apostar que ela não é tão normal assim. Se fosse normal, nós a teríamos encontrado morta.

– E faltou pouco para isso. Ela foi salva por aquela chuva, algo que é de estranhar, pois até os mais idosos anciãos não se lembram de ter caído chuva alguma sobre a Frigideira. As nuvens sempre passam ao largo de Korath... Mesmo quando chove no vale, lá não chega a cair uma gota sequer!

– Olhem só como ela come. Como se não tivesse posto nada na boca por mais de uma semana... Ei, você, faminta! Está gostando do toucinho? E que tal esse pão sem nada?

– Pergunte na língua dos elfos. Ou em nilfgaardiano. Ela não compreende nossa língua. Deve ser uma cria élfica qualquer...

– É uma mentecapta, uma imbecil. Quando fui colocá-la no cavalo hoje de manhã, parecia um boneco de madeira.

– Vocês não têm olhos – disse, com os dentes brilhantes, aquele a quem chamaram de Skomlik, um homem forte e meio careca. – Que Perseguidores de merda vocês saíram que ainda não se deram conta de quem é ela! Ela não é imbecil nem desmiolada... apenas finge ser. É uma ave rara e muito esperta.

– E por que ela é tão importante a Nilfgaard? Prometeram um prêmio a quem a encontrasse, despacharam patrulhas em todas as direções... Por quê?

– Isso eu já não sei. Mas se a interrogarmos direitinho... se perguntarmos com umas chicotadas nas costas... Ah! Vocês viram como ela olhou para mim? Ela entende tudinho e presta uma atenção danada a tudo o que dizemos. Ei, garota! Eu sou Skomlik, um dos chamados Perseguidores. E isto... olhe bem... é um chicote! Você tem apreço pela pele de suas costas? Então comece a falar...

– Basta! Calados!

A alta e cortante ordem, que não admitia contestação, veio da outra fogueira, junto da qual estavam sentados o guerreiro e seu pajem.

– Estão se entediando, Perseguidores? – perguntou o guerreiro ameaçadoramente. – Então, ponham-se a trabalhar! Arreiem os cavalos! Limpem meus avios e armas! Vão buscar lenha na floresta! E não encostem um dedo sequer na moça! Entenderam, seus vagabundos?

– Entendemos, nobre sveersênio – resmungou Skomlik, enquanto seus companheiros abaixavam a cabeça.

– Ao trabalho! Mexam-se!

Os Perseguidores começaram a executar as tarefas que lhes foram ordenadas.

– O destino nos castigou com esse fodido – murmurou um deles. – Foi muito azar o prefeito ter escolhido exatamente esse guerreiro de merda para nos comandar...

– Metido a importante – sussurrou outro, olhando de soslaio para a fogueira do guerreiro. – E não devemos esquecer que fomos nós, os Perseguidores, que encontramos a garota. Foi nosso faro que fez com que adentrássemos o leito do Sequidão.

– Isso mesmo. O mérito é todo nosso, enquanto o nobre cavaleiro receberá a recompensa, deixando uns trocadinhos para nós... Ele jogará um florim a nossos pés e dirá: "Tomem, Perseguidores, e agradeçam minha generosidade..."

– Calem a boca – sibilou Skomlik –, porque ele ainda vai acabar ouvindo...

Ciri ficou sozinha junto da fogueira. O guerreiro e o pajem olhavam para ela com curiosidade, porém mantinham-se calados.

O guerreiro, apesar de já avançado em anos, era um homem robusto, com rosto sério e cheio de cicatrizes. Enquanto cavalgava, sempre mantinha na cabeça um elmo com asas. No entanto, não eram as mesmas asas que Ciri vira nos pesadelos e, mais tarde, na ilha de Thanedd. Ele não era o Cavaleiro Negro de Cintra, mas não deixava de ser um guerreiro nilfgaardiano. Quando emitia ordens, fazia-o em língua comum, porém com claro sotaque parecido com o dos elfos. Já quando conversava com seu pajem, um jovem pouco mais velho que Ciri, falava numa língua parecida com a Língua Antiga, só que mais dura, menos cantarolante. Devia ser a língua nilfgaardiana. Ciri, que conhecia bem a Língua Antiga, compreendia a maior parte das palavras, mas não deixou que isso fosse percebido. Na primeira parada, bem junto do deserto chamado de Korath ou Frigideira, o guerreiro nilfgaardiano e seu pajem cobriram-na de perguntas. Naquela hora, Ciri não respondeu, porque estava indiferente e atordoada. Após alguns dias de viagem, quando o grupo saiu dos rochosos desfiladeiros e desceu na direção dos vales verdejantes, ela recuperou totalmente a consciência e começou enfim a ver o mundo a sua volta e a reagir, embora de maneira vagarosa e sonolenta. Entretanto, continuava sem responder às perguntas, de modo que o guerreiro simplesmente deixou de importuná-la. Parecia que não lhe dava a mínima atenção. Quem se ocupava dela eram aqueles sujeitos mal-encarados que exigiam ser chamados de Perseguidores. Estes tentaram interrogá-la várias vezes, sempre de forma agressiva.

Contudo, o nilfgaardiano de elmo alado logo os pôs em seus devidos lugares. Estava bem claro ali quem era o senhor e quem o servo.

Ciri fingia-se de muda abobada, mas prestava muita atenção a tudo o que se passava a sua volta. Aos poucos foi se dando conta de sua situação. Caíra nas garras de Nilfgaard. Nilfgaard estivera a sua procura e a encontrara, certamente descobrindo o caminho pelo qual tinha sido despachada através do caótico teleportal de Tor Lara. Aquilo que nem Yennefer nem Geralt haviam conseguido fora alcançado pelo guerreiro de elmo alado e seus homens, alcunhados de Perseguidores.

O que teria acontecido com Yennefer e Geralt na ilha de Thanedd? E onde ela se encontrava? Ciri tinha a pior das suspeitas. Os Perseguidores e seu líder, Skomlik, comunicavam-se por meio da rude e obscena língua comum, mas sem sotaque nilfgaardiano. Os Perseguidores eram homens simples, porém serviam a um guerreiro de Nilfgaard. Os Perseguidores deliciavam-se com a ideia de receber a recompensa prometida pelo prefeito pela captura de Ciri. Recompensa a ser paga em florins.

Os únicos países nos quais a moeda corrente era o florim e onde as pessoas serviam a nilfgaardianos eram as distantes províncias imperiais no sul administradas por prefeitos.

No dia seguinte, durante a parada para o almoço junto a um riacho, Ciri começou a pensar numa forma de fugir. Levando em conta que a magia poderia ajudá-la, resolveu tentar disfarçadamente o mais simples dos encantos, uma delicada telecinesia. No entanto, seus temores se confirmaram: não tinha em si nem um pingo de energia mágica. Depois da irracional brincadeira com o fogo, suas capacidades mágicas abandonaram-na por completo.

Ciri foi tomada por uma nova onda de indiferença. Indiferença a tudo. Fechou-se em si mesma e mergulhou em apatia até o dia em que a estrada pela qual atravessavam um urzal foi bloqueada pelo Cavaleiro Azul.

– Ora, ora... – rosnou Skomlik, olhando para os cavaleiros que bloqueavam a passagem. – Vamos ter problemas. Trata-se de varnhaganos do forte de Sarda...

Os cavaleiros se aproximaram. A sua frente, montado num enorme cavalo cinzento, cavalgava um gigante metido numa brilhante armadura azul-celeste, seguido por outro guerreiro, também de armadura, e dois cavaleiros com simples roupas acinzentadas, certamente pajens.

O nilfgaardiano do elmo alado foi ao encontro deles, mantendo seu baio num trote elegante. Seu pajem tateou a empunhadura da espada e virou-se na sela.

– Fiquem parados e não tirem os olhos da menina – rosnou para Skomlik e seus Perseguidores. – E não se metam!

– Não sou besta – falou Skomlik, baixinho, assim que o pajem se afastou. – Não sou besta para me meter nos assuntos dos grãos-senhores de Nilfgaard...

– Vai sair uma briga, Skomlik?

– Na certa. Entre os sveersênios e os varnhaganos existem ódios de família e sanguinários desejos de vingança. Desmontem. Cuidem da garota, pois ela representa nosso lucro. Se dermos sorte, receberemos o prêmio integral por ela.

– Os varnhaganos devem também estar à procura dessa menina. Se eles vencerem, vão tirá-la de nós... Somos apenas quatro...

– Cinco – sorriu Skomlik. – Um dos bandoleiros de Sarda é meu compadre. Como vocês podem ver, no fim desta confusão não serão os senhores guerreiros que ficarão com a garota... mas nós.

O cavaleiro de armadura azul-celeste puxou as rédeas de seu lobuno. O de elmo alado parou a sua frente. O companheiro do de armadura azul-celeste aproximou-se dos dois. Seu estranho elmo era adornado com duas fitas de couro pendentes da viseira, parecendo um par de longos bigodes ou presas de morsa. Na parte dianteira de sua sela, Presas de Morsa segurava uma arma de aspecto ameaçador, que lembrava levemente o chuço usado pela guarda real de Cintra, só que com a haste mais curta e a choupa mais longa.

Azul e Elmo Alado trocaram algumas palavras. Ciri não conseguiu captá-las, porém o tom com o qual foram ditas não deixava margem a dúvidas. Não se tratava de palavras amigáveis. Azul ergueu-se repentinamente na sela, apontou para Ciri e falou algo com voz zangada. Em resposta, Elmo Alado exclamou algo em tom igualmente irritado, agitando a mão metida numa luva de aço, claramente ordenando a Azul que fosse embora. Foi o que bastou para tudo começar.

Azul esporeou o lobuno e avançou, sacando o machado preso à sela. Elmo Alado empinou o baio, desembainhando a espada. Mas, antes de os dois guerreiros se atracarem, Presas de Morsa atacou, pondo o corcel a galope com a haste do chuço. O pajem de Elmo Alado sacou a espada e atirou-se sobre ele, mas Presas de Morsa ergueu-se na sela e cravou o chuço diretamente em seu peito. A comprida choupa atravessou com estrondo a cota de malha, o pajem soltou um grito e caiu do cavalo, segurando com ambas as mãos a haste enfiada até a base da choupa.

Azul e Elmo Alado chocaram-se com grande estrondo. O machado era mais perigoso, porém a espada, mais rápida. Azul recebeu um golpe no ombro, e um fragmento da ombreira metálica saltou no ar, virando cambalhotas e fazendo esvoaçar as tiras de couro; o cavaleiro balançou na sela, e filetes carmíneos brilharam na armadura azul-celeste. A velocidade dos dois cavalos apartou os combatentes. O nilfgaardiano de elmo alado fez o baio girar, mas, no mesmo instante, Presas de Morsa, com a espada erguida com ambas as mãos, lançou-se sobre ele. Elmo Alado puxou violentamente as rédeas, e Presas de Morsa, conduzindo o cavalo somente com as pernas, passou ao largo, porém dando tempo suficiente para Elmo Alado acertá-lo com a espada. Diante dos olhos de Ciri, a ombreira metálica se retorceu, e um jato de sangue esguichou do lugar acertado.

A essa altura, Azul já galopava de volta, agitando o machado e gritando a plenos pulmões. Os dois guerreiros trocaram golpes barulhentos e assustadores e tornaram a se separar. Presas de Morsa voltou a atacar Elmo Alado. Os cavalos se chocaram, e ouviram-se sons das espadas batendo uma contra a outra. Presas de Morsa desferiu um forte golpe com a espada, destruindo as proteções do antebraço e do cotovelo de Elmo Alado, que contra-atacou com um possante golpe na lateral esquerda da couraça do adversário. Presas de Morsa balançou na sela. Elmo Alado ergueu-se nos estribos e, tomando impulso, desfechou mais um golpe entre a já retorcida e amassada ombreira e o elmo. A larga lâmina do espadão ficou presa ao penetrar fundo na placa de metal. Presas de Morsa estremeceu. Os cavalos se atracaram, dando coices e rangendo os dentes nos freios. Elmo Alado apoiou-se no arção da sela e arrancou a espada. Presas de Morsa desabou da sela. Ferraduras ecoaram sobre a armadura pisoteada.

Azul virou o lobuno e atacou, erguendo o machado. Tinha dificuldade em conduzir o cavalo com o braço ferido. Ao notar tal fato, Elmo Alado fez uma ágil manobra e atacou-o pelo lado direito, erguendo-se nos estribos para desferir um golpe mortal. Azul aparou o golpe com o machado, fazendo com que Elmo Alado soltasse a espada. Os cavalos voltaram a se atracar. Azul era um autêntico gigante; o pesado machado ergueu-se em sua mão e desabou sobre a couraça com tal força que o baio tocou as ancas no chão. Elmo Alado oscilou, mas conseguiu manter-se na sela. Antes de o machado desabar pela segunda vez, ele soltou as rédeas e pegou com a mão esquerda a pesada maça presa à sela por uma tira de couro, acertando com ela o elmo de Azul. O elmo soou como um sino, e agora foi a vez de Elmo Azul oscilar na sela. Os cavalos guinchavam, mordiam-se mutuamente e não queriam se separar de maneira alguma.

Azul, apesar de claramente atordoado pelo golpe da maça, ainda conseguiu desferir um golpe com o machado, acertando o adversário no peitoral da armadura. O fato de os dois se manterem nas respectivas selas parecia um autêntico milagre, mas isso acontecia simplesmente porque os arções os apoiavam. Dos lados de ambos os cavalos escorria sangue, mais visível na pelagem mais clara do lobuno. Ciri olhava para aquilo com horror. Em Kaer Morhen ensinaram-na a lutar, porém ela não imaginava de que modo poderia enfrentar brutamontes como aqueles dois ou aparar pelo menos um de tão possantes golpes.

Azul agarrou com as mãos a haste do machado cravado no peitoral da armadura de Elmo Alado, curvou-se todo e fez um esforço para derrubar o oponente da sela. Elmo Alado acertou-o com a maça, uma, duas, três vezes. Sangue jorrou da parte inferior do elmo, esparramando-se sobre a brilhante armadura azul-celeste do cavaleiro e o pescoço do cavalo. Elmo Alado esporeou o baio, fazendo com que o salto do cavalo desencravasse o machado de sua armadura. Balançante na sela, Azul soltou a haste da arma. Elmo Alado passou a maça para a mão direita e, com um golpe possante, fez a cabeça de Azul inclinar-se para frente até se apoiar no pescoço do cavalo. Pegando as rédeas do lobuno com a mão livre, o nilfgaardiano ficou batendo com a maça sem parar. A armadura azul-celeste ecoava como uma panela de ferro e sangue jorrava de dentro do elmo amassado. Mais um golpe, e Azul caiu de cabeça sob as patas do lobuno. O lobuno deu um salto para trás, mas o baio de Elmo Alado, claramente treinado para isso, passou a pisotear o caído. Os desesperados gritos de dor de Azul eram uma prova concreta de que ele ainda estava vivo. O cavalo continuou a pisoteá-lo com tanto ímpeto que o ferido Elmo Alado não conseguiu manter-se mais na sela e desabou por terra com grande estrondo.

– Os filhos da puta se mataram – constatou o Perseguidor que tomava conta de Ciri.

– Ao inferno com os senhores, distintos guerreiros – falou outro.

Os pajens do Azul ficaram olhando de longe para tudo. Um deles virou o cavalo.

– Pare, Remiz! – gritou Skomlik. – Aonde você pretende ir? Para Sarda? Está com pressa de ser enforcado?

Os pajens pararam. Um deles olhou, protegendo os olhos do sol.

– É você mesmo que estou vendo, Skomlik?

– Sim! Pode se aproximar, Remiz. Não precisa ter medo! Brigas entre guerreiros não nos dizem respeito!

Ciri estava farta da indiferença. Conseguiu desvencilhar-se agilmente do Perseguidor que a segurava, saiu correndo, alcançou o lobuno do Azul e, de um pulo, subiu na sela com arção elevado.

Não fosse o fato de os pajens de Sarda estarem montados em cavalos descansados, talvez ela tivesse conseguido escapar. Alcançaram-na em pouco tempo, arrancando-lhe as rédeas das mãos. Ciri saltou do cavalo e correu para a floresta, mas os cavaleiros a alcançaram de novo. Um deles, sem diminuir o galope, agarrou-a pelos cabelos e arrastou-a atrás de si. Ciri deu um grito de dor, segurando o braço dele com força. O cavaleiro atirou-a diretamente aos pés de Skomlik. O açoite silvou. Ciri soltou um uivo, encolhendo-se toda e protegendo a cabeça com as mãos. O açoite voltou a silvar e acertou-a nas mãos. Ciri rolou para um lado, mas Skomlik correu até ela, deu-lhe um chute e, em seguida, calcou sua espinha dorsal com o salto da bota.

– Quer dizer que você queria escapar, sua cobra?

O açoite silvou. Ciri uivou. Skomlik tornou a chutá-la e açoitá-la.

– Não me bata! – gritou, encolhendo-se toda.

– Ah, quer dizer que você consegue falar, sua desgraçada? Soltou a linguinha? Já vou lhe mostrar...

– Acalme-se, Skomlik! – vociferou um dos Perseguidores. – Quer matá-la? Ela é valiosa demais para ser desperdiçada!

– Pelos deuses! – falou Remiz, descendo do cavalo. – Por acaso ela é a garota que Nilfgaard procura há mais de uma semana?

– Ela mesma.

– Pois saiba que as guarnições de todas as praças estão a sua procura. Trata-se de uma pessoa muito importante para Nilfgaard! Dizem que um mago poderoso vaticinou que ela estaria por estas bandas. Era isso que se comentava em Sarda. Onde vocês a encontraram?

– Na Frigideira.

– Impossível!

– É possível, sim! – disse Skomlik em tom zangado, fazendo uma careta. – Ela está em nosso poder e o prêmio é nosso. O que estão fazendo aí parados como pedras? Amarrem esse passarinho e coloquem numa sela! Vamos embora daqui, rapazes! E rápido.

– Aquele cavaleiro sveersênio ainda deve estar vivo – comentou um dos Perseguidores.

– Pois não ficará por muito tempo. Caguei para ele! Vamos direto para Amarillo, rapazes. Vamos procurar o prefeito, entregar a garota e recolher o prêmio.

– Para Amarillo? – perguntou Remiz, coçando a nuca e olhando para o campo da recente refrega. – Se formos para lá, vamos nos defrontar com o machado do carrasco! O que você vai dizer ao prefeito? Que os guerreiros estão mortos, e vocês, vivos? Quando toda a questão for esclarecida, o prefeito vai mandar enforcar vocês e me despachar preso para Sarda... Aí, os varnhaganos vão nos esfolar vivos. Se quiserem, podem ir para Amarillo, mas eu prefiro sumir nas florestas...

– Você é meu cunhado, Remiz – falou Skomlik. – E, embora seja um filho de cão porque vivia batendo em minha irmã, não deixa de ser um parente e, por isso, salvarei sua pele. Vamos para Amarillo, conforme já disse. O prefeito sabe que os sveersênios e os varnhaganos vivem brigando entre si. Encontraram-se e se derrotaram. Isso é algo muito comum entre eles. O que poderíamos ter feito? Quanto à menina, e prestem muito atenção a minhas palavras, diremos que a encontramos somente mais tarde. Nós, os Perseguidores. A partir deste momento, você também é um Perseguidor, Remiz. O prefeito não tem a mínima ideia de quantos éramos quando partimos com o cavaleiro sveersênio. E jamais conseguirá saber...

– Não se esqueceu de um detalhe, Skomlik? – indagou Remiz lentamente, olhando para o segundo pajem de Sarda.

Skomlik virou-se devagar e, num gesto rápido como um raio, sacou uma faca, enfiando-a com ímpeto na garganta do pajem. Este soltou um grunhido indistinto e desabou no chão.

– Eu jamais esqueço um detalhe – falou o Perseguidor friamente. – Agora, somos todos do mesmo grupo. Não há testemunhas e, também, o número de cabeças para dividir o prêmio não é excessivo. Montar, rapazes, e para Amarillo! Temos um longo caminho pela frente e não se deve deixar o prêmio esperar por muito tempo!

Quando saíram do escuro e úmido faial, viram um vilarejo no sopé da montanha, uma vintena de telhados de palha no interior de um círculo formado por uma paliçada em volta da curva de um riozinho.

O vento trouxe cheiro de fumaça. Ciri mexeu os entorpecidos dedos das mãos atadas por uma correia ao arção da sela. Na verdade, todo o seu corpo estava entorpecido, as nádegas doíam horrivelmente e a bexiga cheia incomodava-a muito. Estava na sela desde a madrugada. Não descansara durante a noite porque a obrigaram a dormir com as mãos amarradas aos pulsos de dois Perseguidores, cada um deitado em um de seus lados. Toda vez que ela se mexia, os Perseguidores reagiam com palavrões e ameaças de agressão.

– Um povoado – falou um deles.

– Estou vendo – respondeu Skomlik.

Cavalgaram montanha abaixo, com os cascos dos cavalos fazendo estalar a grama ressecada pelo sol. Em pouco tempo, encontraram-se numa esburacada estrada que levava diretamente para o vilarejo, na direção da pontezinha de madeira e do portão da paliçada.

Skomlik deteve o cavalo e ergueu-se nos estribos.

– Que raio de vilarejo é esse? Nunca andei por estas bandas. Remiz, você conhece esta região?

– Antes – respondeu Remiz –, esse vilarejo era chamado de Riozinho Branco, mas, quando começou a confusão, alguns dos moradores locais aderiram aos rebeldes. Aí, os varnhaganos de Sarda atacaram o lugar, massacraram uma parte de seus habitantes e levaram a outra como escravos. Agora, os únicos moradores daqui são todos nilfgaardianos; os novos colonos mudaram o nome do vilarejo para Glyswen. Essa gente não presta e é perigosa. Não acho que deveríamos parar aqui. Vamos seguir adiante.

– Precisamos dar um descanso aos cavalos – protestou um dos Perseguidores –, além de alimentá-los. Fora isso, minhas tripas estão soando como se houvesse uma orquestra na barriga. O que poderão nos fazer os tais colonos? Vamos mostrar-lhes as ordens do prefeito, que é nilfgaardiano, assim como eles. Vocês vão ver como eles se desdobrarão em profundas reverências.

– Pois sim – resmungou Skomlik. – Alguém já viu um nilfgaardiano curvar-se em reverência? Remiz, existe uma taberna nesse tal Glyswen?

– Existe. Os varnhaganos não a incendiaram.

Skomlik virou-se na sela e olhou para Ciri.

– Vai ser preciso desamarrá-la – falou. – Há o risco de alguém reconhecê-la... Metam-na num capote e ponham um capuz em sua cabeça... Ei! Aonde pensa que vai, menina?

– Preciso ir atrás dos arbustos.

– Já vou lhe mostrar uns arbustos! Acocore-se aqui, na estrada, e faça o que tem a fazer! E não se esqueça de uma coisa: quando entrarmos no vilarejo, nem ouse abrir a boca. Não banque a espertalhona! Basta você soltar um pio para eu cortar sua garganta. Se eu não receber os florins por você, então ninguém os receberá.

Cavalgaram lentamente, com os cascos dos cavalos ressoando na pontezinha. No mesmo instante emergiram detrás da paliçada alguns colonos armados de lanças.

– Estão guardando o portão – resmungou Remiz. – Gostaria de saber com que finalidade.

– Eu também – resmungou Skomlik, erguendo-se nos estribos. – Guardam o portão, enquanto do lado do moinho a paliçada está tão destroçada que dá para passar com uma carroça...

Chegaram mais perto e pararam os cavalos.

– Salve, boa gente! – exclamou Skomlik jovialmente, embora de maneira não muito natural. – Bom-dia!

– Quem são vocês? – perguntou o mais alto dos colonos.

– Nós, compadre, somos soldados – mentiu Skomlik, esparramado na sela. – A serviço de Sua Excelência o prefeito de Amarillo.

O colono passou lentamente a mão pela haste da lança e olhou desconfiado para Skomlik. Certamente não estava lembrando em qual batizado o Perseguidor se tornara seu compadre.

– Fomos enviados para cá por Sua Excelência o prefeito – continuou mentindo Skomlik – para nos certificar de como estão passando seus conterrâneos, a boa gente de Glyswen. Sua Excelência envia seus cumprimentos e indaga se os colonos de Glyswen precisam de alguma ajuda.

– Estamos dando um jeito – falou o colono. Ciri constatou que ele se expressava em língua comum, parecida com a do Elmo Alado, com o mesmo sotaque, mas se esforçava para imitar o jargão de Skomlik. – Já nos acostumamos a dar um jeito nós mesmos.

– O senhor prefeito vai ficar contente quando lhe repetirmos isso. A taberna está aberta? Estamos com a garganta ressecada...

– Sim – respondeu o colono soturnamente. – Por enquanto está aberta.

– Por enquanto?

– Por enquanto. Porque nós vamos desmontá-la em breve. Os caibros e as tábuas vão ser úteis na construção do celeiro. A taberna não nos traz benefício algum. Nós trabalhamos de sol a sol e não a frequentamos, enquanto ela atrai somente pessoas de fora, pessoas que, em geral, não nos agradam. Agora mesmo, alguns desses tipos estão lá dentro.

– Quem? – perguntou Remiz, empalidecendo. – Não seriam, por acaso, homens do forte de Sarda? Os nobres senhores varnhaganos?

O colono fez uma careta de desagrado e mexeu com os lábios como se fosse cuspir.

– Não, infelizmente. É uma milícia dos barões nissírios.

– Nissírios? – indagou Skomlik. – De onde? Quem os comanda?

– Um tipo alto, escuro e com bigodes de bagre.

– Ei! – Skomlik virou-se para seus companheiros. – Estamos com sorte. Somente uma pessoa se encaixa nessa descrição, não é verdade? Só pode ser nosso grande camarada Vercta "Creia-me", estão lembrados dele? E o que os nissírios estão fazendo aqui, compadre?

– Os distintos cavalheiros nissírios – explicou o colono sombriamente – estão a caminho de Tyffa. Honraram-nos com sua presença. Estão levando um prisioneiro. Um membro do bando dos Ratos que eles conseguiram agarrar.

– Não diga... – riu Remiz. – E não conseguiram agarrar também o imperador de Nilfgaard?

O colono franziu o cenho e apertou as mãos na haste da lança. Seus companheiros murmuraram algo entre si.

– Vão à taberna, senhores soldados – falou, contraindo os músculos da mandíbula. – E conversem com seus amigos, os cavalheiros nissírios. Pelo que vocês nos disseram, estão a serviço do prefeito. Portanto, indaguem a eles por que estão levando o bandido para Tyffa, em vez de empalá-lo imediatamente aqui, conforme a determinação do próprio prefeito. E lembrem a seus amigos que quem manda aqui é ele, e não o barão de Tyffa. Nós já estamos prontos: temos uma parelha de bois arreada e uma estaca com ponta já afiada. Se os cavalheiros nissírios não quiserem, nós podemos fazer esse serviço por eles. Digam-lhes isso.

– Pode deixar que vamos dizer – afirmou Skomlik, olhando de soslaio para seus camaradas. – Passem bem, boa gente.

Os Perseguidores partiram por entre as choupanas. O vilarejo parecia morto; não se via vivalma. Um porco magro cavava debaixo de uma das cercas, e alguns patos imundos chafurdavam na lama. Um grande gato preto passou correndo diante deles.

– Que merda! – exclamou Remiz, inclinando-se na sela, cuspindo e juntando os dedos num sinal contra azar. – O filho da puta atravessou nosso caminho!

– Tomara que engasgue com um rato!

– O que foi? – perguntou Skomlik, virando-se na sela.

– Um gato. Negro como piche. O desgraçado atravessou a estrada.

– Que se dane! – Skomlik olhou em volta. – Vejam como está tudo vazio. Mas eu consegui enxergar gente atrás das cortinas. Os colonos estão atentos em suas choupanas. E atrás daquela porta vi o brilho da ponta de uma lança.

– Estão zelando por suas mulheres – riu aquele que desejara ao gato que engasgasse com um rato. – Há nissírios no vilarejo. Vocês não ouviram como se referia a eles aquele tipo lá no portão? Está mais do que claro que eles não nutrem simpatia alguma por nissírios.

– O que não é de estranhar. "Creia-me" e seus companheiros não podem ver uma saia. Aqueles nobres senhores nissírios ainda pagarão caro por suas atitudes. Os barões chamam-nos de "vigilantes da ordem" e pagam-lhes para que mantenham a ordem e zelem pelas estradas. Só que, se você gritar "Um nissírio!" no ouvido de um desses camponeses, ele logo vai se cagar de medo. Mas não sempre. Basta eles afanarem um bezerro a mais ou violarem mais uma mulher para que esses colonos peguem seus forcados e deem cabo deles num piscar de olhos. Vocês viram a cara dos que estavam vigiando o portão? São colonos nilfgaardianos, e eles não são de brincadeira... Eis a taberna...

Apressaram os cavalos.

A taberna tinha um telhado levemente caído, coberto de musgo. Ficava a certa distância das choupanas e das demais construções do vilarejo, mas estava posicionada no centro de todo o terreno cercado pela decadente paliçada, lugar no qual se cruzavam as duas estradas que atravessavam o vilarejo. À sombra da única árvore de grande porte da região ficava um curral com um espaço reservado para gado, e outro, para cavalos. Neste último havia cinco ou seis cavalos desencilhados.

Nos degraus da escada diante da porta da taberna estavam sentados dois tipos com casaco de couro e gorro de pele pontudo. Cada um deles segurava um caneco de cerveja e uma bacia cheia de ossos roídos.

– Quem são vocês? – gritou um dos sujeitos ao ver Skomlik e seus companheiros desmontarem. – O que estão procurando? Sumam daqui! A taberna está ocupada em nome da lei!

– Não grite, nissírio, não grite – falou Skomlik, tirando Ciri da sela. – E abra logo a porta, porque queremos entrar. Seu comandante, Vercta, é um amigo nosso.

– Eu não os conheço!

– Porque você é um pé-rapado! Eu e "Creia-me" servimos juntos no passado, ainda antes de Nilfgaard se instalar aqui.

– Bem, se é assim... – hesitou o tipo, largando a empunhadura da espada – podem entrar. Para mim, tanto faz...

Skomlik deu um empurrão em Ciri; outro Perseguidor agarrou-a pela gola. Adentraram a taberna.

No interior reinava a penumbra e o ar estava abafado, cheirando a fumaça e carne assada. A taberna estava quase vazia, com apenas uma das mesas ocupada, parcamente iluminada pela luz que entrava por uma pequena janela feita de bexigas de peixe. Um grupo de homens estava sentado a sua volta, enquanto mais ao fundo, junto do forno, movia-se o taberneiro, fazendo barulho com as panelas.

– Saudações, nobres nissírios – bradou Skomlik.

– Nós não trocamos saudações com qualquer um – rosnou, cuspindo no chão, um dos homens sentados perto da janelinha.

Um de seus companheiros deteve-o com um gesto.

– Calma – falou. – É gente nossa; você não os reconhece? É Skomlik e seus Perseguidores. Salvem, salvem!

Skomlik sorriu e começou a se dirigir à mesa, mas parou ao notar seus companheiros com os olhos fixos num poste que sustentava o teto da taberna. Junto do poste, sentado num tamborete, encontrava-se um rapazola louro, numa postura estranha, esticado e contorcido. Ciri percebeu que aquela estranha posição provinha do fato de os braços do rapaz estarem virados para trás e atados, enquanto seu pescoço estava preso ao poste por uma tira de couro.

– Ora, vejam só – suspirou com força o Perseguidor que segurava Ciri pela gola. – Olhe só, Skomlik! É Kayleigh!

– Kayleigh? – Skomlik virou a cabeça. – O Rato Kayleigh? Não pode ser!

Um dos nissírios sentados à mesa, um gordão com os cabelos cortados num pitoresco topete, soltou uma gargalhada.

– Pois saiba que pode – disse, lambendo a colher. – É Kayleigh em sua própria odienta pessoa. Valeu a pena acordarmos cedinho. Certamente vamos receber por ele pelo menos trinta florins em boa moeda imperial.

– Vocês capturaram Kayleigh... – Skomlik franziu o cenho. – Quer dizer que aquele pateta nilfgaardiano lá no portão falava a verdade...

– Trinta florins... – suspirou Remiz. – É uma boa grana... Quem vai pagar, o barão Lutz de Tyffa?

– Sim – confirmou outro nissírio, de cabelos e bigode negros. – O distinto barão Lutz de Tyffa, nosso amo e benfeitor. Os Ratos saquearam um de seus administradores na estrada, e o barão ficou furioso, fixando um prêmio pela captura deles. E seremos nós, Skomlik, que receberemos esse prêmio, creiam-me. Ah! Olhem só, rapazes, para a cara dele! Não lhe apetece a ideia de sermos nós, e não ele, que pegamos o Rato, muito embora o prefeito tenha lhe ordenado perseguir o bando.

– O Perseguidor Skomlik – falou o gordão de topete, apontando para Ciri com a colher – também conseguiu capturar algo. Está vendo, Vercta? Uma garotinha.

– Estou vendo – sorriu o de cabelos negros. – O que está havendo com você, Skomlik? Empobreceu tanto que agora se dedica a raptar crianças para exigir resgate? Quem é essa fedelha?

– Não lhe interessa!

– Por que está tão agressivo? – riu o de topete. – Nós apenas queríamos nos certificar de que ela não é sua filha.

– Filha dele? – também riu Vercta, o de bigode negro. – Que nada! Para gerar filhos é preciso ter colhões.

Os nissírios soltaram uma sonora gargalhada.

– Podem rir à vontade, suas bestas! – gritou Skomlik, enchendo-se de empáfia. – Quanto a você, Vercta, apenas lhe direi que, antes que se passe o domingo, você vai se espantar quando descobrir de quem se falará mais: de vocês e seu Rato ou de mim, pelo que consegui. E aí vamos ver quem será mais generoso: seu barão ou o prefeito imperial de Amarillo!

– Pode enfiar no cu seu prefeito, com seu imperador e todo Nilfgaard – anunciou Vercta com desprezo, voltando a sua sopa. – E não precisa ficar enfunado. Sei que Nilfgaard há mais de uma semana tem procurado uma garota a ponto de a poeira se levantar em todas as estradas. Sei, também, que prometeu um prêmio pela captura dela. Mas isso não me interessa merda alguma. Não pretendo mais bajular o prefeito e os nilfgaardianos, e cago solenemente para eles. Agora, estou a serviço do barão Lutz; só respondo a ele, a ninguém mais.

– Seu barão – grasnou Skomlik – beija as mãos e lambe as botas nilfgaardianas em seu lugar. Como você não precisa fazer isso, pode se dar ao luxo de falar grosso.

– Não fique zangado – disse o nissírio em tom conciliador. – Não estava falando de você, creia-me. Estou até contente por você ter encontrado a garota procurada por Nilfgaard; com isso, quem vai receber o prêmio será você, e não aqueles nilfgaardianos de merda. E, quanto ao fato de você estar a serviço do prefeito, ninguém escolhe seus senhores; são eles que escolhem seus servos, não é assim? Vamos, acalme-se e sente conosco; vamos festejar nosso encontro bebendo juntos.

– E por que não? – concordou Skomlik. – Mas antes me deem uma correia. Vou amarrar a garota no poste, assim como vocês fizeram com seu Rato. Está bem?

Os nissírios soltaram uma gargalhada.

– Olhem só para ele, o terror das fronteiras! – riu o gordão de topete. – O braço armado de Nilfgaard! Prenda-a, Skomlik, mas com uma corrente de ferro, porque essa sua presa perigosa poderá arrebentar as correias e ainda esmurrar sua cara antes de fugir. Ela tem uma aparência tão assustadora que chega a dar arrepios de medo.

Até os companheiros de Skomlik deram uma risadinha abafada. O Perseguidor enrubesceu e aproximou-se da mesa.

– É só para ter certeza de que ela não vai fugir...

– Não encha o saco – interrompeu-o Vercta, partindo um pão. – Se quiser bater um papo, sente-se e pague uma rodada de bebida, como é de praxe. Quanto à garota, se você tiver vontade, pode pendurá-la no teto de cabeça para baixo. Estou tão interessado nela quanto em esterco suíno. Só que isso é muito engraçado, Skomlik. Ela pode até ser uma prisioneira importante para você e para seu prefeito, mas para mim não passa de uma pobre e apavorada garotinha. Você quer amarrá-la? Creia-me, ela mal se aguenta de pé, quanto mais pensa em escapar. O que você teme?

– Já vou lhes dizer o que temo – respondeu Skomlik, adotando ar sério. – Isto aqui é um povoado nilfgaardiano. Os colonos não nos deram as boas-vindas com pão e sal e disseram que já têm uma estaca afiada para o Rato de vocês. E a lei está do lado deles, porque o prefeito emitiu um decreto para cada bandido ser executado no lugar em que for pego. Se não lhes entregarem o prisioneiro, eles serão capazes de afiar algumas estacas para vocês também.

– Grandes coisas – falou o gordão de topete. – Os vagabundos que tentem assustar gralhas, porque, caso se metam conosco, poderá correr sangue.

– E nós não lhes entregaremos o Rato – acrescentou Vercta. – Ele é nosso e seguirá conosco até Tyffa. O barão Lutz vai se acertar com o prefeito. Mas vamos deixar de falar bobagens. Sentem-se.

Os Perseguidores ajeitaram os cinturões com espadas e, de bom grado, sentaram-se à mesa dos nissírios, gritando para o taberneiro e apontando para Skomlik como aquele que pagaria a rodada de cerveja. Skomlik chutou um tamborete para junto do poste, agarrou Ciri pelo braço e puxou-a com tanta força que ela caiu, batendo com o ombro nos joelhos do rapaz amarrado à haste de madeira.

– Sente-se aqui – rosnou. – E nem pense em se mexer, senão vou chicoteá-la como a uma cadela.

– Seu piolhento – rosnou o garoto, com os olhos semicerrados. – Seu cão...

Ciri não conhecia o significado da maioria das palavras que saíram dos contorcidos lábios sinistros do rapaz, mas, a julgar pelas transformações que ocorriam no rosto de Skomlik, chegou à conclusão de que eram palavras extremamente ofensivas e obscenas. O Perseguidor empalideceu de raiva, desferiu um forte tapa no rosto do prisioneiro, agarrou seus cabelos louros e começou a bater sua cabeça contra o poste.

– Ei! – exclamou Vercta, erguendo-se da mesa. – O que está se passando aí?

–Vou quebrar os dentes deste Rato sarnento – gritou Skomlik. –Vou arrancar as pernas de sua bunda! Ambas!

– Junte-se a nós e pare de gritar – disse o nissírio, sorvendo de um trago um caneco de cerveja e limpando o bigode. – Pode fazer o que quiser com sua prisioneira, mas mantenha-se longe do nosso. Quanto a você, Kayleigh, não se meta a besta. Fique sentadinho e comece a pensar no cadafalso que o barão Lutz já mandou construir na vila. A lista das coisas que o malvado vai lhe fazer já está pronta e, creia-me, ela tem mais de três braças de comprimento. Metade da vila está fazendo apostas para ver a que ponto você aguentará. Portanto, poupe suas forças, Rato. Eu mesmo vou apostar alguns trocados e espero que você não me desaponte e resista pelo menos até a castração.

Kayleigh cuspiu, virando a cabeça até onde lhe permitia a correia presa ao pescoço. Skomlik ajeitou seu cinturão, lançou um olhar ameaçador para Ciri, encolhida sobre o tamborete, e juntou-se a seus companheiros, praguejando ao notar que no cântaro trazido pelo taberneiro restavam apenas vestígios de espuma.

– Como vocês conseguiram pegar Kayleigh? – perguntou, sinalizando ao taberneiro sua intenção de pagar mais uma rodada. – E vivo, ainda por cima? Porque não vou acreditar que vocês mataram os demais Ratos.

– Na verdade – respondeu Vercta, olhando criticamente para aquilo que acabara de retirar de uma de suas narinas –, tenho de admitir que tivemos sorte. Ele se separou do bando e foi para Nova Forja a fim de passar a noite com uma garota. O alcaide sabia que estávamos por perto e nos avisou. Chegamos antes do raiar do sol e pegamos o desgraçado ainda deitado no feno. Não esboçou resistência alguma.

– Quanto a sua garota, ficamos nos divertindo por bastante tempo – riu o gordão de topete. – Se a noite com Kayleigh não a satisfez, ela não tem do que se queixar. Nós a satisfizemos tanto que a deixamos incapaz de se mover por um bom tempo!

– Pois então eu lhes digo que vocês não passam de um bando de idiotas – declarou Skomlik. – Deixaram de ganhar um montão de dinheiro, seus bobos. Em vez de perderem tempo com a garota, vocês deviam ter aquecido um ferro e arrancado do Rato a informação do local onde estava o resto do bando. Vocês poderiam ter pego todos: Giselher e Reef... Apenas por Giselher, os varnhaganos de Sarda ofereciam um prêmio de vinte florins um ano atrás. Já por aquela putinha, como é mesmo o nome dela... acho que é Mistel... Por ela, o prefeito teria dado muito mais, depois do que ela fez com o sobrinho dele em Druigh, quando os Ratos assaltaram o comboio.

– Ou você, Skomlik – Vercta franziu o cenho –, é burro de nascença, ou então a vida difícil comeu todo o seu cérebro. Nós somos seis. Acha que deveríamos nos lançar contra uma ratada toda? Quanto aos prêmios adicionais, vamos recebê-los mais tarde. Quando Kayleigh estiver na masmorra, o barão Lutz vai mandar aquecer as solas de seus pés pelo tempo que for necessário, creia-me. Kayleigh vai cantar tudo direitinho: onde eles podem estar, onde ficam seus esconderijos; aí, poderemos atacá-los em grande número, cercá-los e pegá-los um a um, como caranguejos de um saco.

– Pois sim. E você acha que eles vão ficar esperando? Assim que souberem que vocês pegaram Kayleigh, abandonarão seus esconderijos habituais e procurarão outros. Não, Vercta, é preciso enfrentar a dura realidade. Vocês fizeram merda. Trocaram o prêmio por uma xoxota. Vocês são assim mesmo e são conhecidos por isso... Vocês só pensam em xoxotas.

– Xoxota é você! – vociferou Vercta, erguendo-se da mesa. – Se está com tanta pressa, por que não sai, com seus heróis, à procura dos Ratos? Mas tenha em mente, seu servo nilfgaardiano, que sair à procura dos Ratos não é o mesmo que pegar meninas indefesas!

Os nissírios e os Perseguidores começaram a gritar desaforos entre si. O taberneiro apressou-se em servir mais cerveja, arrancando o cântaro vazio das mãos do gordão de topete, antes que ele o quebrasse na cabeça de Skomlik. A nova rodada de cerveja rapidamente encerrou a discussão, acalmou os ânimos e baixou a temperatura ambiente.

– Traga comida! – gritou o gordão para o taberneiro. – Ovos mexidos com salsicha, feijão, pão e queijo.

– E mais cerveja!

– Por que você está tão espantado, Skomlik? Hoje, estamos cheios de grana! Tiramos o cavalo, a bolsa, as joias, a sela, o xairel, a espada e o casaco de Kayleigh e vendemos tudo para anões.

– Vendemos também os sapatinhos vermelhos de sua garota, bem como seu colar!

– Que beleza! Então podemos beber à vontade. Estou muito contente!

– Está contente por quê? Nós temos com que pagar a bebida; você não. O máximo que você conseguirá por sua prisioneira é um pouco de meleca, se tanto! O prêmio corresponde à importância do prisioneiro. Ha, ha, ha!

– Seus filhos de uma cadela!

– Ha, ha! Sente-se. Eu estava brincando. Não precisa ficar ofendido.

– Bebamos à concórdia! Nós convidamos!

– Onde estão os ovos mexidos, taberneiro? Apresse-se!

– E traga mais cerveja!

Ciri, toda encolhida sobre o tamborete, ergueu a cabeça e viu fixos nela os furiosos olhos verdes de Kayleigh sob a desgrenhada cabeleira loura. Sentiu um arrepio percorrer-lhe o corpo. O rosto de Kayleigh, embora não de todo feio, era mau, decididamente mau. Ciri se deu conta imediatamente de que aquele rapaz, pouco mais velho do que ela, seria capaz de qualquer coisa.

– Devem ter sido os deuses que enviaram você – sussurrou o Rato, varando-a com seu olhar esverdeado. – Embora eu não acredite neles, só podem ter sido eles que a enviaram. Não olhe em volta, pequena idiota. Você precisa me ajudar... Portanto, aguce os ouvidos e ouça...

Ciri encolheu-se ainda mais e abaixou a cabeça.

– Escute – continuou Kayleigh, mostrando os dentes como se fosse um rato de verdade. – Daqui a um momento, quando o taberneiro passar por aqui, você vai chamá-lo... Escute, com todos os diabos...

– Não – disse Ciri, também com voz baixa. – Eles vão me surrar.

Os lábios de Kayleigh se contorceram, e Ciri compreendeu de imediato que ser surrada por Skomlik não seria a pior coisa que poderia lhe acontecer. Embora Skomlik fosse enorme, e Kayleigh magrinho, além de estar todo amarrado, seu instinto lhe dizia a quem deveria temer mais.

– Se você me ajudar – voltou a sussurrar o Rato –, eu ajudarei você. Não estou sozinho. Tenho companheiros que são daqueles que não costumam abandonar uns aos outros em casos de apuros... Entendeu? Mas, quando eles vierem em minha ajuda e a pancadaria começar, eu não poderei ficar preso a este poste, porque esses filhos da puta me farão em pedacinhos... Preste atenção, com os diabos. Vou lhe dizer o que deverá fazer...

Ciri abaixou a cabeça ainda mais. Seus lábios tremiam.

Os Perseguidores e os nissírios devoravam ovos mexidos, fazendo grande barulho com os lábios. O taberneiro mexeu no caldeirão e levou à mesa outro cântaro de cerveja, assim como um pão de centeio.

– Estou com fome – piou Ciri obedientemente.

O taberneiro parou, olhou para ela de maneira amigável e lançou um olhar para os comensais.

– Posso dar algo a comer para ela, senhores?

– Fora! – urrou Skomlik, enrubescendo e cuspindo ovos mexidos. – Afaste-se dela, seu cozinheiro de merda, senão lhe quebro as pernas! É proibido! Quanto a você, sua moleca, fique quieta, senão...

– Calma, Skomlik, você endoidou de vez? – intrometeu-se Vercta, engolindo com dificuldade um naco de pão com cebola. – Olhem só para ele, rapazes, um sovina irrecuperável. Ele come à custa dos outros e nega comida à garota. Dê-lhe uma tigela, taberneiro. Sou eu que estou pagando e sou eu que digo a quem dar comida ou não. E a quem isso não agradar pode logo levar um chute no cu.

Skomlik enrubesceu ainda mais, mas manteve-se calado.

– Lembrei-me de mais uma coisa – acrescentou Vercta. – Devemos alimentar o Rato para que não morra pelo caminho, porque aí o barão nos esfolaria vivos, creia-me. A garota vai lhe dar de comer. Ei, taberneiro! Arrume alguma comida para aqueles dois! O que você está murmurando aí, Skomlik? Alguma coisa o incomoda?

– É preciso tomar muito cuidado com ela – falou o Perseguidor, apontando para Ciri com um movimento de cabeça –, porque é um passarinho muito estranho. Se ela fosse uma garota normal, Nilfgaard não estaria tão interessado nela, nem o prefeito teria prometido um prêmio a quem a encontrasse...

– Se ela é normal ou anormal – riu o gordão de topete –, poderá logo ser verificado; basta olhar entre suas pernas! O que vocês acham dessa ideia, rapazes? Vamos levá-la para o celeiro por alguns instantes?

– Nem ouse tocar nela! – rosnou Skomlik. – Não vou permitir!

– E quem lhe disse que nós vamos pedir sua permissão?

– Meu prêmio e minha cabeça dependem de eu entregá-la inteirinha! O prefeito de Amarillo...

– Nós cagamos para seu prefeito. Você ficou bebendo a nossa custa e, agora, nos nega uma trepada com a garota? Ei, Skomlik, não seja tão pão-duro! Nem sua cabeça vai cair, nem o prêmio deixará de lhe ser dado! Você vai entregá-la inteirinha! Uma garota não é uma bexiga de peixe para estourar quando for forçada!

Os nissírios explodiram numa gargalhada, no que foram acompanhados pelos companheiros de Skomlik. Ciri sentiu um tremor percorrer-lhe o corpo, empalideceu e ergueu a cabeça. Kayleigh sorriu de maneira sarcástica.

– Entendeu agora? – sussurrou por entre os lábios sorridentes. – Quando eles se embebedarem, vão se ocupar de você. Vão maltratá-la. Estamos metidos no mesmo saco. Faça o que lhe disse. Se der certo para mim, também dará para você...

– A comida está pronta! – gritou o taberneiro. Seu sotaque não era nilfgaardiano. – Pode achegar-se, senhorita!

– Uma faca – sussurrou Ciri, pegando a tigela.

– Como?

– Uma faca. Rápido.

– Se acha que não é suficiente, então tome mais um pouco! – gritou de modo pouco natural o taberneiro, olhando de soslaio para os comensais e adicionando mais cevada na tigela. – Afaste-se, por favor.

– Uma faca.

– Afaste-se, senão vou chamá-los... Não posso... Eles vão incendiar a taberna.

– Uma faca.

– Não. Tenho pena de você, filhinha, mas não posso... Desista dessa ideia. Afaste-se...

– Ninguém sairá vivo desta taberna – Ciri recitou tremulamente as palavras de Kayleigh. – Uma faca. Rápido. E, quando tudo começar, fuja o mais rápido que puder.

– Segure direito essa tigela, sua desastrada! – gritou o taberneiro, virando-se para encobrir Ciri. Estava pálido e batia os dentes. – Chegue mais perto do caldeirão!

Ciri sentiu o frio toque da faca de cozinha que ele lhe enfiara por trás do cinto, cobrindo a empunhadura com a aba da blusa.

– Muito bem – sibilou Kayleigh. – Sente-se agora de tal modo que eles não possam me ver. Coloque a tigela sobre meus joelhos. Pegue a colher com a mão esquerda e a faca com a direita e corte a correia. Não aqui, sua idiota. No poste, junto do meu cotovelo. Cuidado, porque eles estão olhando.

Ciri sentiu a garganta seca. Abaixou a cabeça até quase encostá-la na tigela.

– Alimente-me, e coma você também. – Os olhos verdes estavam fixos nos dela, hipnotizando-a. – E vá cortando. Com coragem, pequena. Se der certo para mim, também dará certo para você...

"É verdade", pensou Ciri, cortando a correia. A faca fedia a cebola e a lâmina estava embotada de tanto ter sido usada. "Ele tem razão. Eu lá sei aonde estão me levando aqueles patifes? Ou tenho a mínima ideia do que quer de mim o prefeito nilfgaardiano? Talvez também a mim aguarde um verdugo no tal Amarillo, talvez me aguardem a roda, a broca, as tenazes, ferros em brasa... Não vou me deixar levar como uma ovelha para o matadouro. É melhor arriscar..."

Ouviu-se um estrondo, e a janela, com seu caixilho e um toro de madeira atirado de fora, aterrissou no tampo da mesa, espalhando tigelas e canecos. Logo atrás do toro, saltou sobre a mesa uma loura de cabelos cortados rente, vestida com um casaquinho vermelho e brilhantes botas de cano alto que chegavam até acima dos joelhos. Ajoelhada sobre a mesa, a loura girou sua espada. Um dos nissírios, que não teve tempo para erguer-se e se afastar, caiu para trás com o banco, esguichando sangue da garganta destroçada. A jovem rolou agilmente do tampo da mesa para dar lugar a um rapaz de colete bordado curto pulando pela janela.

– Raaaatoooossss!! – berrou Vercta, esforçando-se para desembainhar a espada enroscada no cinturão.

O gordão de topete sacou a sua, pulou na direção da jovem ajoelhada no piso e desferiu um golpe, mas a jovem, embora ainda de joelhos, aparou o golpe e rolou para o lado, enquanto o rapaz de colete que pulara atrás dela acertava o nissírio na têmpora. O gordão caiu no chão, amolecendo rapidamente como um entortado colchão de palha.

A porta da taberna foi aberta com um possante pontapé, e a sala foi invadida por mais dois Ratos. O primeiro, alto e de tez escura, metido num gibão adornado com botões metálicos e com a testa envolta por uma tira de pano escarlate, derrubou dois Perseguidores com dois rápidos golpes de espada e atracou-se com Vercta. O segundo, de ombros largos e cabelos louros, acabou de um só golpe com Remiz, o cunhado de Skomlik. Os demais nissírios e Perseguidores puseram-se em fuga, dirigindo-se para a porta da cozinha. Entretanto, os Ratos também adentravam por aquela passagem, começando por uma morena vestida com um traje colorido como num conto de fadas. Com uma rápida estocada, ela atravessou um dos Perseguidores e, girando a espada como as pás de um moinho, derrubou outro, matando logo em seguida o taberneiro, antes de o coitado ter tido tempo de gritar quem era.

A sala foi preenchida por gritos e sons de espadas se chocando. Ciri escondeu-se atrás do poste.

– Mistle! – Kayleigh, com os braços livres, tentava desesperadamente arrancar a correia que prendia seu pescoço ao poste. – Giselher! Reef! Estou aqui!

No entanto, os Ratos estavam por demais envolvidos na luta, e o único a ouvir o grito de Kayleigh foi Skomlik. O Perseguidor virou-se e se preparou para dar uma estocada, pregando o Rato ao poste. Ciri reagiu rápido e instintivamente, assim como naquela luta com a serpe em Gors Velen ou como em Thanedd. Todos os movimentos aprendidos em Kaer Morhen executaram-se por si sós, quase sem sua participação. Pulou detrás do poste, deu uma pirueta e caiu sobre Skomlik, acertando-o com o quadril. Era muito pequena e frágil para derrubar o enorme Perseguidor, mas conseguiu interromper o ritmo de seu golpe... e chamar a atenção de Skomlik para sua pessoa.

– Sua rameira!

Skomlik desferiu um golpe, fazendo a espada zunir no ar. O corpo de Ciri novamente executou por si só o desvio necessário, e o Perseguidor quase se estatelou no chão. Soltando uma série de palavrões, ele voltou a atacar, aplicando ao golpe o máximo de força possível. Ciri desviou-se agilmente, apoiando-se na perna esquerda e girando numa pirueta no sentido contrário. Skomlik tentou golpeá-la mais uma vez, mas de novo não conseguiu atingi-la.

De repente, desabou entre eles o corpo de Vercta, esguichando jatos de sangue sobre os dois. O Perseguidor deu um passo para trás e olhou em volta. Estava cercado somente por cadáveres, e os Ratos estavam se aproximando com as espadas desembainhadas.

– Parem – falou friamente o moreno com tira de pano escarlate na testa, enquanto liberava Kayleigh do poste. – Tudo parece indicar que esse sujeito deseja muitíssimo acabar com a garota. Não sei por qual motivo, assim como não consigo compreender por qual milagre ele não o conseguiu até agora. Mas, já que ele faz tanta questão disso, vamos lhe dar mais uma chance.

– Devemos dar a ela também alguma chance, Giselher – disse o de ombros largos. – Que seja uma luta justa. Faísca, dê-lhe um ferro.

Ciri sentiu na mão a empunhadura de uma espada. Um tanto pesada demais.

Skomlik bufou com fúria e atirou-se sobre ela, girando a espada como as pás de um moinho. Mas era lento demais. Ciri conseguia desviar-se com rápidos movimentos do tronco, giros e meios giros, até sem tentar aparar a saraivada de golpes nela desferidos. Sua espada servia-lhe apenas de contrapeso facilitador dos desvios.

– Inacreditável! – riu a Rata de cabelos curtos. – Ela é uma acrobata!

– Além de ser muito rápida – acrescentou a de traje colorido, que lhe entregara a espada. – Rápida como uma elfa. Ei, você, gordão! Não prefere enfrentar um de nós? Com ela, você não consegue!

Skomlik recuou, olhou em volta e, repentinamente, pulou para frente, desferindo uma estocada com a ponta da espada, parecendo uma garça com bico esticado. Ciri evitou a estocada com um rápido desvio e girou sobre os calcanhares. Por um segundo viu a veia inchada no pescoço de Skomlik. Sabia que, naquela posição, ele não tinha como evitar nem aparar um golpe. Sabia como e onde desferir o golpe mortal.

Mas não o desferiu.

– Já chega. – Ciri sentiu alguém lhe tocar no ombro. A jovem de vestido colorido a empurrou, enquanto dois outros Ratos, o de colete bordado e a de cabelos curtos, faziam Skomlik recuar até um canto da sala sob uma saraivada de golpes de espadas. – Chega de brincadeiras – repetiu a jovem, encarando Ciri. – Isso está demorado demais. E é por culpa sua, garota. Você pode matar e não mata. Algo me diz que não vai viver por muito tempo.

Ao olhar para ela, Ciri sentiu um arrepio percorrer-lhe o corpo. A Rata tinha enormes olhos amendoados e dentes arreganhados num sorriso, dentes tão pequeninos que o sorriso tinha um aspecto fantasmagórico. A jovem era uma elfa.

– Está na hora de fugir – falou Giselher secamente, o de tira vermelha na testa, que sem dúvida era o líder do grupo. – Isso está realmente durando demais! Mistle, acabe com o desgraçado.

– Piedade! – gritou Skomlik, caindo de joelhos. – Poupem-me! Tenho filhinhos... bem pequeninos...

A jovem desferiu um cortante golpe lateral, girando o torso na altura dos quadris. Um jato de sangue salpicou a caiada parede da taberna, deixando nela centenas de pontinhos cor de carmim.

– Odeio crianças pequeninas – falou a de cabelos curtos, limpando com os dedos o sangue da lâmina.

– Não fique aí parada, Mistle – apressou-a o de tira escarlate na testa. – Aos cavalos! Precisamos fugir! Estamos num povoado nilfgaardiano e não temos amigos por aqui!

Os Ratos saíram correndo da taberna. Ciri não sabia o que fazer, mas não teve tempo para refletir. Mistle, a jovem de cabelos curtos, empurrou-a na direção da porta.

Diante da taberna, entre cacos de canecos e de ossos roídos, jaziam os corpos dos nissírios que tomavam conta da entrada. Do lado do vilarejo vinham correndo colonos armados de lanças, mas, ao verem os Ratos no pátio, imediatamente sumiram no meio das choupanas.

– Sabe montar? – gritou Mistle para Ciri.

– Sim...

– Então pule num desses cavalos! Há um prêmio por nossas cabeças e estamos numa aldeia nilfgaardiana! Todos já estão pegando em arcos e lanças! A pleno galope atrás de Giselher! Pelo meio da ruazinha! Mantenha-se longe das choupanas!

Ciri voou sobre uma barreira baixa, agarrou as rédeas de um dos cavalos dos Perseguidores, pulou na sela e bateu nas ancas do animal com a parte chata da lâmina da espada, que não soltara da mão. Partiu a pleno galope, ultrapassando Kayleigh e a colorida elfa, a quem chamavam de Faísca. Galopou atrás dos Ratos na direção do moinho. De repente, viu emergir detrás da pilha de carvão junto de uma das choupanas um homem mirando uma besta nas costas de Giselher.

– Mate-o – ouviu um grito a suas costas. – Mate-o, garota!

Ciri inclinou-se na sela e, com um violento puxão das rédeas e uma forte cutucada com os calcanhares, forçou o cavalo a mudar de direção. O homem com a besta virou-se no último momento, e Ciri viu seu rosto contorcido de horror. Ergueu o braço com a espada para desferir um golpe, mas hesitou por uma fração de segundo. Ouviu o som da corda se soltando, e seu cavalo relinchou agudamente e empinou. Ciri saltou, livrando os pés dos estribos e pousando suavemente com as pernas arqueadas. Faísca, que vinha logo atrás, inclinou-se na sela e acertou o colono da besta direto no peito. O colono caiu de joelhos, inclinou-se para frente e caiu de cara numa poça, espirrando lama por todos os lados. O cavalo ferido relinchava e dava coices no ar, fugindo finalmente no meio das choupanas.

– Sua idiota! – gritou a elfa, passando a galope por Ciri. – Sua idiota de merda!

– Pule! – gritou Kayleigh, galopando para junto de Ciri, que agarrou a mão estendida. A velocidade fez com que alçasse voo; a articulação do ombro estalou, mas ela conseguiu saltar no cavalo, abraçando as costas do Rato louro. Partiram a galope, ultrapassando Faísca. A elfa deu meia-volta para perseguir um colono que abandonara sua arma e fugia na direção do celeiro. Faísca não teve dificuldade em alcançá-lo. Ciri virou a cabeça a tempo de ouvir o curto e selvagem grito do colono golpeado.

Foram alcançados por Mistle, que galopava junto de um cavalo reserva com sela e tudo. Ela gritou algo para Ciri, que, embora não tivesse entendido uma só palavra, compreendeu de que se tratava. Soltou as costas de Kayleigh, pulou no chão em pleno galope e correu para o cavalo reserva. Mistle atirou-lhe suas rédeas, olhou para trás e deu um grito de advertência. Ciri voltou-se no momento exato para desviar-se de uma traiçoeira estocada de uma lança desferida por um robusto colono que viera do chiqueiro.

O que se passou em seguida ficou perseguindo-a em sonhos por muito tempo. Lembrava-se de tudo, de cada movimento. A pirueta que a salvou da ponta da lança deixara-a numa posição ideal, enquanto o colono não tinha como se desviar nem se proteger com o cabo da lança que segurava com ambas as mãos. Ciri golpeou-o horizontalmente, virando-se numa pirueta no sentido contrário. Por um instante viu a boca aberta para gritar no rosto com barba por fazer. Viu a testa aumentada pela calvície precoce e mais clara acima da linha do gorro ou chapéu que a protegia do sol. Tudo o que viu em seguida ficou coberto por um jorro de sangue. Continuava segurando as rédeas do cavalo, que empinou apavorado com o grito macabro do colono, fazendo com que ela caísse de joelhos e soltasse as rédeas. O ferido urrava desesperadamente, agitando-se em convulsões sobre palha e esterco, com sangue esguichando dele como de um porco. Ciri sentiu ânsias de vômito.

Faísca freou sua montaria junto dela, agarrou as rédeas do cavalo reserva e fez com que ela se levantasse.

– Já na sela! – urrou. – E parta a pleno galope!

Ciri conteve as náuseas e pulou sobre a sela. A lâmina da espada que continuava segurando na mão estava manchada de sangue. Ciri teve de fazer um grande esforço para dominar o desejo de atirar o ferro o mais longe possível.

Do meio das choupanas surgiu Mistle, perseguindo dois homens. O primeiro conseguiu escapar pulando uma cerca, enquanto o segundo, atingido por um curto golpe de espada, caiu de joelhos, levando as mãos à cabeça.

Ciri, Mistle e a elfa partiram a galope, mas logo tiveram de frear suas montarias, quase se erguendo nos estribos, uma vez que do lado do moinho vinham em sua direção Giselher acompanhado de outros Ratos. Atrás deles, soltando gritos guerreiros para criar coragem, corria um grupo de colonos armados.

– Sigam-nos! – gritou Giselher, passando a galope por elas. – Atrás de nós, Mistle! Até o riozinho.

Mistle puxou as rédeas, fez o cavalo dar meia-volta e galopou atrás dele, saltando sobre pequenos obstáculos. Ciri, colada ao pescoço de sua montaria, foi atrás dela. A seu lado galopava Faísca, com os belos cabelos negros esvoaçando ao vento e revelando pequenas orelhas pontudas e adornadas com brincos de filigranas de ouro.

O homem ferido por Mistle continuava ajoelhado no meio da estrada, balançando-se e segurando a cabeça ensanguentada com as mãos. Faísca aproximou o cavalo e acertou-o com toda a força. O ferido urrou. Ciri viu seus dedos decepados saltarem como lascas de madeira de um tronco atacado por um machado e caírem no chão como vermes gordurosos.

Teve dificuldade em conter a ânsia de vômito.

Junto do buraco na paliçada aguardavam por elas Mistle e Kayleigh. Os demais Ratos ainda estavam distantes. Os quatro partiram a toda a velocidade, esguichando água até acima da cabeça dos cavalos ao atravessarem o riacho. Inclinados, com o rosto colado à crina de suas montarias, conseguiram galgar a arenosa escarpa e atravessaram a galope os arroxeados campos de lavanda. Faísca, por ter um cavalo melhor, adiantou-se aos outros três.

Adentraram uma floresta, uma úmida sombra no meio de troncos de faias. Foram alcançados por Giselher e os demais, mas reduziram o ritmo apenas por um momento. Quando atravessaram a floresta e saíram para um prado, voltaram a correr a pleno galope. Em pouco tempo Ciri e Kayleigh foram ficando para trás. Os cavalos dos Perseguidores não estavam em condições de manter o ritmo dos belos e raçudos corcéis dos Ratos. Ciri tinha ainda um problema adicional: montada num cavalo enorme, mal conseguia tocar nos estribos com os pés e, enquanto galopava, não tinha condições de ajustar o comprimento das correias. Sabia montar sem estribos tão bem quanto com eles, porém tinha certeza de que não conseguiria galopar por muito tempo naquela situação.

Por sorte, Giselher diminuiu o ritmo e reteve os demais, permitindo que Ciri e Kayleigh se juntassem ao resto do grupo. Ciri passou a trotar, mas mesmo assim não conseguia encurtar as correias, uma vez que estas não tinham mais furos. Sem reduzir a velocidade, passou a perna direita sobre o arção da sela, cavalgando sentada, como uma dama.

Ao ver a posição da garota na sela, Mistle soltou uma gargalhada.

– Está vendo, Giselher? Ela não é somente uma acrobata, mas também uma volteadora! Ei, Kayleigh, de onde foi que você desencavou essa diabinha?

Faísca, freando sua bela égua castanha, que estava seca e pronta para continuar a galopar, aproximou-se, ameaçadora, do lobuno de Ciri. O lobuno relinchou, recuou e ergueu violentamente a cabeça. Ciri retesou as rédeas e mal se manteve na sela.

– Você sabe por que ainda está viva, sua cretina? – rosnou a elfa, afastando os cabelos da testa. – Aquele colono que você poupou tão misericordiosamente puxou o gatilho cedo demais e acertou seu cavalo em vez de você. Não fosse isso, você estaria agora caída com uma flecha cravada até o cabo nas costas. Por que cargas-d'água você carrega uma espada?

– Deixe-a em paz, Faísca – falou Mistle, apalpando o pescoço coberto de suor de sua montaria. – Giselher, temos de diminuir o ritmo para pouparmos nossos cavalos! Afinal, ninguém está nos perseguindo.

– Eu gostaria de atravessar o Velda o mais rápido possível – afirmou Giselher. – Descansaremos do outro lado do rio. Kayleigh, como está seu cavalo?

– Vai aguentar. Não é um ginete, jamais vai participar de uma corrida, mas é uma besta forte.

– Então, vamos.

– Um momento – disse Faísca. – E quanto a essa fedelha?

Giselher virou-se, ajeitou a tira de pano escarlate na testa e reteve seu olhar em Ciri. Seu rosto e sua expressão lembravam um tanto Kayleigh: a mesma contorção dos lábios, os mesmos olhos semicerrados, as mesmas maxilas magras e protuberantes. No entanto, ele era mais velho que o Rato louro; uma acinzentada pelugem em suas bochechas indicava que ele já fazia a barba regularmente.

– Pois é – falou secamente. – O que fazer com você, alegre garotinha?

Ciri abaixou a cabeça.

– Ela me ajudou – interveio Kayleigh. – Não fosse ela, aquele imundo Perseguidor teria me pregado ao poste...

– Os colonos viram-na fugindo conosco – acrescentou Mistle. – Chegou a acertar um deles com a espada, e duvido muito que ele tenha sobrevivido. Aqueles colonos são nilfgaardianos. Se a garota cair nas mãos deles, acabarão com ela num piscar de olhos. Não podemos deixá-la.

Faísca bufou com raiva, mas Giselher abanou a mão.

– Ela virá conosco até o Velda – decidiu. – Depois, vamos ver. Monte no cavalo de maneira correta, garota. Se você ficar para trás, não tomaremos conhecimento disso. Entendeu?

Ciri, ansiosa, balançou a cabeça afirmativamente.

– Fale, garota. Quem é você? De onde vem? Como se chama? Por que estava sendo levada presa?

Ciri abaixou a cabeça. Enquanto cavalgavam, ela teve bastante tempo para tentar inventar uma história; acabou inventando várias. O líder dos Ratos, porém, não era do tipo capaz de acreditar em qualquer uma delas.

– E então – encorajou-a Giselher. – Você está cavalgando conosco há várias horas. Convive conosco e ainda não tive a oportunidade de ouvir sua voz. Você é muda?

"Não posso dizer-lhes a verdade", pensou Ciri em desespero. "Afinal, eles não passam de meros bandidos. Se descobrirem sobre os nilfgaardianos e que os Perseguidores me pegaram por causa de um prêmio, até poderão querer recebê-lo. E, além de tudo, a verdade é tão inverossímil que eles jamais acreditariam nela."

– Tiramos você daquele povoado – continuou o líder do bando lentamente. – Trouxemos você até aqui, para um de nossos esconderijos. Demos-lhe comida. Você está se aquecendo junto de nosso fogo. Portanto, fale logo quem é você!

– Deixe-a em paz – falou Mistle. – Quando olho para você, Giselher, vejo repentinamente um nissírio, um Perseguidor ou um daqueles nilfgaardianos filhos da puta. E me sinto como se estivesse num interrogatório numa masmorra, atada a um banco de carrasco!

– Mistle tem razão – disse o Rato de cabelos louros e de colete curto. Ciri ficou toda arrepiada ao ouvir seu sotaque. – Está mais do que claro que a garota não quer nos dizer quem é, algo a que ela tem todo o direito. Eu, quando me juntei a vocês, também fui de pouca conversa por bastante tempo. Não queria que vocês descobrissem por meu sotaque que eu era um nilfgaardiano filho da puta...

– Não fale bobagens, Reef – respondeu Giselher. – O que se passou com você foi bem diferente. E você, Mistle, também exagera. Não estou conduzindo um interrogatório. Apenas quero que ela nos diga quem é e de onde vem. Quando ela me disser isso, vou lhe mostrar o caminho de casa, e pronto. Como posso fazer isso, se não sei...

– Você não sabe de nada – interrompeu-o Mistle. – Nem mesmo se ela tem uma casa. E eu acho que não tem. Os Perseguidores pegaram-na na estrada porque ela estava sozinha. Isso é típico daqueles covardes. Se você mandá-la embora, ela não conseguirá sobreviver sozinha nas montanhas. Será devorada pelos lobos ou morrerá de fome.

– Então, o que podemos fazer com ela? – falou o jovem de ombros largos, remexendo os gravetos na fogueira. – Deixá-la perto de uma aldeia?

– Uma ideia estupenda, Asse – riu Mistle. – Será que você não sabe como são os homens? Eles vão botá-la para pastorear o gado, quebrando-lhe antes uma perna para que não fuja. À noite, será tratada como de ninguém, ou seja, uma propriedade coletiva. Vai pagar pela comida, bebida e um teto sobre a cabeça da maneira que você bem sabe. E, quando chegar a primavera, ela terá acessos de febre depois de dar à luz num chiqueiro um bastardo qualquer.

– Se nós deixarmos com ela um cavalo e uma espada – escandiu Giselher lentamente, sem tirar os olhos de Ciri –, eu não gostaria de ser o camponês que tentaria quebrar-lhe a perna ou fazer-lhe um filho. Vocês viram a pirueta que ela executou lá na taberna diante daquele Perseguidor que acabou morto por Mistle? Ele ficou golpeando o ar, enquanto ela dançava a sua volta... A bem da verdade, nem estou tão interessado em saber quem ela é e de onde veio, mas onde foi que ela aprendeu todos aqueles truques...

– Pois saibam que tais truques não a manterão viva – falou repentinamente Faísca, até então ocupada com sua espada. – Ela só sabe dançar. Para sobreviver, é preciso saber matar... e isso ela não sabe.

– Acho que sabe, sim – sorriu Kayleigh. – Quando ela acertou o pescoço daquele camponês, seu sangue jorrou a uma altura de meia braça...

– E ela, diante daquela visão, quase desmaiou – bufou a elfa.

– Porque não passa de uma criança – observou Mistle. – Acho que sei quem ela é e onde aprendeu tais truques. Já vi outras jovens assim. Ela é uma dançarina ou acrobata de uma trupe de saltimbancos.

– E desde quando – bufou Faísca – ficamos interessados em dançarinas ou acrobatas? Com todos os diabos, já é quase meia-noite e estou morrendo de sono. Vamos acabar logo com esta conversa, que não leva a lugar algum. Precisamos dormir e descansar, porque amanhã temos de estar em Kusnica antes do anoitecer. Espero que vocês não se tenham se esquecido de que foi o alcaide de lá quem entregou Kayleigh aos nissírios. Portanto, todo o vilarejo deverá presenciar como a noite adquire uma face avermelhada. Quanto à garota, ela tem um cavalo e uma espada, que conseguiu de maneira honrada. Vamos lhe dar um pouco de comida e de dinheiro por ter salvado a vida de Kayleigh e deixar que ela parta para onde quiser, que seja responsável pela própria sobrevivência.

– Pois que seja – falou Ciri, erguendo-se e cerrando os lábios.

Caiu um silêncio total; ouvia-se apenas o crepitar dos gravetos na fogueira. Os Ratos olhavam para ela com curiosidade... e esperavam.

– Pois que seja – repetiu, espantando-se com a maneira estranha com que soava sua voz. – Não preciso de vocês, nem lhes pedi nada... Aliás, não quero ficar na companhia de vocês. Vou partir agora mesmo...

– Quer dizer que você não é muda, afinal – constatou Giselher soturnamente. – Você consegue falar... e até de modo bem descarado.

– Olhem só para seus olhos – falou Faísca. – Vejam como ela ergue a cabeça. Uma avezinha de rapina! Um falcãozinho!

– Então você quer partir... – disse Kayleigh. – E para onde, se é que se pode perguntar?

– E o que você tem a ver com isso? – gritou Ciri, com um brilho esverdeado nos olhos. – Por acaso eu lhes pergunto para onde vão? Não tenho o menor interesse em saber! Assim como não tenho interesse algum em qualquer um de vocês! Não preciso de vocês para nada! Consigo... Vou me virar sozinha!

– Sozinha? – repetiu Mistle, com um sorriso maroto.

Ciri calou-se e abaixou a cabeça. Os Ratos também ficaram em silêncio.

– Já é noite – falou Giselher finalmente. – Não se viaja à noite. Também não se viaja sozinho, garota. Quem está sozinho perece. Lá, junto dos cavalos, há cobertores e peles. Escolha algo para você. As noites nas montanhas costumam ser frias. Por que você está arregalando para mim essas lanternas verdes? Procure um lugar para se acomodar e vá dormir. Você precisa descansar.

Após um momento de hesitação, Ciri obedeceu. Foi até os cavalos e retornou com um cobertor e uma pele. Os Ratos não estavam mais sentados em volta da fogueira, mas de pé, formando um semicírculo, com o brilho vermelho das chamas refletindo em seus olhos.

– Nós somos os Ratos, o terror das fronteiras – afirmou Giselher orgulhosamente. – Somos capazes de farejar um butim a milhas de distância. Não temos medo de ciladas e não há uma coisa no mundo que nós não possamos conquistar. Somos os Ratos. Aproxime-se, garota.

Ciri obedeceu.

– Você não tem nada – acrescentou Giselher, entregando-lhe um cinturão com adornos de prata. – Assim, aceite pelo menos isto.

– Você não tem nada nem ninguém – falou Mistle com um sorriso, colocando sobre seus ombros um casaquinho de veludo e enfiando em sua mão uma blusa bordada.

– Você não tem nada – observou Kayleigh, presenteando-a com um estilete numa bainha cravejada de pedras preciosas. – E está sozinha.

– Você não tem ninguém próximo – disse Reef, com sotaque nilfgaardiano, entregando-lhe um par de luvas de pele macia. – Não tem ninguém próximo e...

– ... será sempre uma estranha, esteja onde estiver – concluiu Faísca com aparente indiferença, enfiando na cabeça de Ciri uma boina adornada com penas de faisão. – Sempre forasteira e diferente. Como devemos chamá-la, pequeno falcãozinho?

Ciri fixou os olhos nos dela.

– Gvalch'ca.

A elfa riu gostosamente.

– Quando você começa a falar, fala em muitas línguas, falcãozinho! Muito bem. Você portará um nome do Povo Antigo, um nome que você mesma escolheu. Você será Falka.

Falka.

Não conseguia adormecer. Cavalos galopavam e relinchavam no meio da escuridão; o vento murmurava entre os pinheiros. O céu estava coberto de estrelas. Brilhava intensamente o Olho, que por tantos dias fora seu guia no deserto. O Olho indicava o oeste, mas Ciri já não estava certa de que aquela seria a direção adequada. Na verdade, não tinha certeza de nada.

Não conseguia adormecer, apesar de pela primeira vez em muitos dias sentir-se segura. Não estava mais sozinha. Fizera a cama de ramos longe dos Ratos, que dormiam no aquecido piso de barro de uma choupana destroçada. Estava afastada deles, mas sentia sua proximidade, sua presença. Não estava mais sozinha.

De repente, ouviu passos silenciosos.

– Não tenha medo.

Kayleigh.

– Não direi a eles – sussurrou o Rato louro, ajoelhando-se a seu lado – que você está sendo procurada por Nilfgaard, nem que o prefeito de Amarillo prometeu um prêmio por você. Lá, na taberna, você salvou minha vida. Vim lhe retribuir com algo muito gostoso.

Deitou-se ao lado dela devagar e cuidadosamente. Ciri tentou se levantar, porém ele apertou-a contra o leito de ramos com um gesto não violento, porém forte e definitivo. Com toda a delicadeza, colocou um dedo sobre seus lábios. Não era preciso. Ciri estava paralisada de medo e sua garganta ressecada não lhe permitia emitir grito algum, mesmo que quisesse gritar. Mas não queria. O silêncio e a escuridão eram melhores, mais seguros, mais íntimos; eles serviam para ocultar o pavor e a vergonha que a assolavam.

Gemeu.

– Fique quietinha, pequena – sussurrou Kayleigh, desamarrando lentamente os cordões de sua blusa. Devagar e com gestos suaves, ergueu a parte inferior da blusa acima de seus quadris. – E não tenha medo. Você vai ver como isto é gostoso.

Ciri estremeceu ao sentir o toque da seca, dura e áspera mão do Rato. Permaneceu imóvel e estirada, tomada por um medo paralisante e constrangedor e por uma sensação de asco que lhe atacavam as têmporas e as bochechas com ondas de calor. Kayleigh enfiou o braço direito debaixo de sua cabeça, puxou-a para mais junto de si, tentando afastar a mão que procurava inutilmente puxar a borda inferior da blusa para baixo. Ciri começou a tremer.

No meio da escuridão que a cercava, sentiu repentinamente um movimento brusco, uma sacudidela e o som de um chute.

– Você enlouqueceu, Mistle? – rosnou Kayleigh, erguendo-se um pouco.

– Deixe-a em paz, seu porco.

– Suma daqui. Vá dormir.

– Já lhe disse: deixe-a em paz.

– E por acaso eu a estou importunando? Ela está gritando ou querendo fugir? Tudo o que quero é acalentá-la. Não atrapalhe.

– Suma daqui se não quiser se ferir.

Ciri ouviu o som de uma adaga sendo retirada de uma bainha metálica.

– Não estou brincando – continuou Mistle, mal visível na escuridão. – Vá juntar-se aos rapazes. Imediatamente.

Kayleigh sentou-se e soltou um palavrão. Depois ergueu-se e foi embora sem dizer mais nada.

Ciri sentiu lágrimas deslizando pelas bochechas e enfiando-se depressa, como vermes, nos cabelos junto das orelhas. Mistle deitou-se a seu lado e cobriu-a cuidadosamente com a pele. Mas não arrumou sua blusa, deixando-a como estava. Ciri voltou a tremer.

– Fique quieta, Falka. Agora está tudo bem.

Mistle era quente, cheirando a resina e fumaça. Sua mão era menor que a de Kayleigh, mais delicada, mais suave. Mais agradável. No entanto, seu toque fez com que Ciri ficasse novamente tensa, travando os maxilares e apertando a garganta. Mistle abraçou-a, aninhando-a de maneira protetora e sussurrando palavras tranquilizadoras. Ao mesmo tempo, porém, sua pequena mão avançava como um quente caracol calmo, seguro de si, decidido e consciente de seu caminho e de seu alvo. Ciri sentiu as tenazes de medo e asco se abrirem, sentiu como se livrava de seu aperto e despencava num cada vez mais profundo, quente e úmido atoleiro de resignação e de irresistível submissão. Uma submissão prazerosa, embora abominável e humilhante.

Gemeu surda e desesperadamente. A respiração de Mistle queimava seu pescoço, aveludados e úmidos lábios acariciavam seu ombro, sua clavícula, descendo lentamente cada vez mais para baixo. Ciri voltou a gemer.

– Quieta, meu falcãozinho – sussurrou Mistle, enfiando cuidadosamente o braço debaixo de sua cabeça. – Você não estará mais sozinha. Não mais.

Na manhã seguinte, Ciri levantou-se com o raiar do sol. Esgueirou-se de dentro das peles lenta e cuidadosamente para não acordar Mistle, que dormia com a boca entreaberta e com o antebraço sobre os olhos. A pele do antebraço estava arrepiada. Solícita, Ciri cobriu a jovem. Após um breve momento de hesitação, inclinou-se e beijou delicadamente seus cabelos curtos e eriçados como uma vassoura. Mistle murmurou algo dormindo. Ciri enxugou uma lágrima.

Não estava mais sozinha.

O restante dos Ratos também dormia. Um deles roncava profundamente, enquanto outro soltou um pum bem audível. Faísca estava deitada com o braço sobre o peito de Giselher, a basta cabeleira toda desgrenhada. Os cavalos bufavam e batiam com os cascos no chão. Um pica-pau atacava o tronco de uma faia com uma série de bicadas.

Ciri correu até o riacho. Ficou se lavando por muito tempo, tremendo de frio. Lavava-se com gestos rápidos das mãos trêmulas, querendo livrar-se daquilo que já não era possível se livrar. Lágrimas escorriam-lhe pela face.

Falka.

A água sussurrava e espumava por entre as pedras, ia para longe, perdia-se na neblina.

Tudo se afastava e se perdia na neblina.

Tudo.

Eles eram a escória. Eram uma estranha mistura criada pela guerra, pela desgraça e pelo desprezo. A guerra, a desgraça e o desprezo os ligaram e os lançaram numa margem, assim como um rio caudaloso atira sobre a praia pedaços de madeira enegrecidos e polidos pelas pedras.

Kayleigh voltou a si envolto por fumaça, labaredas e sangue, no piso do pequeno castelo saqueado, deitado entre os corpos de seus pais e irmãos adotivos. Arrastando-se pelo pátio coberto de cadáveres, deparou com Reef. Reef era um soldado da expedição punitiva que o imperador Emhyr var Emreis despachara para conter a rebelião em Ebbing. Era um daqueles que conquistaram e saquearam o castelo após dois dias de cerco. Após a conquista do castelo, os companheiros de armas de Reef deixaram-no para trás, embora ele estivesse vivo. A verdade era que se preocupar com os feridos não fazia parte das obrigações dos destacamentos especiais nilfgaardianos.

De início, Kayleigh pensou em acabar com Reef. No entanto, Kayleigh não queria ficar sozinho, e Reef, assim como Kayleigh, tinha dezesseis anos. Os dois, então, juntos passaram a curar suas feridas. Juntos assaltaram e mataram um cobrador de impostos, juntos embebedaram-se numa taberna e depois, cavalgando por um vilarejo em cavalos roubados, juntos gastaram o resto do dinheiro, morrendo de rir pelo caminho.

Juntos fugiam das patrulhas nissírias e nilfgaardianas.

Giselher desertou do exército. Provavelmente, o exército era do governante de Geso, que se aliara aos rebeldes de Ebbing. Provavelmente, porque Giselher não sabia muito bem para onde fora arrastado pelos recrutadores. Naquele momento, estava completamente embriagado. Quando ficou sóbrio e levou a primeira bronca do sargento, fugiu. No começo, ficou vagando solitário, mas, quando os nilfgaardianos destruíram a confederação rebelde, as florestas ficaram cheias de desertores e fugitivos. Em pouco tempo, os fugitivos uniram-se em bandos, e Giselher juntou-se a um deles.

O bando saqueava e incendiava vilarejos, assaltava comboios e caravanas, corria em selvagens fugas dos esquadrões da cavalaria nilfgaardiana. Durante uma daquelas fugas, o bando se defrontou com os elfos numa floresta e foi dizimado, encontrando a morte invisível nas sibilantes penas cinzentas de setas vindas de todos os lados. Uma das setas atravessou o ombro de Giselher, prendendo-o a uma árvore. A elfa que retirou a seta na madrugada seguinte e curou o ferimento foi Aenyeweddien.

Giselher nunca descobriu por que os elfos haviam condenado Aenyeweddien ao banimento, por qual crime a haviam condenado à morte. Afinal, para uma elfa livre, a solidão numa estreita faixa de terra de ninguém que separava o Povo Antigo Livre dos humanos representava morte certa. Uma elfa sozinha tinha de morrer, a não ser que encontrasse um companheiro.

E Aenyeweddien encontrou um companheiro. Seu nome, que, em tradução livre, significava "Criança do Fogo", era demasiadamente complicado e poético para Giselher, de modo que passou a chamá-la de Faísca.

Mistle descendia de uma nobre e rica família de Thurn, em Maecht Setentrional. Seu pai, um vassalo do príncipe Rudiger, juntou-se ao exército rebelde, deixou-se derrotar e sumiu sem deixar vestígios. Quando a população de Thurn fugiu da cidade diante da notícia da aproximação da expedição punitiva dos famosos Pacificadores de Gemmer, a família de Mistle fugiu também, mas Mistle se perdeu na multidão em pânico. A distinta e delicada jovem que, desde os mais ternos anos, era carregada numa liteira, não conseguiu acompanhar o ritmo dos fugitivos. Após três dias vagando sozinha, caiu nas mãos de um bando de caçadores de escravos que seguiam atrás das tropas nilfgaardianas. Jovens abaixo de dezessete anos eram muito valiosas, desde que fossem virgens. Os caçadores de escravos não tocaram em Mistle, depois de terem constatado sua virgindade. Após aquela verificação, Mistle passou a noite toda chorando.

No vale do Velda, o bando foi dizimado por desertores nilfgaardianos, que mataram todos os caçadores e seus escravos do sexo masculino. Pouparam somente as jovens, que não sabiam o porquê disso. Tal desconhecimento, porém, não permaneceu por muito tempo.

Mistle foi a única que sobreviveu. Da vala na qual fora atirada nua, coberta de hematomas, excrementos, lama e sangue coagulado, ela foi tirada pelo filho do ferreiro do vilarejo, chamado Asse. Este estava perseguindo os nilfgaardianos por mais de três dias, enlouquecido pelo desejo de se vingar do que os desertores haviam feito com seus pais e suas irmãs, algo que ele presenciou oculto num juncal.

Encontraram-se todos um dia nos festejos de Lammas, o Dia da Ceifa, num dos vilarejos de Geso. Naquela época, a guerra ainda não deixara marcas profundas no Velda Superior, e os camponeses continuavam a festejar tradicionalmente o começo do Mês da Gadanha, com danças e diversões ruidosas.

Não levaram muito tempo para se encontrar no meio da multidão. Havia coisas demais que os destacavam. Havia coisas demais em comum uns com os outros. Eram ligados pelo extravagante e colorido modo de se vestir, pela atração por joias e bijuterias, por belos cavalos e por espadas, das quais não se separavam nem para dançar. Destacavam-se dos demais pela arrogância, empáfia, autoconfiança, postura provocadora e violência.

E desprezo.

Eram filhos dos tempos do desprezo, e era só desprezo que sentiam pelos outros. Não se apoiavam apenas na força bruta, mas também na destreza no manejo de armas, a qual haviam adquirido rapidamente pelas estradas, na força de vontade, nos cavalos velozes e nas espadas afiadas.

E no companheirismo. Eram camaradas, confrades. Porque todo aquele que fica sozinho morre: de fome, de espada, de flecha, das foices dos camponeses, no patíbulo, num incêndio. Quem está sozinho morre apunhalado, golpeado, pisoteado, chutado, passado de mão em mão como se fosse um brinquedo.

Encontraram-se no Dia da Ceifa. O soturno, escuro e esguio Giselher. O magro Kayleigh, com seus cabelos compridos, olhos malvados e lábios sempre contorcidos num esgar desagradável. Reef, incapaz de se livrar do sotaque nilfgaardiano. A alta Mistle, com suas pernas compridas e cabelos cor de palha cortados rente como uma vassoura. A colorida Faísca, de olhos grandes, lábios finos e diminutas orelhas élficas, sempre ágil e graciosa ao dançar e rápida e mortal ao lutar. O robusto Asse, com clara e desgrenhada pelugem no queixo.

Giselher assumiu o posto de líder, e eles adotaram o nome de Ratos. Alguém os chamara assim, e eles haviam gostado.

Saqueavam e matavam a torto e a direito, e sua crueldade tornou-se proverbial.

No começo, os prefeitos nilfgaardianos não os levaram a sério. Estavam convictos de que, a exemplo de outros bandos, os Ratos seriam eliminados pela concentrada ação dos camponeses em fúria ou se matariam uns a outros quando a quantidade de bens saqueados forçasse a ganância a sobrepujar a solidariedade. Os prefeitos estavam certos no que tangia aos outros bandos, mas enganaram-se no caso dos Ratos. Porque os Ratos, filhos do desprezo, não estavam interessados em butins. Eles atacavam, saqueavam e matavam por pura diversão, e os cavalos, o gado, os grãos, a forragem, o sal, o breu e os tecidos que roubavam dos carregamentos militares eram distribuídos pelos vilarejos. Em troca, os camponeses escondiam-nos, davam-lhes de comer e beber e, mesmo sob as mais cruéis torturas infligidas a eles por nilfgaardianos ou nissírios, jamais revelavam suas rotas e seus esconderijos. Já os Ratos pagavam com ouro e prata a artesãos e alfaiates por aquilo que amavam acima de tudo: armas, trajes e adereços.

Os prefeitos estabeleceram um valioso prêmio por suas cabeças e, de início, houve aqueles que se sentiram atraídos pelo ouro nilfgaardiano. Mas à noite a choupana dos delatores ficava em chamas, enquanto os fugitivos do incêndio eram inclementemente mortos pelas lâminas dos cavaleiros fantasmas movendo-se no meio da fumaça. Os Ratos atacavam como ratos: de maneira silenciosa, traiçoeira e cruel. Os Ratos adoravam matar.

Os prefeitos lançaram mão de outros expedientes já testados em situações semelhantes. Mais de uma vez tentaram infiltrar um traidor no grupo. Nada conseguiram. Os Ratos não aceitavam novos membros. O fechado e coeso sexteto formado pelo tempo do desprezo não queria estranhos. Desprezava-os.

Até o dia em que surgiu uma garota de cabelos cinzentos, calada e ágil como uma acrobata, sobre a qual os Ratos não tinham informação alguma, além do fato de ela ser como cada um deles fora no passado. Estava sozinha e cheia de mágoa, magoada por aquilo que lhe tirara o tempo do desprezo.

E, nos tempos do desprezo, quem fica sozinho está condenado a morrer.

Giselher, Kayleigh, Reef, Mistle, Faísca, Asse e Falka.

O prefeito de Amarillo ficou muito espantado quando lhe informaram que os Ratos passaram a ser sete.

– Sete? – exclamou o prefeito de Amarillo, olhando, incrédulo, para o soldado. – Eles eram sete, e não seis? Você tem certeza disso?

– Absoluta – respondeu indistintamente o único soldado que escapara do massacre.

A cabeça e metade do rosto estavam envolvidas em bandagens imundas e encharcadas de sangue. O prefeito, que lutara em mais de uma batalha, sabia que o soldado recebera um golpe de espada rápido e preciso, desferido junto da orelha e bochecha direitas, num ponto não protegido pelo elmo nem pela gola de aço, algo que requeria grande perícia e rapidez.

– Fale.

– Cavalgávamos pela margem do Velda, na direção de Thurn – começou o soldado. – Tínhamos ordens de escoltar um comboio do senhor Evertsen que ia para o sul. Atacaram-nos junto de uma ponte derrubada, no exato momento em que atravessávamos o rio. Uma das carroças atolou, o que nos obrigou a desatrelar uma parelha de outra para puxá-la para fora. O resto do comboio seguiu a viagem, enquanto eu, cinco soldados e um oficial de justiça ficamos para trás. Foi quando nos atacaram. Antes de ser morto, o oficial de justiça teve tempo de gritar que se tratava dos Ratos... e logo eles desabaram sobre nós, matando meus companheiros... Quando vi aquilo...

– Quando você viu aquilo – o prefeito fez uma careta de desagrado –, você esporeou seu cavalo, mas tarde demais para salvar sua pele.

– Fui alcançado – o soldado abaixou a cabeça – exatamente por aquela sétima, que eu não havia visto no começo. Uma garota. Quase uma criança. Achei que os Ratos haviam-na deixado para trás por ser jovem e inexperiente...

O visitante do prefeito emergiu da sombra na qual estava oculto.

– Foi uma garota? – indagou. – Como era ela?

– Como todos eles. Pintada e maquiada como uma elfa, colorida como um papagaio, vestida com veludo e bordados, cheia de enfeites brilhantes, com um gorro com penas...

– De cabelos claros?

– Creio que sim, meu senhor. Quando a vi, joguei meu cavalo para cima dela, pensando que pelo menos mataria um dos Ratos para vingar a morte de meus companheiros... Ataquei-a pelo lado direito, para poder desferir um golpe mais forte... Como ela conseguiu se esquivar, não consigo entender... Só sei que parecia que eu estava golpeando um fantasma... Não sei como aquela diaba conseguiu aquilo... Apesar de eu ter erguido minha espada numa parada, ela conseguiu passar por ela, acertando-me diretamente nas fuças... Senhor, sou um veterano de Sodden e de Aldesberg, e agora uma garotinha pintada me deixou uma lembrança no rosto pelo resto da vida...

– Alegre-se por estar vivo – falou o prefeito, lançando um olhar a seu visitante. – E alegre-se por ter sido encontrado ferido. Agora, você pode se gabar de herói. Se tivesse fugido sem lutar e viesse me relatar a perda da carga e dos cavalos sem ter essa lembrança na cara, já estaria pendurado numa forca. Está liberado. Vá ao hospital militar.

O soldado saiu, e o prefeito virou-se para seu visitante.

– Como o senhor pode ver por si mesmo, distinto senhor conselheiro, a vida por aqui não anda fácil, não há calma, e nossas mãos estão cheias de trabalho. Vocês, lá, na capital, pensam que nas províncias não fazemos nada e que passamos o tempo todo bebendo cerveja, apalpando gurias e recebendo propinas. A ideia de nos enviar alguns reforços nem lhes passa pela cabeça; apenas enviam ordens e mais ordens: dê, faça, ache, mantenha todos atentos na ponta dos dedos, corra de um lugar a outro de manhãzinha até anoitecer... Enquanto isso, aqui, nossa cabeça quase estoura de tantos problemas. Temos cinco ou seis bandos selvagens como o dos Ratos zanzando por aqui. É verdade que os Ratos são os piores de todos, mas não se passa um dia sequer sem...

– Basta, basta – interrompeu-o Stefan Skellen, estufando os lábios. – Sei aonde o senhor quer chegar com essas lamúrias, senhor prefeito. Mas está gastando sua saliva à toa. Ninguém vai livrá-lo das ordens que lhe são enviadas; não conte com isso. Ratos ou não Ratos, bandos ou não bandos, vocês devem continuar com as buscas, usando todos os recursos até o momento em que forem liberados dessa obrigação. São ordens do imperador.

– Estamos procurando há três semanas – respondeu o prefeito, fazendo uma careta. – Sem saber direito o que ou quem procuramos: fantasmas, espíritos, agulhas num palheiro? E com que resultado? O de ter perdido alguns homens sem deixarem vestígios, certamente assassinados por rebeldes ou simples bandidos. Volto a lhe dizer, senhor conselheiro: se não achamos sua garota até agora, nunca mais a acharemos. Mesmo que ela tenha estado aqui, algo em que não acredito... a não ser que...

O prefeito interrompeu seu discurso, lançando um olhar desconfiado para o conselheiro.

– Aquela garota... Aquela sétima, que faz parte dos Ratos...

Coruja fez um gesto depreciativo com a mão, esforçando-se para que este e a expressão em seu rosto parecessem convincentes.

– Não, senhor prefeito. Não procure por soluções demasiadamente fáceis. Uma meia-elfa maquiada ou outra bandida qualquer metida em brocados não é a garota que procuramos. Certamente não é ela. Continue com as buscas. É uma ordem.

O prefeito fez uma grimaça e olhou pela janela.

– Quanto àquele bando – acrescentou, com aparente indiferença, Stefan Skellen, o conselheiro do imperador Emhyr, conhecido pela alcunha de Coruja – de Ratos ou seja lá como se chamam...

Dê um jeito neles, senhor prefeito. Quero que na província reine a ordem. Ponha-se a trabalhar. Pegue e enforque todos eles, sem pompa nem circunstância. Todos.

– É fácil falar – murmurou o prefeito. – Mas pode informar ao imperador que farei tudo o que estiver a meu alcance, embora ache que valeria a pena manter viva aquela sétima garota dos Ratos...

– Não – interrompeu-o Coruja, tomando cuidado para não ser traído pelo tom da voz. – Nenhuma exceção; enforque todos. Todos os sete. Não queremos ouvir nem mais uma palavra sobre eles. Não queremos ouvir mais nem uma palavra.